ONCE UPON
A RIVER

# 天鹅酒馆

〔英〕戴安娜·赛特菲尔德 著

一熙 译

著作权合同登记号　图字 01-2020-1149

ONCE UPON A RIVER
Copyright © Third Draft Limited 2018
This edition arranged with SHEIL LAND ASSOCIATES through
BIG APPLE AGENCY, INC., LABUAN, MALAYSIA.
Simplified Chinese translation rights © 2021 by Shanghai 99 Readers' Culture Co., Ltd.
ALL RIGHTS RESERVED

**图书在版编目(CIP)数据**

天鹅酒馆/(英)戴安娜·赛特菲尔德著；一熙译
.—北京：人民文学出版社，2021
ISBN 978-7-02-015984-0

Ⅰ.①天… Ⅱ.①戴… ②一… Ⅲ.①长篇小说-英国-现代　Ⅳ.①I561.45

中国版本图书馆 CIP 数据核字(2019)第 300679 号

责任编辑　卜艳冰　汤　淼
装帧设计　李苗苗

出版发行　人民文学出版社
社　　址　北京市朝内大街 166 号
邮政编码　100705

印　　刷　山东新华印务有限公司
经　　销　全国新华书店等

字　　数　334 千字
开　　本　890 毫米×1240 毫米　1/32
印　　张　13.625
版　　次　2021 年 5 月北京第 1 版
印　　次　2021 年 5 月第 1 次印刷

书　　号　978-7-02-015984-0
定　　价　68.00 元

如有印装质量问题，请与本社图书销售中心调换。电话：010-65233595

# 目录

## 第一部分

| | |
|---|---|
| 故事开始…… | 3 |
| 无名尸体 | 16 |
| 奇迹发生 | 27 |
| 故事传开 | 37 |
| 条条支流 | 54 |
| 你怎么看? | 57 |
| 沃恩太太与精灵 | 66 |
| 丧女之痛 | 75 |
| 莉莉的噩梦 | 87 |
| 阿姆斯特朗先生在班普顿 | 94 |
| 三户人家 | 110 |
| 爸爸! | 121 |
| 睡客苏醒 | 126 |
| 一个悲惨的故事 | 131 |
| 摆渡人的传说 | 138 |
| 结束了吗? | 149 |

**第二部分**

| | |
|---|---|
| 不合情理 | 153 |
| 母亲的眼睛 | 163 |
| 哪个父亲? | 173 |
| 添油加醋 | 187 |
| 计　数 | 194 |
| 不速之客 | 206 |
| 父子相见 | 214 |
| 另有隐情 | 231 |
| 重拍照片 | 239 |
| 茶壶精灵 | 255 |

**第三部分**

| | |
|---|---|
| 最长的一天 | 263 |
| "天鹅"里的哲学讨论 | 279 |
| 最短的夜晚 | 283 |
| 地下大湖 | 294 |
| 两件怪事 | 299 |
| 接下来的事 | 303 |
| 三便士 | 307 |
| 故事重述 | 311 |
| 给爱丽丝拍照 | 319 |
| 真相、谎言与河 | 333 |
| 克里克莱德的龙 | 338 |
| 许愿井 | 345 |
| 魔术灯光秀 | 351 |
| 猪和小狗 | 363 |
| 姐妹和小猪 | 366 |
| 河水那边 | 370 |
| 屠宰刀 | 376 |
| 始于"天鹅",终于"天鹅" | 381 |
| 父与子 | 387 |

| | |
|---|---|
| 莉莉与这条河 | 400 |
| 乔纳森讲故事 | 404 |
| 两个孩子的故事 | 409 |
| 从前，很久以前 | 416 |
| 幸福之日 | 422 |
| | |
| 作者注 | 427 |

# 泰晤士河

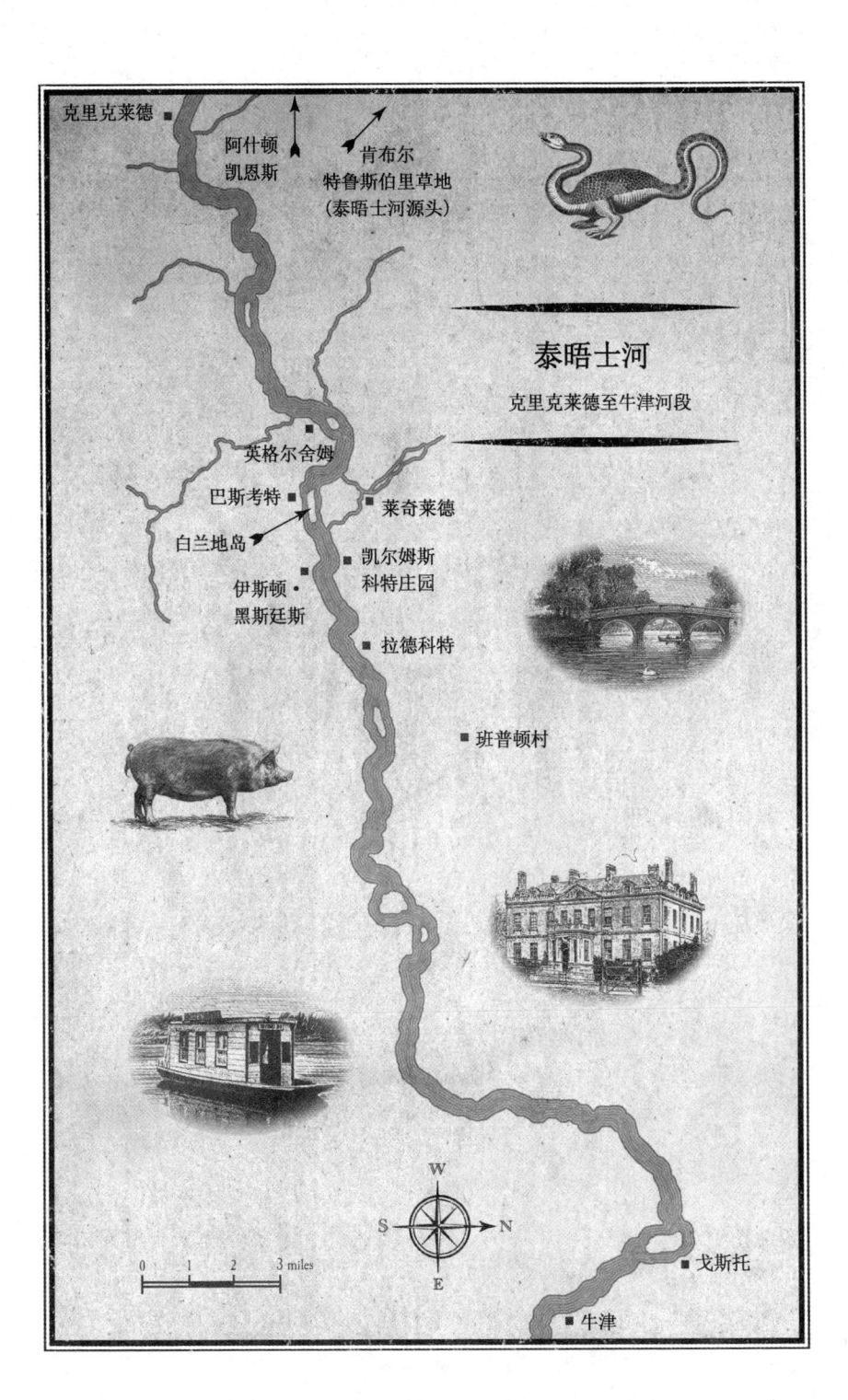

克里克莱德至牛津河段

- 克里克莱德
- 阿什顿凯恩斯
- 肯布尔特鲁斯伯里草地（泰晤士河源头）
- 英格尔舍姆
- 巴斯考特
- 白兰地岛
- 莱奇莱德
- 凯尔姆斯科特庄园
- 伊斯顿·黑斯廷斯
- 拉德科特
- 班普顿村
- 戈斯托
- 牛津

0  1  2  3 miles

# 第一部分

故事开始……

从前,有一家小酒馆,静静地坐落在泰晤士河拉德科特段岸边,从酒馆步行到河的源头,要走一整天。这个故事发生的时候,泰晤士河上游有很多家小酒馆,你可以去任何一家喝得酩酊大醉,而且除了常见的麦芽酒和苹果酒,每一家还能提供不一样的乐子。凯尔姆斯科特的"红狮"有动听的音乐,在夜里,船员们拉响小提琴,奶酪工哀怨地唱起失恋的歌曲。英格尔舍姆的"绿龙"则像一个弥漫着烟草味的避风港,适合沉思冥想。如果你爱赌一把,伊斯顿·黑斯廷斯的"雄鹿"是最佳的去处,如果你喜欢跟人吵架,没有什么地方比巴斯考特郊外的"铁犁"更合适。拉德科特的"天鹅"也有自己的特色,去那儿,可以听人讲故事。

"天鹅"是一家很古老的酒馆,说不定是所有酒馆里年岁最老的。馆舍由三部分组成:一截年代久远,一截年代很久远,一截年代更久远。盖在屋顶上的茅草、长在古老石头上的地衣,以及爬满墙壁的常春藤,抹平了岁月的差距,让建筑风格变得和谐。进入夏季,短途旅客乘坐火车,沿新修的铁轨出了城,到"天鹅"

酒馆租一艘平底船或者单人小艇，带一瓶麦芽酒和野餐食物，在河上消磨一个下午。但到了冬天，来喝酒的全是当地人，都聚集在"冬屋"。"冬屋"是个风格朴素的房间，位于馆舍建筑年代最久远的那一截，厚厚的石墙上只开了一扇窗户。白天，透过窗口，你能望见拉德科特桥和流经桥下三个宁静拱门的河水。夜里（这个故事发生在夜里），桥身被黑暗淹没，只有当你的耳朵注意到水流传来低沉的、无边无际的声响，才分辨出在窗外奔涌的其实是黑乎乎的河水，河面时而移动，时而起伏，激起模糊的光芒。

没人知道讲故事的传统是如何在"天鹅"酒馆开始的，也许跟拉德科特桥之战有关。1387年，距离发生在这个夜里的故事，刚好是五百年，两支大军在拉德科特桥相遇。交战双方是谁？为什么要打仗？一时半会儿讲不清。反正结果是有三人阵亡——一个骑士、一个侍从和一个男孩——再加上八百个试图逃命时淹死在沼泽地里的倒霉蛋。是的，没错。八百个亡魂。有很多故事能讲。他们的骨头如今埋在豆瓣菜地里。在拉德科特一带，农民种植豆瓣菜，收割采摘，拿板条箱装好，用驳船运到城里。农民们不吃豆瓣菜，他们嫌这种菜味道太苦，苦得像是被人咬了一口，再说，谁愿意吃被鬼魂滋养过的菜叶子？有这么一场发生在家门口的战役，以及被尸首污染过的饮用水，你自然爱讲这个故事，讲了一遍又一遍。重复的次数多了，你讲得越来越熟练。然后，这件事讲够了，你就会把注意力转向别处，还有什么能比将这个新掌握的技能运用到其他故事上更自然的事呢？

"天鹅"酒馆的女主人叫玛戈特·奥克韦尔。在人们的记忆中，奥克韦尔家族一直掌管"天鹅"酒馆，而且很可能自打"天鹅"酒馆修好，就一直住在那儿。按照法律，她的名字叫玛戈特·布利斯，因为她已经结婚了，但法律这东西，城里人才懂，在"天鹅"，她还是奥克韦尔家的人。玛戈特就快六十岁了，仍然漂亮。她可以徒手举起木桶，大腿结实得很，从不需要坐下来休息。传说她甚至睡觉都是站着的，但她生过十三个孩子，所以，显然她偶尔也有躺着休息的时候。她是上一任房东太太的女儿，之前她的祖母和曾祖母也经营这家酒馆。没人觉得拉德科特的"天鹅"酒馆由女人打理有什么不妥，习惯成自然。

玛戈特的丈夫叫乔·布利斯。他出生在上游二十五英里的肯布尔，那里靠近泰晤士河的源头，从地下涌出的涓涓细流为土壤增加了一点点湿度。布利斯家族有肺炎病史，出生时个头很小，又病恹恹的，大多数还未成年就会夭折。随着年龄的增长，布利斯家的孩子会变得越来越瘦、越来越苍白，直到被死神夺去生命。他们大多活不过十岁，通常两岁前就告别人世。包括乔在内的幸存者成年后比普通人更矮更瘦。他们的胸腔在冬天时嘎嘎作响，挂着鼻涕，流着眼泪。但他们心地善良，眼神温和，脸上不时露出顽皮的微笑。

十八岁时，孤苦伶仃、无法胜任体力劳动的乔·布利斯早已离开肯布尔，去寻找自己的发财梦，但他也不知道该做什么。和世界上其他地方一样，从肯布尔出发，能去的方向一样多，但这条河有一股吸引力，你得有点倔脾气，才不至于被它牵着鼻子走。他来到拉德科特，觉得口渴，就停下来喝一杯。这个文弱的年轻人有一头软塌塌的黑发，与苍白的面容形成鲜明对比，他坐在一个不引人注意的角落，小口抿着玻璃杯里的麦芽酒，瞅着酒馆老板的女儿，听着别人讲故事。能身处其间，听人们用高亢的语调讲述他从童年时代就活在脑海里的故事，让他兴奋不已。沉默片刻，他也开了口，说出一句"在很久以前……"的话。

那一天，乔·布利斯开启了自己的命运之门。泰晤士河带他来到拉德科特，他留在了拉德科特。经过一番练习，他的舌尖能进出各种类型的故事，无论是逸闻、典故、传说还是童话。他灵活的面部肌肉能表现出惊讶、恐惧、轻松、怀疑等情感，就像一位好演员。他的双眉也值得一提，又黑又浓，跟他的嘴比起来，眉毛讲故事的本领丝毫不逊色。有大事儿就要发生时，眉头会凑到一块，某个细节需要听众注意时，又拧成一团，要是说到哪个角色有表里不一的地方，眉毛就拱成一道弯弓。只要盯着他的眉毛看，注意它们复杂的舞蹈动作，你就能捕捉到所有信息，不错过每一处细微的精彩。从他在"天鹅"酒馆喝第一口酒开始，没过几个星期，他就掌握了如何让听众着迷的技巧。他也让玛戈特着了迷，而他自己也被玛戈特迷住了。

一个月底，乔走了六十英里，去远离河岸的内陆某个地方，参加了一场讲故事比赛。不出所料，他得了头奖，拿赢的钱买了一枚戒指。回到拉德科特后，他累得脸色惨白，在床上躺了一个星期，再后来，他跪倒在地，向玛戈特求婚。

"怎么说呢……"母亲开口道，"他能做工吗？他能挣钱吗？他怎么照顾家人？"

"瞧瞧店里的进账嘛，"玛戈特说，"自从乔来这儿讲故事，我们是不是忙多了？要是我不嫁给他，妈，他说不定就走了，那可怎么办？"

没错。这些日子客人们来得更勤了，有些还是外地的，在酒馆里一坐就是大半天，就为了听乔讲故事。一边听，一边喝酒。"天鹅"的生意好得不得了。

"可是有那么多又壮又帅的小伙子，上这儿来，围着你转——他们里面就找不出比他更好的？"

"我喜欢乔，"玛戈特坚定地说，"我喜欢听故事。"

她如愿以偿。

距离这个故事发生，那差不多是四十年前的事了，这期间，玛戈特和乔养育出一个大家庭。二十年里，他们生了十二个健壮的女儿，都有玛戈特浓密的棕色头发和结实的腿。她们长成丰满的女人，脸上带着愉快的微笑，整天乐呵呵的。她们都嫁了人。一个胖点，一个瘦点；一个高点，一个矮点；一个肤色深点，一个肤色浅点。但在其他方面，她们几乎长得一个模样，喝酒的人根本分辨不出来，生意太忙的时候，女儿们赶回来搭把手，客人们统称她们叫"小玛戈特"。生完这么多女儿后，玛戈特和乔的家庭生活似乎消停了些，夫妇俩觉得不会再有孩子出世了，但谁知道又怀上了，这是最后一次，怀的是乔纳森，他们唯一的儿子。

乔纳森脖子很短，脸圆得像一轮满月，一双杏仁眼往上斜得很凶，小耳朵、小鼻子，总爱咧着嘴微笑，露出一条大得不成比例的舌头。他的模样和家里其他孩子不一样，而且随着年龄渐渐长大，很显然，他在其他方面也跟别的孩子有差异。乔纳森十五岁了，同龄的男孩已经迫不及待想成为一个男子汉，他却对自己现在的生活很满意，希望永远住在酒馆里，有父母陪伴，除此之外别无他求。

玛戈特仍然是一个强壮而又漂亮的女人，乔的头发已经花白，眉毛却还像以前一样浓。他六十岁了，对布利斯家族成员来说，算是高寿了。人们说他能活下来，全靠玛戈特悉心的照料。过去几年里，他的身体虚弱得很，在床上一躺就是两三天，双眼紧闭。他没有睡着，真的，他只是进入了一种比睡眠更奇妙的境界。玛戈特平静地接受了丈夫日渐衰弱的事实，她让炉火一直燃烧，让室内的空气干燥，将温热的肉汤从他的唇间倒进喉咙，帮他梳头，帮他梳眉毛。旁人见他呼出一口带痰的气，好半天没有下一口气，似乎徘徊在生死边缘，都焦虑得很，玛戈特却镇定自若。"别担心，他会好起来的。"她会这么跟你说。他果然好起来了，谁让他的名字叫"布利斯"[①]呢，就是这么

---

[①] 原文为"Bliss"，意为"天赐之福"。

灵验。绵绵的河水早已渗入他的体内，让他的肺腑如沼泽般湿润。

这是一个冬至的夜晚，一年中最长的夜晚。过去几个星期，白昼变得越来越短，一开始变化还不太明显，突然就短得叫人猝不及防，明明才下午三点左右，天色就暗了。众所周知，黑夜的时间一长，人的作息就会偏离机械钟表，变得不正常。他们正午时打瞌睡，该清醒的钟点在做梦，等到了漆黑的夜里，眼睛却睁得老大。这是个充满魔力的时刻。随着昼与夜的边缘拉伸得越来越稀薄，这个世界与另一个世界的距离也越来越近。梦境和传说与活生生的经历融合在一起，生者跟逝者在两个世界穿梭往来、擦肩而过，过去和现在相互碰撞、彼此重叠。意想不到的事情会发生。冬至与发生在"天鹅"酒馆的怪事有联系吗？你得自己来判断。

现在，该知道的你们都知道了，故事可以开始了。

那天夜里，聚在"天鹅"酒馆喝酒的人都是常客，采砾石的工人、种豆瓣菜的菜农和驳船船员占绝大多数，但修船匠比斯赞特也在那儿，还有欧文·奥尔布莱特，半个世纪前，他沿着河水走到海边，二十年后再回来时，变成一个富翁。奥尔布莱特患有关节炎，他只有喝度数高的麦芽酒、给人讲故事，才能缓解骨头的疼痛。天空刚流尽光亮，他们就来到酒馆，喝完一杯，再斟上一杯，磕掉烟斗里的烟灰，重新填满味道辛辣的烟草，然后讲故事。

奥尔布莱特正讲到拉德科特桥战役。五百年后，任何精彩的故事都会变得陈旧，讲故事的人必须想出妙招，给听众带来新鲜感。依照传统，某些情节是固定不变的，比如有军队、交战、骑士和他的侍从阵亡、八百个淹死的人，但男孩是怎么死的，却说法不同。人们对他的情况一无所知，只晓得他是个男孩，当时在拉德科特桥，他死在那里。背景的缺失，让大家有了遐想的空间。每次复述这个故事，"天鹅"的酒客们就相当于把这个身份不明的少年从死人堆里拽起来,让他又受一番罪,再死一遍。这么多年过去,已经数不清他死过多少次,甚至死得古怪、死得滑稽。当一个故事轮到你讲时,你大可以擅作主张——当然,对于初次来到"天鹅"的访客,要是谁敢这么做,肯定要倒霉。男孩本人会如何看待他隔三岔五就复活过来呢?谁也说不清,重点是,在"天鹅"酒馆,起死回生是常有的事,这是一个值得牢记的细节。

这一次,奥尔布莱特召唤来一个年轻的卖艺人,在士兵们等候进攻命令时,为部队表演助兴。他抛起匕首杂耍,脚却在泥地里一滑,一把把匕首从天而降,眼看所有的匕首都刀刃朝下,插进他身旁的湿土,偏偏最后一把垂直扎进他的眼眶,战役还没有打响,他就死于非命。这个新点子引来听众一阵叫好,但叫好声很快变得微弱,故事继续往后讲,不过,接下来的情节和以往大同小异了。

随后,是一阵间歇。上一个故事的内容没有消化完之前,大家是不会着急听下一个故事的。

乔纳森一直听得很专心。

"我希望自己也能讲个故事。"他说。

他的脸上露着微笑——乔纳森这孩子总是面带微笑——说话时语气里带着渴望。他并不笨,但学校的课程老是跟不上,同学们还嘲笑他那张奇怪的脸和他古怪的举止,所以几个月后,他就辍学了。他不会读、不会写。冬天来酒馆的常客早已习惯了这个奥克韦尔家的小子,对他的模样见怪不怪。

"试试呗,"奥尔布莱特提议,"讲一个。"

乔纳森准备了又准备。他张开嘴,兴奋地等待,想听听会从自己嘴里蹦出来什么。什么都没有。他大笑起来,拧出一脸螺丝纹,双肩快乐地来回扭动。

"那还是另外找个晚上吧,你自个儿先练练,等准备好了,咱们再听。"

"爸,你来讲个故事,"乔纳森说,"开始!"

这是乔结束又一次卧床静养后,回到"冬屋"的头一个夜晚。他脸色苍白,整个晚上都一言不发。虚弱成这个样子,谁也不指望他能讲故事,但在儿子的鼓励下,他微微一笑,抬头望着高高的屋角,长年累月燃烧的木柴和烟草,已经把屋角附近的天花板熏得发黑。乔纳森猜想,就是这儿,他父亲肚子里的故事就是从这儿来的。乔把视线转回屋里,他准备好了,张开嘴,说道:

"很久以前——"

门开了。

这时候才来酒馆,有点晚了。没看清楚是谁,进门时并不匆忙。冷风把蜡烛的火苗吹得闪烁起来,一股冬天河水的味道灌进烟雾弥漫的屋子。酒客们抬起头来。

每只眼睛都看到了,但很长一段时间里,没人作出反应。他们努力想弄明白,眼前这一切究竟是怎么一回事。

那个男人——如果看得出他是个人的话——又高又壮,但那颗脑袋狰狞可怕,把众人吓得战战兢兢。这是传说中的怪物吗?或者说大家都睡着了,这只是一个噩梦?他的鼻子被压扁了,歪到一边,鼻子下面有一个大窟窿,黑乎乎的,流着血。更令人毛骨悚然的还在后头,这个可怕的怪物怀里抱着一个大玩偶,有上过蜡的脸庞和四肢,漆过颜色的头发。

男人接下来的举动把众人从梦中唤醒。他先是吼了一声,声音很大,听上去和他那张畸形的嘴一样恐怖,然后他的脚步跌跌撞撞,身子歪来歪去。几个农场工人从座位上跳起来,一把拽住他的胳膊,才没让他摔倒,否则,他的脑袋肯定会在石板上被砸开花。与此同时,乔纳森从壁炉旁飞奔而至,双臂伸展开,接住了那个玩偶。玩偶沉甸甸的,很有分量,差点让他的关节和肌肉吃不消。

酒客们恢复了知觉,大伙忙着把这个不省人事的男人扛到一张桌上,另一张桌子也被拖过来,方便搁他的双腿。随后,等男人躺好,身子打直,大家围成一圈,手里举着蜡烛和油灯。那人的眼睛眨也不眨。

"他死了吗?"奥尔布莱特想。

周围传来模糊的低语,很多人皱着眉头。

"扇他的脸,"有人说,"看他能不能醒过来。"

"灌点酒也行。"另一个人建议。

玛戈特拿胳膊肘拨开人群,走到桌旁,观察伤情。"千万别扇他的脸。都成这模样了。也不准往他喉咙里灌东西。都给我等着。"

她走回壁炉旁的座位,上面有个靠垫,她拿起靠垫,又来到桌旁。在烛光的照耀下,她找到一个白色的针孔,用指甲从棉布垫里勾出一根羽毛。众人疑惑地盯着她,眼睛瞪得老大。

"给一个死人挠痒痒,是不会把他弄醒的吧,"一个采砂工人说,"活人恐怕都醒不了,比如像这样的。"

"我又没说要给他挠痒痒。"她回了一句。

玛戈特把羽毛放在男人的嘴唇上。大伙儿都盯着看,一开始毫无动静,后来,羽毛的软绒微微动了一下。

"他还有气儿!"

大家松了口气,但又被新的困扰缠住了。

"那他是谁?"一个船员问,"有谁认识他吗?"

人群中传来一阵骚动,酒客们都开始考虑这个问题。有一个人号称熟悉从伊顿堡到达克斯福德的每一个人,那是十英里外的河段,但他肯定地说不认识这家伙。另一个人在莱奇莱德有个姐姐,表示在那

11

儿也没见过这人。第三个人感觉之前也许见过这个人，但越看眼前这位，越不敢确定。第四个人猜想他会不会是生活在河上的吉卜赛人，因为每到这个季节，他们的船就会顺流而下，来到河的这一段，住在岸边的人会朝他们投去警惕的眼神，尤其到了夜里，家家户户都锁好门，把能搬动的东西都搬进屋里。但看着男人穿的羊毛外套和昂贵的皮靴子——不对，他不是衣衫褴褛的吉卜赛人。第五个人瞅了一阵，得意扬扬地表示从身高和体型判断，这绝对是惠特尼农场的利迪亚德，但头发的颜色怎么跟以前不太一样呢？第六个人指出利迪亚德就在这儿，站在桌子对面，第五个人抬头一看，果真如此。猜来猜去，一阵闹哄哄之后，第一、第二、第三、第四、第五、第六个人和在场的其他人达成共识——谁都不认识这个男人，至少没人能够确定。而且就凭他现在这样子，谁敢确定？

得出这个结论后，屋里静悄悄的，第七个人开了口："他遭了什么难？"

男人的全身湿透了，带着一股河水的味儿，有草的味道、泥沙的味道。很显然，航行时遇上了一场事故。酒客们聊起河上的种种危险，就算是最有经验的船工，也会被河水耍的花招弄得团团转。

"是小船吗？要不然我跑一趟，看有没有船？"修船匠比斯赞特说。

玛戈特正擦去男人脸上的血迹，动作麻利而轻柔。她掀开那个将男人的上嘴唇一分为二的伤口，吓得差点倒退一步，皮肤被切割成两瓣，透过裂缝，能看见折断的牙齿和血迹斑斑的牙床。

"别管船的事儿，"她吩咐道，"救这个人最要紧。我只能帮到这儿了。谁去把丽塔叫来？"她往四周扫了一眼，瞅见一个在农场帮忙、工钱少得买不起酒的工人。"内思，你腿脚利索点，你能跑快点去拉什村，接护士过来吗？可别摔了哟，一晚上有一个人受伤就够折腾的了。"

年轻人出了酒馆。

这期间，乔纳森始终与众人保持一段距离。被水泡过的玩偶重得让人抱不动，于是他坐下来，把玩偶放在自己的大腿上。他想起了去年圣诞节，假面舞乐团演戏时带来的那个纸塑的龙，又轻又坚固，拿指甲一弹，就"答答答"闪出亮光。这个玩偶不是用纸做的。他又想起以前见过的人偶，身体里面填充着大米，重是重，摸起来却很柔软。他从未见过这样的人偶。他闻了闻它的脑袋，没有大米的气味——只有河水的味道。头发是用真发做的，他实在想不出这一根根头发是怎么插到脑袋上去的。耳朵也跟真的一样，肯定是照着真人做的模子。最令人惊叹的是纤毫毕现的眼睫毛。他把指尖轻轻划过柔软、潮湿的睫毛根部，眼睑动了动，他用最轻的力量摸着眼睑，背后似乎有个东西，圆球状，摸起来滑滑的，既柔软又结实。

"这是个小姑娘。"

大家都七嘴八舌地围在受伤的男人身旁，谁也没听到。

他又说了一次，音量大了点："这是个小姑娘！"

酒客们转过身来。

"她不会醒了。"他托起姑娘湿漉漉的小身子，让他们都能看见。

大家跑过来围住乔纳森。十几双伤心欲绝的眼睛落在姑娘小小的身体上。

她的皮肤闪着水一般的光泽。棉布裙的褶子紧贴着线条光滑的四肢，脖子上的脑袋歪向一旁，这样的角度，操纵玩偶的人根本办不到。她是个小姑娘，但之前人们没能看出来，谁都没有，尽管特征非常明显。谁会耗费这么多心力，制作出一个如此完美的人偶，却给她穿上穷人家的女儿才会穿的棉布衣裙？谁愿意画出一张可怕的、了无生气的脸？除了上帝，谁还有能力勾勒出颧骨的曲线，胫骨的平面和精致的小脚，五个脚指头形态各异、长短不一、活灵活现？这当然是个小姑娘！他们怎么就没想到呢？

屋子里平时闹哄哄的，现在却安静得很。已为人父的联想到自家的孩子，决心在有生之年好好宠爱他们。上了年纪的、从来没见过自己孩子的人，被离别折磨得痛不欲生。至于那些还没有娶妻生子的年轻人，心头都充满了把亲生骨肉抱在怀里的渴望。

最后终于有人打破了沉默。

"我的上帝呀！"

"死了，可怜的孩子。"

"淹死的！"

"把羽毛放她嘴唇上，妈！"

"噢，乔纳森。太晚了，救不回来了。"

"对那男的不是起作用了吗！"

"不，儿子，他还有呼吸。羽毛只是告诉我们，他还有一口气儿。"

"她也还有气儿！"

"谁都看得出，她死了，可怜的小姑娘。她没有呼吸了，此外，你只需要瞧瞧她的脸色。谁来把这个可怜的孩子扛到长屋去？你来，希格斯。"

"那儿太冷了。"乔纳森表示抗议。

母亲拍拍他的肩膀。"她不会介意的。她已经不在这个世界了，而她去的那个地方，永远都不冷。"

"我来扛她吧。"

"你拎着灯，帮希格斯先生开门。她对你来说太重了，亲爱的。"

乔纳森确实快要抱不动了，采砂工从他怀里接过小姑娘的身体，将她举起，似乎她还没有一只鹅重。乔纳森拎着灯带路，出了门，绕个弯，走向一间小屋，那是用石头垒成的外屋。一扇厚实的木门通向一个狭小的、没有窗户的储藏间，地板是泥巴地，墙壁从来没有涂过灰泥、镶过木板或者刷过油漆。夏天，要是不着急吃的话，这里是存放去了内脏的鸭子或鳟鱼的好地方；而在这样一个冬夜，屋里寒冷刺骨。从一面墙突出来一块石板，希格斯把姑娘放在石板上。乔纳森回想起一捅就破的纸塑玩偶，拿手轻轻托着她的脑袋，生怕一下子就贴到冰冷的石头——"这样就不会伤到她了。"

希格斯手里的灯在姑娘脸上投下一个光环。

"妈说她死了。"乔纳森说。

"没错，小子。"

"妈说她去另一个世界了。"

"是的。"

"她看起来像是还在这儿，我觉得。"

"她的脑子已经空了，魂儿已经散了。"

"她不会是睡着了吧？"

"怎么可能，小子。那她现在就该醒了。"

灯光在姑娘一动不动的脸上投下跳动的阴影，温暖的光线似乎想给洁白的皮肤罩上一层面具，但这束光线，并不能替代生命内在的光辉。

"曾经有个姑娘睡了一百年，她被一个吻唤醒了。"

希格斯使劲眨了眨眼。"那只是个故事而已。"

光环从姑娘脸上移开，照亮希格斯往外走的双脚，走到门口时，他发觉乔纳森没有跟在后面。他转过身，再一次举起灯，刚好看到乔纳森弯下腰，朝那个躺在黑暗中的姑娘的额头上吻了一下。

乔纳森目不转睛地注视着她。然后他垂下肩膀，转身离开。

两人锁好门，走了。

## 无名尸体

有个医生住在距拉德科特两英里外的地方,但谁也没想叫他来。他年纪大,收费贵,治疗过的病人差不多都死了。这可不是个好消息。所以他们做了最明智的选择:叫丽塔来。

继受伤的男人被搬到两张桌子上,又过了半小时,门外传来一阵脚步声,门开了,进来一个女人。对"天鹅"来说,玛戈特和她的女儿们就跟地板与石头墙壁一样,是酒馆的一部分,除去她们,这里很少见到别的女人。她走进房间时,所有人的目光都集中在她身上。丽塔·桑迪中等身材,发色不深不浅。其他方面,她的长相很一般。男人们仔细打量她,觉得她浑身上下都是缺点,颧骨太高太硬,鼻子太大,腮帮子太宽,下巴太突出。她最漂亮的部位是眼睛,造型不错,但眼珠是灰色的,看东西时,从对称的眉毛下会投射出专注的眼神。她年龄不小了,别的女人在她这个年纪,人生该办的大事儿都一一办妥了,可是丽塔呢,她喜欢简单的生活,三十年保持处子之身,我行我素惯了。她从哪儿来?她是当地的护士和助产师,出生在一个女修道院里,在那儿长大,并且在修道院的医院学会了如何给人治病。

丽塔走进"天鹅"酒馆的"冬屋"。她似乎没有注意到投在自己身上的目光,解开素色羊毛大衣的扣子,伸出胳膊。里面穿的是一件朴素的深色女装。

她径直走向伤者,男人的伤口还在流血,不省人事地躺在桌上。

"我帮你准备了热水,丽塔,"玛戈特告诉她,"衣服在这儿,都是干净的。其他还需要什么?"

"更多灯光,如果你能办到的话。"

"乔纳森去楼上拿灯和蜡烛了。"

"还有——"丽塔洗了手,轻轻翻开男人嘴唇上的裂缝,检查伤情,"要一把剃刀,谁动作轻、手法稳,来把他的胡子刮了。"

"乔能行,是吧?"

乔点点头。

"酒,最烈的那种。"

玛戈特打开那个特别的碗橱,拿出一个绿色瓶子,放在丽塔的包旁。酒客们都盯着瓶子。瓶身没有贴标签,一看就是非法酿制的私酒,意味着度数很高,喝一口就能把人醉倒。

两个船员把灯举过男人的头顶,看着护士检查他嘴上的窟窿。她拿两根沾满血水的手指头,从窟窿里掏出一颗折断的牙齿。没多久,又掏出两颗。随后,手指开始检查他仍然湿乎乎的头发,把每一寸头皮都摸了一遍。

"他脑袋的伤都在脸上。不幸中的万幸。好啦,咱们先把他身上湿的东西弄掉。"

屋里的人行动起来。叫未婚的女人给一个陌生男人脱衣服,确实有违天理。

"玛戈特，"丽塔平静地说，"你来安排，好吗？"

她背过身去，忙着从包里取出东西摆好，玛戈特指挥大家脱掉他的衣服，提醒他们动作一定要轻——"还不清楚他有没有其他伤口，别越搞越糟！"见帮忙的人喝得太醉，或者手脚太笨，玛戈特亲自上阵，熟练地解开他的扣子和领带。他的衣物在地上堆成一座小山，包括一件海军夹克，和船员穿的一样，有很多个兜，只是布料更好；刚上了底的厚皮靴；一条像模像样的腰带，河上的木材工人用绳子代替；厚毛线秋裤和毛毡衬衫下面的针织背心。

"他是谁？有人认识吗？"丽塔的眼睛看着别处，问道。

"咱们好像都没见过这个人，不过也很难说，瞧他现在这样子。"

"你们把他的外套脱了吗？"

"脱了。"

"也许可以叫乔纳森去兜里翻一翻。"

她转过身，再次面对桌子时，伤员已经被脱得一丝不挂，一块白色的手帕盖在那个部位，保护了他的隐私，也维护了丽塔的名声。

她感觉众人的目光在她脸上扫了一下，又移开了。

"乔，你来把他上嘴唇的胡子刮了，好吗，轻一点。尽量吧，留点胡茬也没关系。尤其小心鼻子旁边——鼻梁断了。"

"看样子也是个在外讨生活的人。"一个采砂工人说。

她开始触诊，摸着骨头、韧带和肌肉，视线却躲开他赤裸的身体，似乎比起眼睛，她的指尖看得更清楚。她进展迅速，很快便得出诊断结果：这些部位状况良好。

在男人的臀部右侧，丽塔的手指慢慢摸过白色手帕附近的区域，突然停下。

"请把灯照过来。"

男人身子一侧的擦伤很严重，丽塔从绿色酒瓶里倒出一点液体在布条上,把布条敷在伤口。围在桌旁的人嘴唇都拧起来,向伤者表示同情,但他动也没动。

男人的一只手贴在臀部。手肿成原来的两倍大,流着血,失了色。丽塔往他的手上也敷了些烈酒,有几处印记,她擦了又擦,始终擦不掉。像墨色的小点,但不是深色的瘀伤,也不是干结的血块。她突然产生了兴趣,抬起那只手,仔细观察。

"他是个摄影师。"她说。

"太棒了!你怎么知道的?"

"他的手指。看到那些印子了吗?硝酸银染的色。他们用这个来冲照片。"

这个消息让围观的人又是一阵吃惊,她抓住这个机会,检查那块白手帕附近的部位。她轻轻按压腹部,没有发现内伤,然后往上、往上,灯光紧跟她的手指,直到白手帕渐渐消失在黑暗中。大家都松了口气。丽塔终于返回了安全区域,可以放心检查了。

浓密的胡须剃去一半,男人的样子仍然很可怕。鼻子错了位,看起来更加显眼。一道又深又长的伤口将嘴唇分开,往脸颊奔去,和刚才相比,伤情糟糕了十倍都不止。都说眼睛能让一张脸多点人情味,但这双眼睛肿得厉害,将心门紧紧关闭。他的额头肿起一个血块,丽塔从血块里面取出几片深色木头状的碎片,将伤口清洗干净,然后把注意力转向嘴唇上的伤口。

玛戈特递给她一根穿好的针线,都在烈酒里泡过,消了毒。丽塔将针尖对准伤口,把针扎进皮肤,伴随她的动作,烛光闪烁。

"谁想坐的话,坐吧,"她说,"有一个病号就足够了。"

但谁都不愿坐下。

她缝了三针,一次次把线穿过针孔。有人把眼睛挪到别处,也有人仔细观瞧,用缝破衣领的手法缝活人的脸,确实很新鲜。

缝合完毕。听得出来，大伙都松了口气。

丽塔望着自己的作品。

"现在这样子确实好多了，"一个船员说，"要不就是咱们看习惯了。"

"嗯。"丽塔表示赞同。

她将手伸向他的脸中间，拿大拇指和食指捏住男人的鼻子，用力拧了一下。软骨和骨头移位，发出嘎吱一声脆响，烛光猛然晃了一下。

"抓住他，快！"丽塔惊呼一声，随着采砂工膝盖一软，农场工人的臂弯里又接住一个倒下的人，这已经是当晚的第二次了。倒的倒，扶的扶，三人手中的蜡烛都往地上摔去，火苗熄灭，照不见地上的人影。

"唉，"等蜡烛再次点燃，玛戈特说，"今儿晚上可真够呛。咱们把这个可怜的人安顿在客房吧。"拉德科特桥曾经是方圆几里唯一能过河的地方，很多旅行者会歇个脚，来酒馆借宿，虽然入住的时候不多，但走廊的尽头总会空出一间屋子，作为客房。丽塔监督他们把男人搬到客房，放上床，盖好毛毯。

"走之前，我还想去看一眼那个孩子。"她说。

"去吧，你还可以帮那个可怜的小娃娃念一句祈祷文。"在当地人眼中，丽塔除了是个医生，紧急情况时又能担当牧师之职，因为她是从修道院里出来的。"钥匙在这儿。还有灯。"

丽塔戴上帽子，穿好外套，脸上裹着围巾，走出"天鹅"，朝外屋走去。

丽塔·桑迪不怕尸体。从儿时，她就习惯尸体，甚至她就是从尸体中生出来的。事情是这样的：三十五年前，有个怀了孕的女人在绝望中跳河自尽，等一位船员发现她、把她救起来时，因为溺水，她已经奄奄一息了。他把她送到戈斯托，那里有修道院，修女们在修道院的医院里照顾穷人和病患。她熬到了分娩的时刻，但溺水让她异常虚弱，根本没有力气分娩，强烈的宫缩开始时，她已经死了，修女格蕾丝只好卷起袖子，拿起一把手术刀，在死去女人的腹部切了一条浅红色的曲线，从里面取出一个活着的婴儿。没人知道她母亲的名字，而且，她们也不会把名字告诉孩子，因为这位母亲犯下三重罪过，一是通奸，二是自杀，三是企图谋杀自己的骨肉，所以让孩子记住她的名字，对神灵是一种亵渎。她们以圣徒玛格丽特的名字命名，叫这个婴儿玛格丽特，简称丽塔。至于她的姓，因为不知道她的父亲是谁，所以叫了"桑迪（Sunday）"[①]，跟其他住在修道院的孤儿一样，这一天是用来纪念天父的。

　　小丽塔功课很好，对医院最感兴趣，经常去打下手。那里总有些事儿小孩子能帮上忙：八岁时，她能整理床铺，擦洗带血的被单和衣物；十二岁时，她拎来热水桶，让死者躺好。等丽塔十五岁时，已经能清洗伤口，给折了的骨头上夹板，缝合皮肤；十七岁时，护理的活儿没有她不精通的，包括独自给孕妇接生。看样子她会一直待在修道院里，当上修女，把自己的一生奉献给上帝和病人。但是有一天，在河边采草药时，她突然萌生一个念头：世间还有比这更美妙的生活吗？鉴于她长久以来接受的教诲，这是个邪恶的念头，但她却没有罪恶感，而是如释重负。这世上要是没有天堂，也就没有地狱。既然没有地狱，她那不知姓名的母亲也就不会忍受永恒痛苦的折磨，而只是消失了，不见了，免受苦难。她告诉修女们自己改变了心意，然后没等她们从惊恐中恢复过来，便搂起一件睡衣和一条灯笼裤，头发也没梳，就离开了修道院。

---

[①] 即英语"星期日"。

"可你说好了的!"修女格蕾丝叫住她,"要侍奉上帝、照顾病人!"

"病人哪儿都有。"她回了一句,修女格蕾丝说:"上帝也无处不在。"但她说得小声,丽塔没有听见。

这个小护士先是在牛津的医院工作,后来,她的才华被人注意到,被挖去伦敦给一位开明的医生当全科护士兼助理。"你要是嫁了人,对我和诊所都是个大损失。"他不止一次对她这样说,显然,有病人对她产生了好感。

"嫁人?我不会的。"她每次都这样答复他。

"为什么不呢?"他听过很多次相同的回答,仍然追问道。

"我更习惯于当一个护士,而不是当一个妻子和母亲。"

这只是一半答案。

几天后,他得到另一半答案。他们去给一个年轻的产妇出诊,她和丽塔同岁,这是怀的第三胎。之前一切都很顺利,没什么特别的理由担心会出现最坏的情况。胎位不算太偏,分娩时间也不算太长,没用产钳,胎盘出来得干净利索。但他们就是止不住血。血一直流、一直流、一直流,产妇死了。

医生走到屋外,把噩耗告诉产妇的丈夫,丽塔则手法熟练地收拾沾满血迹的床单。她已经记不清见过多少个死去的产妇了。

等医生进屋,她已经收拾好,准备出发。两人默默地走出产妇家,来到街上。走了几步后,她说:"我不想那样死去。"

"我又没怪你。"他说。

医生有个朋友,是一位绅士,经常在晚餐时来访,第二天清早才走。丽塔从来没提过,但医生清楚,她知道医生和这个男人的特殊关系。她表现得很平静,保持一种谨慎的沉默。经过几个月的考虑,他提出一个令人惊讶的建议。

"你为什么不嫁给我呢?"有一天,趁病人没来,他问丽塔,"你我不会有……你知道的。既方便了我,也对你有利,病人们还喜欢。"

她想了想,同意了。他俩订了婚,但还没举办仪式,他就感染肺炎去世了,死的时候太年轻。在他生命的最后几天,他打电话给律师,修改了遗嘱。遗嘱里,他把房子和家具留给那位绅士,而给丽塔留了一大笔钱,足够她经济宽松。他还把书房留给了她。她把非医学或科学类的书卖了,其余的书打了包,运到上游。船来到戈斯托,她望着岸边的修道院,突然感到一阵痛楚,想到自己失去已久的上帝。

"停这儿?"船夫误会了她一脸紧张的表情,问道。

"继续走。"她说。

他们又走了一天一夜,来到拉德科特。她喜欢这个地方的风景。

"这儿,"她告诉船夫,"这儿挺好。"

她买了幢小别墅,把书放上书架。她传出消息,让这一带的殷实人家得知她身上有一封伦敦名医的推荐信。等她治好几个病人,给六个婴儿接了生,口碑就牢牢树立了起来。到后来,当地的富户无论生孩子、办丧事还是遇上其他疑难杂症,都只叫丽塔问诊。这是一份报酬优厚的工作,有足够的收入来充实她得到的遗产。病人中,有几个患的是抑郁症,她容忍他们的自我放纵,因为这让她能把工作速度慢下来,或者干脆什么都不做,反正他们也付不起钱。她不工作的时候,过着俭朴的生活。她有条不紊地阅读医生的藏书(她不想他,也没有把他当作自己的未婚夫),还配制药品。

丽塔来拉德科特快二十年了。死亡吓不倒她。这些年来,她照料垂死的人、目送他们死去、摆好遗体。死于疾病,死于分娩,死于意外。死神如期而至,一次不够,就再来一次。而对高寿的人来说,死神是受欢迎的访客。戈斯托的医院建在岸边,因此,她自然熟悉溺水者的尸体。

丽塔满脑子想着溺水而死的场景，脚步轻快地穿过寒冷冬夜的空气，朝外屋走去。溺水很容易。每年，这条河都会送几个人上路，喝得太多、脚底打滑，一秒钟的疏忽就会酿成大祸。丽塔第一次见到的溺水者是一个十二岁的男孩，当时只比她小一岁，他边唱歌边在船闸上嬉闹，脚下一滑，掉进了水里。后来那次是在夏天，有个人纵酒狂欢，下船时脚踩空了，身体坠落下去时，太阳穴被砸了一下。他的朋友们都喝得醉醺醺，无法把他拉上岸。还有一次是金秋的一天，有个学生想炫耀自己的胆量，从伍尔弗科特桥的顶端往下跳，谁知水很深、水流很急。不管哪个季节，河都是老样子。有一些年轻的女子，跟她母亲一样的可怜人，被爱人和家庭抛弃，无法面对未来的耻辱和贫穷，于是选择投河自尽，结束这一切。甚至还有婴儿，那一小块没人要的血肉、生命的开端，他们还没来得及活下来，就被淹死了。以上种种，她都见过。

走到长室门口，丽塔把钥匙插进锁孔。里面的空气似乎比外面更冷，气流绘成一幅精细的地图，勾勒出从鼻腔到前额的路径。寒冷带来泥土、石头和河流的味道。她的脑子顿时变得专注。

微弱的灯光还没走到石屋的角落，就开始摇曳不定，然而那具小小的尸体却被照亮了，闪烁着蓝绿色的微光。这种特殊效果，是由于尸体太苍白而造成的，但在一个想象力丰富的人眼中，会觉得光线是从她的四肢散发出来的。

丽塔的心头产生一种不同寻常的警觉，她慢慢靠近尸体。这孩子大约四岁，皮肤是白色的，衣着简单，光着胳膊和脚踝，布料仍然湿漉漉的，皱巴巴地贴在身上，像泛着一圈涟漪。

丽塔想也没想，就开始了从修道院医院学来的例行检查。她查了呼吸。她把两根手指贴在孩子的脖子上摸脉搏。她翻开上眼皮，检查瞳孔。做这些的时候，她的脑子里听见祈祷词的回音，那是一曲恬静的女声合唱：天父，天上的真神……她听见了声音，但没有跟着动嘴唇。

没有呼吸。没有脉搏。瞳孔完全散开。

不同寻常的警觉仍然笼罩在她心头。她站在那具小小的尸体旁边，不知道是什么东西弄得她心烦意乱。也许只是冷空气的缘故。

如果你见得够多，就能读懂一具尸体。丽塔见过很多尸体。如果你知道该怎么看，死亡的时间、方式和原因都看得出来。她开始仔细检查尸体，看得非常仔细，忘记了寒冷。在闪烁的灯光下，她凝视着孩子的每一寸肌肤。她抬起孩子的胳膊和腿，关节移动很平稳。她观察耳朵和鼻孔，检查口腔，仔细研究每一个手指甲和脚指甲。最后，她往后退，皱起眉头。

有点不对劲。

丽塔困惑地把脑袋歪到一侧，抿着嘴。该做的检查都做了。她知道溺水者的身子会发皱，皮肤、头发和指甲会发软。这些特征都没有，但这只说明孩子在水里待的时间不长。再就是黏液的问题。溺水者的口鼻附近会有泡沫，这具尸体的脸上却找不到。当然，这也有现成的解释，孩子被抛下河时，已经死了。凡此种种，她都能接受，倒是别的事令她烦心。如果这孩子不是溺水而死，她之前有什么遭遇？头骨完好无损，四肢也没被打过。颈部没有瘀青。没有骨折。没有证据表明内脏受到损伤。丽塔清楚人性能邪恶到何种程度：她检查过女孩的外阴部，死前并未遭人性侵。

这孩子有没有可能是自然死亡的？然而，她身上找不出明显的症状。事实上，从体重、皮肤和头发来看，她一直很健康。

这一切已经够令人不安，但还有别的。就算假设这孩子是自然死亡，而且出于难以想象的原因，被人抛尸在河里，死后的肉体也会受到伤害。沙砾挫伤皮肤，岩石摩擦尸体，河床上的碎石割开皮肉。水面震断骨头,桥墩击碎头颅。但无论怎么看,这个孩子的身上都看不出擦伤、瘀伤、挫伤和割伤。她的小身子毫无瑕疵。"像个洋娃娃。"乔纳森当初描述倒在他怀里的女孩时,对丽塔说道。此刻,丽塔才终于明白他为什么要挑选这样一个字眼。她的指尖滑过女孩的脚底,绕过大脚趾的外缘,这双脚柔嫩精致,似乎从未在地上踩过。她的指甲像刚出生的婴儿一样,散发出珍珠般的光泽。死亡没在她身上留下痕迹,而且更奇怪的是,她似乎也没在世上活过,对丽塔来说,这种情况,还是第一次见到。

尸体总能讲出一段故事——但这孩子的尸体就像一张白纸。

丽塔伸手拿起挂钩上的灯。她把灯光对准孩子的脸,发现这张脸和身体其他部分一样毫无表情。很难想象,在生活中,类似这样的迟钝而稚嫩的脸,会流露出乖巧、怯懦、警惕或者淘气的神情。这张脸上也许停留过好奇、文静或者不耐烦,但时间太短,没能刻下永恒的印记。

就在刚才——大概两小时前——这个小女孩的肉体与灵魂还紧紧地结合在一起。想到这儿,尽管熟悉类似情况,有过类似经历,丽塔还是突然身陷感情的风暴之中。灵与肉的分别,这不是第一次。她盼望上帝出现——那个在她童年时见过一切、掌握一切、了解一切的上帝。那时,她无知、困惑,但她可以把自己的信仰托付给全知全能的天父,再复杂的事儿也会变得简单!她可以忍受什么都不知道,因为她坚信上帝会给出答案。但是现在……

她拉着孩子的小手——这是一只完美的手,有五根完美的指头和五枚完美的指甲——她摊开自己的手,把孩子的手放进掌心,然后将自己另外一只手盖在上面。

不对劲!很不对劲!不应该是这样!

事情就这样发生了。

## 奇迹发生

玛戈特把受伤男子的衣服扔进水桶前,乔纳森翻遍了他的口袋。收获如下:

一个被水泡胀的钱包,等他情况好转,钱包里装的钱除了能支付所有费用,还足够请在场的人喝一杯。

一块手帕,也是湿的。

一柄烟斗,完好无损,加一听烟丝。他们撬开盖子,烟丝是干的。"至少对他来说,这是个好消息。"

一枚戒指,以及一些精致的小工具——他是个修表匠吗?他们在想。或者锁匠?窃贼?——直到下一件东西被抽出来。

一张照片。然后他们想起男人手指上的黑印子,丽塔说他也许是个摄影师,这张照片似乎印证了她的说法。那些工具一定也跟摄影有关。

乔从儿子手中接过这张照片,拿自己的羊毛袖口轻轻擦了擦,把照片擦干。

照片上有田野一角、一棵白蜡树,没别的了。

"我见过更漂亮的照片。"有人说。

"需要添座教堂,或者一间茅草屋。"另一个说。

"看起来根本不像照片,啥都没拍全。"第三个人挠着头,不解地说。

"是特鲁斯伯里草地。"乔说,只有他看出来了。

他们不知道该说什么,只好耸耸肩,把照片搁在壁炉架上晾干,继续欣赏下一件也是最后一件从男子口袋里掏出来的东西:

是一个锡盒,里面有一叠小卡片。他们撕下最上面那张卡片,递给欧文,他最见多识广,举起一根蜡烛,大声朗读起来:

### 牛津城的亨利·当特
拍摄:肖像、风景、城市和乡村景色
以及明信片、导游册、相框
尤擅泰晤士河风景

"她说得没错,"大伙儿惊呼起来,"她说他是个摄影师,这就能证明。"

随后,欧文大声念出一个位于牛津高街的地址。

"谁明天要去牛津?"玛戈特问,"你们谁知道?"

"我姐夫驾船去那儿送奶酪,"一个采砂工说,"我今晚可以去一趟他家,问问姐夫。"

"船要走两天,是吧?"

"不能让他家里人担心他两天。"

"他明天肯定去不了,你姐夫?他要是去的话,圣诞节前肯定赶不回来。"

"那就走铁路。"

他们决定派马丁斯去。他明天不到农场做工,他还有个姐姐,住家离莱奇莱德车站只有五分钟路程。他现在就去姐姐家,搭早班火车。玛戈特给了他车费,他一遍遍地重复那个地址,直到熟记在心。他兜里揣着一先令,舌尖挂着一个全新的故事,动身出发。他顺着河边走了六英里,边走边排练这个故事,等他走到姐姐家,故事会练得声情并茂。

其他人继续喝酒。今晚,普通的故事不必讲了——有件蹊跷事已经发生,谁还有心思听别的故事?——于是酒客们再次斟满啤酒杯和玻璃杯,重新点燃烟斗,坐回凳子。乔把刮胡子的工具放到一旁,躺在椅子上,偶尔轻轻咳嗽一声。乔纳森坐在窗边的凳子上,盯着炉膛里的柴火,打量着蜡烛的高度。玛戈特拿一根旧船桨把被河水弄湿的衣物戳进木桶,用力旋了一圈,然后把那锅加了香料的啤酒端回灶台。肉豆蔻和甜胡椒的香气与烟草、燃烧的木头的气味混在一起,河水的味道渐渐消失。

酒客们开始闲聊,找出合适的词儿,把今晚遇上的蹊跷事编成一个故事。

"我在门口见到他时,我**惊呆**[①]了。不对,是**吓呆**[②]了。没错。我被**吓呆**了!"

"我很**震惊**[③],当时。"

"我嘛。我被**吓呆**了,也很**震惊**。你呢?"

他们突然变成了词汇的收藏家,就像很多采砂工人喜欢收藏化石一样。他们竖起耳朵,捕捉别人说出的那个最罕见的、最不寻常的、最独一无二的词。

"我想,我是**瞠目结舌**[④]。"

---

[①] 原文为"astonished"。
[②] 原文为"astounded"。
[③] 原文为"stunned"。
[④] 原文为"dumbfounded"。

他们尝了尝味儿，用舌头掂量了一下重量。很棒。他们冲他点点头，表示赞赏。

有个是初次来"天鹅"喝酒的，讲故事方面也是新人。他还在绞尽脑汁地想。"**大吃一惊**[①]怎么样？我能这么说吗？"

"怎么不行？"他们鼓励他，"你要是喜欢，就说大吃一惊。"

修船匠比斯赞特回来了。一艘船也能讲出故事，他想好了该怎么说。酒馆里每个人都抬起头，听他讲故事。

"船在那儿，"他说，"防浪板那一圈都碎了，被什么东西给撞了，水灌进了船里。半沉在水里。我给它翻了个身，扣在岸上，但没法修了，这艘船算是完蛋了。"

"你觉得是撞了什么？是撞到码头了吗？"

他庄严地摇摇头："有东西过来，砸了船。从上面。"他抬起一只手，用力挥下来，一个手掌撞击另一个手掌，给大家演示，"码头，不是——要是那样，船被撞的该是侧面。"

众人开始聊起河的上游与下游，每一处河段，每一座桥梁，看究竟是哪儿给男子和船带来了灭顶之灾。他们的生活多多少少与这条河相关，哪怕不靠此为业，也存在紧密的联系，所以每个人都有一个说法，想找出事故的原因。在他们的脑海中，这艘小船撞了每一处码头和防波堤、每一根桥墩、每一个磨坊水轮，上游撞了，又去下游，但都不相符。随后，他们想到了魔鬼堰。

这道堰横过泰晤士河，每隔一段距离，竖着灰泥筑成的高大立柱，柱子间是成堆的木头，像一堵堵墙，伴随着水流起伏，时起时落。按照惯例，你得把船从水中拖出来，拖上一处特别设计的斜坡，这样才能绕过围堰，从另一侧下水。岸边有一家小酒馆，所以大多数

---

[①] 原文为"flabbergasted"。

情况下,你能找个人施以援手,而作为回报,你得帮他付一杯酒钱。但有时候——如果甲板高,船身灵活;或者水流不急,船夫经验丰富——还是能省下翻坝的时间,驶过围堰。他必须小心地将船与堰边对齐,船身不能歪斜,然后他需要把船桨都收回来,免得撞在立柱上被折断,还有——要是水位太高,他得猫着腰或者平躺在船舱里,不然脑袋就会磕到堰梁。

他们想象男子遇到了这一切。他们想象那艘船撞上了这道堰。

"所以说,是这样的吗?"乔问,"是魔鬼堰让他遭了难?"

比斯赞特从一小堆木头里捡起一根火柴棍粗细的木棍,棍子又黑又硬,是丽塔从受伤男子的额头取出的最大的一块木头碎片。他拿手指尖试了试,虽然在水里泡了很长时间,碎木头仍然很坚硬。很可能是灰泥,而围堰由灰泥筑成。

"我猜是的。"

"我去过魔鬼堰,不止一次,"一个农场工人说,"你也是吧,我猜?"

修船匠点点头。"如果那条河心情好,放我一马,就过得去。"

"你试过晚上吗?"

"就为了省几秒钟,把小命丢了?我才没那么傻呢。"

今晚发生的事件至少有一个方面落实了,大家都很满意。

"只是,"乔沉默了一阵,问道,"如果他在魔鬼堰遭了难,是怎么从那儿跑到这儿来的呢?"

大伙儿开始七嘴八舌地讨论,提出一个又一个推测,经过验证,发现有漏洞。假设他在事故发生后一路划船过来……带着那些伤口?不可能!那么,他躺在船上,奄奄一息,顺水漂流,直到他经过拉德科特,突然苏醒过来,于是……漂流?就那么一艘歪歪斜斜的小船?在黑暗中自己躲开所有的险段,还不断有河水灌进船舱?不可能!

他们讨论了一轮又一轮，找到一些符合这一半事实或另一半事实的解释，能说明发生过什么，但说不清是如何发生的，或者能提供发生地点，但说不清原因，最后，所有的设想戛然而止，谁也没能给出答案。那人怎么没有淹死呢？

有一段时间，耳边只听得见河水的声音，乔轻轻咳嗽一声，歇口气，说道：

"肯定是'悄悄'①干的？"

每个人都把目光投向窗户，几个坐在靠窗位置的索性望着窗外，望进柔软、宁静的夜色。夜色中，一片迅速移动的黑暗闪烁着液体般的光芒。摆渡人"悄悄"。每个人都知道他。时不时地，他会出现在他们讲的故事里，有些甚至发誓见过他。你在河上遇险时，他就会来。他又高又瘦，熟练地撑着手里的竿，平底船稳稳地滑行，似乎由冥界的力量所驱动。他一句话也不说，把你平安送到河岸，让你能在世上再活一天。但要是你运气不好——反正他们是这么说的——他会把人带去彼岸，那些可怜的灵魂再也回不了"天鹅"酒馆，端起啤酒杯，讲述他们见过谁。

"悄悄"。关于他，有另外的故事要讲。

玛戈特的母亲和祖母在去世前，讲过"悄悄"的故事。她皱了皱眉，岔开话题。

"那个可怜的人，等他醒过来，肯定难受得很。孩子没了——还有什么比这更叫人伤心的？"

大家纷纷表示赞同，她继续说道："只是，这当爹的为什么要带着孩子大半夜跑到河上来呢？而且是冬天！一个人就够傻的了，还带个孩子……"

---

① 原文为"Quietly"。

房间里，已为人父的都点头称是，说那个躺在隔壁房间不省人事的男人行事太鲁莽。

乔咳了一声，说道："她是个古怪的小姑娘。"

"很奇怪。"

"很独特。"

"很少见。"三人异口同声。

"我都没看出来那是个小孩。"有个声音疑惑地说。

"不止你一个人这么觉得。"

男人们聊着船和围堰的时候，玛戈特一直在思考这个问题。她想到自己的十二个女儿和孙女，告诫自己：无论死活，孩子始终是孩子。

"咱们为什么没看出来呢？"她提问的语气让在场的所有人心怀愧疚。

他们把视线转向阴暗的角落，搜寻自己的记忆。他们召唤那个受伤的男子再次站在门口。他们又一次感到震惊，考虑之前由于时间紧迫而没能考虑到的种种细节。他们觉得，这就像是一场梦，一场噩梦。在他们看来，男子就像是民间传说中的人物：一个怪物，或者食尸鬼。他们误以为那孩子是木偶或者布娃娃。

跟先前一样，门突然开了。

酒客们眨眨眼，将男子赶出思绪，定睛一看：

是丽塔。

她站在门口，恰好是刚才受伤男子站的地方。

死去的女孩在她的怀里。

又来了？是时间出错了吗？还是他们喝醉了？他们都疯了吗？发生了太多事，他们的脑子一时反应不过来。他们等着世界恢复正常。

尸体睁开了眼睛。

女孩的头在转动。

她的目光激起一阵涟漪，横扫过房间，每一只眼睛都感受到水流的冲击，每一个灵魂都在系泊处摇晃不定。

时间变得无边无际，最后，终于有人打破沉默，是丽塔开的口。

"我不知道。"她说。

大伙儿震惊得不敢问东问西，她也难得一次百思不得其解，这个回答解决了所有人的疑惑。

等他们反应过来，发现自己的舌头还在嘴里，还能说话，玛戈特率先说了句："我来把她裹在披肩里。"

丽塔抬起一只手，以示劝阻。"别太快让她的身子暖起来。她在冷的地方待久了，得一点点暖和起来。"

女人们把这个孩子放在靠窗的座位上。她的脸色苍白，像个死人，身子一动不动，除了她的眼睛。她眨着眼，看着人。

船夫、菜农和采砂工，小伙子和老年人，两手粗糙的、手指染红的、脖子肮脏的、下巴颏带着胡茬的，都坐得身子靠前，用温柔而渴望的眼神凝视着这个孩子。

"她的眼睛快闭上了！"

"她又要死了吗？"

"没瞧见她的胸口在吸气吗？"

"啊！我看到了。现在沉下去了。"

"又鼓起来了。"

"她要睡着了。"

"嘘！"

他们窃窃私语道。

"我们得让她一直醒着吗？"

"往旁边挪挪，好吗？我看不见她呼吸了！"

"现在看到了没？"

"她在吸气。"

"呼气。"

"吸。"

"呼。"

他们踮起脚尖，站得身子前倾，视线越过肩头往里张望，眯着眼睛，看着丽塔举在沉睡女孩上方的蜡烛所投射出的光圈。他们的眼神紧跟她的每一次呼吸，不知不觉中，他们的呼吸频率变得和她一样，如此多的胸膛，似乎能形成一对对巨大的风箱，将空气注入女孩小小的肺部。伴随她的呼吸，房间时而膨胀，时而收缩。

"有个小孩需要照顾，真是件开心事儿。"一个瘦瘦的、耳朵红红的菜农热切地说。

"没有比这更开心的事儿了。"他的朋友们附和道。

乔纳森目不转睛地盯着女孩。他慢慢挤过来，站在她身旁，迟疑地伸出一只手，见丽塔点头，轻轻地把手放在女孩的一缕头发上。

"你怎么做到的？"他问。

"不是我。"

"那是什么让她活过来的？"

她摇摇头。

"是我吗？我吻了她。唤醒了她，像故事里的王子一样。"他把嘴唇凑向女孩的头发，给丽塔演示。

"现实中，这样的情况是不会发生的。"

"是奇迹吗？"

丽塔皱起眉头，无法回答。

"现在别想这些，"母亲说，"有很多怪事儿，在晚上琢磨不出为什么，但到了白天，自然就解决了。这小家伙需要好好睡一觉，别围着烦她了。走开，我有活儿交给你。"

她再一次打开碗柜，拿出另一个瓶子，又在托盘上放了一打小玻璃杯，往每个杯子里都倒了一点酒。

乔纳森把杯子依次递给在场的人。

"端一杯给你爸爸。"乔一到冬天肺病就加重，很少喝酒。"你呢，丽塔？"

"要一杯，谢谢。"

大家一齐把酒杯端到唇边，一饮而尽。

这是个奇迹吗？就好像梦到了一罐金子，醒来时，发现枕头上果真有一罐金子。就好像讲到童话里的公主，等故事讲完，发现她就坐在房间一角听故事。

差不多有一个小时，他们静静地坐着，看着沉睡中的女孩，想弄清楚发生了什么。今晚，除了拉德科特的"天鹅"酒馆，这个国家还有别处发生过趣事吗？而他们会说，我就在现场。

最后，是玛戈特打发他们回了家。"今晚过得太长了，赶紧睡一觉，才是要紧事。"

杯子里喝得连渣都不剩了，酒客们慢慢起身，拿衣服和帽子。他们喝够了酒，见证了魔法，拖着腿脚，摇摇晃晃地踏着地板朝门口走去。轮流道过晚安后，门开了，很多人依依不舍地回头看了一眼，消失在夜色中。

## 故事传开

玛戈特和丽塔抬起熟睡中的女孩,把她的无袖罩衣撩起,从头顶脱掉。两人在温水里拧了一把抹布,将她身上的河水擦掉,只剩发梢还残留河水的味道。挨到温水时,孩子含糊地嗯了一声,像是觉得舒服,但并没有醒过来。

"这个有趣的小家伙,"玛戈特喃喃地说,"你梦到了什么呀?"

她拿了一件给孙女准备的睡衣来,两人一起动手,把孩子的小手和胳膊穿进衣袖。女孩还是没有醒。

与此同时,乔纳森把啤酒杯洗净、擦干,乔把当晚的进账收好,藏在老地方,然后开始拖地。在房间一角,他赶出一只猫,估计是傍晚时分乘人不备摸进来的。猫受了惊扰,从阴影中溜出来,朝壁炉走去,炉膛里的余烬仍然发着光。

"别指望你能睡在这儿。"玛戈特呵斥这只小动物,但丈夫说:

"外面冻死了。让它睡吧,就一次。"

丽塔把孩子抱进客房,让她睡在另一张床上,隔壁床睡着受伤男子。"我坐在这儿，守着他们，"玛戈特建议给她搬一张滑轮床来时，她说，"坐椅子就行。我习惯了。"

一切都安顿妥当。

"你是不是在想——"玛戈特终于能把脑袋靠在枕头上，低声问。乔咕哝一句："是的，没错。"两人窃窃私语，交换彼此的看法。这些陌生人，他们打哪儿来？为什么到这里，到"天鹅"酒馆？这一晚究竟发生了什么事？乔纳森说是发生了奇迹，夫妇俩把这个词儿念了一遍又一遍。他们熟悉这个词，《圣经》里面提到过，意思是在遥远的地方，在很久以前，发生的不可能的事儿，所以换句话说，压根不存在。在"天鹅"出现了奇迹，这个愿望听上去既可笑又难以实现，相当于修船匠比斯赞特答应付清他欠的酒钱。但是今晚，时值冬至，在拉德科特的"天鹅"酒馆，"奇迹"这个词确实很有分量。

"我没想明白，搞得一点也睡不着。"乔说。但不管是否出现了奇迹，两人都累得够呛，漫漫长夜已经被消磨掉了一半，他们吹灭了蜡烛。夜幕吞没了他们的身影，奇迹戛然而止。

楼下，客房并排的两张床上分别睡着丽塔的两位病人，一个男子，一个小孩，她坐在扶手椅上。男子呼吸得很慢，动静很大，空气进入和离开他的肺部时，不得不挤过肿胀的膈膜，穿过被干涸血块阻塞的气道，因为在过去几个小时里，气流在人体内的路径发生了改变和移位，难怪发出的声音像锯齿在木头上摩擦。在他换气的间歇，在短暂的寂静中，她能听到孩子微弱的喘息声。在他们的呼吸声背后，作为背景音，是河流的气息，无穷无尽。

她也该好好睡个觉，但她一直等到别人都离开，好独自思考。她有条不紊地、不动声色地把这一切从头到尾又想了一遍。她观察自己做的例行检查，注意培训时学过的要寻找的症状。她错在哪儿呢？她仔细地研究了一遍、两遍、三遍，没有发现错误。

下一步怎么办？

既然所学的没什么用，就只能以她的经验来说明问题了。她有过不确定病人是死是活的情况吗？说人们站在死神的门口，是司空见惯的事儿，就好像生与死之间有一条真实的分界线，有人会站在这条线上，耽搁一段时间。但即便是遇到这种情形，她也从未遇到过困难，分辨出病人正站在生死界线的哪一侧。不管病情发展到何种程度，不管病人虚弱到什么程度，在死亡那一刻降临之前，他还活着。没有徘徊不定的时刻。没有中间地带。

玛戈特打发众人上床去睡觉，叫他们放宽心，等黎明到来，一切疑问都会迎刃而解。丽塔遇上麻烦时，也有同感，但这次的情况不同。她脑子里的问题和身体有关，而身体的运转有规律可循。她所知道的一切告诉她，刚刚经历了不可能发生的事。死去的孩子不会死而复生。只存在两种可能性：孩子没有活过来——她仔细听过，孩子的气息很微弱——或者孩子根本没有死。她又回想了一下自己检查过的所有死亡症状。白蜡色的皮肤。没有呼吸。没有脉搏。瞳孔散开。她在回忆里重新访问那间外屋，确认自己完成了所有检查。每个死亡症状都很明显。错不在她。那会错在哪儿呢？

丽塔闭上双眼，集中注意力。她有几十年的护理经验，但她的知识面并不仅限于此。她曾在漫漫长夜里研读外科医生用的医书，默记解剖学，掌握药剂学。结合实践，她将这些知识积累成一个储量惊人的宝库。今晚发生的事儿，跟她所学的肯定是一个范畴。她不奢望能找到合适的解释，或者努力尝试将所有的想法联系在一起。她耐心等待，越想越惊恐，越想越兴奋，等待结论做好准备，浮出水面。

对于生与死的规律，看来她了解得还不够。医学之外，有关生命，有关死亡，还有更多的未知领域。

一扇门打开了，召唤她走向新的知识。

她再一次思念上帝。她曾经把一切与他分享。从儿时开始，她告诉他所有的问题、疑惑、喜悦和快乐。他曾经陪她完成思想上的每一次进步，在行动中，他是她每天的合作伙伴。但上帝已离她而去。这个问题，她必须自己解决。

该怎么做呢？

她仔细听。听着女孩的呼吸。听着男子的呼吸。听着河的呼吸。

河……她会从这条河开始。

丽塔系好靴子的鞋带，扣上大衣的扣子。她在袋子里摸到什么东西——是一个小锡盒——她把锡盒塞进口袋，悄悄走到屋外。围绕油灯的火焰，是带着寒意的无边黑暗，但她仍能辨认出小路的边缘。她走下小路，踏上草地。凭着感觉和灯光，她来到河边。冷空气从她的纽扣孔和围巾的针脚间穿过。她走在自己呼出的热气中，感觉热气湿漉漉的，贴在脸上。

船在这儿，倒扣于草地。她脱下手套，手指小心翼翼地摸着锯齿状的木头边缘，然后摸到一整块木板。她把油灯放到木板上。

她从衣袋里掏出锡盒，叼在嘴上，气温很低，她把裙摆的褶子捏在一起，将一截裙摆塞进刚才装锡盒的衣袋，这样她就能蹲下来，却不会把裙子弄湿。她的身前是黑色的、闪着微光的河水。她身子前倾，手往下伸，直到冰冷的河水像一条蛇狠狠地咬住她的手指。很好。她打开锡盒，从里面抽出一个玻璃和金属的小瓶子，黑暗中看不清里面装的是什么东西。凭感觉，她把管子浸入冰冷的水中，数着数。随后，她站起身，小心地用冻得麻木的手指把瓶子盖好，免得洒出来，来不及拉直裙摆，就脚步迅速地走回了酒馆。

在客房里，她把小玻璃瓶凑到油灯跟前，读上面的刻度，然后从包里拿出一个笔记本和一支铅笔。她记录下河水的温度。

收获不大。但总算开了个头。

她把孩子从床上抱起,坐到扶手椅上,轻轻地将孩子放在自己的膝盖上。小脑袋点了一下,靠着她的胸口。我现在不能睡,她一边想,一边拿毯子盖住自己和孩子。不能半途而废。不能在这张椅子上。

就在她准备坐着熬夜、眼睛发痒、后背疼痛的时候,她回忆起跟她同名的那个人。圣玛格丽特,她把自己的童贞献给上帝,并发誓不结婚,所以还未嫁作人妇,就遭受刑罚折磨。圣玛格丽特是孕产妇分娩时的守护神,而早些年在修道院里,丽塔负责清洗弄脏的、血迹斑斑的床单,收拾死于分娩的产妇的尸体,一想到自己未来会成为上帝的新娘,就感到欣慰。她永远不会被从自己腹中钻出来的孩子弄得四分五裂。上帝虽然离开了她,但她保持童贞之身的承诺却从未动摇。

坐在黑暗中,她突然产生一个想法。

如果她不是这个男人的。如果没人要她。她可以是我的……

但还没来得及记录下这个想法,河水的声音已经充满她的脑海,无尽而低沉。水声把她从清醒的状态中推走,带入黑夜的洪流,她渐渐失去了意识,漂浮……漂浮……漂进黑暗的睡眠之海。


还有很多人没睡着。喝酒的和讲故事的人要走很长一段路,才能找到睡觉的地方。其中有一个人出了"天鹅",离开河边,绕过田野,走去两英里外的谷仓。他跟谷仓里的几匹马一起过夜。他很遗憾没人等他回来,没人被他摇醒,听他说:"你肯定不会相信刚刚发生的事儿!"他想象自己告诉马儿们当晚所目睹的事情,看到它们充满疑惑的大眼睛。才不会呢,它们会说,他想着,这个故事真好笑,我会记住的。但他希望的听众不是马儿,如此精彩的故事,只讲给牲口听,简直是浪费。他拐下直路,绕道去了加廷家田地旁的几户村舍,他的表姐住在那儿。

他敲了敲门。

没人应，肚子里的故事让他又开始敲门，这一次是抡起拳头，砸得门咚咚响。

隔壁一户人家推开窗户，一个头戴睡帽的女人伸出脑袋，冲他骂了一句。

"别走呀！"他说，"等听完我讲的故事，你再骂也不迟！"

"是你吗，弗雷德·黑文思？"她朝说话男子的方向张望，"喝醉酒的故事，有什么稀奇的！"她抱怨道，"我这辈子还没听够吗！"

"我没喝醉，"他生气地说，"你瞧！我还走得直，瞧见了吗？"他小心地把一只脚踩到另一只脚前面。

"说明不了什么！"她的笑声响彻夜空，"反正也没灯，看不见，哪个喝醉的人都说自己能走直线！"

表姐家的门开了，打断了两人的争吵。"弗雷德里克？你想说什么？"

弗雷德言简意赅地讲了在"天鹅"发生的事。

邻居也被吸引过来，把身子探出窗外，一开始听得半信半疑，然后从她身后叫人来听。

"快来，威尔弗雷德，来听这个！"

没过多久，弗雷德表姐家的孩子们都穿着睡衣跳下了床，左邻右舍也被惊醒了。

"她长什么样，那个女孩？"

他描述她的皮肤，像他祖母家厨房窗台上的玻璃罐子一样白；他提到她的头发，垂得像一张笔直的窗帘，干的和湿的时候颜色一样。

"她的眼睛什么颜色？"

"蓝色……带点青，或者是灰。"

"她多大？"

他耸耸肩。他哪里知道?"她要是站在我旁边,得有……这么高。"他用手比画了一下。

"差不多四岁吧?你觉得呢?"

女人们讨论了一阵,表示同意。差不多四岁。

"叫什么名字呢,这孩子?"

他再次被难住了。谁会料到讲一个故事需要这么多的细节,当初发生的时候,他从没考虑过。

"我不知道。没人问过她。"

"没人问她叫什么!"女人们很震惊。

"她在昏睡。玛戈特和丽塔说让她睡。但她爸叫当特,亨利·当特。咱们在他兜里找到的。他是个摄影师。"

"这么说,他是她爸,对不?"

"我猜的……你们说呢?是他领着她,两人一起来的。"

"也许他只是给她照相的?"

"两人在河里都淹得半死了,还照相?亏你想得出!"

窗户间传来一阵喧哗,听众们开始闲聊,缺少的信息被找出来,增加的情节被添进去……弗雷德感觉自己被人遗忘了,失去了对局面的掌控,故事的发展出乎他的预料。他像是抓到一只活物,忘了驯养,现在挣脱了束缚,成了别人的猎物。

他听见有人急切地低语一声:"弗雷德!"

一个女人招呼他去隔壁楼下的那扇窗户。他凑近窗口,她把身子往前靠,手里握着蜡烛,睡帽下露出黄色的头发。

"她长什么样?"

他又开始重复这个故事,描述她白色的皮肤和难以形容的头发,但是她摇着脑袋:"我是说,她长得像谁?她长得像那个人吗?"

"就他那模样。我得说这世界上没有谁长得像他。"

"头发也一样吗？软塌塌、灰扑扑？"

"他的头发又黑又硬。"

"啊！"她若有所思地点点头，故意停顿了一阵，盯着他，"她让你联想到谁吗？"

"你这么问很有趣……我觉得她让我想起了一个人，但具体是谁，我想不起来。"

"是不是……"她把他招呼到跟前，在他耳边低声说出一个名字。

他身子后退，张大嘴，眼睛也瞪得老大。

"噢！"他说。

她看了他一眼。"她也差不多四岁，对吧？"

"嗯，可是……"

"别说出去，"她说，"我在那儿做工。等天亮了，我就去通知他们。"

随后，其他人又招呼弗雷德过去。那么小的一艘船，怎么能装下那个男子、女孩和一架相机，还能钻过魔鬼堰？他解释说船里没有相机。但如果找不到相机，他们怎么判断这人是个摄影师呢？因为他兜里的东西。他兜里有什么东西？

他应大伙儿的要求，把故事讲了一遍又一遍，讲第二遍时，他增加了更多的细节，讲第三遍时，他已经预料到要回答哪些问题，讲第四遍时，他提前就想出了答案。他没有提到那个黄头发女邻居的新发现。最后，来农舍一个小时、冻得浑身发麻后，弗雷德里克踏上了归途。

回到谷仓，他低声跟马儿们又讲了一遍这个故事。它们睁开眼睛，毫不吃惊地听着故事的开头。等他讲到一半，它们已经睡着了，还没讲到结尾，连他都睡着了。

他表姐家有一间外屋，半掩在灌木丛中。屋子的背后，一堆破布加上一顶帽子,勾勒出一个人形,踉里踉跄,挣扎着站起身来。他等到弗雷德里克·黑文思走远,然后迈开步子,朝河边走去。

当欧文·奥尔布赖特顺着河岸往下游走,返回他结束利润丰厚的海上冒险后在凯尔姆斯科特购置的庄园途中,竟然一点都感觉不到寒冷。从"天鹅"走回家,他总会心生感慨,哀叹自己饱受关节痛的折磨,后悔自己喝得太多,美好的人生已经离他而去,只剩下痛苦。他会日渐衰老,直到踏进坟墓。但目睹今晚的奇迹后,他发觉处处都是奇迹:他那双苍老的眼睛无数次忽略了漆黑的夜空,但是今晚,神秘浩瀚的夜空展现在他的头顶。他停下脚步,抬头仰望夜空,惊讶于它的美。河水溅起水花,像银勺子敲得玻璃叮当作响。水声灌进他的耳朵,在脑海中产生意想不到的共鸣。他低下头,看着水面。他有生以来第一次在河边注意到——而且是真正注意到——在没有月亮的天空下,这条河释放出水银般的光芒。光明就是黑暗,黑暗也是光明。

这时候,他想起了几件事——一些他曾经熟悉,但埋葬在他生命岁月里的事情。他怀念父亲。六十多年前父亲去世时,欧文还是个小孩。他这辈子很走运,欠了很多人情。在家里床上等他的是一个善良而有爱心的女人。还有别的:他的膝盖没有平时那么痛,他的胸中生出一股豪情,让他重返青年时代。

到家后,没来得及脱衣服,他就摇着康纳太太的肩膀。

"别想东想西,"她嘟嘟囔囔,"也别把冷风给带进来了。"

"听着!"他告诉她,"你来听听!"他开始讲故事,那个女孩和陌生人,死了,活了。

"你喝了些什么?"康纳太太想知道。

"什么也没喝。"见她没明白,他把故事从头讲了一遍。

她半坐起身子，把他看清楚。他就在跟前，这个她伺候了三十年、同床共枕了二十九年的男人，还没换衣服，挺直腰板，滔滔不绝地说个不停。她搞不清这是怎么回事。他讲完故事，还站在原地，像着了魔似的。

她起床帮他脱衣服。对他来说，灌了一肚子酒后，自己没法解开衣服上的扣子，并不是件新鲜事。但这次他腿脚很稳当，也没有靠在她身上，当她解开他的马裤时，发现他浑身上下充满着一个酒鬼难以保持的活力。

"瞧瞧你。"她半是嗔怪地说。他拥吻着她，这样的爱抚，他们只在当初相恋的时候表现过。他们在床上翻滚了一阵，等两人办完事，欧文·奥尔布赖特没有像往常一样翻过身去睡觉，而是把她搂在怀里，吻着她的头发。

"嫁给我吧，康纳太太。"

她大笑起来。"你今天是怎么啦，奥尔布赖特先生？"

他亲吻她的脸颊，透过他的吻，她感受到他脸上的微笑。

她就快睡着时，他又开了口："我亲眼见到的。是我拿着蜡烛。死了，她死了。就那么一分钟。下一分钟——又活了！"

她能闻到他的气息。他没有喝醉。也许是疯了吧。

两人都睡了。

乔纳森还穿着衣服，等到"天鹅"酒馆里安静下来。他走出楼上的房间，顺着屋外的楼梯下了楼。这样冷的季节，他穿得太单薄，但他毫不在意。一想到心头这个故事，他就感到温暖。他走的方向与欧文·奥尔布赖特相反，往上游走，逆流而行。他的脑子里充满各种各样的想法，他快步向前，打算把这些想法告诉那个想弄清事情来龙去脉的人。

到了巴斯考特的牧师住所,他大声地敲门。没人应答,他继续敲了又敲,敲个不停,全然不顾时间已是深夜。

门开了。

"牧师!"乔纳森大喊道,"我有话跟牧师说!"

"乔纳森,"开门的人身穿晨衣,头戴睡帽,揉着眼睛,说道,"我就是呀。"那人摘掉睡帽,露出一团蓬乱的灰白头发。

"噢。我认识你。"

"有人要去世了吗,乔纳森?是你的父亲?你是来接我去吗?"

"不是!"乔纳森想说他登门的原因正好相反,他急急忙忙想把事情说清楚,却结结巴巴说不清,牧师能听懂的,是没有人去世。

睡眼蒙眬的牧师打断他。"你不能无缘无故把人从睡梦中叫醒呀,乔纳森。再说深更半夜的,你一个孩子跑出来——外面还这么冷。你该上床去。快回家睡觉吧。"

"可是,牧师,这是个同样的故事!再次发生了!跟耶稣一样!"

牧师看到这位访客的脸冻得发白,往上斜的眼珠翻滚着,泪水在他平坦的脸颊上凝结成冰块。见到牧师,他兴奋得整个脸都泛起红光。他舌头太大,大得妨碍说话,索性搁在下嘴唇上。他的这副尊容提醒了牧师,乔纳森虽然很善良,却无法照顾好自己。牧师把门开大,叫男孩进来。

在厨房里,牧师用平底锅热了牛奶,又把面包摆在客人面前。乔纳森啃着面包,喝着牛奶——在食物面前,奇迹也只好退居次席。他把故事又讲了一遍。那孩子死了,然后又活过来了。

牧师仔细听着。他问了几个问题:"你想着来这儿的时候,是已经上床睡觉了吗?……没有?……那好吧,今晚在酒馆是你父亲还是奥尔布赖特先生讲的这孩子的故事?"等他确定这件事——就像乔纳森描述的那样,是一件非同寻常、不可能发生的事——内容有理有据，不是这个男孩的幻想，或者是某个酒鬼讲的荒诞奇谈，他点点头："这么说，事实上这个小女孩根本没死。但所有人都以为她死了。"

乔纳森使劲摇着脑袋。"我接住她。我抱的她。我摸过她的眼睛。"他模仿伸手接住一个沉重的包袱，抱住它，然后用指尖温柔地抚摸。

"如果发生过什么可怕的事，一个人也许看起来像是死了。有这种可能。看似已经死了，但其实处于一种——一种睡眠的状态。"

"像白雪公主吗？我吻过她。是我的吻让她醒来的吗？"

"那只是个故事，乔纳森。"

乔纳森想了想。"那么，像是耶稣。"

牧师皱起眉头，不知该如何解释。

"她死了，"乔纳森加了一句，"丽塔这么说。"

这倒是出人意料。在牧师认识的人中，丽塔是最可信赖的。

乔纳森拾起面包屑，放进嘴里嚼。

牧师站起身。这件事实在令他费解。

"天冷，又太晚了。就在我这儿住一夜，好吗？有毯子，瞧见了吗，在椅子上。你累坏了。"

乔纳森还想要别的东西。"我没说错，对吧，牧师？就像耶稣，再次发生了？"

牧师寻思着，如果自己运气好的话，床上的被窝还剩点温度，大小刚好容得下他的身子。他点点头："照你说给我听的样子，是的，乔纳森。两者不可避免有相似之处。但今晚咱们别瞎想了。"

乔纳森咧嘴一笑："是我把这个故事告诉你的。"

"我记着呢。你是第一个。"

乔纳森开心地躺在厨房的椅子上，闭上眼睛。

牧师疲惫地爬上楼梯，回到自己的房间。夏天时，他会变一个人,活泼机灵,人们会觉得他比实际年龄小十岁,但是到了冬季,天一变黑,他就提不起精神,进入十二月份,他心力交瘁。他爬上床,酣然入梦。当他从梦中醒来,被拖出阴冷的深渊,总是昏昏沉沉。

他也说不清是什么,但今晚在拉德科特的"天鹅"酒馆,确实发生了一件怪事。他明天会去那儿。他爬进被窝,六月份在这个时辰,天色已经放亮,但现在是冬天,前面还有好几个小时的黑暗。

"希望这孩子快快好起来——如果真有这么一个孩子的话,"他祈祷道,"也希望春天快点到来。"

然后他就睡着了。

流浪汉裹紧身上那件破旧的大衣,似乎相信它能抵挡寒气,沿着小路朝河边走去。刚刚听到的故事,让他嗅到了钱的味道——他知道谁愿意掏腰包。这条路不好走:石块从土里冒出来,即使是清醒的人,走路也会绊脚,而在平坦路段,路面又很滑。他偶尔跌跌撞撞,为了保持平衡,他张开双臂,并奇迹般地找到了平衡。也许黑暗中有幽灵抓住他冻僵的双手,使他安然无恙。这是一个令人心痒的念头,让他不禁咯咯笑了起来。他绊了一下,走得很吃力。他的舌头又涩又臭,像死了三天的老鼠,于是他停下来,从口袋里掏出酒瓶,喝了一口,随即又绊了一跤。

他来到河边,朝上游走去。黑暗中看不见什么明显的地标,但他估摸着与白兰地岛站在一条线上的时候,环境变得熟悉起来。

"白兰地岛"是个新名字。在过去,这里就叫"岛",没人给它取另外的名字,因为没人来这儿,也没什么风景可看。随着外乡人住进"拉德科特屋"——起初是沃恩先生,后来是他年轻的妻子——两人给地貌带来的变化是在河边的条状土地上修建起大型酿酒厂和硫酸厂,这座岛因此得名。沃恩先生的几英亩地都拿来种甜菜,他还修了一条小铁路，把甜菜运到岛上，再把白兰地运回来。白兰地岛主要酿造烈性酒，但那已是陈年往事，后来出了变故，白兰地品质不好，酒厂效率低下，或者沃恩先生失去了兴趣……但这个名字一直流传下来。建筑物还在，只是机器不再轰鸣，铁轨仍然延伸到河边，但渡口已经被拆除，要是现在沿着铁道送出一箱箱鬼气森森的白兰地，最后都会沉到河底……

怎么办？他本以为能站在岸边大声呼喊，但身处此地，他意识到这样做是徒劳的。随后——真没想到！——他注意到有艘船停泊在河边——是一艘女人也能划的小船，不知谁留在那儿的，他刚好需要。他庆幸自己运气好——今晚，神灵站在他这一边。

他跳进小船，船身剧烈摇晃，但反正他醉得不省人事，再加上他从小就在河上长大，熟悉水性。他坐稳，使出习惯的划桨动作，一直划到岛岸，回水轻轻反推船身。这里不是停船的地方，但无所谓啦。他爬下船，水没到膝盖。他爬到斜坡，往上走。三层楼高的酿酒厂隐隐耸立在岛的中央。东侧是制硫酸的厂房，背后是仓库。他尽可能保持安静，但难免不弄出声响——靴子被什么东西绊了一下，他摔了一跤，不知从哪儿冒出一只手，紧紧抓住他的脖子，把他摁倒在地，大拇指加四根手指压得他筋骨发疼。

"是我，"他喘息着说，"是我！"

手指松开了。两人一个字也没说，他跟着对方的脚步声，走到仓库。

库房没有窗，空气中弥漫着浓郁的芳香。酵母味、水果味加甜味，甜得发涩，浓得你每吸一口气，就像是吞下一个东西。火盆照亮了瓶子、铜制容器和滚筒，都随意堆放在一起。这里看不出曾经是工厂的样子，没有现代化的大型加工设备，所有的设备都是用偷来的零件组装的，但目的一样：酿烈酒。

对客人，那人连看都没看一眼，就坐到凳子上，他瘦弱的身子在火盆橙色的火光中显出黑色的轮廓。他没有转身，专心地在帽檐下重新点燃烟斗。等他点完烟，吸了一口，又呼出一口，房间里多了一股廉价烟草的味道，才开了口。

"谁看到你来了？"

"没人。"

一片沉默。

"没人看到。太冷了。"流浪汉添上一句。

那人点点头。"说吧。"

"有个女孩，"流浪汉告诉他，"在拉德科特的天鹅酒馆。"

"她怎么了？"

"今晚有人把她从河里拖上来了。死了，他们说。"

停顿片刻。

"然后呢？"

"她又活了。"

听到这里，那人转过脸，但他的样子仍然看不清。"活了？还是死了？她总得占一头吧。"

"她死过。现在又活了。"

那人慢慢地摇了摇头，然后平静地说："你肯定在做梦。要不就是喝多了。"

"他们这么说。我只是来告诉你他们说的话。他们把她从河里捞起来时是死的，现在活过来了。在天鹅。"

那人回头望着火盆。报信人等着看他是否有进一步的反应，但一分钟过去，对方没有任何反应。

"意思意思一下……我大老远跑来。晚上又冷。"

那人哼了一声，站起来，在墙面投下一个忽明忽暗的身影，他将

51

手伸进黑暗,从里面拿出一个盖着瓶塞的小瓶子。他把瓶子递给流浪汉,流浪汉把瓶子装进口袋,摸了摸帽檐,退了出去。

天鹅酒馆里,猫睡得很香。猫蜷缩在壁炉旁,炉腔吐出一股温和的暖意。猫翕动着眼皮,多半是在做梦。对我们来说,猫的梦境肯定比人类大脑在夜里编出来的故事更令人费解。猫的耳朵抽了一下,梦境消失了。有个声音——微弱得几乎听不见,但确实是有人踩在草地的声音——猫已经四脚着地。猫迅速无声地跑过房间,跳上窗台,它的眼睛轻松地穿透黑夜。

一个瘦小的身影偷偷出现在酒馆背后,他穿着一件太长的大衣,帽檐拉得很低,顺着墙边走,经过窗户,停在门口。他偷偷摸摸试了试门把手,发出轻微的嘎嘎声。门上了闩。别的地方也许不锁门,但酒馆里有许多诱惑人的酒桶,晚上必须锁好。那人又回到窗口。他不知道自己正被监视,手指在窗框周围摸索。他又失败了。玛戈特可不是傻瓜。她的脑子灵光着呢,不仅记得在歇业的时候锁门,而且记得每年夏天更换窗户上的油灰,刷上油漆,免得窗框生锈,还记得更换破碎的窗玻璃。从帽檐下冒出一股怒气。那人停下来,眼中闪过一丝思考的光。不能待太久了。气温太冷,不能四处闲逛。他转过身,潇洒地大步走开。他清楚黑暗中该把脚往哪里搁,避开沟壑,躲开石块,找到那座桥,过了桥,走到桥的另一侧,离开小路,走进树林。

闯入者从视线中消失很久后,猫的耳朵还跟着他的行踪。小树枝勾住羊毛外套,鞋跟敲在冰冷的石头地面,树林里被惊扰的动物……到最后,什么都听不见了。

猫跳到地板上,回到壁炉边,把身子靠在热乎乎的炉壁上,又睡着了。

情况就是如此，发生那个不可思议的事件后，经历最初的惊讶和疑惑后，故事从"天鹅"不胫而走，开始了第一波流传。夜色依然浓重，最后，每个人都上了床，故事在所有人脑海中沉淀下来，包括目击者、讲述者和听众。唯一没有入睡的是那个孩子，她是故事的核心，一边凝视着黑暗、听着河水奔流而过的声音，一边轻轻地呼气、吸气。

# 条条支流

地图上的河流画得简单。泰晤士河发源于特鲁斯伯里草地，蜿蜒两百三十六英里，在舒伯里内斯注入大海。但如果有人不辞辛苦走这条水路，无论乘船还是步行，都会发现在每一小截河段，方向单一并不是最明显的特征。在途中，这条河似乎不太想抵达目的地。恰恰相反，它在费时的回转和改道中迂回前进。泰晤士河在方位上的变化常常把人逗乐：整段旅程中，时间不同，它会向北、向南和向西行进，似乎忘记了位于东方的终点——或者暂时把终点放到一边。在阿什顿凯恩斯，许多条小河分出来，村里每户人家都必须有一座桥通向自家的前门。随后，在牛津附近，泰晤士河不慌不忙地绕着城区跑了一大圈。它还有其他反复无常的妙招：在某些河段，河水增加力道、恢复流速之前，会放慢速度，懒洋洋地漂浮在宽阔的水塘里。到了巴斯考特，两股一模一样的溪流孤立出一大片土地，然后重新汇入一条水道。

如果这些在地图上很难理解，那剩下的更难。一方面，河水滔滔向前，同时往侧面渗透，灌溉两岸的田地。河水钻到井里，井水被打上来洗衣服、烧开泡茶。河水被吸收到根膜，一个细胞一个细胞地向上移动到表面，保存在豆瓣菜的叶子里，菜叶做成汤盛入汤碗，或者摆上乡村小饭馆的干酪板。从茶壶到汤盘，河水进入口腔，浇灌复杂的内部生理结构，这些结构形成了人体内的小小世界，然后通过一个便壶，最终回归大地。在其他地方，河水表面沾到垂柳的叶子，太阳升起后，水滴消失在空气里，踏上看不见的旅程，也许聚成一团云朵，形成一个飘在空中的大湖，最后变成雨露落下。这便是未在地图上标识出的泰晤士河旅行路线。

还有更多。我们在地图上看到的只有一半。正如故事不会从第一页开始，一条河也不会仅靠源头成形。以特鲁斯伯里草地为例，那张照片，你还记得吗？那张他们看过就忘了的照片，因为里面没有如画的风景？他们说，就像是普通田地里一块普通的泥巴，乍一看的确如此，但稍微观察仔细，看见地上这处凹陷了吗，就在树根附近？看见这条沟壑是如何形成的吗，从一条浅浅的、狭窄的、不起眼的水沟开始，从树下逃走，跑出了画面？看这儿，在洼地里，是不是有东西在阳光的照射下，从灰蒙蒙的泥地上露出几块参差不齐的银色斑点？这些亮点就是水珠，很长一段时间以来，这是它们第一次见到阳光。水来自地下。在我们脚下的空间里，在岩石的断口和孔隙里，在洞穴、裂缝和沟渠，都有跟地面上一样多、一样曲折、一样蜿蜒的水道。泰晤士河的源头其实并非源头——确切地说，只是在我们眼中，那里像是河的源头。

事实上，特鲁斯伯里草地也许见不得是河源。有人说这是以讹传讹。源头不在这儿，而是别的地方，在一个叫"七温泉"的地方，那里是丘恩河的源头，流经克里克莱德时，与泰晤士河会合。谁能说得清？泰晤士河的河水流向北边、南边、东边、西边，最后往东流，河水在前进的途中渗入两岸的土地，流速时而慢、时而快，在蜿蜒入海的过程中蒸发到天空,简言之,关注泰晤士河的源头,不如关注它流经的区域。如果真有一个源头,肯定位于某个黑暗的、难以接近的地方。所以,与其研究它从何处来,不如研究它往何处去。

啊,这一条条支流!是我接下来打算去的地方。丘恩河、基河、雷河、科恩河、利奇河与科尔河:在泰晤士河上游,这些来自其他地方的小溪小河增加了水流的体积和能量。支流即将加入这个故事。在黎明前的宁静时刻,我们会离开这条河,离开漫漫长夜,踏入支流,并溯流而上,这样做,不是为了去探求神秘未知的河源,而只是想弄清它们昨天做了些什么。

你怎么看？

孩子获救的前一天，下午三点半，在凯尔姆斯科特的一户农舍，一个女人从厨房门里走出，匆匆忙忙地穿过院子，来到谷仓。她金黄色的鬈发整齐地塞进软帽，蓝色裙子很朴素，符合忙碌农妇的身份，但穿在身上别有一番可爱的气质，表明她的心态还很年轻。她走起路来摇摇摆摆，每走一步，就朝左边弯下腰，每走一步，都把身子上扬。这并没有使她放慢脚步。她也没有被遮住右眼的眼罩挡住视线。眼罩是用和裙子一样的蓝色布料做的，拿一根白丝带固定住。

她走进谷仓，里面有血和铁器的味道。有个男人背对她站着，他身材魁梧，个子很高，后背宽阔，头发又黑又直。她将手扶住门框，他把一团被染得猩红的布扔到地上，伸手去拿磨刀石。他开始磨刀刃，空中回响着"嗞啦、嗞啦"的声音。他身后躺着一排宰好的猪，从鼻子到尾巴排列整齐，血从它们身上流出来，流进地面的浅坑。

"亲爱的……"

他转过身。他有一张黝黑的脸，不是因为终日在户外劳作,被英国的骄阳晒黑的,而是源于另一个大陆。他鼻子很宽,嘴唇很厚。见到妻子,他的棕色眼睛一亮,笑了起来。

"小心你的裙子,贝丝。"一股鲜血正向她流去,"你还穿着好鞋子。我这儿就快弄完了,马上就回屋去。"

他看到她脸上的表情,停止了磨刀。

"怎么啦?"

这两张脸有很多不同之处,但此刻却露出同一种表情。

"是哪个孩子?"他问。

她点点头。"罗宾。"

是家里的长子。他脸色一沉:"这次又要什么?"

"这封信……"

他的目光落在她手上。她手里拿的不是一张折好的纸,而是一堆撕碎的纸片。

"苏西发现的。罗宾上次来时,给她带了件夹克,叫她补。你知道的,她虽然才十二岁,穿针引线的事儿却很在行。这是件好夹克,我都不敢猜它值多少钱。你现在看不出来吧,她说,袖子上有一道大口子。她只好把缝口袋的线拆了,配到颜色一样的线,拆线的时候,她发现了这封信,已经被撕成了碎片。我在客厅碰到她时,她正把碎纸拼起来,像是在玩一种游戏。"

"给我看看。"他说。他拎起她的裙摆,免得沾上血,两人朝沿着一堵内墙的平台走去。她把碎纸片摆好。

"租房。"她轻轻摸着其中一张,大声读道。她的手一看就擅长劳作,除了结婚戒指,什么也没戴,指甲又短又整齐。

"爱情。"他读道。他没有碰读到的那张纸,因为指甲缝和手指上都是血。

"结束……结束什么,你说呢,罗伯特?"

"我不知道……怎么会被撕成这样?"

"是他撕的吗?是他收到一封信,不喜欢?"

"试着把那张和这张拼在一起,"他建议,可是不行,拼不上,"是女人的笔迹。"

"漂亮的一手好字。我写信写不了这么好。"

"你写得够好了,亲爱的。"

"但你看她写得多工整。没有一处涂改。跟你写得一样好,你可是念过那么多年书的。你怎么看,罗伯特?"

他静静地看了一会儿。"全部拼出来没什么意义,咱们手上有的东西不全,得试试别的……"

两人把碎纸片转了一圈,按照他的指示,在她灵巧手指的操作下,碎纸片被分成三堆。第一堆没什么具体意思,包括撕成半截的单词,定冠词 the、介词 of 以及一些白纸,被放在一边。

第二堆是词组,他们大声念道:

"爱情"

"完全没有"

"孩子很快会完全"

"除了你们,找不到别人帮忙"

"租房"

"不能再等待"

"我……的爸爸"

"结束"

最后一堆纸片上写着同样的词,是个名字:

"爱丽丝"

"爱丽丝"

"爱丽丝"

罗伯特·阿姆斯特朗转身望着妻子，对方也望着他。妻子忧郁的目光显得焦虑不安，他自己则神色严肃。

"告诉我，亲爱的，"他说，"你怎么看？"

"这个叫爱丽丝的。一开始我以为是她的名字，写信的人，但大家写信的时候是不会老提自己名字的。他们会说'我'。这个爱丽丝是别人。"

"没错。"

"孩子，"她惊讶地重复道，"爸爸……"

"没错。"

"我搞不懂……罗宾有孩子了吗，罗伯特？咱们有个孙女了吗？他为什么不告诉我们？这个女人是谁？她遇到什么麻烦，让她写下一封这样的信？信被撕成这样子。我担心……"

"别担心，贝丝。担心有什么用？假如真有这么一个孩子？假如真有这么一个女人？比起坠入情网，年轻人还会犯更严重的错误，如果这段恋情的结晶是个孩子，我们会第一时间欢迎她。我们的心足够坚强，是吧？"

"但为什么信被撕了一半？"

"也许遇到了麻烦……很少有事情是不能用爱来弥补的，这里并不缺少爱。爱办不到的，钱也能弥补。"

他目不转睛地盯着她的左眼，眼珠是蓝色的。他等妻子眼中的忧虑渐渐消失，重拾信心。

"你说得没错。那咱们该怎么办呢？你要跟他谈谈吗？"

"不，没到那时候。"他扭头望着那堆纸片。在一把难以辨认的字条中，他指着一张，问道："这写的什么？"

她摇着头。一道裂痕水平地从单词中间穿过，从下往上撕破。

"我猜这写的是，班普顿。"

"班普顿？是吗，离这儿只有四英里！"

阿姆斯特朗看了下手表。"现在出发太晚了。我得搞完清理工作，把肉宰好。如果不抓紧，等我喂猪的时候，天就太黑，看不清了。我明天早起，第一时间去班普顿。"

"行，罗伯特。"

她转身离开。

"小心裙子！"

回了屋，贝丝朝衣柜走去。钥匙在锁孔里笨拙地转动，自从上次修好，就一直这样。她记得罗宾八岁时的一天，她回到家，发现衣柜被撬开了，到处都是纸，钱和文件没了。罗宾拉着她的手说："我把小偷吓跑了，他是个样子粗鲁的家伙，瞧，妈妈，窗户开着，我看见他从这儿跑的。"她丈夫赶紧跑出门，寻找那个男人。她没有跟着去，而是把手放在眼罩上，把眼罩转了一圈，遮住好眼睛，露出斜眼。这只斜眼能"看到"普通眼睛看不到的东西。她抓住儿子的肩膀，用斜眼盯着他。阿姆斯特朗没有找到那个样子粗鲁的小偷的踪迹，回到家，她告诉丈夫："不，你找不到的，因为根本就没有这个人。偷东西的是罗宾。"

"怎么会！"阿姆斯特朗不信。

"是罗宾。他以为自个儿编了个好故事。就是罗宾。"

"我不相信。"

他们没能达成共识，后来，沉重的生活负担压得人喘不过气来，这件事儿没人再提起，但每次她把钥匙转进锁孔，就会想起。

她把一张纸折成信封的形状，将所有难以辨认的字条都塞进去，然后把那堆词组也装了进去。剩下三张夹在手指间，她有些犹豫，不确定也舍不得扔掉。最后，她把它们投进信封，喃喃地念着，像是在念咒语：

"爱丽丝"

"爱丽丝"

"爱丽丝"

她拉开衣柜抽屉，但还没来得及把那叠纸收起来，一种本能拦住了她。不是那封信。不是那件衣柜锁被撬的陈年往事。而是别的事儿。似乎有一股透明的水流在空中荡漾。

她试图抓住这种感觉，说出它的名字。她差点没来得及，但还是动作迅速，抓稳了它，因为她听见自己在空房间里说了句：

"有事儿要发生了。"

屋外，罗伯特·阿姆斯特朗磨完了刀。他叫来二儿子和三儿子，一起把杀好的猪抬起来，拿钩子钩住，吊在沟槽上放血。他们用一桶雨水洗了手，把水倒在地上，将殷红的血迹从屠宰场地冲走。他安排孩子们拖地，自己出去喂猪。他们通常一块去喂，但他有心事的时候，更喜欢一个人喂猪。

阿姆斯特朗毫不费劲地扛起麻袋，把猪食倒进槽里。他照顾到各自的喜好，挠着一头母猪的耳朵背后，摸着另一头母猪的侧腹。虽然大多数人视而不见，猪的确是非凡的动物。猪的智慧，能从它们的眼睛表现出来。阿姆斯特朗相信每一头猪都有自己的个性、自己的才能，当他挑选一头小母猪繁衍后代时，不仅要看她的身体素质，还要看她的聪明才智、远见卓识和良好的判断力：有这些品质，才能当一位好母亲。喂猪的时候，他习惯跟猪聊天，今天，和往常一样，他对每一头猪都有话要说，比如"你有什么好生气的，多拉？"或者"觉得年纪大了吧，波尔？"他的小种母猪都有名字。饲养会用来杀的猪，他没有取名，统称它们为"猪仔"。每次他新挑出一头小母猪，就会给猪取一个和她母亲姓名首字母一样的新名字,这样容易追溯育种品系。

他在最后一个猪圈里找到了玛莎。它怀了小猪,再过四天就要产崽。他倒了猪食,添了水。它从草床上爬起来,拖着沉重的身子,步履蹒跚地走向圈门口的食槽,它没有马上吃东西或者喝水,而是把下巴搁在栅栏横杆上挠了挠。阿姆斯特朗挠着玛莎两只耳朵间的头皮,它心满意足地哼了一声。

"爱丽丝。"他若有所思地说。那封信一直没有离开他的思绪,"你怎么看,玛莎?"

母猪望着他,眼中在思考问题。

"我自己也不知道该怎么想,"他说,"第一个孙女——是吧?还有罗宾……罗宾怎么样了?"他重重地叹了口气。

玛莎在泥地里踩了一会儿,等它回过头来,目光变得犀利。

他点点头:"没错。莫德会知道。可是莫德不在这儿,对吧?"

玛莎的母亲莫德是他见过的最好的母猪。它生过很多窝小猪,从没因为意外或者疏忽损失过一头,不仅如此,和其他母猪比起来,它最喜欢听主人聊天。它耐心又温柔,让他敢于袒露心迹。他和孩子们分享自己的快乐时,它的眼中也闪烁着喜悦的光芒,而当他告诉它自己的忧虑时——比如罗宾,让他操心的总是罗宾——它的眼中充满关怀和同情。每次离开猪圈,他的心情都有所好转。它安静而体贴的倾听,让他能大声说出自己的想法,而且有时候,只有他说出想法,才知道自己有这些想法。男人遇到合适的红颜知己后,才会敞开另一半心扉,这实在令人惊讶,而莫德就是那个红颜知己,没有它,他可能永远不会知道关于自己和儿子的某些事情。几年前,在这里,他和妻子就罗宾从衣柜里偷东西一事产生了争执。当他把这个一波三折的故事复述给莫德听时,他有了新发现,注意到当初被忽略的细节。我看见一个人,罗宾说。我看见他的靴子消失在窗口。阿姆斯特朗本能地看到人性善良的一面,他对儿子的信任发自内心。但是,在莫德好奇的眼神中,他回想起儿子讲完故事后小心而警惕的等待,当时就猜到了几分:罗宾是在看他能否逃脱惩罚。接受这个事实,让阿姆斯特朗很伤心,但这一次,贝丝的判断是对的。

两人结婚时,她已经怀上罗宾,生父是另一个男人。罗伯特选择保守秘密,这并不难,因为他全身心地爱这个孩子。当初他决定与贝丝组建一个家庭,不是支离破碎的,而是完整、和谐的家,任何家庭成员都不受孤立,父严母慈,相亲相爱。但当他知道撬开衣柜、把里面的东西洗劫一空的人是儿子罗宾,他不禁痛哭起来。莫德曾经疑惑地盯着他。接下来怎么办呢?他已经找到答案。更爱这个孩子,也许会否极泰来。从那天起,他比以前更积极地替罗宾开脱。

那时莫德又看了他一眼,像是在问:"噢,真的吗?"

一想到莫德,他的眼泪突然夺眶而出,其中一滴落到玛莎粗壮的脖子上,眼泪紧紧抓住姜黄色的鬃毛,然后滚进泥里。

阿姆斯特朗拿袖口往脸上抹了一把,擦去泪水。"你这个蠢货。"他责备自己。

透过姜黄色的睫毛,玛莎目不转睛地看着他。

"你也想它,不是吗?"

他觉得它眼中也罩上了一层浓雾。

"有多久了?"他在脑子里数着月份,"两年又三个月。时间很长了。谁把它偷走的,嗯?你也在,玛莎。他们来偷你妈妈时,你为什么不尖叫呢?"

玛莎专心地盯了他很久。他观察它的表情,想解读其中的内容,但是琢磨不透。

他正给玛莎挠最后一次痒,它突然从栅栏上抬起下巴,朝河边走去。

"这是什么?"

他朝河的方向望去,什么也没看到,什么也没听到。不过,那里一定有什么东西……他和玛莎对视了一眼。他从未见过它有这种眼神,然而,只要把它的眼神和他自己的感觉对比一下,就清楚是什么意思了。

"我想你是对的,玛莎。有事儿要发生了。"

## 沃恩太太与精灵

　　一颗珍珠般的水滴在眼角形成。眼睛的主人是一个年轻女人,正躺在船舱底部。水滴挂在粉红色的眼睑内侧肿起来、压迫一根泪管的地方,伴随船的摇摆,晃晃悠悠,被从上下眼皮长出的睫毛支撑住,既没有碎裂,也没有坠落。

　　"沃恩太太?"

　　年轻女人划船过了河,然后把桨收好,让小船漂进芦苇河滩,停在河滩上。等岸边的呼喊声抵达这个位置,浓厚的河雾已经冲淡了语气里的紧迫感。喊声在她耳边飘荡,被水冲散,被水浸透,音量跟她脑海中的呓语一样微弱。

　　沃恩太太……那是我,海伦娜想。听上去像另一个人的名字。她能想象出一位沃恩太太,但肯定不是她的模样,年纪大些,也许三十岁左右,容貌跟挂在丈夫家走廊上的肖像一样。几年前,她还是海伦娜·格雷维尔,想想就觉得奇怪。时间似乎延长了。现在想起那个女孩,就好像想起一个她曾经认识的人,而且是熟人,但再也见不了面。海伦娜·格雷维尔一去不返了。

"外面冷，沃恩太太。"

冷，是的。海伦娜·沃恩数着冷的类型。不穿外套、不戴帽子、不戴手套的冷。冷空气弄湿她的裙子，贴在肌肤上，让她的胸口、胳膊和双腿都起了鸡皮疙瘩。冷空气进入她的身体，刺痛她的鼻孔，使她的肺颤抖。除了这些，还有河水的冷，速度最慢，要穿过厚厚的船板才能挨到她，但一旦穿过，她的肩胛骨、后脑勺、胸腔和脊椎底部都产生一种烧灼感，刚好是她紧靠在木板曲线上的身体部位。河水推着小船，用缓慢的摇摆抽走她体内的热量。她闭上了眼睛。

"你在那儿吗？噢，回答我，看在上帝的分上！"

回答……这个词勾起了几年前的记忆。伊丽莎姑妈跟她谈过该怎么回答。"先想好了，再回答，"她说，"因为像这样的好机会可不是每天都有的。"

伊丽莎姑妈是海伦娜父亲的妹妹。她四十多岁丧偶，没有子嗣，和她哥哥以及他晚婚生育的女儿住在一起，在海伦娜看来，姑妈的出现是对他们父女生活的破坏和打扰。海伦娜尚在襁褓中，母亲就去世了，伊丽莎认为她的侄女需要一个新妈妈。伊丽莎的哥哥是个怪人，对女儿疏于管教，海伦娜几乎没有受过教育。伊丽莎试过，但她的话没多大分量。早些年，海伦娜曾向父亲抱怨过伊丽莎姑妈，父亲对她眨眨眼："她也没别的地方可去，我的小海盗。不管她说什么，你只管点头答应，然后你爱怎么做，就怎么做。我一直这么干的。"这个法子很管用。父亲和女儿继续和睦相处，去河里划船，在码头玩耍，这些事儿不让伊丽莎干涉。

在花园里，难得一次不训斥海伦娜把脚步放慢的时候，伊丽莎姑妈又开始老话重提。海伦娜对这些事儿再熟悉不过，因为都和自己有关。（生怕侄女忘记。）她提醒海伦娜没了母亲，还拐弯抹角地说她父亲年老体衰。海伦娜听得心不在焉,姑妈却很满意,说得眉飞色舞,慢慢被侄女牵着鼻子走。两人来到河边,沿着河岸散步。海伦娜呼吸着清冷的空气,看着鸭子在碎波荡漾的水面钻进钻出。想到船桨,她的肩膀忍不住扭动起来:她的胸中充满着期待,期待第一次下水,期待小船与水流相遇……"去上游还是下游?"父亲经常说,"不是上游,就是下游——都是一次冒险!"

伊丽莎姑妈还提醒海伦娜,她父亲的经济状况不佳,比健康状况更岌岌可危,然后——海伦娜的心思早已跟着河水漂走,她也许错过了什么——伊丽莎正说到沃恩先生,他的善良、正派和蒸蒸日上的生意,"如果你不愿意的话,你父亲吩咐我告诉你,你只需说一声,这件事就搁在一边,不再提了。"伊丽莎姑妈说。海伦娜起初感到困惑,突然就清楚了状况。

"哪一个是沃恩先生?"她想知道。

伊丽莎姑妈有些发窘。"你见过他好几次……你没注意吗?"但对海伦娜来说,父亲的朋友和同事都是一个模样:乏味的老男人,远不如她父亲那么有趣,她很好奇,父亲怎么爱跟这群人厮混?

"沃恩先生现在和爸爸在一起吗?"

她拔腿就跑,全然不顾伊丽莎姑妈的劝阻,一溜烟跑回了家。进了花园,她跳过蕨类植物,侧身朝书房窗户走去。她爬上一个花坛的底座,紧紧抓住窗台,朝房间里张望,父亲正在另一位绅士的陪伴下抽烟。

沃恩先生鼻子不红,头发也没有花白。她认出来了,他原来是那个爱笑的年轻人,父亲经常和他抽雪茄,喝酒,聊到深夜。她上床睡觉时,会听到两人的笑声。她很高兴晚上有人陪父亲开心。沃恩先生有棕色的头发、棕色的眼睛和棕色的胡子。除此之外,让他与众不同的是他的声音。大多数时候,他说话的方式和其他英国人没什么两样，但偶尔也从他嘴里冒出一段奇怪的口音。她觉得稀奇，很喜欢听，问他说的什么。

"我在新西兰长大，"他告诉她，"我家在那里开矿。"

透过窗户，她望着这个平凡的男人，对他产生了好感。

海伦娜把脚跟从花坛底座挪开，悬在窗台下，兴奋地摇晃身子，尽情地舒展手臂和肩膀。听到伊丽莎姑妈走近，她才松开手。

"我在想，要是我嫁给沃恩先生，就得离开家吧？"

"你总有一天要离开这个家。你父亲最近的身体相当不好。你的前途未卜。他自然希望看到你安定下来。如果你嫁给沃恩先生，你会和他一起住在'巴斯考特屋'，要是你不愿意——"

"巴斯考特屋？"海伦娜停住话头。她知道巴斯考特屋——是一幢大宅子，在一处令人心动的河段，河面又长又宽，水流又平又缓，河水分了岔，绕过一座小岛，在此之前，泰晤士河似乎忘记了自己是一条河，慵懒地流动，就像是一个小湖泊。那里有磨坊水轮、圣约翰桥和船屋……她曾经划船靠近那间船屋，摇摇晃晃地站在自己的单人小船上，朝屋里张望。里面空间很大。

"我能带我的船过去吗？"

"海伦娜，我在说正经事。结婚跟船呀、河呀可没什么关系。婚姻是一份有约束力的合同，无论在法律上，还是在上帝眼中——"

可是海伦娜已经跑了，全速冲过草坪，来到家门口。

海伦娜闯进书房，见到她，父亲顿时快活起来："你觉得这个愚蠢的想法怎么样，嗯？如果你觉得这是胡说八道，就直说。当然，要是你喜欢的话，这堆破东西也许能派上用场……去上游还是下游，我的小海盗？你怎么选？"

沃恩先生从椅子上站起来。

"能带我的船吗？"她问他，"我能每天去河上划船吗？"

沃恩先生看上去有些茫然，没有马上回答。

"那艘船太老了。"父亲说。

"不算很破。"她争辩道。

"上次我看的时候有几个洞。"

她耸耸肩膀。"我舀水就行。"

"破得像个筛子，没想到你这么喜欢。"

"要是沉得太深，我就划到岸边，翻过来，把水倒了，然后再下河。"她让了一步。

他们聊着这艘船，在旁人听来，两人像是神仙，从不担心溺水的危险。

听着他们交谈，沃恩先生的注意力从父亲转到了女儿身上。他开始意识到船在这桩婚事上的重要性。

"我可以帮你把船修好，"他建议，"或者买艘新船给你，如果你愿意的话。"

她想了想，点点头："行。"

伊丽莎姑妈姗姗来迟，错过了这次讨论。她狠狠瞥了一眼海伦娜。有件事看样子得到了解决，是什么事呢？沃恩先生见她可怜，告诉她：

"格雷维尔小姐同意我给她买一艘新船。那件重要的事解决后，我们可以协商次要的问题了。格雷维尔小姐，您能赏光做我的妻子吗？"

无论上游下游，都是一场冒险……

"说定了。"她坚定地点点头。

伊丽莎姑妈觉得这一切远远达不到求婚和接受求婚的标准，正准备开口跟海伦娜说两句，但海伦娜抢先一步。

"我知道。婚姻是一份有约束力的合同，无论在上帝眼中，还是在法律上。"她模仿姑妈的口吻。她见过大人订立重要合同的场景，知道接下来该怎么做，于是伸出手，等沃恩先生握手。

沃恩先生牵着她的手，翻个面，鞠了一躬，又在她的手背吻了一下。事发突然，这次轮到海伦娜不知所措了。

海伦娜的未婚夫信守诺言。他订购了一艘新船，旧船也"暂时"修好了。没多久，她就有了两条船、一间船屋、一处属于自己的河段——以及一个新名字。不久，她的父亲去世了。伊丽莎姑妈搬去和她弟弟住在瓦林福德。然后发生了很多事情，海伦娜·格雷维尔被水流渐渐冲远，连沃恩夫人都忘记了她。

最近，她去河上划船时，喜欢划海伦娜·格雷维尔的那艘旧船。她没划太远。去上游，还是下游？不，她不是想寻求一场冒险，只是把船划到对岸，让船漂在芦苇河滩。

"噢，这雾真大！沃恩先生会咋想呢？"湿漉漉的声音再次传来。

海伦娜睁开眼睛。空中弥漫着水汽，变得不透明，她透过眼角的那颗水滴，看着空气。她什么也看不见——没有天空，没有树木，就连船周围的芦苇也化作无形。她的身子随着河水起伏摇晃，吸入空气中的湿气，看着雾气慢吞吞地移动，像一股停滞不前的溪水侧流，又像她梦中的河水。整个世界都被淹没到水下，只剩下冰冷的自己和海伦娜·格雷维尔的船——河水像活物一样在她身下流动、挤压。

她眨眨眼睛。泪滴渐渐变大，汇成一颗晶莹的珠子，又被压扁，却仍然紧贴在看不见的皮肤上。

海伦娜·格雷维尔曾是一个多么勇敢的姑娘啊。她父亲叫她"小海盗"，而她的确像个海盗。她的所作所为，让伊丽莎姑妈失望透顶。

"在这条河的另一边，"伊丽莎曾经告诉她，"从前，有一个顽皮的小女孩，爱在岸边靠水太近的地方玩。一天，趁她不注意，一个精灵从水里钻出来。他揪住小女孩的头发，拳打脚踢，水花四溅，把她拖到了水下的精灵王国。你要是不信我的话……"她相信过吗？现在很难说，"你要是不信我的话，听着就好。来，你听。听到水溅起来的声音了吗？"

海伦娜点点头。知道这些真是太棒了。有精灵生活在水底的精灵世界。太奇妙了！

"听水花间的声音。听到了吗？是气泡，非常、非常小的气泡，浮到水面，然后裂开。这些气泡送来那些失踪孩子的消息。如果你的耳朵够尖，会听到那个小女孩和其他想家的孩子的哭声，他们在为自己的父母哭泣。"

她听过。听到了吗？她现在不记得了。但如果精灵把她拖到水里，她父亲肯定会把她救回来。显然，因为姑妈没有意识到这一点，海伦娜·格雷维尔对她相当蔑视。

年复一年，海伦娜·格雷维尔已经忘了精灵和他们位于河的另一边死亡国度的事。但是现在，海伦娜·沃恩想起来了。每天，她都划着自己那艘旧船寻找回忆。河水是一种半规则的、不连贯的拍打声，舔着、吮吸着船身。她听着水声，听着水声的间隙。听到失踪孩子们的哭声并不难。她听得清清楚楚。

"沃恩夫人！你会死的！进来吧，沃恩太太！"

河水拍打小船，船身忽上忽下，一个遥远的微弱声音在精灵世界的深处不停地呼唤父母的名字。

"没事！"她低声说，嘴唇发白，她绷紧冰冷的肌肉，四肢颤抖着准备起身，"妈妈来了！"

她从船里探出身去，船开始倾斜，泪珠从她眼中溢出，掉入更加潮湿的河水。她还没来得及调整身体重心，追上那滴泪珠，有个东西就把船身扶正，她感觉自己又掉进了船里。她抬起头，一个模糊的灰色身影俯在船头，握紧系缆扣。随后，雾中的影子变直，她看到影子拉长，像一个人站在平底船里。它举起一只胳膊，动作像把一根杆子插进水中，寻找河床，然后她感到一种强烈的拖曳感。奇怪的是，影子的移动速度慢，船在水里的前进速度却很快。河水松开了手，她被拖向岸边，速度快得令她吃惊。

船最后一次向前推进，灰色的防波堤清晰可见。

管家克莱尔太太等在岸边，园丁站在她身旁。他伸手抓住缆绳，把船系牢。海伦娜站起来，被克莱尔太太搀扶着，爬出船舱。

"你都冻僵了！为什么这么傻呀，亲爱的？"

海伦娜转身望着河水。"他走了……"

"谁走了？"

"摆渡人……他把我拉回来的。"

克莱尔太太困惑地看着海伦娜茫然的脸。

"你看到谁了吗？"她低声问园丁。

他摇摇头。"除非——你说的是'悄悄'？"

克莱尔太太皱起眉头，冲他摇了摇头。"别让她再胡思乱想。情况已经够糟了。"

海伦娜猛然打了个寒颤。克莱尔太太扭身脱掉大衣，披在女主人肩上。"你让我们担心死了，"她责备道，"快进来。"

克莱尔太太紧紧抓住她的一只胳膊，园丁抓住另一只，他们脚步不停地穿过花园，走回屋去。

站在门口，海伦娜迷迷糊糊地停下来，扭头望着花园和远处的河水。正是下午这个时候，天光迅速退去，薄雾渐渐变暗。

"那是什么？"她喃喃自语。

"什么是什么？你听见什么声音了吗？"

沃恩太太摇着头。"我没听见。没有。"

"那，是什么？"

海伦娜把头歪到一旁，眯着眼睛，似乎能看得更远、更清晰。管家在寻找，园丁也歪着脑袋想找到答案。三人都产生一种期待，或者与期待类似的感觉，异口同声地说："有事儿要发生了。"

# 丧女之痛

是这儿。沃恩先生来到牛津城的那条街,在一排联排别墅前犹豫地停下脚步。他左右瞅了瞅,这些体面人家的窗帘太厚,看不出里面是否站着人。不过他戴了帽子,加上空中淡淡的雾气,没人会认出他来。再说他还没打定主意要进去。他摆弄了一阵箱子的把手,给自己找了个合适的理由,然后从帽檐下看着17号别墅。

17号别墅跟左邻右舍一样整洁、端正。这是第一件令人吃惊的事,他本以为能找到什么与众不同的特征。当然,街边每一栋别墅都和它的邻居们略有差异,修建者当初可是费了很大的劲儿才弄成这样。他曾经站在一户人家门前,这家的照明灯特别吸引人。但这并非他心目中的差别。他本以为前门会漆成一种艳俗的颜色,或者窗帘褶皱会像剧场幕布一样垂下。但这儿什么都没有。这些人不是傻瓜,他想着。他们当然想让自己看起来体面些。

给沃恩介绍这个地方的家伙是他的一个熟人,对方又是从朋友的朋友那儿听来的。沃恩还记得这个倒了三次手的故事，大意是某人的妻子因为母亲去世而伤心欲绝，终日郁郁寡欢，不睡觉、不吃东西，对丈夫和子女的关爱无动于衷。她一天天衰弱下去，医生也束手无策，最后，所有的方法都试过了，半信半疑的丈夫带她来看康斯坦丁太太。和这个神秘人物见过几次面后，妻子恢复了健康，找回了活力，重新变成一位称职的妈妈和妻子。沃恩听到的这个故事也许在很多方面都与事实相去甚远，但最关键的一点不缺。故事听起来像胡言乱语，他也不信什么通灵术，但是——他记得熟人是这么说的——不管这位康斯坦丁太太使了什么手段，总之奏效了，"随你信不信。"

肯定是这一栋。大门、小路和房门都很干净，没有剥落的油漆，没有褪色的门把手，没有台阶上肮脏的脚印。他想，那些登门拜访的人，会心甘情愿地走进去，毫不犹豫，绝不退缩。一切都井井有条，没有什么地方让人产生怀疑。这地方对穷人来说不太奢华，对富人来说不太简陋。唉，你不得不佩服他们，他想着，他们把这儿打扮得刚刚好。

他把手指摸到门上，侧身去看门边黄铜匾上的名字：康斯坦丁教授。

他哑然失笑。想不到她竟然冒充自己是教授的老婆！

沃恩打算把手指从门上拿开，但还没来得及——其实他很想转身离去，但不知为什么，迟迟没能迈开腿——这时候，17号别墅的门突然开了，门口出现一个女佣，手里拿着篮子。她是个整洁、干净、朴实的女佣，跟他自己家里雇的女佣一样。她用一种整洁、干净、朴实的声音对他说。

"早上好，先生。你要找康斯坦丁太太吗？"

不，不，他说——这些话没在他耳边响起，原因是它们根本没到他的嘴边。他想编一个他路过此地的理由,但他的手已经拔掉门上的插销,双腿踏上通往前门的小路。女佣放下购物篮,他看着自己把手提箱和帽子递给她,她把这些放在门厅的桌子上。他闻到蜂蜡的气味,螺旋形楼梯闪着光,屋里暖烘烘的——真奇怪,这里不是他该来的地方,他本该在门口站一站,检查箱子有没有扣紧,然后走回那条街。

"你能在这儿等康斯坦丁太太吗,先生?"女佣说,指向一个门口。透过房门,他看到炉火熊熊,真皮扶手椅上放着织锦垫子,地上铺着波斯地毯。他走进房间,留下来的愿望压倒了一切。他坐在大沙发的一端,靠垫将他深深地包裹起来。沙发另一端有一只姜黄色的大猫,刚从睡梦中醒来,开始呜呜叫。沃恩先生伸出一只手,抚摸着它。

"下午好。"

声音平静、悦耳、端庄有礼。他转过头,看见一个中年妇女,灰白的头发从宽阔平坦的前额向后梳。她的裙子是深蓝色的,衬得她灰色的眼睛变成蓝色,衣领是白色的,很素净。沃恩先生突然想起了自己的母亲,这让他吓了一跳,因为这个女人一点也不像她。他母亲去世时,个子更高、更瘦,要年轻些,肤色要深些,而且从未穿得如此朴素整洁。

沃恩先生站起身,向她表示歉意。"你一定觉得我是个大傻瓜,"他说,"太难为情了,更糟糕的是,我都不知道该如何解释。我从外面路过,你瞧,我没打算要进来的——反正不是今天,我要去赶火车……好吧,我可能解释得不清楚,我受不了火车站的候车厅,想出来打发时间,所以就想过来一趟,看看你住哪儿,等下次,我本打算下次来,你家的用人刚好在那时候开了门,她肯定以为——我一点也不怪她,是我来得不是时候,就这样,小小的误解……"他说个不停,他找理由,抓逻辑,说了一句又一句,却抓不到重点,他感觉自己每说一个字,离想表达的意思越来越远。

他说话时,她灰色的眼睛耐心地看着他的脸,她没有笑,但他从对方眼睛周围表情丰富的皱纹里感受到了温柔的鼓励。最后,他说完了。

"我明白了,"她边说边点点头,"你今天不是故意想打扰我,你只是路过,想查查地址……"

"没错!"这么容易就得到宽恕,他松了一口气,等着对方提出告辞。他已经看到自己到门厅取回帽子和箱子,跟她告别。他看到自己的脚踩在方格纹的小路上。他看到自己把手伸向漆过的大门上的插销。但他看到的是那双平静的灰色眼睛里露出坚定的神光。

"不过,还是来这里了。"她说。

他来了这里。没错。他突然强烈地感觉到自己身处此地。房间跟随他的脉搏,他跟随房间的脉搏。

"为什么不坐下说呢,您叫……"

"沃恩。"他说,从眼神看不出她是否听过这个名字,但她的眼中仍然保留了一丝警觉。他坐下来。

康斯坦丁太太从一个蚀刻玻璃瓶里倒出一些透明液体到玻璃杯,放在他身旁,然后坐上一把扶手椅,椅子与沙发形成一个夹角,脸上露出期待的微笑。

"我需要你的帮助,"他说,"是我妻子。"

她的脸色从温柔转为悲伤和同情。"很抱歉。需要我向你表示哀悼吗?"

"不!我不是这个意思!"

他听起来有些生气。他很生气。

"请原谅,沃恩先生,陌生人跑到我家门口,通常是因为有人刚刚去世了。"她的表情没有变,和刚才一样,并非不友善,而是相当和蔼。她态度坚决地等着他说到要点。

他叹了口气。"是这样,我们丢了个孩子。"

"丢了?"

"她被抢走了。"

"原谅我,沃恩先生,说到死人的时候,英语会使用很多委婉语,比如丢了、被抢走了……这些词的意思不止一个。提到尊夫人时,我已经误解了你一次,我不想再误解你一次。"

沃恩先生咽了口唾沫,看着自己放在绿色天鹅绒沙发扶手上的手。他拿指甲盖划过天鹅绒,在绒毛上画出一道线。"你也许知道这件事。我想你读过报纸,即使没读过,那也是全郡的话题。两年前。在巴斯考特。"

她在记忆中搜寻,视线从他身上移开,朝远处望去。他用指尖在天鹅绒上摸了摸,把绒毛弄平,那条线消失了。他等她承认听说过这件事。

她的目光回到他身上。"我想,你最好能亲自告诉我。"

沃恩的肩膀变得僵直。"我要说的,你都知道。"

"嗯——"声音没在这儿,也没在那儿。不太赞成,但也没提出异议。这表明还是轮到他了。

沃恩本以为这个故事不需要再讲一遍。两年过去,他觉得每个人都知道了。这种事,很短时间就能传遍全世界。在许多场合,他会步入一个房间,例如开商务会议,面试新马夫,跟附近的农民联欢,或者到牛津、伦敦参加盛大的典礼,很多人与他素未谋面,但从众人的目光不难看出,他们不但认识他,而且知道这件事。他仍然不习惯,心头却充满期待,和某个陌生人握手时听对方低声说了一句"太可怕了!",而他也学会了一种表示感谢的方式,同时告诫对方"别再提这件事了"。

早年间，他不得不一直复述这个故事。第一次是把家里的男仆们叫起床，讲的时候，声音像一阵劲风，又快又激烈，文字仿佛骑在马背上，追赶闯入者和他失踪的女儿。他也把这事告诉过加入搜寻队伍的邻居们，讲得气喘吁吁，胸口痛苦地缩成一团。在接下来几个小时里，他骑马跑过一条条乡间小路，给每个男人、女人和小孩一遍遍讲述这件事："我女儿被人抢走了！你见到过陌生人吗，匆匆忙忙地赶路，带着一个两岁的小女孩？"第二天，他跑去筹集赎金时，把这事告诉了银行经理，然后又告诉了从克里克莱德赶来的警察。这就是事件发展的顺序。那时，一切还在他们的掌控之中，只是这一次，海伦娜也开始讲述。两人走来走去，坐下，起身，又开始走动，他们轮流说，或者同时开口，有时两人陷入沉默，面面相觑，说不出话来。有一个瞬间，他特别想忘掉，是海伦娜描述发现女儿不见了的那一刻："我打开门，走进去，她不在那儿。她不在那儿！她不在那儿！"她声嘶力竭地重复着"她不在那儿"，脑袋左右晃动，眼睛在头顶的房间角落搜寻，仿佛他们的女儿藏在墙角的缝里，或者墙外，躲在屋顶龙骨的角上。那时，女儿的失踪似乎淹没了海伦娜，淹没了夫妇俩，他们只好不停地跟人讲这件事，试图摆脱困境。但词语像小小的蛋杯，要描述的却是一片海洋，浩瀚无边，如此小的容器根本装不下。她试了一次，试了二次，但无论重复多少次，都不能释怀。"她不在那儿！"无休止地重复着，他从没想过人类竟然能用如此可怕的嗓音吼出这句话。她沉浸在悲痛中，他则处于某种麻木的状态，做不了任何事，说不了任何话来安慰她。感谢上帝。警察来了。是他抛给她一条能抓住的绳索，是他抛出下一个问题，把她拉回现实。

"床有人睡过？"

他的话音传到了她的耳中。她似乎从梦中醒来，点点头。虽然疲乏而又虚弱，她又恢复了自己的声音，说道："鲁比哄她睡的。咱家的保姆。"

然后她陷入沉默，沃恩接过话头。

"先生，如果您不介意的话，请说慢一点，"那人说，俯身在笔记本上，手里拿着铅笔，像个热心的学童记录沃恩的讲述，"再来一遍，好吗？"他不时叫停他们，把写下来的东西念一遍，然后他们纠正他，回忆起之前漏掉的细节，发现两人对事件的了解有出入之处，整理记录，弄正确。任何细节都可能让她重返现场。花了好几个小时，才把几分钟的事情记下来。

他给在新西兰的父亲写过信。

"不，别写，"海伦娜拦住他，"去烦他有什么用，她明天就会回家，或者后天？"

但他还是写了信。他记得警察给他们做的笔录，并以此为基础写完这封家信。他写得很仔细，信中包含女儿失踪的全部细节。不明身份的歹徒在夜里闯入，信上写道，他们搭起梯子，从育儿室的窗户进了屋；离开时，他们带走了孩子。另起一段：虽然第二天一早收到了赎金要求，而且已经支付了赎金，但女儿还没有回到我们身边。我们还在找。每个人都竭尽全力，在找到她之前，我们不会放弃。警方正在追捕吉卜赛人，会搜查他们的船。一旦有新的进展，我会立即通知你。

信上听不到气喘吁吁，也没有痛苦的喘息。恐惧的气氛荡然无存。绑架案发生后不到四十八小时，他坐在书桌旁，写下事件的经过：字母组合成词，有规律地排列在一起，构成句子，然后是段落，包含了他女儿失踪的消息。他写了整整两页，内容丰富。

安东尼·沃恩写完信，通读了一遍。该说的是不是都说到了？该说的确实都说到了。他确信没有什么遗漏，把信封好，按铃唤来女佣,叫她去寄。

简短枯燥的叙述方式,在他遇到生意伙伴和不太熟悉的人时,为了让对方迅速了解事态,曾经重复使用过无数次。今天他也用上了。他已经好几个月没有这样叙述,却发现内容仍然逐字逐句存在。不到一分钟,这个灰色眼睛的女人就知道了事情的来龙去脉。

他讲完故事,端起身旁的玻璃杯,喝了口水。味道很独特,像啃了一口黄瓜,很爽口。

康斯坦丁太太用坚定而和蔼的眼神望着他。他突然觉得不对劲。听众通常会很震惊,笨拙地安慰他,说些客套话,或者尴尬地沉默不语,等他开口来转移话题。这些都没有发生。

"我懂了,"她说,随后——点点头,好像她真的看到了,但她看到了什么呢?肯定什么都没有——"好吧。你妻子呢?"

"我妻子?"

"你来的时候,告诉我说你是为了妻子,来寻求我的帮助。"

"啊,没错。"

只是一刻钟前发生的事,但他觉得自己需要沿着一条长路返回刚走进这栋别墅的时候,重温与康斯坦丁太太的初次交流。他在时间和记忆的种种障碍中倒退,揉着眼睛,终于找到了他来这儿的目的。

"是这样的,你瞧。我妻子她——自然是——伤心欲绝。遇到这种情况,可以理解。她只盼着女儿归来。她很悲伤。她谁也不想见。她不准别人把她从痛苦中解脱出来。她胃口很差,一睡着就做噩梦,所以干脆不睡觉。她的行为变得越来越古怪,已经到了伤害自己的地步。举个例子:她划着小船去河里,独自一人,不管天气恶劣和其他危险。她在河上待好几个小时,无论晴雨,穿着单薄。她也不说为什么要这样做,而且这样做一点好处也没有。这只会伤害她。我本打算陪她出去散散心,以为旅行会帮助她恢复健康。我甚至准备把所有的东西都卖掉,在一个全新的地方重新开始,免得被悲伤所纠缠。"

"她的反应呢?"

"她说这是个好主意,等女儿回来,就搬家。你看到了吧?如果得不到改观,我想她只会每况愈下。你要明白,折磨她的不是悲痛,而是更糟糕的东西。我很担心她。我担心,如果得不到改观,她会死于严重的事故或者死在精神病院里。我要做些事——做任何事——来阻止这一切发生。"

那双灰色的眼睛依然盯着他,他意识到在善良的背后,她一直在观察他。这一次,他明确表示自己将保持沉默,轮到她说话了(他见过哪个女人这么少言寡语吗?),她终于开了口:"你一定很孤独。"

安东尼·沃恩难掩心头的失望。"那不是重点。我希望你能和她谈谈。"

"谈什么?"

"告诉她孩子死了。我觉得她需要听这个。"

康斯坦丁太太眨了两下眼睛。换作别人,这算不了什么,但对一个镇定自若的女人来说,这算是相当吃惊。

"请听我解释。"

"我想你最好解释一下。"

"我想你告诉我妻子,我们的女儿死了。告诉她孩子很快乐。告诉她,女儿和天使在一起。往那边传个信,搞出声音,燃点烟,摆几面镜子什么的,如果你准备了的话。"他边说边环顾了一下房间。似乎不太可能,这间装饰高雅的客厅摆不下这些道具,与窗帘一起布置出一个表演舞台,但说不定有另一个房间,她用来展示通灵之术。"听着,我不是专横地告诉你该做什么。你清楚什么最管用。我只是告诉你一些事儿,让海伦娜相信你。一些只有她和我知道的事儿。接下来……"

"接下来?"

"接下来,我们悲伤、难过、哭泣、祈祷,然后——"

"然后,等你妻子哀悼完,她会恢复正常的生活——重新——回到你身边?"

"是的!"安东尼·沃恩对她能完美理解自己的话充满感激之情。

康斯坦丁太太把脑袋轻轻歪到一旁。她冲着他微笑。慈祥的微笑,理解的微笑。"我想这不太可能。"她说。

安东尼·沃恩有些吃惊。"为什么不可能?"

她摇着头。"首先,你误会了——或者也许是被误导了,对于我这个地方。当然,犯这样的错误,可以理解。其次,你的建议没有用。"

"我会按行价付钱给你,或者付双份的钱。"

"不是钱的问题。"

"我不明白!就是个简单的转账!告诉我要多少,我马上付!"

"对于你的遭遇,我深表同情,沃恩先生。失去孩子,是谁都难以承受的痛苦。"她微微皱起眉头,"但你呢,沃恩先生?你相信你女儿死了吗?"

"她肯定死了。"他说。

那双灰色眼睛看着他。他突然觉得她能看透他的灵魂,能看到连他自己都看不清的幽暗的内心深处。他感到心脏开始乱跳。

"你还没告诉我她的名字。"

"海伦娜。"

"不是你妻子的名字。你女儿的。"

艾米莉亚。他想起那个名字,又咽了回去。沃恩的胸口一阵痉挛。他咳嗽着,喘着气,又伸手去拿水,喝了半杯。他试着吸了一口气,看看胸口的疼痛有没有缓解。

"为什么?"他问,"你为什么不帮我?"

"我很愿意帮你。你需要得到帮助。你不能再这样下去了。但是你今天要我做的事,不但不可能,而且没有好处。"

他站起来,抡起胳膊,做了个愤怒的手势。他突然感觉很荒唐,不知道自己该不该掩面而泣。他摇摇脑袋。

"好吧,我就走。"

她也站起来。"如果你想再次光临,别客气。随时恭候。"

"我为什么还来?你又不能帮我做什么事。你说得很清楚。"

"我不是那个意思。愿意的话,去清醒一下吧。那边有水和干净毛巾。"

她走后,他把水泼在脸上,把脸埋在柔软的棉毛巾里,感觉好受了一点。他拿出手表。半小时后有一趟火车,刚好能赶上。

在街上,安东尼·沃恩一边匆忙赶路,一边骂自己愚蠢。假如那个女人接受了他的建议?假设他带海伦娜去那儿,消息传开?这也许对故事中那个男人的妻子有帮助,可是海伦娜……海伦娜跟别人不一样。

月台上还有许多乘客在等火车。他站得离他们稍远一点。他不想被人看见。可能的话,他总是尽量避免跟不熟悉的人闲聊。陌生人的好奇心更大,有时他不认识他们的脸,他们却认得他的脸。

车站的大钟显示火车将在一两分钟后到达,他一边等,一边庆幸自己死里逃生。她拒绝收他的钱,这是什么鬼把戏,他搞不清,但毫无疑问,她是在欲擒故纵。

他专注地想着刚才发生的事,过了一会儿,才意识到有种感觉悄悄牵动他的心。他确实注意到了,但仍然被发生在17号别墅的奇怪遭遇弄得糊涂了,又过了片刻,才把这种新感觉和刚才的怪异感觉区分开来,此时,他认出来了,是期待感。他摇摇头,驱散疲劳。这是漫长的一天。他在等火车,火车就要到了。就这些。

火车到了。他上了车,找到一节空的头等车厢,坐在窗边。在月台上开始的期待感迟迟不愿褪去。当火车驶出牛津城,他透过逐渐变暗的薄雾,朝隐没在黑暗中的那条河望去,有种预感越来越强烈。火车在铁轨上飞驰,发出有节奏的声响,似乎在向他疲惫不堪的大脑说话,他听得清清楚楚,有个看不见的人说了一句:有事儿要发生了。

## 莉莉的噩梦

沃恩家大宅子的对岸，顺流而下半英里，有一块连豆瓣菜都种不了的湿地。离河远一点的地方长着三棵橡树，树根在湿土里如饥似渴地喝水，但是落在河边的橡子还没发芽就烂掉了。这是个荒凉的地方，只适合潦倒的落水狗，而在过去，这条河肯定比较听话，因为曾经有人在橡树与河水之间盖了一栋小屋。

那栋小屋像一个长满青苔的石头砌成的扁盒子，有两个房间、两扇窗户和一扇门。屋里没有卧室，但厨房台阶通往一个平台，平台宽度刚好够铺一块草垫。睡台一端挨着烟囱，如果燃过火，至少晚上头几个小时，睡觉的人脑袋或脚是暖和的。这是个一贫如洗的地方，少有租客，因为这儿又冷又潮，只有走投无路的人才愿意入住。屋子太小，似乎无法命名，所以听说它有两个名字时，很是令人惊讶。官方名称是"沼泽小屋"，但自打人们知道这个地方，就叫它"编篮人小屋"。很久以前，有个编篮子的人在那儿住了十多年或三十多年，究竟十多年，还是三十多年，人们说法不一。他整个夏天都去采集芦苇，整个冬天都在编篮子，每个需要篮子的，都从他那儿买，因为他编的篮子做工精良，要价也不高。他没有不成器的孩子，没有唠叨的妻子，也没有爱伤人心的女朋友。他少言寡语，但并不孤僻，遇到谁都会亲切地问好，从没跟人吵过架。他不欠债。他没有犯任何人们知道或能猜到的罪过。所以，当他的尸体撞到在码头等着装货的驳船上时，人们来到小屋，发现一个石罐里装着土豆，旁边还有奶酪。酒壶里有苹果酒，壁炉台上放着一个烟盒，剩下一半烟丝。对他的死，人们很震惊。他有工作、有食物、有乐趣——还有什么可缺？这是一个谜。一夜之间，"沼泽小屋"成了"编篮人小屋"。

　　编篮人住进小屋时，河水已经开始冲刷掉一层层的沙砾，削平河岸，形成一处处危险的悬岩，看起来结实，却承受不了一个人的重量。悬岩倒塌后，剩下浅浅的斜坡抵挡河水，百里香、绣线菊和野牵牛花脆弱的根系试图把土壤连在一起，却一次次被洪水冲走。在春分或大雨后，在盛夏的中雨后，在冰雪消融后，或者平时无缘无故遇到恶劣天气之外的因素，河水就涌上这处斜坡。在斜坡中段，有人插了一根标杆，随着时间的推移，杆子表面变成银色，因为河水反复浸泡而开裂，但刻出的水位线仍然清晰可见，让人能辨认出洪水发生的日期。洪水的痕迹在标杆的底部、中段和上端都有。再往上走一截，另外一根标杆是后来插的。显然，有一次洪水完全吞没了第一根杆子。这根新的有两条线，八年前的和五年前的。

　　今天，一个女人站在较低的标杆旁，望着河水。她没有戴手套，用冻得又红又破的手紧紧抓着大衣。几缕头发从发夹上松开，挂在脸上，随风飘动。发夹褪了颜色，从白色变成不显眼的银色。她四十出头，头发比实际年龄年轻些，但脸显得苍老，烦恼在她的额头刻出焦虑的皱纹。

　　河水离标杆很近。今天没有洪水，明天也没有，但女人的眼中还是充满恐惧。河水又亮又冷，水流湍急，哗哗地从一旁经过。河水偶尔吐出一口水花，水扑到靴子附近时，她跳起来，身子向后挪了几英寸。

她站在那儿，想起那个编篮人的故事。一想到他口袋里装满石头，勇敢地走下河，就忍不住发抖。她听人说河中住着死者的亡魂，也不知现在是谁从她身边跑过，朝她吐口水。她又想，有一天，自己会向牧师打听河中亡魂的事。至少据她所知，《圣经》里没有记载，但这并不意味着什么。肯定有很多真理，《圣经》里没有。《圣经》是一本大书，但它不可能包含所有的真理，是吧？

她转过身，沿着斜坡朝小屋走去。冬天的工作日并不比夏天短，她回到家时，天差不多黑了。她还得照料别的动物。

四年前，莉莉住进这栋小屋。她说自己是个寡妇，叫怀特太太，起初人们不信她的话，因为凡是遇到涉及过去生活的问题，她都闪烁其词，而且紧张地回绝了一切善意的帮助。但她每周日都会准时出现在教堂，每次买点东西，她都会从钱包里掏出少得可怜的几枚硬币数一数，从来不赊账，渐渐地，人们对她的疑心消除了。没多久，她开始在牧师家工作，先是洗衣服，后来因为勤快、手脚麻利，负责的事儿越来越多。牧师家的管家两年前退休后，莉莉担负起里里外外的大小事务。牧师家留了两个舒适的房间供管家使用，但莉莉仍然住在"编篮人小屋"，说是要照顾屋里的动物。人们已经习惯了，但私底下还是觉得莉莉·怀特有些不对劲。她真是个寡妇吗？有人突然跟她搭话时，她为何如此紧张？哪个明智的女人会为了一只山羊和几头猪，选择住在潮湿的、与世隔绝的"编篮人小屋"，而舍弃牧师贴有墙纸的舒适住宅？不过，熟悉了她的性格，再加上她跟牧师的特殊关系，减少了大家对她的怀疑，现在人们对她更多是报以同情。莉莉·怀特是个出色的管家，但也有人小声嘀咕说她脑子有些不好使。

人们对莉莉·怀特的猜想不无道理。从法律意义上，在上帝眼中，她根本不是某人的妻子。那些年间，有这么一位怀特先生，她为他履行了妻子通常需要为丈夫履行的所有职责：她给他做饭，给他擦地板，给他洗衬衣，给他倒夜壶，给他暖床。作为回报，他也做了丈夫该做的事：他让她缺钱花，喝掉她那份啤酒，想在外鬼混的时候就彻夜不归，还打她。在莉莉眼里，这就是这场婚姻的每一个细节，所以，当他五年前因为某个她尽量不去想的情况失踪后，她一点也没有迟疑。他偷窃、酗酒，加上其他种种恶习，根本不配姓"怀特"①，她知道，她也配不上这个姓，但在能拥有的所有姓氏中，这是她最想要的一个。于是她拿走了。她离开那个地方，顺着河水，碰巧来到巴斯考特。"莉莉·怀特，"她一路上喃喃自语，"我叫莉莉·怀特。"她努力不辜负这个新名字。

莉莉给了黄山羊一些烂土豆，然后去喂猪。猪住在旧柴棚里。柴棚是一间石屋，位于小屋与河之间，靠小屋的一侧有一个又高又窄的开口，供人出入，猪也可以在围栏和泥地间跑来跑去。石屋里，一堵矮墙把两端隔开。在莉莉那头，碎木柴堆在墙边，旁边是一袋粮食和一个装了一半泔水的旧锡槽，还有几个桶，架子上的苹果正慢慢腐烂。

莉莉拎着桶，走到屋外的泥地。她把一桶半腐烂的卷心菜和其他烂成棕色、分不清种类的蔬菜举过栅栏，倒进食槽，然后给旧水槽加水。公猪从铺了稻草的柴棚走出来，看也没看莉莉，就埋头开始吃。公猪身后跟着一头母猪。

和往常一样，母猪拿肚子蹭着篱笆。莉莉挠它的脑门时，它冲莉莉眨了眨眼。姜黄色的睫毛下，母猪的眼睛半睁半闭。猪也做梦吗？

---

① 原文为"White"，意为"白色"。

莉莉很想知道。如果猪真的会做梦，根据她的观察，梦见的东西肯定比现实生活更美好。母猪完全醒了，用一种特别尖锐的目光盯着莉莉。猪是有趣的动物。有时它们看着你的样子让你觉得它们就是人类。这头猪在回忆什么事儿吗？没错，莉莉看出来了，就是那件事。这头猪看上去像是在回忆如今失去的快乐时光，记忆中的快乐被现在的悲伤所覆盖。

莉莉也曾经很快乐，但回想起来却痛苦不堪。父亲在她记事前就去世了，直到十一岁，她都和母亲平静地生活在一起，就母女两人。钱很少，食物也很少，她们勉强度日。晚上喝完汤，她们就紧紧靠在一起，拿毯子把身子裹起来，免得生火。母亲点头同意的话，莉莉会翻开儿童版《圣经》，母亲大声朗读。莉莉不擅长读书。她分不清字母"b"和"d"，似乎书页上的单词感觉她的目光掠过时，都吓得浑身发抖，但是当母亲用温柔的嗓音大声读出来时，字词则变得规规矩矩，莉莉发现自己能跟上思路，在心头默念。有时母亲会提到她的父亲——他有多么深爱自己的女儿，在弥留之际，他目不转睛地看着女儿，说道：她是最好的我，露丝。我们一起创造了这个孩子，她是爱的延续。后来，耶稣和她的父亲就像同一个人的不同面孔，围绕在她身旁，保护着她，虽然无形，却仍然真实。那条毯子，那本书，母亲的声音，耶稣和曾经深爱她的父亲——这些快乐的瞬间加剧了后来生活的艰辛。一想起那些金色的日子，她就感到绝望，甚至希望自己从来没有跟他们生活过。这头猪的眼中流露出对逝去幸福的渴望，她肯定想起了自己过去的样子。如今，只有上帝望着莉莉，眼中充满严厉而愤怒，而她的父亲如果从天堂俯视他长大成人的女儿，肯定会失望得转过脸去。

母猪继续盯着莉莉看。她粗暴地推开它的鼻子，咕哝一声"蠢猪"，沿着斜坡向小屋走去。

她在屋里生了火，吃了点奶酪和一个苹果。她看了眼蜡烛，那一截残烛已经熔化得只剩一小块。她决定不再点蜡烛。火炉旁边有一把松垮垮的椅子，衬垫用不伦不类的毛料打了补丁，她疲倦地坐下来。她很累，但神经仍然保持警觉。他会像往常一样，在这样的夜晚来吗？她昨天才见过他，所以他也许不会来，但谁也说不准。她坐了一个小时，留心听脚步声，然后渐渐合上眼皮，脑袋垂下来，睡着了。

河水散发出一股复杂的香味，透过门下的缝隙吹进小屋。莉莉的鼻子突然翕动一下。这股香气有泥土的味道，带着青草、芦苇和莎草的气息。它含有矿物质，以及更黑、更褐、腐烂得更厉害的东西。

伴随下一次呼吸，河水呼出一个孩子。她飘进小屋，绿灰色的身子冷冰冰的。

莉莉在梦中皱起眉头，呼吸变得困难。

女孩无色的头发光滑地贴在头皮和肩膀上。她的衣服是堆积在河边的浮渣的颜色。水从她身上流下，从头发滴进斗篷，从斗篷滴向地板，尚未滴落。

恐惧让莉莉的喉咙哽咽起来。

哒、哒、哒……水滴个不停，会一直滴下去，直到河水干涸。女孩徘徊在四周，恶狠狠地盯着睡在椅子上的人，慢慢地——慢慢地——抬起一只模糊的手，指向她。

莉莉突然惊醒——

河水送来的女孩消失得无影无踪。

莉莉惊恐地盯着那个女孩在空中待过的地方，看了一会儿。

"啊！"她气喘吁吁地说，"啊！啊！"她双手捂着脸，想隐藏这幅画面，但同时也从手指间偷看，想确认女孩走了。

一直以来，这件事从来没有容易过。女孩还是很生气。要是她能多待一会儿，让莉莉能跟她说说话就好了。告诉她自己很抱歉，告诉她自己愿意付出任何代价、放弃任何东西、做任何事情……但莉莉开口时，女孩已经走了。

莉莉惊魂未定地把身子前倾，盯着那女孩徘徊过的地板，那里有深色的痕迹，能在昏暗的光线中辨认出来。她从椅子上起身，不情愿地拖着脚走过地板。她伸出手，用手指去触摸黑暗。

地板是湿的。

莉莉双手合十祈祷。"求你搭救我出离淤泥，不叫我陷在其中。求你使我出离深水。求你不容大水淹没我，不容深渊吞灭我。"她快速重复着祷词，直到呼吸恢复正常，然后挣扎着站起来，说了声"阿门"。

她有些心神不宁，这不仅仅是那个女孩造访后的余波。河水涨了吗？她走到窗前，河水的黑暗光芒距离小屋和刚才一样远。

那么。是他？他来了吗？她寻找屋外的动静，竖起耳朵听他走近的声音。什么都没听见。

这两个都不是。

那么，是什么？

有人在回答，听起来像母亲的声音。她吃了一惊，却发现是自己在说："有事儿要发生了。"

## 阿姆斯特朗先生在班普顿

他们都认为，有事儿要发生了。很快，在拉德科特的"天鹅"酒馆，确实发生了怪事。

接下来呢？

在最漫长的夜晚后的第一个早晨，当马蹄声在鹅卵石路上响起，班普顿村来了一位客人。这么早碰巧在外面的几个人皱着眉，抬起头来。哪个傻瓜蛋会骑着马全速冲进他们狭窄的街道？等马和骑手出现在眼前，他们更加好奇。骑手不是本村的毛头小子，而是个外人，不仅如此，他还是个黑人。他一脸严肃，在这个寒冷的早晨，他呼出的雾气为他营造出一种愤怒的气氛。当他放慢速度时，他们看了他一眼，迅速跳上门廊，紧紧关上身后的门。

罗伯特·阿姆斯特朗已经习惯了陌生人见到他的反应，人们初次见到他，总是对他存有戒心。他的黑皮肤使他成为一个局外人，他的身高和力量都优于白人，这更加重了人们的戒心。但事实上，只有其他动物才知道，他是个心肠最软的人。以"舰队"为例，有人说它性子太烈，驯服不了，所以他才以极低的价格买下了，然而，等他坐上马鞍，没过半小时，他俩就成了最好的朋友。还有那只猫，在一个冬天的早晨，他家的谷仓里出现一个瘦小的家伙，少了一只耳朵，哇哇乱叫，恶狠狠地瞪着所有人——哎呀，它朝院子里的他跑去，尾巴翘起来，喵喵叫着要他挠下巴。就连在夏天喜欢飞到人的头发上、爬到人脸上的瓢虫们也知道，如果它们把阿姆斯特朗胳肢得太痒痒，他除了皱起鼻子，把它们赶走外，什么也不会做。田里和农场里的动物都不怕他，可是人类——唉！那完全是另一回事。

阿姆斯特朗听说有人最近写了一本书，书中提到，人其实是一种聪明的猴子。针对这个说法，有人嘲笑，有人愤慨，但阿姆斯特朗却倾向于相信这个说法。他发现将人类与动物王国分开的那条线是一条带有孔隙的线，所有人类认为独一无二的品质，比如智慧、善良和沟通能力，他都在自家的猪、马，甚至在牛群中间蹦来蹦去、走得大摇大摆的白嘴鸦身上见到过。还有一点，他在动物身上用过的方法通常也能在人身上产生效果。最后他总能把他们争取过来。

然而，他刚才瞥见的人突然都躲了起来，让事情变得复杂化。他不熟悉班普顿。阿姆斯特朗往前走了几码，来到一个十字路口，看见一个男孩趴在路标旁的草地上，鼻子几乎贴住地面。他全神贯注地研究一颗颗弹珠的位置，没有注意到寒冷——也没有注意到阿姆斯特朗靠近。

男孩脸上掠过两种表情。第一种是警觉，但转瞬即逝，因为他看到有颗弹珠像变魔术似的从阿姆斯特朗的口袋里钻出来。（阿姆斯特朗的衣服上缝了又大又结实的口袋，用来存放他平时用来驯养和安抚动物的宝贝。他通常给猪留橡子，给马留苹果，给小男孩留弹珠，给大孩子留一瓶酒。对人类的女性来说，他依靠的是良好的举止、得体的语言以及擦得锃亮的鞋子和纽扣。）他给那个男孩看的弹珠不是普通的弹珠,珠子里有橙色和黄色的闪光,像火焰一样,让人觉得可以用来取暖。男孩看呆了。

接下来的游戏,比赛双方玩得既专业又专注。男孩的优势是熟悉地形——哪一丛草会被弹珠压弯,哪一堆拥挤的草根会挡住弹珠的去路,哪一簇草会改变弹珠的路线——很快,游戏结束,不出阿姆斯特朗所料,自己那颗弹珠进了男孩的口袋。

"你赢得光明正大,"他说,"我输得心服口服。"

男孩看上去有些困惑。"这是你最好的珠子吗?"

"我家里还有别的。好吧,我应该做个自我介绍。我是阿姆斯特朗先生,在凯尔姆斯科特有个农场。你能不能帮我打听一些信息?我想知道怎么去一栋房子,那里住了个小女孩,叫爱丽丝。"

"那是伊维斯太太的房子,她妈住那儿。"

"她妈叫?"

"阿姆斯特朗太太,噢!先生——跟你的名字很像,先生!"

阿姆斯特朗松了口气。如果这个女人是阿姆斯特朗太太,那么罗宾娶了她。事情也许没有他想象的那么糟糕。

"伊维斯太太的家在哪儿?你能告诉我怎么走吗?"

"我来告诉你,真巧,我知道怎么抄近路,我给他们家送过肉。"

阿姆斯特朗牵着"舰队",两人迈开步子。

"我已经告诉你了我的名字,我还要告诉你这匹马叫'舰队'。现在你知道我们是谁了,那你呢?"

"我叫本,我是屠夫的儿子。"

阿姆斯特朗注意到,本有个习惯,每次回答问题前都要深吸一口气,然后一口气说出来。

"本。我猜你是他的小儿子,因为本杰明就是这个意思。"

"意思是最小的,是老幺,我爸给我起的,但我妈说,要做到这一点,光靠取个名字是不够的,在我后面他们又添了三个,还有一个在她肚子里,地位超过之前的五个孩子,虽然爸爸最需要是找个人去店里帮忙,那就是我大哥,其他人都是多余的,因为我们不做事,吃光他赚的钱。"

"你妈妈怎么说?"

"什么也没说,她开过一次口,说吃光赚的钱总比喝光赚的钱好,结果挨了我爸一巴掌,她好几天没说话。"

男孩说话时,阿姆斯特朗扭头看着他。孩子的前额和手腕有瘀伤的痕迹。

"那不是栋好房子,先生,伊维斯太太的房子。"男孩告诉他。

"在哪个方面不是栋好房子?"

男孩冥思苦想了一阵。"那是栋坏房子,先生。"

几分钟后,他们到了。

"我最好等在这儿,帮你牵着马,先生。"

阿姆斯特朗把"舰队"的缰绳递给本,又给了他一个苹果。"你拿这个喂'舰队',你们就会成为好朋友。"他说,然后转过身,敲了敲那栋外观简朴的大房子的门。

门微微开了一条缝,他瞥见一张脸朝外张望,跟门缝一样窄。女人看了眼他黑皮肤的脸,五官抽搐了一下。

"嘘!滚开,肮脏的魔鬼!我们不接待你这种人!去你该去的地儿。"她故意把嗓门提得很高,又说得很慢,像是对着一个傻子或者外国人。

她想关门,但阿姆斯特朗的靴尖抵在门上,不知是看到了昂贵的抛光皮革,还是想把自己的观点表达清楚,她又打开门。她还没来得及说,阿姆斯特朗已经开了口。他声音柔和,表情庄重,仿佛她从来没有骂过他是一个肮脏的魔鬼,仿佛他的靴子没有抵在门口。

"原谅我的打扰，夫人。我知道你一定很忙，我不会多耽搁你一分钟的。"从他的语言表达，她看出这位访客接受过良好的教育。她打量着他的帽子和漂亮的外套。见她得出结论，他感觉压在鞋尖的那股力量消失了。

"什么事？"她说。

"我听说你们这儿住着一个叫阿姆斯特朗太太的年轻女人。"

她的嘴角挂着嘲弄般的胜利微笑。"她在这儿上班。她是新来的。您得多付点钱。"

怪不得本说这是栋坏房子。

"我只想和她谈谈。"

"是那封信吧，我猜？她等了好几个星期。就快放弃希望了。"

那个又干又瘦的女人伸出一只又干又瘦的手。阿姆斯特朗看着她的手，摇摇头。

"如果你同意的话，我很想见见她。"

"不是信的事儿？"

"不是。如果你同意，请带我去找她。"

她领着他上了一段楼梯，然后又上了一段楼梯，一路上喃喃自语："我还以为是那封信呢，上个月，我一天要听她说二十次，问：'我的信到了吗，伊维斯太太？''伊维斯太太，有我的信吗？'"

他什么也没说，只是每次她回头看他的时候，都摆出一副温和而又顺从的面孔。楼梯间的入口相当漂亮气派，但梯级爬得越高，就越破旧，温度越低。上楼的途中，有些门半开着。阿姆斯特朗看到凌乱的床铺，衣服散落一地。有个房间里，一个半裸的女人正弯腰把长袜卷到膝盖上。她看到他，嘴角露出微笑，但眼中没有一丝笑意。他的心一沉。罗宾的妻子也会是这个样子吗？

走到油漆剥落的光秃秃的楼顶平台，伊维斯太太停下来，使劲敲门。

没人应答。

她又敲了下门。"阿姆斯特朗太太？有位先生找你。"

屋里一片沉默。

伊维斯太太皱起眉头。"怎么回事……她今天上午没有出去，我听说。"随后她尖叫一声，"难不成又跑了？她跑过，这个小婊子！"她从口袋里掏出钥匙，打开门，冲了进去。

越过伊维斯太太的肩膀，阿姆斯特朗瞬间看到了一切：铁床上是污迹斑斑、皱巴巴的床单，衬托出一种可怕的苍白，那是一只伸出的胳膊，僵硬地张开手指。

"天哪，不！"他惊叫一声，拿手遮住眼睛，但是太晚了，该看的都看到了，于是他站了几秒钟，紧闭双眼，伊维斯太太的抱怨还响在耳边。

"小婊子！她还欠我两周的房钱！等我收到信，伊维斯太太！噢，这个撒谎的婆娘！我该怎么办，嗯？吃我的饭，睡我的床！觉得自个儿是正派人，不挣钱！'你不按时给钱，我就把你赶出去，'我告诉过她，'我这儿可不养懒虫！你不给钱，就得干活。'我关照她，她帮我干活。其实我什么好处也没捞到，这些光爱欠债，又还不起的姑娘们。她最后听话了，她们都会听话的。我现在该怎么办，嗯？这个偷钱的小白痴！"

等阿姆斯特朗把手从眼睛上移开，睁开眼睛，看上去像是变了一个人。他悲伤地环顾这个狭小而简陋的房间。木板光秃秃的，透着风，一扇破窗户让冷空气的刀锋钻进来。石膏板有麻点，起了泡。这里没有一抹色彩，没有一丝温暖，没有一点人的气息。床边架子上有一个棕色的药瓶。空的。他拿起来，闻了闻。是喝的这个。那姑娘自杀了。他把瓶子塞进口袋。为什么要让别人知道呢？他已经无能为力,但至少能掩饰她离世的原因。

"这么说,呃,你是谁?"伊维斯太太继续说,声音里带着一种算计,虽然看起来不太像,她还是满怀希望地问,"家人?"

她没有听到回答。那人伸出一只手,合上死去姑娘的眼皮,然后低头祈祷了一会儿。

伊维斯太太不耐烦地等着。她没有和他一起喊出"阿门",等他的祷告一结束,就从刚才中断的地方继续开讲。

"我是说,如果你是家人,你就有义务——还她欠的债。"

阿姆斯特朗皱了皱眉,把手伸进斗篷的褶皱,掏出一个皮夹。他把硬币数进她的手掌,见他准备把皮夹收起,她又说了句:"是三个星期,总计。"他带着厌恶的表情把剩下的硬币给了她,她的手指紧紧地攥着硬币。

访客转过身,又看了眼床上死去姑娘的脸。

和脸相比,她的牙齿看起来太大了,颧骨凸出,不管伊维斯太太怎么说,这个年轻姑娘并没有从女房东的饭菜中得到多少好处。

"我想她很漂亮吧?"他伤心地问。

这个问题让伊维斯太太有些吃惊。从年龄来看,这个男人可以当年轻姑娘的父亲,但姑娘皮肤白皙,而男人是黑皮肤,这不太可能。而他也不是她的情人。如果他既不是父亲,也不是情人,如果他从未见过她,为什么要帮她付房租呢?算了,这些不重要。

她耸耸肩。"漂亮是漂亮。她长得白。太瘦。"

伊维斯太太走到楼梯口。阿姆斯特朗叹了口气,最后伤心地看了一眼床上的尸体,跟她走了出去。

"孩子在哪儿?"他问。

"我猜是淹死了。"她冷漠地一边耸肩,一边走下楼梯,"幸好,你只需要花一次钱办丧事,"她恶毒地补充道,"真有福气。"

淹死了？阿姆斯特朗在楼梯顶端停下。他转过身，再次打开门。他上看下看，左看右看，到处看——在地板的缝隙里，在破旧的窗帘后，在寒冷的空气中——看是否有被隐藏起来的生命气息。他拉开床单，能在薄薄的床单下找到孩子吗？她死了？还是活着？床上只有孩子母亲皮包骨头的遗体。

门外，本抚摸着叫"舰队"的新朋友的鬃毛。"舰队"的主人从房子里出来时，像是换了一个人。头发白了些。人也老了些。

"谢谢你。"他接过缰绳，心烦意乱地说。

男孩突然想到，自己也许不知道这一切究竟是为了什么——街上来了个奇怪的陌生人，他赢得那颗火焰般闪耀的弹珠，神秘探访住在伊维斯太太坏房子里的阿姆斯特朗太太。

他一只脚踩上马镫，又停下来，事情似乎出现更有希望的转机。
"你认识房子里那个小女孩吗？"

"爱丽丝？她们出来得不多，爱丽丝跟在妈妈身后，露出一半身子，因为她胆子小，如果觉得有人看她，就拿妈妈的裙子遮住脸。我见她朝外面偷看过一两次。"

"你说她多大了？"

"差不多四岁。"

阿姆斯特朗点点头，悲伤地皱着眉。本感到空气中有一种复杂的东西，一种他无法理解的东西。

"你最后一次见她是什么时候？"

"昨天，傍晚的时候。"

"在哪儿？"

"在格雷戈里先生的铺子旁边。她和她妈一起出来的，走的是小路。"

101

"格雷戈里先生卖什么?"

"卖药。"

"她手里拿了什么东西吗?"

本想了想。"有个包起来的东西。"

"多大?"

他比画了一下。阿姆斯特朗明白了,跟他在房间里捡到的、现在放在口袋里的那个瓶子大小差不多。

"那条小路,通到哪里?"

"哪儿也到不了,真的。"

"肯定能到哪儿?"

"哪儿也到不了,除了河边。"

阿姆斯特朗什么也没说。他想象着这个可怜的年轻女人走进药店买了瓶毒药,然后走上那条通往河边的小路。

"你没见她们回来吗?"

"没有。"

"或者——阿姆斯特朗太太一个人回来的。"

"那时我回家吃饭去了。"

本很困惑。他感觉有件要紧事即将发生,但不知道会是什么事。他看着阿姆斯特朗,想知道自己刚才是否帮上了忙。不管发生了什么事,他都愿意成为其中的一分子,和这个人在一起,这人爱喂苹果给自己的骏马吃,口袋里装着弹珠,样子可怕,声音却充满仁慈。但是这个骑在骏马上的黑人一点也不高兴,本感到很失望。

"你能告诉我去药房的路吗,本?"

"好。"

他们一起走着,那人似乎陷入了沉思,本虽然没有意识到,但肯定也在想事情。那人脸色阴沉,本猜出来了,两人卷入的这出戏肯定是一出悲剧。

他们来到一座砖造的低矮小房子前,窗子又小又暗,招牌上漆了"药店"一词,经年累月,已经褪了色。他们走进去,柜台背后有人抬起头来。他身材微胖,胡须稀疏。见到陌生人,他一脸警觉,然后看到本,放了心。

"要点什么?"

"要这个。"

那人看也没看那个瓶子。"装满,是吗?"

"我不想再要了。这东西如果少一点,对每个人来说都是好事。"

药剂师飞快地瞥了阿姆斯特朗一眼,眼神有些不确定,他没听懂对方的话外音。

阿姆斯特朗拔掉瓶塞,把它放在那人鼻子底下。瓶里的东西还剩下不到四分之一,足以散发出一股浓烈的气味,从鼻孔钻进大脑。你无需知道要提防什么。闻到这气味,你自然就会小心。

药剂师显得局促不安。

"你记得卖过吧?"

"我卖过各种各样的。人们想要这个——他对着阿姆斯特朗放在桌上的瓶子点点头——出于各种各样的原因。"

"比如?"

那人耸耸肩。"比如,蚜虫……"

"蚜虫?十二月份?"

他假装无辜地看着阿姆斯特朗。"你又没说是十二月份。"

"我当然说的是十二月份。你昨天把这个卖给了一个年轻女人。"

药剂师的喉结上下蠕动。"你是这个年轻女人的朋友,是吧?我不记得有哪个年轻女人。没什么印象。年轻女人们来来去去。她们想要各种各样的东西。出于各种各样的原因。你不是她父亲吧,我猜……"他停顿一下,见阿姆斯特朗没有回答,狡黠地加强语气,"这么说,是她的监护人?"

阿姆斯特朗向来性情温和,但该强硬的时候,他也知道该如何表现。他转过头去瞪了药剂师一眼,那人吓得畏畏缩缩。

"你想要什么?"

"消息。"

"随便问。"

"孩子和她在一起吗?"

"那小女孩?"他有些吃惊,"是的。"

"她们离开后,往哪儿走了?"

他做了个手势。

"去河边了?"

男人耸了耸肩。"我怎么知道她们要去哪儿呢?"

阿姆斯特朗语气温和,但其中无疑包含一丝威胁的意味。"一个无助的年轻母亲来你这儿,带着她的孩子,买了毒药,你都没想过问问她接下来要去哪儿?打算做什么?你从来没想过这样一笔只赚几个便士的买卖,会导致什么后果吗?"

"先生,如果一个陌生女人遇到了麻烦,谁该去把她救出来?是我吗?还是把她推进火坑的人?如果她是你重要的人,我说……我说你这位先生,你应该先回答这些问题。去找那个毁了她、抛弃了她的人。接下来发生的事儿,才是你的职责所在!我不知道发生了什么。我要养家糊口,这是我该做的。"

"卖毒药,这样世上没人伸手相助的姑娘们就能杀掉十二月份玫瑰上的蚜虫。"

药剂师看上去很狼狈,他是内疚还是害怕阿姆斯特朗会给他制造麻烦,谁也说不清。

104

"又没有哪条法律规定我必须知道哪个季节有哪种害虫。"

"接下来去哪儿,先生?"两人走出药店后,本满怀期待地问。

"这里没什么事了。今天到此为止,咱们去河边吧。"

他们走着走着,本的脚步慢了下来,开始摇摇晃晃。到了河边,阿姆斯特朗扫了一眼,想看看男孩已经到了哪里,只见他靠在树干上,脸色发青。

"怎么了,本?"

本说话时带着哭腔。"先生,对不起,先生,我吃了几个你叫我喂'舰队'的青苹果,先生,现在我肚子痛得翻江倒海……"

"那些是酸苹果。怪不得。你今天在家吃的什么?"

"没吃,先生。"

"早饭没吃?"

男孩摇摇头。阿姆斯特朗对那个连自家孩子都没喂饱的屠夫感到一阵愤怒。

"是空腹反酸,"阿姆斯特朗拧开他揣在裤子后袋的小酒瓶,"喝点这个。"

男孩喝了一口,做了个鬼脸。"太难喝了,先生,喝了让人更不舒服。"

"这就对了。冷茶是比较难喝。快喝光。"

本把小酒瓶斜着,一脸痛苦地喝光最后一滴茶,然后病怏怏地躺在草丛里。

"很好。还要来点吗?要吗?很好。坚持住。"

本在岸边喘息呻吟,"舰队"在一旁看着他,与此同时,阿姆斯特朗快步跑到大街,去面包店买了三个小圆面包。回来后,他给了本两个——"快吃吧,把肚子填饱。"——自己吃了第三个面包。

两人坐在岸边,本啃着面包,阿姆斯特朗望着河水湍急地流过。

105

这条河曾经吊儿郎当，现在渐渐开足马力，水声还算安静，浪花一路上不再闲荡，而是故意往前横冲直撞，哗啦哗啦地撞击在岸边的卵石上，撞出嗡嗡的声响，像一口钟被锤子敲了后，袅袅的余音在耳边回响。水声有噪声的形状，但音量不够，像一幅没有色彩的素描。阿姆斯特朗听着水声，思绪随着河水流动。

河上有一座桥，很简陋，是木制的。桥下的浪又高又急，任何东西掉进去，都会被立即吞没。他仿佛看到那个年轻女人带着她的孩子，站在寒夜的黑暗中。他不敢想象她把孩子扔进水里的画面，但他能体会她的痛苦，感觉自己的心在恐惧和悲伤中跳动。阿姆斯特朗心烦意乱地看着河的上游与下游。他不知道自己想看到什么。他知道，自己现在已经不是个小孩子了。

当他回过神来，才注意到和几个小时前相比，冬天有多么寒冷。他的身体不太耐寒，冷风透过羊毛大衣和里面的几层衣服，让他感到皮肤发凉。灌木丛中很潮湿。秋天的棕黄色和暗金色早已消失，温暖的春天要过几个月才会到来。树枝黑黢黢的。似乎只有奇迹出现，生命才会重返，用薄雾般的新叶装饰光秃秃的树梢。但今天看到这些枯树，人们会认为生命一去不复返了。

他尝试分散自己的注意力，不去想那些伤心事。他扭头望着本，觉得这个男孩看上去很像曾经的他。

"等你长大一点，也去你父亲的肉铺干活吗？"

本摇了摇头："我要逃走。"

"这样做好吗？"

"这是我们家的传统，先是我二哥跑了，然后是我三哥，因为父亲只需要我们当中一个人，别的人不需要，我不久就会逃跑的——等天气好起来——我要赚钱去。"

"做什么？"

"等我跑出来，就知道了。"

"本，到了该逃跑的时候，我希望你能来我这儿。我在凯尔姆斯科特有个农场，诚实的孩子不愁没活干。记得来凯尔姆斯科特，找阿姆斯特朗。"

本被这突如其来的好运惊呆了，他深深吸了一口气，说了好多遍"谢谢，先生！谢谢，先生！谢谢！"。

这对新朋友握了握手，达成协议，然后各自上路。

本朝家的方向走去，脑子里思绪万千。现在还不到十点，但他已经度过了充满冒险的一天。阿姆斯特朗的悲伤突然深深触动了他年轻的心灵。

"先生！"他边喊边跑回阿姆斯特朗身边，阿姆斯特朗已经坐上马鞍。

"怎么？"

"爱丽丝——她死了吗，先生？"

阿姆斯特朗看着这条河，看着毫无方向性的水流。

她死了吗？

他把缰绳松松地握在手里，把脚搁在马镫上。

"我不知道，本。我也想知道。她母亲死了。"

本还想说点什么，但是说不出口，所以转身回了家。阿姆斯特朗先生，凯尔姆斯科特的农场主。等时机成熟，他就会逃跑——成就一段传奇。

阿姆斯特朗骑着"舰队"往前走。"舰队"缓缓地小跑，阿姆斯特朗泣不成声，为失去素未谋面的孙女而悲伤。

知道动物在受苦，总是让他很痛苦。他不允许自家的动物受苦，这就是为什么他选择亲手杀掉它们，而不把这件事交给他的下人。他确保刀刃磨得锋利，用平静的话语安抚猪，用橡子分散它们的注意力，然后动作迅速熟练地将刀扎进要害。没有恐惧，没有痛苦。淹死一个孩子？他想都不敢想。有些农夫爱用这种方式处置生病的动物，把遗弃的小猫小狗装进麻袋后丢到水里淹死也是常事。在农业生产中，总有牲畜死掉，但痛苦地死去——绝对不行。

阿姆斯特朗还在哭，走在回家路上，他发现一个损失会带来另一个损失。一想到他最喜欢的猪，那头他在三十年养猪生涯中见过的最聪明、最善良的猪，他就像两年前第一天早晨发现它不见了一样，突然感到心酸。"莫德去哪儿了，舰队？我不知道，我不甘心。有人把它偷走了，舰队，但谁能悄无声息地把它偷走呢？你知道它的性格。如果有陌生人想偷走它，它会尖叫。为什么偷一头老母猪呢？偷一头猪来吃，我能理解，人肚子饿了，可是一头种猪——它的肉吃起来又硬又涩，那些人不懂吗？这不合情理。为什么要偷莫德这么大个头的猪呢？旁边的猪圈里明明有能宰来吃的猪呀。"

想到这些叫人难以忍受的事，他的心就痛得缩成一团：那个无知的家伙，偷走一头老母猪，却不知道小猪尝起来肉味更甜美，他动刀杀猪的时候，肯定笨手笨脚。

阿姆斯特朗深知自己如何得到命运的眷顾：他有健康、力量和智慧，他非正统的出生——父亲是位伯爵，母亲是个黑人女仆——给他招致麻烦，但也带来好处。他的童年很孤独，但接受了良好的教育，而且当他选择自己的人生道路时，得到了一笔慷慨的启动资金。他拥有肥沃的土地，赢得了贝丝的爱，两人一起建立起一个幸福的大家庭。他享受美满，也遭遇损失。此刻，他的心正饱受折磨。

一个在河里挣扎的孩子，莫德在一把钝刀下挣扎，刀握在某个动作不熟练的屠夫手中……

黑暗的影像撕扯着他。没错，一种悲伤释放出另一种、再一种，撕开他失去莫德所留下的伤口，他的心转向最痛苦的损失，眼泪扑簌

108

簌地流过他的脸庞。

"噢,罗宾。我哪里做错了吗,舰队?噢,罗宾,我的儿子。"

他和自己的长子如今相隔很远,悲伤沉重地压在心头,压得他喘不过气来。二十二年的父爱,现在呢?过去四年,儿子一直不愿意住在农场,而是跟弟弟妹妹们分开,住在牛津。家里人会一连好几个月见不着他,除非他回来要钱。"我试过,舰队——是我不够努力吗?我该怎么做?是不是太晚了?"

想到罗宾,他又想起那个孩子——罗宾的孩子——于是又开始这个循环。

过了一会儿,一个拄着拐杖的老人出现在眼前。阿姆斯特朗拿袖子擦了擦脸,两人走近时,阿姆斯特朗停下来和他说话。

"班普顿有个小女孩失踪了,"他说,"四岁。你能把消息传出去吗?我叫阿姆斯特朗,我的农场在凯尔姆斯科特……"

刚一开口,他就见那人变了脸色。

"那么我有个不幸的消息要告诉您,阿姆斯特朗先生。我昨晚听说的,在斗鸡的时候。一个要去莱奇莱德赶早班火车的人把这事儿讲给我们听。有个小女孩从河里捞出来,淹死了。"

这么说,她死了。这是意料之中的事。

"在哪儿?"

"天鹅酒馆,在拉德科特。"

老头并非铁石心肠,见阿姆斯特朗一脸悲伤,他加上一句:"我没说那是你在找的孩子。很可能是另外一个女孩。"

但是当阿姆斯特朗策马往拉德科特飞奔而去时,老人摇摇头,噘起嘴。他在昨晚的斗鸡赛中输了一个星期的工钱,看样子还有比他更惨的人。

# 三户人家

利奇河、丘恩河与科恩河结束各自的旅程,汇入泰晤士河,使河水上涨,同样,沃恩一家、阿姆斯特朗一家和莉莉·怀特之前也有各自的故事,后来因为这件蹊跷事聚到一起。现在,让我们来到水路的交汇处。

世界还笼罩在黑暗中,有人已经起来在河岸上走动了:一个矮胖的身影,抓着一件外套,气喘吁吁地奔向拉德科特桥。

她在桥头停下脚步。

人们通常停在桥的顶端,这是习惯成自然,因为大多数桥梁,哪怕只有几百年历史,顶端都会被徘徊、闲逛、漫步和等待的人踩平。莉莉无法理解这一点。她停在岸边,站在桥墩石上,这块巨大的岩石是桥体其余部分的基础。工程技术对莉莉来说也是个谜题:在她眼中,石头并不能自然地立在空中,一座桥是如何支撑起来的,这是另一件她捉摸不透的事。桥会在任何时候显露出来,因为它确实是一种幻觉,如果她碰巧站在桥上,就会从空中垂直落下,栽进水里,和死者的灵魂结合在一起。她尽量不从桥上走过，但有时非得过桥。她把裙子在手心捏成一团，深吸一口气，迈着沉重的步子跑起来。

玛戈特最先被咣咣的敲门声吵醒。门敲得很急，她从床上起身，扯过晨衣裹住身子，下楼去看是谁。走下楼梯时，她对头一天夜里的记忆摆脱了梦幻般的气氛，变成了令人惊讶的现实。她疑惑地甩甩脑袋——然后打开门。

"她在哪儿？"门口的女人说，"是她吗？我听说她……"

"是怀特太太，对吧？从河对岸来的？"有什么事儿吗？玛戈特想着，"快进来，亲爱的。出什么事了？"

"她在哪儿？"

"我想她还在睡。别急。等我点支蜡烛。"

"这儿有一支蜡烛。"丽塔的声音传来。被敲门声惊醒后，她站起来，走到客房门口。

"那是谁？"莉莉紧张地问。

"是我——丽塔·桑迪。早上好。是怀特太太，对吗？你在哈布古德牧师家工作吧？"

闪烁的烛光燃起，莉莉在房间里东张西望，脚步惊慌。"那个小女孩……"她开了口，但看着面前的玛戈特和丽塔，脸上露出不确定的表情，"我觉得……我是在做梦吗？我不该……也许我该走了。"

丽塔身后响起轻轻的脚步声。是那个孩子，揉着眼睛，走得摇摇晃晃。

"噢！"莉莉喊道，声音变了调，"噢！"

借着烛光，她们看见她脸色发白，伸手捂到嘴边，惊恐地盯着女孩的脸。

"安！"她深情地大喊一声，"原谅我，安！说你原谅我，亲爱的妹妹!"她跪下来,向女孩伸出颤抖的手,却不敢碰她。"你回来了!谢天谢地!说你原谅我……"她用急切又渴求的眼神望着那孩子,但对方似乎无动于衷,"是安吗?"她问,用恳求的眼神等待回应。

没有回应。

"安?"她又低声喊,害怕得发抖。

孩子仍然没有回答。

丽塔和玛戈特交换了一下惊奇的眼神,见这个女人哭得伤心,丽塔把双手按在她颤抖的肩膀上。

"怀特太太。"她安慰她说。

"那是什么味道?"莉莉喊道,"是这条河的,我闻到过!"

"有人昨晚在河里发现了她。我们还没给她洗头——她病得厉害。"

莉莉把视线转回到孩子身上,注视她的表情从怜爱变成恐惧再变成怜爱。

"放开我,"她低声说,"让我离开这儿!"

她晃晃悠悠地站起身来。她打定主意,向门外走去,边走边低声道歉。

"好吧,"玛戈特有点莫名其妙,"我也懒得去琢磨了。我要去泡杯茶。我也只能帮到这儿了。"

"也算是一件好事。"

但玛戈特没去沏茶。至少没有马上去。她朝窗外望去,只见莉莉跪在冷风中,双手紧按在胸前。"她还在那儿。像是在祈祷。祷告,发呆。你有什么看法?"

丽塔想了想。"怀特太太能有这么小的妹妹吗?你觉得她多大了?四十?"

玛戈特点点头。"而这个小女孩——才四岁?"

"差不多。"

玛戈特掰着指头数数,像做酒馆的账簿时那样。"她俩差三十六岁。假设怀特太太的母亲在十六岁时生下她。三十六年后,她该是五十二岁。"她摇摇头,"怎么可能?"

回到客房,丽塔捏着躺在床上的男人的手腕,数着他的脉搏。

"他会好起来吗?"玛戈特问。

"所有指标都不错。"

"她呢?"

"她怎么了?"

"她会……好起来吗?她还有问题,是吧?她还没说一个字。"玛戈特扭头看着女孩,"你叫什么名字,小乖乖?你是谁?给玛戈特阿姨说声你好!"

孩子毫无反应。

玛戈特把她抱起来,像母亲一样哄劝,对着她的耳朵低声鼓励。"来吧,我的小娃娃。笑一个?看看我?"但孩子仍然无动于衷,"她能听见我说话吗?"

"我也想知道。"

"也许她在事故中被撞傻了?"

"没有头部受到撞击的痕迹。"

"脑子不好使?"玛戈特很好奇,"天知道,养个与众不同的孩子可不容易。"她温柔地抚平孩子的头发。"我告诉过你乔纳森是什么时候出生的吗?"你不可能住在"天鹅",世世代代都有"天鹅"的传统,却不知道该如何讲故事,虽然她平日太忙,没时间讲故事,但刚过去的这一天不同寻常,让她打破常规,停下来讲了一个故事。"你还记得贝蒂·里德尔,你来之前的那个助产士吗?"

"我来这儿之前,她已经去世了。"

"我每次分娩，都是她接生的。女儿们都没惹麻烦，但是乔纳森——也许是我年龄大了——生他可不顺利。生了十几个女孩后，我和乔仍然希望有个男孩，所以当贝蒂终于把他抱到我面前时，我看到他这个小约翰·托马斯！我想，乔会喜欢他，我也会喜欢他。我伸出手，以为她会把他放进我的怀里，但她却把他放在一边，打了个寒颤。"

"'我知道该怎么做，'她说，'别担心，奥克韦尔太太。这是件小事，不会出岔子。我们很快会让他换个模样，别担心。'

"就在那时我看清了。他那双斜眼，那张滑稽的小圆脸和他的耳朵，都长得很奇怪。他是个古怪的小家伙，一只……一只小动物……我在想，它真是我的孩子吗？它真是从我肚子里钻出来的吗？它是怎么钻进去的？我从未见过这样的婴儿。贝蒂知道他是怎么回事。"

玛戈特一边说，一边摇着那个女孩，仿佛她根本没有重量，轻得就像一个小婴儿。

"让我猜猜，"丽塔说，"一个低能儿？"

玛戈特点点头。"贝蒂下楼到厨房去生火。我猜你知道她要干什么——把他放在火上，等他暖和了点，开始尖叫，精灵们就会来把他接回来，把我偷走的孩子还给我。她朝楼上喊了声：'我还要点木柴和一口大锅。'我听见她出了门，走去屋后的柴棚。

"我无法把目光从他身上移开，他真是个小精灵。他眨了眨眼，还有他的眼皮——你知道他的眼皮什么样，不像你我的那样笔直，而是有个角度——闭上的时候不太像一个正常的婴儿，但也差不多。我想，他来到这个陌生的世界是怎么回事？他怎么看我，他的养母？他动了动胳膊，不像我的女儿们以前那样，而是软弱无力——像是在游泳。他皱起眉头，我在想，他马上就要哭了。他很冷。贝蒂没有拿东西把他裹起来。我想，精灵世界的孩子跟我认识的孩子不会有太大差别,因为看得出,他就快感冒了。我用指尖碰了碰他的小脸蛋,他稀奇极了,很惊讶!当我把手指拿开时,他的小嘴张开,像小猫一样喵喵叫着要拿回来。听到他的哭声,我感觉乳汁快涌了出来。

"贝蒂回来时,发现他正吸着奶,吸的人奶!她大发脾气。

"'好吧,'她说,'现在做什么都太晚了。'

"事情就是这样。"

"谢天谢地,"听完故事后,丽塔说,"我听过低能儿的故事,但仅此而已。乔纳森不是从精灵世界来的,有些孩子出生时就这样。贝蒂以前可能没见过,但我见过。这个世界上还有别的孩子跟乔纳森一模一样,有同样的斜眼、大舌头和软软的四肢。有些医生称他们为蒙古孩子,因为他们长得像那个地方的人。"

玛戈特点点头。"他是人类的后代,是吧?我现在知道了。他是我的,也是乔的。但是我现在考虑到这个,是因为这个小孩。她不像乔纳森,是吧?她不是个——你刚才说什么来着?——蒙古孩子?她在某些方面与众不同。养育一个与众不同的孩子并不容易。但我做到了。我知道该怎么做。所以即使她听不见,即使她说不出……"玛戈特把孩子搂得更紧,吸了一口气,突然想起床上的那个男人,"但我想她应该是他的孩子。"

"我们很快就会知道。不久他就会醒的。"

"还有,那个莉莉在干什么?如果她还在,我得去把她叫进来。天儿太冷了,在户外祈祷可不成——会冻僵的。"

她怀里抱着孩子,走到窗口往外看。

玛戈特感觉到了,丽塔看到了:孩子动了动。她抬起头,睡意蒙眬的目光突然变得锐利起来。她左顾右盼,兴致勃勃地打量着周围的景色。

"怎么啦?"丽塔边说边急急忙忙站起身,穿过房间,"是怀特太

115

太吗?"

"她走了,"玛戈特告诉她,"什么也看不见,只有那条河。"

丽塔来到她们身边。她看了看那个女孩,女孩也盯着什么东西,仿佛要用眼睛把河水喝干。"有鸟吗?或者天鹅?吸引了她的注意?"

玛戈特摇摇头。

丽塔叹了口气。"也许是光线吸引了她。"她说。她站了一会儿,想看清楚——不管它是什么,如果它存在的话。但玛戈特是对的。只有那条河。

玛戈特穿好衣服,把丈夫叫醒,发现乔纳森已经起床出了门,于是叹了口气——乔纳森的作息时间向来跟普通人不一样——然后去泡茶、熬粥。她搅拌锅里的东西时,又传来了敲门声。这时来酒馆喝酒太早了,但昨晚的事件后,一定会有好奇的客人来访。她打开门闩,招呼的话已经到了舌尖,但当她打开门,却后退了半步。站在门口的那个人是黑色皮肤,比大多数人高出一头,体格健壮。她该慌张吗?她想开口喊自己的丈夫,但话还没出口,那人已经脱帽向她庄重而礼貌地点头致意。

"很抱歉这么早来打扰您,女士。"

泪珠突然在他的睫毛上打战,他抬起一只手,擦去泪水。

"怎么啦?"她叫着,把他拉进屋里,一切危险的念头都消失了,"来这儿。快坐。"

他把拇指和食指放在眼角,用力按了一下,然后抽抽鼻子,吞口唾沫。"请原谅,"他说,她被他说话的方式打动了,像个绅士——不仅是他的用词,还有表达的方式,"我听说昨晚有人带了个孩子来。在河里淹死了。"

"没错。"

他深吸了一口气。"她可能是我的孙女。如果你不介意的话,我想见见她。"

"她在另一个房间,跟她爸爸一起。"

"我儿子吗?我儿子在这儿?"想到这里,他的心怦怦直跳,人也跳了起来。

玛戈特感到纳闷。这个黑人肯定不是躺在床上那人的父亲。

"医生守着他们,"她说,没有回答他的问题,"两人身体都很虚弱。"

他跟着她来到客房。

"这不是我儿子,"他说,"我的儿子不太高,也不太壮。他胡子总是刮得很干净。他的头发是浅棕色的,没这么卷。"

"这么说,当特先生不是你儿子。"

"我儿子叫阿姆斯特朗。我也叫阿姆斯特朗。"

玛戈特对丽塔说:"这位先生来是为了那小女孩。他说她也许是他的孙女。"

丽塔站到一旁,阿姆斯特朗第一次看到这个孩子。

"噢!"阿姆斯特朗犹豫地喊道,"她真……"

他不知道说什么好。他心头想的是像他自己一样棕色皮肤的孩子,但他立刻意识到自己的愚蠢。这个孩子当然会不一样。她是罗宾的孩子。起初,她苍白的头发和白皙的皮肤让他惊慌不安,但他还是被一种熟悉感所打动。他也说不清为什么。她的鼻子跟罗宾不像——但也许,有一点像……还有她太阳穴部位的曲线……他试着想象几小时前见到的那个死去的年轻女人的脸,但很难把那张脸和这张脸作比较。如果那个女人活着的时候他见过,也许能做这件事,但死亡会迅速改变一个人的容貌,用普通的方式,很难回忆起她面部的细节。尽管如此,他还是觉得有什么东西把这孩子和那个女人联系在了一起,虽然他无法指出来。

阿姆斯特朗意识到她们正等待着他的回应。

"问题是我之前没见过孙女。我儿子的女儿和她母亲住在班普顿，跟我们分开住。我也不想，但是没法子。"

"家庭生活……向来不容易。"玛戈特表示理解。在最初的恐惧之后，她发现自己已经完全倒向这个身材魁梧的黑皮肤男人。

他感激地朝她微微鞠了一躬。"昨天有人告诉我家里出了点事儿，今天早上，我发现那个年轻女人，也就是她的母亲——"

他停下话头，焦急地看了孩子一眼。他习惯了孩子们的凝视，但这孩子的视线转向他，没有停下来，而是继续往前，过去了，过去了，仿佛没有看见他。也许这是害羞的一种表现。猫也不喜欢看到陌生人的眼睛——它们朝你的方向看看，然后移开。他口袋里有根绳子，上面系着一根羽毛，拿来逗小猫非常有效果。他给小女孩们做了个小洋娃娃，是用外套挂钩做的，上面画了一张脸，穿一件兔皮外套。他把它拿出来，放在孩子腿上。她感觉腿上有东西，眼睛往下看，手紧紧抓住洋娃娃。和男人一样，丽塔和玛戈特也专注地盯着她，还交换了一下眼神。

"你刚才说到，这个可怜小家伙的妈妈……"孩子忙着玩洋娃娃时，玛戈特低声提示他，阿姆斯特朗又咕哝起来。

"那个年轻女人昨晚去世了。没人知道孩子的下落。我在纤道上碰到一个人，向他打听，他叫我来你这儿。他把故事说颠倒了，在来的路上，我还以为她淹死了呢。"

"她是淹死了，"玛戈特说，"丽塔把她救回来，她又活了。"不管她的舌头重复了多少次，这番话听起来还是怪怪的。

阿姆斯特朗皱起眉头，希望丽塔告诉他详情。她的脸色一点也没改变。"她像是死了，但其实没有。"她说。相较其他，简洁的回答会省掉很多麻烦，所以针对这个男人的疑问，她采用了这种方式。话虽短，却是实情。一旦话多，就说不清楚了。

"我明白了。"阿姆斯特朗说，虽然他听得云里雾里。

三人又看了看那个女孩。她把洋娃娃扔到身边，又恢复了无精打采的状态。

"这个可爱的小东西，"玛戈特怏怏地说，"大家都这么觉得。不知为什么，你忍不住会喜欢她。真的，就连昨晚来的那些个采砂工人，一见到她，心肠就软了。是吧，丽塔？要是没有人认领她，那个希格斯会把她当成一只走丢的小狗领回家。如果她没地方可去，虽然我有一大堆儿女和孙辈要照顾，我也会留下她。你也会的，对吧，丽塔？"

丽塔没有回答。

"我们一开始认为他是孩子的父亲，就是带她来这儿的那个人，"玛戈特说，"但听了你这番话……"

"他怎么样了？这个当特先生？"

"他会好起来的。他的伤势没看起来那么严重。他的呼吸没有停，每隔一小时，脸色就好一点。我想要不了多久他就会醒过来。"

"好吧，我要去牛津找我儿子。黄昏时，他会来这儿，等天黑，事情就了结了。"

他戴上帽子，出了门。

玛戈特收拾好"冬屋"，准备新的一天开门迎客。消息传出去了，肯定会很忙。她说不定还得打开宽敞的"夏屋"。丽塔在孩子和熟睡的男人之间走来走去。乔进来了一会儿。女孩把视线转向他，注视他的一举一动，盯着他将茶水倒进丽塔的杯子，又把窗帘拉好，免得光线打扰睡在床上的人。做完这些事，他走过来看孩子，孩子向他伸出双臂。

"哎哟!"他叫喊起来,"你真是个有趣的小女孩!居然会对老乔感兴趣。"

丽塔站起来,让他坐下,把孩子放在他腿上。她凝视着他的脸。

"她眼睛是什么颜色?"他很好奇,"蓝色的?灰色的?"

"绿蓝色?"丽塔说,"取决于光线。"

他们一起谈论这件事的时候,突然传来咚咚的敲门声,这是那天第三次了。两人都吓了一跳。

"怎么得了!"他们听见玛戈特惊叫一声,脚步匆匆地跑过地板,来到门口,"这次会是谁?"

开门的声音,然后——

"噢!"玛戈特喊道,"噢!"

爸爸！

沃恩在白兰地岛的硫酸厂，正盘点与工厂有关的每一件物品，为拍卖做准备。这是一项艰苦的工作，他本来可以委派给别人，但他喜欢这项工作的重复性。不管怎么说，放弃他的白兰地生意是一件痛苦的事。他投入了很多：购买巴斯考特别墅以及土地和小岛，规划、勘测、修建水库，种甜菜，修铁路和桥梁把甜菜运到岛上，所有这些再加岛上的基建：酿酒厂和硫酸厂……为了完成这个雄心勃勃的试验，他从精力充沛的单身一族熬成了一位丈夫，后来又当上了父亲。说实话，他的企业并不是不成功，只是他再也不想为这事操心了。艾米莉亚没了，他的工作热情也没了。他的其他企业能创造足够的利润——农场经营得很好，在父亲矿山的股份让他不愁钱花。为什么要绞尽脑汁解决一个又一个问题，让事业成功，又轻易放手呢？看着自己耗费如此多时间和金钱建立起来的世界被拆解、拍卖、化为乌有，有一种特殊的满足感。列一个详细的清单让人有机会彻底忘记过去。他计算、测量、排列，在无聊中得到安慰。这帮助他忘掉艾米莉亚。

今天，他从梦中惊醒，感觉自己抓住了一个梦的尾巴，虽然记不清发生了什么，但他怀疑那不是梦，只是内容太可怕，不敢说出来。女儿失踪后的头几天，他经常做这样的梦，心头空落落的。后来，他穿过庭院时，风从远处吹来一个孩子的尖叫声。当然，小孩子的声音从远处听起来都一样。但这两件事让他心神不宁，他需要干点枯燥无味的事情。

现在，他身在仓库，目光偶然落到一个东西上，这个东西开启通往过去的一道裂口，令他退缩。是一罐麦芽糖，放在积满灰尘的屋角。突然，她出现了——她把手指伸进罐口，见有两根麦芽糖紧紧粘在一起，无法分开，自己一次能吃两根糖，高兴极了。他的心剧烈地跳动，罐子从指间滑落，砸在水泥地上。这下好了。他今天不会恢复内心的平静，尤其是在仓库里见到她之后。

他叫人拿笤帚来把这儿打扫干净，听见跑步声，沃恩以为是自己的助手，但令他吃惊的是，出现的是他的一个用人：园丁纽曼。虽然跑得上气不接下气，那人还是开了口，说得结结巴巴，带着大喘气，意思听不太明白。沃恩只听清了"淹死"一词。

"慢慢来，纽曼，别着急。"

园丁又开始讲，这一次，他讲出一个死而复生的女孩的故事。"在拉德科特的天鹅酒馆，"他讲完故事，然后用低沉的声音怯生生地说，"他们说她大概四岁。"

"天上的基督啊！"沃恩的双手举到半空中，然后抖擞精神，"别让我妻子知道这件事，好吗？"他说。但园丁还没开口，他就清楚一切都太晚了。

"沃恩太太已经去那儿了，一个人。洗衣服工杰丽科太太带来的消息——她听一个昨晚在'天鹅'喝酒的常客说的。我们不知道她说了些什么——早晓得就不让她去太太那儿了，还以为她是去辞职的。

等我们反应过来,沃恩太太正朝船屋跑去,谁也拦不住。我们赶到那儿时,她已经跳进那艘旧船,划得看不见人影了。"

沃恩跑回家,马童收到消息,已经备好马。"你得飞过去,才追得上她。"他提醒道。沃恩骑上马,朝拉德科特方向奔去。起初几分钟,他策马疾驰,然后又放慢速度,小跑起来。飞过去?他想,我永远追不上她。新婚燕尔,他曾陪她去河上划船,在他认识的人中,她划得最快。她很苗条,身子轻盈,但手脚强壮。多亏她的父亲,她还没学会走路,就经常上船下船,她手中的船桨插入水里时,不溅起一点水花,然后像一条跃起的鱼,干净利落地跳出水面。别人划得脸颊通红,汗流浃背,她的脸却只呈现出一种宁静的玫瑰红。感受到水的拉力,她心满意足。有些女人因为悲伤而变得软弱,对海伦娜来说,女儿的出生让她多了些温柔,但自从女儿神秘失踪,她身上仅存的温柔已经被磨蚀得几乎消失殆尽。她全身的筋骨都动起来,每一桨都划得很坚决,而且还提前出发了半小时。飞过去追上她?怎么可能。追不上海伦娜了。她离开他很久了。

是希望让她遥遥领先。他早就放弃了希望。他想,要是海伦娜也放弃希望,幸福也许会回归这个家庭。相反,她在心中孕育出希望,用所有能找到的小东西来喂养它,等没有东西喂养的时候,她就用自己创造的执念来维系它。他曾试图安慰她,但都是徒劳,他向她描绘另一种未来、不同的生活,但也没有用。

"我们可以去国外生活。"他建议道。刚结婚的时候,他们就聊过,这是未来几年的设想。"好呀!"她说,但那是艾米莉亚失踪之前,是艾米莉亚在这个世界活过之前。于是他又提出这个建议。他们会去新西兰一年,甚至两年。还回来干什么?用不着回来。新西兰是个工作、生活的好地方……

海伦娜吓坏了。"去了那儿,艾米莉亚怎么找到我们呢?"

他也提过另外要个孩子。但对他妻子来说,这个孩子缺乏物质基础,只是抽象的概念,而在他眼中,无论出现在梦里,还是出现在现实生活里,他们都是艾米莉亚的化身。自从女儿失踪的那个夜晚,两人婚后的亲热突然中断了,两年来再也没有恢复。娶海伦娜之前,他一直未婚,独身多年。其他男人花钱买春,或者与女孩们逢场作戏,后来又将她们抛弃时,他独自上床,打发漫漫长夜。他现在再也不想过这样的生活。如果妻子不爱他,没关系。精神萎靡了。他不再指望自己或者她的身体会带来快乐。他已经放弃了一个又一个的希望。

她责怪他。他责怪自己。保护自己的孩子不受伤害是父亲的职责,他没能做到。

沃恩发现自己停了下来。马儿的口鼻贴在地上,想在冬天的欧洲蕨里找点甜丝丝的小菜。"这儿没有你要的,也没有我要的。"他感到异常疲惫,有那么一阵子,他寻思自己是不是病了,还能不能继续往前走。他记得有人说了些什么,就在最近……你不能再这样下去了。对,是牛津的那个女人,康斯坦丁太太。那真是多么愚蠢的一次冒险啊!但她说得对。他不能继续下去了。

他继续前进。

考虑到这个季节和钟点,他感觉来"天鹅"酒馆的人多得不寻常。人们好奇地抬头看着他,有些事儿已经发生,未来会有更多的谈资。他没有理睬他们,径直朝吧台走去,一个女人看他一眼,说了声:"跟我来。"

她领着他穿过一条镶有木板的短走廊,走到一扇旧橡木门前。她打开门,站到一旁,让他先进去。

令人震惊的事太多,他无法把这一件和另外一件分开。过了一会儿,他才梳理出诸多印象,这些印象冲向他,形成零散的语句,而语句由排列顺序正确的字词组成。首先令他感到困惑的是他期待见到自己的妻子，却没在这里见到。其次是他看到一张很久没见过的熟悉面孔。一个年轻女人，年龄比孩子大不了多少，他曾经向她求婚，她说好的，面带笑容，好的，如果我能带上我那艘船的话。她容光焕发地对着他微笑，高兴得张大了嘴，眼睛闪闪发光，充满爱意。

沃恩突然停住脚步。海伦娜。他的妻子——像从前一样乐观、喜悦、开怀。像回到了女儿失踪前的日子。

她大笑着。

"噢，安东尼！你怎么啦？"

她低头看，抓住什么东西，甜言蜜语地说，用他还记得的歌唱般的声音。"瞧，"她说，但不是对他说，"瞧谁来了。"

他第三次震惊。

她让小孩转身望着他。

"爸爸来了！"

## 睡客苏醒

与此同时，一个指尖染成黑色、面部遭遇重创的男人正睡在拉德科特"天鹅"酒馆的客房里。他仰面躺着，头靠在玛戈特的羽毛枕头上，胸口起伏，人却一动不动。

对睡眠方式的描述有很多，但没有一种是准确的。我们不知道进入睡眠是什么感觉，因为睡着后，记忆的功能就丧失了。但我们熟悉入睡前身子轻轻下沉的感觉，并给起了个名字。

十岁时，亨利·当特看到一幅画：一棵白蜡树的根扎进一条地下河，河里住着长相怪异的美人鱼或者仙女，叫命运女神。他一想到沉入梦乡，就会想起这条地下水道的样子。他觉得自己睡觉就像一次时间漫长的游泳，缓慢地在黏稠的水中航行，动作轻松愉快，将他推到一个或另一个方向，漫无目的。有时水面只比他的头高一点，他白天的世界，所有的烦恼和欢乐，仍然在那里，从另一边追逐他。这种情况下，他醒来时会觉得自己像没睡过一样。不过，大多数时候，他睡得很安稳，醒来时神清气爽，带着在梦中遇到过朋友的快乐感觉，或者过世的母亲半夜里给他捎来了爱的消息。他不介意这些。他介意的是醒来的时候，一些有趣的夜间冒险已经被潮水冲走了最后一点痕迹。

所有这些都没有发生在拉德科特的"天鹅"酒馆。当气息在他体内流转，在伤口上结痂，在遭受过魔鬼堰重创的头盖骨里完成各种精细的工作后，亨利·当特一路往下沉啊沉，沉啊沉，沉到巨大的水下洞穴最黑暗的深处，那里没有潮起潮落，像坟墓一样黑暗寂静。他不知道在那里待了多长时间，最后，记忆苏醒了，平静的深渊颤抖一下，恢复了生机。

一系列经历在他脑海里转来转去，没有特定顺序。

一种迟钝的感觉，是他对婚姻的失望。

一阵刺痛来自指尖，是他昨天在特鲁斯伯里草地感受到的寒意，当时，他把食指插进泰晤士河源头的小溪，等水流在手指后面越聚越多，越积越高，直到溢过手背。

整个身体在猛冲和滑行——像一个二十岁的年轻人在结冰的泰晤士河上滑冰。那天，他遇到他的妻子，滑行持续了好几个星期，从冬天一直滑到初春的一天，那是他结婚的日子。

看到天际线上过去是修道院门楼屋顶的位置空空如也，他吓掉了下巴颏，脑子里舞起一阵乱拳——六岁那年，他第一次意识到物质世界可能会发生如此的变化。

一块玻璃摔碎；他的父亲，玻璃匠，正在院子里骂人。

头颅里的零件很满意它们还在原来的位置，是完整的，没有摔坏。

最后出现了一些与众不同的东西，完全属于另一类的东西。他并不陌生——他以前梦到过，次数还相当频繁。它总是模模糊糊，因为他从来没有在现实世界中注意过它，只存在于他的想象中。那是个孩子。当特的孩子。他没能和米里亚姆生育，也没再尝试和别人生育的那个孩子。那是他未来的孩子。影像飘过，来来去去，让这个熟睡的人产生了反应，试图抬起沉重的四肢去抓住它。它渐渐飘远，出了视线，这一次，抓住这个梦中的影像似乎变得更紧迫。还不够清楚吗？那是个小女孩，对吧？但那一刻已经过去了。

亨利·当特脑海里的场景又发生了变化。一幅陌生而又令人不安的风景画，非常个性化。一处崎岖的地形。犬牙交错的岩石冒出表面。起伏的裂缝。球根状的突起。这里肯定发生过——什么？一场战争？一场地震？

意识投下暗淡的光，亨利·当特的脑子活跃起来。这幅风景画不是用来看的，而是别的东西……这些不是影像，对，而是传递到他大脑的信息片段……通过他的舌头……岩石变成断裂的牙齿。乱麻般的地表是他嘴里的肉。

他醒了。

他慌得不敢动弹。一阵剧痛穿过他的四肢，让他大吃一惊。

发生了什么事？

他睁开眼睛——看到一片黑暗。是黑暗吗？还是……他被蒙上了眼睛？

他惊慌地抬手摸脸——痛感更强烈——在脸的位置，他的手指碰到一些奇怪的东西。一些填充物，比皮肤还厚，摸上去没感觉，拉伸盖在他的骨头上。他寻找它的边缘，拼命地想把它扯下来，但手指又粗又笨……

一阵慌乱的声音。他听到有谁在说话——是个女人：

"当特先生！"

他感到自己的手被另外一双手抓住了，那双手出奇地有力气，阻止他扯下眼罩。

"别乱抓！你受伤了。我猜你感觉麻木了。你很安全。这儿是拉德科特的天鹅酒馆。你出了次事故。你还记得吗？"

他脑子里敏捷地蹦出一个词儿来，这个词儿在他嘴里的碎石上绊了一跤，等到说出口，他几乎辨认不出，于是他又试了一次，费了更大的劲：

"眼睛！"

"你的眼睛肿了。你在事故中撞了脑袋。等消肿以后，你就能看得清楚了。"

那双手把他的手从脸上移开。他听到有人在倒某种液体，但他的耳朵听不出这种液体是什么颜色，水罐是何种质地，以及水杯的大小。他感到床开始倾斜，有人坐在床边，但他猜不出这是怎样的一个人。世界突然变得无法感知，他被困在里面。

"眼睛！"

女人再次抓住他的双手。"只是肿了。等消了肿，你就能再看见的。这儿，喝一口。你手脚不方便，我猜你的嘴唇都没了知觉，我来倒，你来喝。"

她说得没错。没有任何心理准备，没有沾到他的唇边，他嘴里突然有一种甜蜜湿润的感觉。他咕哝一声，表示可以多灌一点，但她说："小口喝，多喝几次。"

"你还记得怎么来这儿的吗？"她问。

他想了想。他似乎对自己的记忆不够熟悉。记忆的表面有支离破碎的影像，不可能属于那里。他嗯了一声，做了个不确定的手势。

"你带来的那个小女孩——你能告诉我们是谁的吗？"

木闩一响，门开了。

一个新的声音："我猜我听见声音了。她在这儿。"

身旁的女人站起来后，床垫又回到了原来的高度。

他把手举到脸上，这一次，他摸出那块没有知觉的填充物是他的皮肤，摸到一排针脚。睫毛的前半截埋在发炎的眼睑里。他笨手笨脚地在针脚上下压了压，把绳子扯开——"别动！"女人尖叫一声，但慢了一步。光线刺痛他的眼睛，他喘着气。是疼痛，还有别的原因：光波上承载着一个影像，正是在梦中见过的影像。那个漂流的女孩，他未来的孩子，他想象中的婴儿。

"这是你的小女孩吗？"新来的那人问。

这个孩子，眼睛是泰晤士河的颜色，脸上没有表情。

是的，他跳动地在说。是的。是的。

"不是。"他说。

## 一个悲惨的故事

整个白天,喝酒的人一直在谈论发生在天鹅酒馆的事。所有人都知道沃恩夫妇在屋后玛戈特和乔的私人客厅里,与艾米莉亚团聚了。还有消息说,有个有钱的黑人,名叫罗伯特·阿姆斯特朗,家住凯尔姆斯科特,天亮的时候也来过,他儿子待会儿也要来,名字已经传开了,叫罗宾·阿姆斯特朗。

每个人的内心剧场都拉开帷幕,他们讲故事的头脑开动起来。舞台上有四个人物:沃恩先生、沃恩太太、罗宾·阿姆斯特朗和那个女孩。许多人浮现在脑海中的场景构成一出引人注目的情景剧,有怒火中烧的目光、阴郁的表情、盘算的斜眼。话是嘶嘶地说出来的,带着一本正经和尖锐的警告。这孩子被人争抢,从一群人传到另一群人,像嫉妒的孩子们手中的一个洋娃娃。一个精于算计的农场工人打算给这孩子搞一场拍卖会,暂时放下铁犁的农夫吵得不可开交,幻想着沃恩先生从衣服内袋里掏出武器——是左轮手枪?匕首?——以及将阿姆斯特朗先生塑造成一个真正的父亲。在极度紧张的时刻,某个聪明人把开口说话的能力还给了孩子：爸爸！她喊着，朝阿姆斯特朗先生举起双臂，永远击碎了沃恩夫妇的希望，两人相拥而泣。沃恩夫人在剧中扮演的角色作用仅限于抹眼泪，有时在椅子上哭，有时在地板上哭，通常以昏厥为结尾。一个年轻的菜农得意洋洋地想象着那个躺在床上不省人事的人是什么身份：从漫长的昏睡中醒来，他听见隔壁房间的争吵声，随即起身，走进客厅（位于舞台左侧），他像所罗门王一样，宣布将这个孩子劈成两段，一半给沃恩夫妇，另一半给阿姆斯特朗。这样就行了。

当最后一线光亮从天空褪去，五点一过，河水在黑暗中波光粼粼，有个人骑马来到天鹅酒馆，翻身下鞍。"冬屋"里人声震耳欲聋，还没人注意到门开了，他已经钻进酒馆，关上身后的门。他站了一会儿，在一片嘈杂声中听到他的名字，没人关注他的存在，甚至当他们见到他，也没有意识到他就是他们所期待的那个人。有些人知道为什么老阿姆斯特朗是这副长相，故事早已传开，说他是王子和女奴的私生子，所以都在翘首期盼一个又高又壮、皮肤黝黑的小伙子。难怪没人认出这个年轻人，他面色苍白，身材瘦弱，浅棕色的鬈发软软地贴在衣领。他身上仍有点孩子气：他的眼睛是淡蓝色的，像水中的倒影，他的皮肤像女孩一样柔软。玛戈特第一个发现了他，她不确定是否因为看到了他，她身上的母性本能或者女性本能被激发出来了，无论他是个青年，还是个成人，看着就很顺眼。

他朝玛戈特走去。他低声告诉她自己的名字，她把他从公共休息室领到后面的小走廊，走廊上只点了一根蜡烛照明。

"我不知道该说什么，阿姆斯特朗先生。你也失去了你可怜的妻子。你瞧，你父亲今天早上来过——"

他打断她。"没关系。来的路上，我追上了你们这儿的牧师。他跟我打招呼，猜出我为什么走这个方向，为什么匆匆忙忙，还……"

他停下来,在走廊的阴影里,玛戈特猜想他正抹去一滴眼泪,鼓起勇气继续说下去,"他还解释了一切。这毕竟不是爱丽丝。另一个家庭已经认领了她。"他垂下头,"但我想最好还是来一趟,我住得近,你也在等我。但现在我得告辞了。请转告沃恩先生和太太,我很……"他的嗓子哑了,"很为他们高兴。"

"噢,但你至少喝点东西再走吧。来杯啤酒?热宾治酒?你大老远赶来,坐下休息一会儿吧。沃恩先生和太太在客厅里,希望向你表示哀悼之情……"

她打开门,领他进去。

罗宾·阿姆斯特朗带着一种笨拙而抱歉的神情走进房间。沃恩先生已经被意外之喜冲昏了脑袋,下意识地伸出手去,跟他握手。

"很抱歉。"两人同时说道,紧接着又齐声说"真叫人为难",弄得人搞不清是谁先开的口。

见两个男人磕磕巴巴,沃恩太太反倒镇定下来。"阿姆斯特朗先生,听说你家人过世,我们非常抱歉。"

他转身望着她——

"怎么?"过了一会儿,她说,"怎么啦?"

他盯着她腿上的孩子。

年轻的阿姆斯特朗先生摇摇晃晃地站起来,然后一歪,重重地靠在玛戈特身上,瘫在沃恩刚刚摆到他身后的椅子,眼睛一翻,又闭上,颓然倒下。

"老天爷呀!"玛戈特尖叫一声,跑去那个摄影师睡的房间,去叫丽塔。

"他走了太远的路,"海伦娜一边说,一边关切地俯身看着这个昏过去的男人,"抱着希望——却发现她不在这儿……打击太大了。"

"海伦娜。"沃恩先生带着警告的口吻说。

133

"医生知道怎么把他弄醒。"

"海伦娜。"

"她肯定带了丁香或者提神药。"

"海伦娜。"

海伦娜扭头望着丈夫。"怎么啦?"

她的眉毛很清晰,眼睛澄澈透明。

"亲爱的,"他说话时声音打战,"这个年轻人昏倒,难道不会是别的原因吗?"

"什么原因?"

她脸上无辜的迷惑使他畏缩起来。

"假如……"他说不出口,便朝那孩子的方向做了个手势,"想想看,毕竟……"

门开了,玛戈特急匆匆走了进来,丽塔跟在身后。丽塔平静而镇定地蹲在年轻人身旁,一只手握住他的手腕,另一只手捏着手表。

"他要醒了。"玛戈特说,见他眼皮动了一下。她把他的一只手握在自己手心,用力揉搓。

丽塔犀利地看了一眼病人的脸。"他会没事的。"她语调平淡地说,将手表放回口袋。

年轻人睁开眼睛。他轻轻地喘了几口气,然后抬起手掌,遮住脸上茫然的表情。等他放下手掌,又恢复了神态。

他再次看着孩子。

"理智告诉我她不是爱丽丝。"他犹豫地说,"她是你们的孩子。牧师这么说的。你们也这么说的。那就是了。"

海伦娜点点头,眨了眨眼,挤出对这位年轻父亲的同情的泪水。

"你们一定在想,我为什么那么容易把别人家的孩子错当成自己的孩子呢?我上次见到女儿,还是在一年前。大概你不清楚我现在的处境吧。我欠你们一个解释。

"我是偷偷结的婚。我妻子的家人第一次听说我跟她好上了，还打算订婚，坚决不同意，设置了种种障碍。我们年轻气盛，都不清楚偷偷结婚会给自己和家人带来怎样的伤害，反正，婚是结了，妻子跑出来跟我住在一起，没过一年，孩子出生了。我们希望——甚至坚信——孙女会让老人家们心软，但事与愿违，他们和以前一样不肯让步。随着时间的推移，我妻子变得爱抱怨了，因为她以前过得养尊处优，现在没了用人，独自养个孩子，生活变得不轻松。我竭尽所能让她保持好心情，鼓励她相信爱情，但最后，她认为对我来说，唯一的出路是搬到牛津去，我在那儿有地位显赫的朋友，可以试试运气，如果情况对我有利，说不定赚得更多，也许一两年，就能过上她向往的悠闲生活。所以怀着沉重的心情，我离开了班普顿，在牛津安顿下来。

"我很幸运。我找到了工作，很快就挣到比以往更多的钱，虽然很想念妻子和孩子，我相信这么做都是为了她们好。她也寄信来，写得不多，但从信上看得出，她快乐多了。一有机会，我就回去看她们，就这样又过了六个月。一次，大概一年前，我出门办事，难得一次去河的上游，我想顺便回一趟家，给她们一个突然袭击，母女俩肯定会很开心。"他咽了口唾沫，在椅子上挪动身子，"我有了个新发现，从此改变了我和妻子的关系。她不是一个人。有人陪着她——关于他的事儿，还是少提为好。从他和孩子相处的方式来看，这人是家里的常客，关系亲密。我撂了些狠话，摔门就走了。"

"没多久，我还在犹豫该怎么办，就收到妻子的信，她说要跟那个男人同居，做他的老婆，和我不再有任何关系。当然，我原本可以不同意。我原本可以逼着她信守诺言。事实证明，从一开始我就不该同意。无论哪个方面，情况都会好些。但我脑子一昏，回答说既然这是她希望的，我同意这个安排，等我赚够了钱，买了像样的房子，就去接爱丽丝。我在信中写道,希望这个目标能在一年之内完成,从那天起,我全身心地投入到工作中。

"从那时起,我就没见过妻子,最近,我租了栋房子,正安排和女儿一起住在那儿。我打算把我一个妹妹叫来,当她的临时母亲。今天早上,就在这些计划快要实现时,我父亲来了,把我妻子的死讯告诉了我。他还说爱丽丝失踪了。从旁人口中,我得知妻子几个月前被她的情夫抛弃了,她和孩子无依无靠。我只好猜测她是出于羞愧,才没来找我。"

整个叙述过程中,罗宾·阿姆斯特朗的目光始终盯着孩子的脸。他不止一次失去故事的线索,不得不把眼睛从她身上移开,集中精神继续讲,但没讲几句,他的眼神就会飘移回来,再次找到她。

他重重地叹了口气。

"这是个我不愿意讲的故事,因为它不但把我那可怜、可悲又愚蠢的妻子公之于众,还让我在别人眼中印象不佳。别怪她,她太年轻。是我唆使她秘密结的婚,是我面临危机时的软弱让她消沉,导致了她和女儿的死。这是个悲惨故事,不适合你们这样的好人听。我也许该讲得更委婉些。如果我够聪明,故事就不会讲得如此直白,但一个人受了惊吓,总是需要一段时间才能平复心情。所以请原谅我的直率,我之所以这么做,是因为需要对我今天在这儿的反应作出合理的解释。

"的确,一见到你的女儿,我就觉得仿佛和我心爱的爱丽丝面对面。但显然她不认识我。她很像爱丽丝,非常像,我不得不提醒自己,我已经快有十二个月没见到她了,孩子的模样变得快,对吧?"

他转身看着玛戈特。

"夫人,毫无疑问,您有自己的孩子,您能证明我说得对吧?"

听到有人招呼,玛戈特跳了起来。罗宾的故事让她泪眼婆娑,她抹掉眼泪,有些迷糊,没有马上回答。

"我说得对,是吧?"他重复一遍,"小孩子的模样每年都会变?"

"这个嘛……嗯,我想是会变……"玛戈特的声音听上去不太确定。

罗宾·阿姆斯特朗从椅子上起身,对沃恩夫妇说:

"是悲伤超越了理智,让我把你们的孩子认成我自己的孩子。如有冒犯,我很抱歉。我并无任何恶意。"

他把手指放到唇边,伸出一只手,又瞅了海伦娜一眼,征得她的允许,在孩子脸颊上轻轻吻了一下。他的眼中噙满泪水,但还没等泪珠掉下来,他已经向各位女士点点头,向她们告别,出了门。

罗宾·阿姆斯特朗离开后,房间里一片沉默,沃恩转过身,盯着窗外。榆树的枝丫在炭黑色天空的衬托下,显得黑乎乎的,他的思绪似乎也被盘根错节的树梢缠住了。

玛戈特想说点什么,嘴巴张开又闭上,重复了好几次,困惑地眨着眼睛。

海伦娜·沃恩搂紧孩子,轻轻摇晃。

"可怜的人啊,"她低声说道,"我们祈祷他能找到他的爱丽丝吧——因为我们已经找到了我们的艾米莉亚。"

丽塔没有凝视,没有眨眼,也没有说话。罗宾讲述自己故事的时候,她坐在房间角落的凳子上,一边观察,一边仔细听。罗宾走后,她继续坐着,样子像是在心算一道复杂的数学题。这是个什么样的人啊,她在想,好像昏了过去,又醒了过来,但他的脉搏一直没有变化!

过了一会儿,她肯定想明白了,收起那张沉思的脸,站了起来。

"我得去看看当特先生怎么样了。"她说,悄悄地走出房间。

## 摆渡人的传说

　　亨利·当特睡了又醒，醒了又睡。他每次醒来，都少了一点困惑，多了一点意识。这不像他经历过的最严重的宿醉，但相比他遇到过的其他事儿，这更像是一场宿醉。他的眼皮仍然抬不起来，紧紧地贴着眼球。

　　亨利·当特五岁以前，每晚都哭个不停。她的母亲被儿子在黑暗中伤心欲绝的哭声惊醒，过了好长时间才发现，儿子害怕的不是黑暗，而是别的东西。"什么都看不见。"他抽泣着说，伤心欲绝，母亲这才明白是怎么回事。"当然什么都看不见呀，"她告诉他，"现在是晚上，晚上该睡觉。"但他不听劝。父亲曾经叹着气说："这孩子出生时就睁着眼睛，后来再没闭过。"但父亲帮他找到了解决办法："瞧瞧你眼皮内侧的图案。你会看到有漂亮的图形，飘来飘去，颜色各不相同。"亨利小心翼翼地闭上眼睛，生怕被人耍了花招，但顿时欣喜若狂。

　　后来他教会自己双眼紧闭，从记忆中变出幻象，他自由自在地欣赏这些幻象，就像它们白天出现在眼前一样。更有甚者,当他步入另一个年龄段,命运女神成了供他夜间消遣的对象。地下的美人鱼从翻腾的水中站起来,她们的身体被波浪或者鬈发构成的圆形线条挡住,半遮半掩,但可以想象的是(如果你是一个十四岁男孩的话),除了那对曲线优美的乳房,其他部位根本没有遮挡。这就是他在黑暗中仔细欣赏的对象:一个头发飘逸的生物,半是女人,半是河水,跟他一起嬉戏,她的爱抚如此令人陶醉,对他产生了一个真正女人可能产生的效果。他的手缠绕着自己,身子像一把结实的船桨。稍微拽几次就够了,他被拉进了急流,他就是急流,他沉浸在幸福之中。

想到这一切,想起命运女神,他突然很想知道丽塔·桑迪医生长什么样。他知道她在这儿,陪他在房间里。床脚那边,靠窗的位置,斜放着一把椅子。他感觉到了。她就在那儿,没有说话,一动不动——她肯定以为他睡着了。他想拼凑出她的形象。她试着把他的手从眼睛上移开时,手抓得很紧。这么说,她很强壮。他知道她不矮,因为她站着的时候,声音是从房间高处传来的。从她的脚步声和动作来判断,她不年轻,但也不老。她是白皮肤还是黑皮肤?漂亮还是普通?她一定相貌平平,他想,否则她肯定结了婚,如果她结了婚,就不会独自在卧室里照顾一个陌生男人了。她说不定正坐在椅子上看书,或者思考问题。他不知道她在想什么,但十有八九跟这个奇怪的女孩有关。如果他知道从何处着手,也会思考这个问题。

"你怎么看这一切?"她问。

"你怎么知道我醒着?"他脑子里有个念头转瞬即逝,难不成她能读懂他的心思?

"你的呼吸频率告诉我的。告诉我昨晚发生了什么。从事故开始。"

怎么会发生事故呢?

139

独自在河上是一件好事。你有充分的自由，既不在这个地方，也不在那个地方，总是在移动，漂流在两点之间。你逃避一切，不属于任何人。当特回忆起那种感觉：身体顺着水流、逆着水流，或者顺着气流、逆着气流时，会产生一种快感，令人胆战的、危险的姿势带来的快感，河水发起挑战，全身肌肉随之响应。昨天的情况就是这样。他迷失了自我。他的眼中只有那条河，他一心想着预测它的反复无常，他的四肢就像一台机器，对它的每一个动作都作出反应。这是个辉煌的时刻，人、船与河跳起一支收放自如的芭蕾舞曲，张弛有度、舒缓有加……已臻化境，而这种境界往往不可信。

这倒不是说他没有提防过魔鬼堰。如何应对，是否会有人在附近帮忙把船拖出来、绕过围堰？他也考虑过其他可能性，但现在是冬天，他想不出会出什么岔子……他知道该怎么做：把桨收好，随时准备拿桨撑住船的另一侧，与此同时——身子往后躺倒。搞砸了的话，要么脑袋撞晕，要么桨片撞裂，或者兼而有之。但他知道。他以前试过。

是哪里出了问题？受这条河的诱惑，他陷入一种超然的状态——这是他的错。他本可以逃过一劫，但就在那时——他现在想起来了——有三件事同时发生。

其一，他没有注意到时间流逝，天色渐渐暗淡。

其二，在他最需要集中注意力的时候，某个模糊的、难以确定的影子吸引了他的目光，分散了他的注意力。

其三，是魔鬼堰，出现在此时、此地。

激流吞没了小船，他身子猛然扬起——河水汹涌澎湃，一股巨大的水流从他身下涌出，把他推了上去——堰的底端，黑乎乎的，湿漉漉的，像树干一样坚实，朝着他鼻子的方向猛冲而来——他还没来得及惊呼一声噢！——

他试图向医生解释这一切。要说的话很多,但他的嘴像是来自一个陌生的国度,每说一个词,都要经过艰难跋涉,才能把字母念清楚。起初,他语速慢,口齿笨拙,说不明白的地方,就靠打手势来弥补。有时她插一句嘴,聪明地预见到他要说什么,他咕哝着示意,是的,没错。渐渐地,他找到了最接近自己需要的声音的方法,说得更流利了。

"你在哪儿找到她的吗?在魔鬼堰?"

"不是。这儿。"

他在夜空下苏醒过来。太冷了,感觉不到疼痛,但动物的本能让他知道自己受了伤。他明白,如果要活下去,必须找个温暖的庇护所。他小心翼翼地爬出船舱,生怕在冰冷的水中倒下。就在此时,那个白色的影子向他飘来。他立刻反应过来,那是一个孩子的尸体。他伸出双臂,河水把她灵巧地送进他的怀抱。

"你以为她死了?"

他咕哝一声是的。

"嗯,"他听到她吸了一口气,把自己的想法放到一边,"但你是怎么从魔鬼堰来这儿的呢?人受了伤,船受了损——你一个人无法办到。"

他摇摇头。他也不知道。

"我好奇你看到了什么?那个在魔鬼堰让你分心的东西。"

当特的记忆是由一幅幅图画组成的。他找到一幅:苍白的月亮悬在河上;他找到另一幅:那道隐约可见的围堰,在越来越暗的天空衬托下显得异常高大。还有别的东西。他想弄清是什么东西,于是皱起眉头,扯得脸上的伤口隐隐作痛。就跟照相底片一样,他的大脑通常会记录下清晰的轮廓、细节、色调和视角。但这次他只发现一片模糊。这就像一张照片,拍摄对象移动了,在十五秒的曝光时间里舞动着身子，无法让影像定格。如果可以的话，他希望能够回到过去，重新体验那一刻，打开它，展开它，看看是什么在他的视网膜上留下了这个模糊的东西。

他不确定地摇摇头，脸部肌肉因为疼痛抽搐了一下。

"那是个人吗？说不定有人看到了，帮了你？"

是吗？他迟疑地点了点头。

"在岸上？"

"在河上。"他很确定。

"吉卜赛人的船？但这个季节，他们不会出远门。"

"是一艘船。"

"另一艘小划子？"

"不是。"

"驳船？"

他印象中那个模糊的影子不是一艘驳船。它更轻巧，由几根线条组成……"平底船，也许是？"既然他听到自己说出了口，那团模糊分解出一个小部分，是一艘又长又矮的船，由一个又高又瘦的人撑船……"嗯，我想是的。"

他听见她浅笑一声。"小心你的措辞。他们会说你遇上了'悄悄'。"

"谁？"

"悄悄。那个摆渡人。他救那些在河上遇险的人，送他们安全回到岸边。除非是他们寿命已尽，那样的话，他就送他们去河的另一边。"她用略带调侃的语调说出最后几个字。

他哈哈大笑，裂开的嘴唇一阵剧痛。他猛吸了一口气。

脚步声后，有人轻轻把他脸上的布条压紧，他感觉到一丝凉爽。

"可别多说话了。"她说。

"你的错。你逗我笑的。"

他不愿让谈话结束。"给我讲讲这个'悄悄'。"

她的脚步声又回到椅子旁,他想象着她的样子,平平常常,又高又壮,既不年轻也不老。

"有十多个版本呢。我随便说,看看能说到哪儿。

"许多年前,那时候,河上的桥比现在少,'悄悄'一家住在离这儿不远的河岸上。这家人有个奇怪的特征:男人都是哑巴,这就是为什么他们被称作'悄悄',真名反而没人记得。他们靠造平底船为生,如果支付一笔公道的费用,他们还可以从他家的院子出发,把你摆渡过河,等你招呼的时候再来接你。这个院子从祖父传给父亲再传给儿子,传了很多代,每一代人都不能说话。

"你可能认为在浪漫的爱情中,说不出话会成为交流的阻碍,但'悄悄'家的男人有担当,又和善,而有些女人就喜欢过平静的生活。碰巧的是,每一代人总会遇上某个女人,乐于不和人聊天,生养出下一代造船工,女孩都能说话,男孩却一个都不行。

"这个故事发生的时候,当时的'悄悄'有个女儿,是他的掌上明珠,受到父母和祖父母的宠爱。有一天,她失踪了。家人四处寻找孩子,通知邻居,直到夜幕降临,河岸还回荡着她母亲和其他人呼唤她名字的声音。没人找到她——那天没有,第二天也没有。但是三天后,在下游不远处的一个地方,他们找到了这个可怜的孩子,她是淹死的,他们埋了她的尸体。

"时光流逝。整个冬天、春天、夏天和秋天,女孩的父亲都像往常一样继续建造平底船,需要的时候就给人摆渡,晚上坐在炉火边抽烟,但他的哑发生了变化。曾经温暖、愉快、亲切的沉默变得黑暗,充满灰色的阴影。一年又过去了,到了孩子失踪的周年纪念日。

"那天,'悄悄'的妻子从市场回到家,发现有个客人正等着。'如果你要过河,你得找我丈夫。你会在院子里找到他。'她告诉客人。

143

但是客人脸色苍白地说：'我已经找到他了。他送我渡河，走到河中央，到了河水最深处的时候，他把杆子递给我，跳下了船。'"

丽塔停下来喝了一口茶。

"这么说，他在河里出没，一直到今天？"当特问。

"故事还没讲完。三天后，夜半时分，'悄悄'的妻子正坐在炉边抹眼泪，传来了敲门声。她想不出有谁会这么晚了还来找她。是有人想过河吗？她走到门口。出于害怕，她没有开门，只是说：'太晚了。等天亮了，我公公会送你过河的。'

"有个声音答道：'妈妈！让我进去！外面很冷。'

"她用颤抖的手拉开门闩，站在门廊的是她的小女儿，就是她一年前埋的那个，安然无恙。孩子身后是她的丈夫'悄悄'。她把女孩搂在怀里，泣不成声，一开始，她欣喜若狂，没去想为什么会发生这样的事，然后她想，这不可能，于是让孩子站在一臂远的地方，盯着她看，但毫无疑问，这就是她十二个月前死去的那个女儿。

"'你从哪儿来？'她惊奇地问。小女孩回答说：'从河对岸的那个地方。爸爸来接我的。'

"那女人把目光转向她的丈夫。'悄悄'站在离孩子不远的地方，不是门廊里，而是小路上。

"'快进来，亲爱的。'她喊着，把门开得大大的，又朝壁炉做了个手势，炉火已经点燃，他的烟斗还在壁炉架上。但'悄悄'没有走上前。虽然说不出是哪些地方，她突然注意到他变了。也许他比以前更白、更瘦了，也许是他的眼睛比以前更黑了。

"'快进来！'她又喊了一声，'悄悄'摇摇头。

"她这时才明白，他再也进不了家门了。

"这个贤惠的妻子把女儿拉进屋，关上了门，从那天起，许多人都在河上见过'悄悄'。女儿的归来需要付出代价，由他承担。他必须永远守护着这条河，等待有人身陷困境，要是时候未到，就把他们安全送回岸边，但要是尘缘已尽，就把他们安全送去另一个地方，也就是他找到自己女儿的地方，他们必须留在那里。"

故事结束，两人沉默了好一阵，随后，当特又开了口。

"这么说，我的时间还没到，'悄悄'把我拖回了拉德科特。"

"如果这个故事可信的话。"

"你相信吗？"

"当然不信。"

"不过，这是个好故事。一位忠诚的父亲以生命为代价，救了自己的孩子。"

"他牺牲的不止这些，"丽塔说，"他还付出了死亡的代价。'悄悄'永远都无法休息，他必须永远徘徊在两个世界之间，守卫着边界。"

"你也不信这个吧，"他说，"这儿的人信吗？"

"有，比如修船匠比斯赞特，他说见过'悄悄'，那时他还小，在防波堤上滑了一跤。菜农们相信河水上涨，漫进豆瓣菜田，把农田变成沼泽时，'悄悄'能保障他们的安全。有个采砂工人原本对此持怀疑态度，直到有一天，他的脚踝陷进水下的淤泥里。他发誓说，是'悄悄'潜到水底，帮他得以脱身。"

谈话使当特又想起了那个孩子。"我以为她死了，"他告诉她，"她慢慢漂进我的怀里，皮肤苍白，冷冰冰的，还闭着眼睛……我敢发誓她已经死了。"

"他们也都这么想。"

"但你没有。"

"我也是。我很肯定。"房间里有一阵若有所思的寂静。他想了想还可以问什么问题，但没有开口。直觉告诉他，如果耐心等一会儿，会有更多的事儿发生。他猜得没错。

"你是个摄影师,当特先生,这让你成为一个科学家。我是一个护理人员,所以也算是一个科学家,但我无法解释昨晚目睹的一切。"她说得很慢,语气平静,字斟句酌,"那个女孩没有呼吸,没有脉搏,瞳孔放大,身体冰凉,皮肤发白。根据教科书上的每一条特征,她已经死了。我对此毫不怀疑。我检查过,没有发现任何生命迹象,本来我该走的,但不知为什么,我又留了下来,也许是觉得有些蹊跷,感到不安。我继续站在女孩的尸体旁边,时间不长,大概有两三分钟,我捏着她的双手,我拿指尖贴着她的手腕,在那个位置,我感觉有什么东西在她和我的皮肤之间颤动,摸起来像脉搏,但我知道这不可能——她已经死了。"

"当然,事实上,还可能是把自己的脉搏误认为是病人的脉搏了,因为指尖也有脉搏。让我展示给你看。"他听见她朝床边走来,脚步声后传出裙子的沙沙声。她拉着他的手,掌心朝上放在自己摊开的手掌,再把自己另一只手掌盖在上面,这样一来,他的手被握在她的手心,她拿指尖轻轻贴在他的手腕内侧。"那儿。我能感觉到你的脉搏"——她碰到他时,他血液突然上涌——"我也能感觉到我的。脉搏很轻,但的确是我的。"

他喉咙里咕哝一声,表示同意,全身的感官忽然集中精神,想捕捉她一丝血液的颤动,但是太微弱了。

"所以,为了排除所有的不确定性,我还尝试……"她的手轻快地滑开,他的手被遗弃在床罩上,等她的指尖落在他耳朵下方的痛点时,他的失望之情渐渐平息。

"这也是个把脉的好地方。我用力按着,又等了一分钟。什么都没有。没有,没有,还是没有。我告诉自己,我肯定是疯了,站在黑暗和刺骨的寒冷中,等待一个死去孩子的脉搏跳动。然后,脉搏又跳了。"

"心跳能有多慢?"

"孩子的心跳比成年人快。每分钟一百次很平常。六十次就危险了。四十次更危险。要是降到四十次,就得做最坏的打算了。"

在他的眼皮里面,他看见自己的想法在蓝色的、云状的图案中冉冉升起。在图案上方,他看见她的想法是深栗色和绿色的条纹,在他的视野中从左到右水平移动,像一道道缓慢而坚决的闪电。

"每分钟一次……我还没见过哪个小孩的心率能降到每分钟低于四十次。除了心跳停止前。"

她的指尖仍然贴着他的皮肤。有那么一两次,她似乎快要从心烦意乱中走出,将手指移开。他努力让她继续考虑问题。

"低于四十次,就会死?"

"以我的经验,是的。"

"但她没死。"

"她没死。"

"她还活着。"

"以每分钟一次的心率?这不可能。"

"但如果她不可能活着,也不可能死了,那她是什么呢?"

蓝色云朵状的思绪消散了。叶绿色和紫红色的条纹随着强度的增加开始膨胀,向右移动,移得很远,就快要突破边际。她沮丧地呼出一大口气,从他的脖子上缩回手指,青铜色的碎片在他的视野中飞起,像火堆中坠入了一块煤球。

他打破沉默。"她就和'悄悄'一样,活在生死世界之间吧。"

他听到一阵长吁短叹,继而是扑哧一笑。

他大笑起来,皮肤一绷紧,痛得叫出了声。

"哎哟,"他叫道,"哎哟!"

叫喊声让她的注意力又回到他身上,让指尖又贴在他的皮肤上。

她把凉丝丝的布条贴在他脸上时，他发觉通过刚才的交谈，在他心目中，丽塔·桑迪的模样已经发生了变化。现在，她看上去跟命运女神没什么两样。

## 结束了吗？

冬屋里人声鼎沸，挤满了喝酒的人，座位不够，很多人只好站着。玛戈特从昏暗的走廊出来，拿胳膊肘戳了戳最近的人的背，喊道："请靠边站，让一让。"客人们拖着脚走开，她步入人流。在她身后，沃恩先生出现了，怀里抱着一个裹着毯子的孩子，后面是沃恩太太，朝左右两边微微点头，表示感谢。

看见孩子，一旁的酒客都安静下来，那些位于室内稍远处的客人突然注意到身后的说话声放低了，发现玛戈特挤到他们身边，也依次闭上了嘴。女孩的头靠在沃恩肩上，脸紧贴他的脖子，遮了一半。她闭着眼睛，身子软沓沓的，看样子睡着了。寂静像是长了腿，走得比沃恩夫妇快，两人还没走到半路，房间里一片静默，静得震耳欲聋，听上去像刚才的喧闹声。每个人都斜着身子，踮起脚尖，露出饥饿的眼神，想把女孩熟睡的脸看得更清楚些，人群后面，有几位索性爬上了桌子板凳。玛戈特不再需要拿胳膊肘戳人推人了，因为人群自动分列两旁。等他们走到门口，一个船夫已经站好，准备开门。

沃恩一家出了门。

玛戈特朝船夫点点头,吩咐他把门关上。谁也没有动。人群分开的地方,仍然能看见一条地板的曲线。经过片刻的沉寂,没人说话,随后传来一阵脚步声,有人清清喉咙,很快,人群再次聚集,喧闹声比刚才更大。

他们又聊了一个小时。那天发生的每一件事、每一个细节都被认真讨论,人们把事实加以权衡和综合,又把大量的猜测、风闻和臆测搅和在一起,以增强趣味性,还撒了一些谣言,让它像酵母一样发酵。

看样子,故事已经不胫而走,出了拉德科特的天鹅酒馆,去了四面八方。酒客们想起这世上还有其他人,比如他们的妻儿、邻居和朋友。很多人还不知道沃恩夫妇和小阿姆斯特朗的故事。喝酒的人三三两两地离开,然后涓涓细流变成了源源不断的小溪。玛戈特组织几个脑子稍微清醒的人,护送那些醉得厉害的人沿着河岸走,免得他们掉到河里去。

最后一个喝酒的人也走了,酒馆关上门,冬屋里空无一人,乔开始扫地。他经常停下来歇一会儿,靠着笤帚喘口气。乔纳森扛着木柴进了屋,把木柴倒进火炉旁的篮子里时,他的斜眼里流露出一种不同寻常的忧郁神情。

"怎么啦,儿子?"

男孩叹了口气。"我想她留下来,跟我们一起住。"

父亲微笑着拨弄他的头发。"我知道你想。但她并不属于这儿。"

乔纳森去搬第二捆木柴,走到门口时,他转过身,一脸沮丧。

"结束了吗,爸爸?"

"什么结束了?"

乔纳森望着父亲把头歪向一边,抬头凝视着黑暗的屋角,故事源于那里。然后他的目光又回到乔纳森身上,摇了摇头。

"这只是个开始,儿子。还有很长的路要走呢。"

# 第二部分

## 不合情理

莉莉坐在楼梯最下面的一级台阶上，把右脚伸进一只靴子里。她紧紧抓牢鞋舌，免得被困在鞋带下，但她的长筒袜在脚后跟拧出几道皱纹，把她的脚硬向前挤了进去。她叹了口气。她的靴子总爱使出诡计阻挠她，从不叫人省心。它们挤压她肿大外翻的拇指，把破皮的部位磨得生疼，不管晚上给它们肚子里塞多少稻草，天亮的时候，总会留一点湿气，穿在脚上冷冰冰的。她慢慢地把脚抽出来，拉直袜子，又试了一次。

两只靴子都穿上后，莉莉扣好外套，把围巾绕在脖子上。她没戴手套，因为她没有手套。屋外，寒冷轻而易举地穿透她的外套，像锋利的刀子割她的皮肤，但她并没什么感觉。她已经习惯了。

她早晨的作息从未改变。她先下到河边。今天的水位和她预料的一样，既不高也不低。没有愤怒的急流，也没有险恶的缓流。河水没有发出奇怪的嘶嘶声，没有咆哮，也没有在她的裙摆上溅起恶意的水花。河水平静地流淌，一心一意地做自己的事，对莉莉和她做的事一点也不感兴趣。她从河边返回，去给猪喂食。

莉莉在一个桶里装满谷子，另一个装满泔水。猪食向空气中散发出一种温暖的腐烂气味。和往常一样，那头小母猪朝隔墙跑来。它喜欢扬起脑袋，把下巴颏在矮墙顶上蹭来蹭去。与此同时，莉莉挠着猪耳朵后面的部位。小母猪高兴地咕哝了一声，从姜黄色的眼睫毛底下瞅了她一眼。莉莉提着两个桶出了门，绕到喂食的地方，桶太重，压得她步履蹒跚。她一个接一个地把桶里的东西倒进食槽，然后把封住洞口的木板拉开。做完这些事后，她从兜里掏出自己的早餐——架子上撞得不太厉害的一个苹果——咬了一口。她不介意早餐时有人作陪。公猪先冲出来——它总爱这样，跟男人们一个秉性，老是把自个儿放在第一位——然后马上把鼻子凑进食槽里。母猪跟在后面，眼睛仍然盯着莉莉，让莉莉再一次心生疑惑，这样盯着她看，究竟是什么原因？这是一种奇怪的表情，像人一样，似乎猪也想要什么东西。

莉莉啃完苹果的果肉，把果核扔进猪圈，确保它落在公猪看不见的地方。小母猪最后看了她一眼——是表示遗憾吗？失望吗？悲伤吗？莉莉猜不出。母猪的鼻子在地上闻了闻，苹果核消失了。

莉莉把桶洗干净，放回木棚。她瞥了一眼天空，告诉自己该去上班了，但还有最后一件事。她从柴堆上搬开几根木头，又从第三行抽走一根。从正面看，这就是一根普通的柴火，但在背面，棍子被凿出一个洞。她把木棍一歪，几枚硬币滚了出来，掉进她的掌心。她小心地把木棍放回原处。进了屋，她从壁炉上取出一块松动的砖，看起来和其他砖块没什么不同，但很容易就能取下，露出背后的一个小洞。她把硬币放进洞里，又把砖头插回原处，保证它的高度和旁边的砖完全一致。她随手关上门，没有上锁。原因很简单：这栋房子没安锁，也不用钥匙。大家都知道，莉莉·怀特家没什么可偷的东西。然后，她离开了家。

空气像冰冷的刀锋，在岸边，去年枯死的铁锈色和黑色植被之间，点缀着一茬绿色。莉莉快步往前走，幸亏地面很硬，没有雨水从靴子上的洞渗进来。走近巴斯考特时，她望着河对岸，那块土地属于"巴斯考特屋"和沃恩一家。对岸看不见人影。

她在屋里，在炉火旁，莉莉想。她想象着壁炉的样子，还有一个巨大的木柴框，火苗在欢快地舞动。"别碰，安，"她低声耳语，"很烫。"但他们家是富人，壁炉上有炉栏。她点点头。是的，没错。安住在他们家，穿一件蓝色天鹅绒的连衣裙——不，羊毛更暖和，那就穿羊毛的吧。莉莉精神抖擞地在她从未进去过的房子里走来走去。楼上有一间小卧室，也燃着火炉，驱散了寒冷。房间里有一张床，还有床垫，不是稻草铺的，而是用真正的绵羊毛织的。毯子很厚——是红色的？是的，红色，枕头上有一个扎着辫子的洋娃娃。地上铺着土耳其地毯，早上起床，安的脚就不会冷了。至于别的地方，食品室里摆满了火腿、苹果和奶酪，有一个厨师负责做果酱和蛋糕，橱柜里有一罐罐蜂蜜，抽屉里有半打甘蔗糖，带着黄白条纹。

莉莉心满意足地参观着安的新家，她脑子里有关"巴斯考特屋"的幻象，直到她站在牧师家门口才逐渐散去。

是的，她一边想，一边推开厨房的门。安必须和沃恩一家住在"巴斯考特屋"。她在那儿很安全。她会很开心。她必须待在那儿。


牧师在书房里。莉莉知道自己来晚了，但她用指尖摸了摸茶壶，就知道牧师还没来得及沏茶。她脱掉靴子，换上放在牧师家厨房碗柜底下的灰色毡鞋。换了鞋，她的脚舒服多了。她为牧师工作了两个月，才鼓起勇气，请求批准在厨房碗柜下面放一双室内鞋。"放心，不会让人看见的，而且也免得踩坏你的地毯。"她解释说，牧师同意后，她向他讨了一点代为保存的积蓄，直接去买了一双，带了回来。有时，在小屋里，当她又冷又害怕鬼魂出没的时候，只要一想到牧师家厨房碗柜下摆的这双灰色毡鞋,想到这双鞋属于那个温暖的世界,她就感觉好多了。

她烧了水,备好茶盘,一切准备妥当,就走到他的书房,敲了敲门。

"请进!"

牧师正埋头处理文件,露出头顶的一块秃斑。他涂涂写写,速度快得令她惊讶。他写完了一句话,抬起头。"啊!怀特太太!"

这声问候是她生活中的乐趣之一。他从来不说"早上好!"或者"日安!"——这样的问候对任何人都适用——而永远是:"啊!怀特太太!"从他口中念出"怀特"一词,听上去就像一声祝福语。

她放下托盘。"要我给你烤点面包吗,牧师?"

"好的,嗯,待会儿吧。"他清了清嗓子,"怀特太太……"他换了一种语气。

莉莉吃了一惊,他的表情中有一丝亲切,夹杂着困惑,加深了她对即将发生的事的恐惧。

"听说你去找天鹅酒馆的那个孩子,你们俩有什么事?"

她的心怦怦直跳。该怎么说呢?为何一件如此简单的事情却如此难以解释?这令人费解。她不止一次张开嘴又闭上,一句话也说不出。

牧师又开了口。

"据我所知,你告诉酒馆的人,说那孩子是你的妹妹?"

他的声音很温和,但莉莉的心头充满恐惧。她几乎无法呼吸。她好不容易吸了一口空气,呼出的时候,话也从嘴里涌了出来。"我并没有恶意,请不要解雇我,哈布古德牧师,我保证,我不会给任何人添麻烦。"

牧师打量着她,神情和刚才一样困惑。"我猜你的意思是那个孩子不是你的妹妹。这只是一个错误,对吧?"他的嘴角露出犹豫的、试探的微笑,等她点头之后,就会变成一个踏实的、饱满的微笑。

莉莉不爱撒谎。她曾经被逼着撒谎,撒过很多次谎,但从来没有养成习惯,更别说变成撒谎的高手。最重要的是,她不爱撒谎。在自己家里撒谎是一回事,可是在这儿,在牧师家,这儿就算不是上帝的家,也是牧师的家,近乎神圣的地方,撒谎是更严重的罪过。她不想丢掉工作……她在谎言与真相之间摇摆不定,最后,她无法衡量其中的危险,天性终于胜出。

"她是我妹妹。"

她低下头。毛毡鞋的脚趾露在她的裙摆外面。泪水涌进眼眶,她拿手背擦去眼泪。"她是我唯一的妹妹,她的名字叫安。我知道是她,哈布古德牧师。"她擦掉的泪珠被别的泪珠代替,多得抓不住,泪珠掉下来,在她毛毡鞋的脚趾上留下一个个黑点。

"好吧,怀特太太,"牧师有些慌张,"你干脆坐下来说。"

莉莉摇摇头。她这辈子还没在牧师的家里坐过。她在这儿上班,用脚走路,用膝盖跪地,挑水、搬东西、洗洗刷刷,这让她有一种归属感。坐下来的话,她就成了一个需要帮助的教区居民。"不,"她喃喃自语,"不用,谢谢。"

"那我就和你一起站着。"

牧师站起身,从桌子后面走出来,若有所思地看着她。

"让咱们一起来考虑,怎么样?按他们的说法,两个脑袋瓜胜过一个脑袋瓜。首先,怀特太太,你多大了?"

莉莉困惑地瞪大了眼睛。"好吧,我……我也说不清。有段时间我三十多岁。那是几年前的事了。我想——我现在肯定四十多了。"

"嗯。你觉得天鹅酒馆的那个小女孩多大?"

"四岁。"

"你听上去很肯定。"

"因为那就是她的年龄。"

牧师的脸抽搐一下。"怀特太太,姑且假定你四十四岁。咱们不能肯定,但你知道自己四十多了,所以四十四岁很有可能。你同意吗?为了论证方便。"

她点点头,不明白这有什么要紧。

"怀特太太,四岁和四十岁之间的差距是四十年。"

她皱起了眉头。

"你出生的时候,你母亲多少岁?"

莉莉有些退缩。

"她还活着吗,你母亲?"

莉莉颤抖起来。

"咱们试试另一种方法——你最后一次见到母亲是什么时候?是最近?还是很久以前?"

"很久以前。"她低声说。

牧师感觉快要拐进另一条死胡同,决定走另一条路。

"假如你母亲在十六岁时生下了你。四十年后,当她五十六岁的时候,她生下这个小女孩。你母亲现在比你大十多岁。"

莉莉眨了眨眼,想弄清这些数字到底是怎么回事,但又弄不清。

"你明白我想用这些计算来说明什么问题吗,怀特太太?这个小女孩不可能是你妹妹。你母亲有两个年龄差距如此悬殊的女儿的可能性——好吧,这种可能性很小,几乎不可能。"

莉莉盯着她的鞋子。

"你父亲呢?他多大年纪?"

莉莉身子发抖。"死了。很久以前就死了。"

"那么。让我们看看实际情况如何。你母亲不可能把这个小女孩带到这个世界。她太老了。你父亲很久以前就死了,所以他也不能赋予她生命。这么看,她不可能是你妹妹。"

莉莉看着毛毡鞋上的斑点。

"她是我妹妹。"

牧师叹了口气,环顾四周,想找点什么东西开导他。他只看到书桌上尚未完成的工作。

"你知道孩子去巴斯考特屋和沃恩夫妇一起住了吧?"

"我知道。"

"说这孩子是你妹妹,对谁也没有好处,怀特太太。尤其是对那个女孩。你想想看。"

莉莉想起了红色毯子和黄白条纹的甘蔗糖。她终于抬起头来。"我知道。我很高兴她住在那儿。沃恩一家能照顾安,比我照顾得更好。"

"艾米莉亚,"他态度和蔼地纠正她,"她是他们两年前失踪的女儿。"

莉莉眨眨眼睛。"我不在乎他们怎么叫她,"她说,"我不会惹麻烦的。不是为他们,也不是为了她。"

"很好,"牧师皱着眉头说,"很好。"

谈话似乎结束了。

"我会被解雇吗,牧师?"

"解雇?天哪,怎么会!"

她把双手紧紧攥在胸前,摇晃脑袋,她的膝盖太僵硬,没法行屈膝礼。"谢谢你,牧师。那我去洗衣服了,好吗?"

他在书桌旁坐下,拿起之前一直在写的那一页。

"洗衣服?好,怀特太太。"

等她洗了衣服、熨了被单、铺了床、拖了地、拍打了地毯、擦洗了瓷砖、给篮子添了木柴、给炉子掏了煤灰、给家具打了蜡、抖了窗帘、掸了靠垫、拿羽毛掸子把所有的画框和镜框都掸了一遍、用醋把所有的水龙头擦亮、为牧师做好晚餐、将晚餐摆上桌用布盖好、把炉子洗干净、把厨房里的东西都收拾得整整齐齐，莉莉又去敲书房的门。

牧师把工钱数进她的手心，像往常一样，她拿了几枚硬币，剩下的交给他。他打开书桌抽屉，拿出他帮她存钱的罐子，打开罐子，展开装在里面的一张纸。他在纸上写了数字，从一开始，他就跟她解释过：他写下今天的日期和她交给他保存的金额，然后是新的存款总额。

"这是一笔不小的数目了，怀特太太。"

她点点头，紧张地微微一笑。

"你不想花点钱吗？买副手套？外面太冷了。"

她摇摇头。

"那好吧，让我给你找点东西……"他出了书房一会儿，回来时，递给她一些东西，"这副还能用。你的手那么冷，它们没理由闲置。拿着吧。"

她拿起手套轻轻抚摸。手套是用绿色厚羊毛织的，只有很少的破洞，修补起来并不难。柔软的手感告诉她，在寒冷的早晨，戴着这副手套走在岸边，会有多么暖和。

"谢谢你，牧师。你真好。但我怕会把它们弄丢了。"

她把手套放在书桌一角，向牧师道别，然后走出书房。

相比往常，她沿河往回走消耗了更长的时间。在许多地方，她不得不停下来为猪收集残羹剩饭，每走一步，外翻的脚拇指就疼得厉害。她的手冻僵了。小时候她戴过手套，母亲用朱红色纱线织的，用一根长绳穿过她的衣袖,以免弄丢。但手套还是丢了,不是被她弄丢的,而是被人抢走了。

等她回到小屋,天色渐渐黑了,寒冷深入她的骨髓,身上每个能痛的部位都在痛。路过时,她看了一眼位于较低位置的那根标杆。与今天早上相比,河水涨了些。在她脚边,趁她不在的时候,河水边缘已经偷偷靠近了小屋几英寸。

她给猪喂食,她感觉那头姜黄色的猪正盯着她,但她没有回头看。她今晚太累了,懒得去揣摩猪的心情。她也没有挠猪耳朵后面的头皮,尽管对方一再哼哼,想吸引她的注意。

木棚里的板条箱早上还是空的,现在装了十几个瓶子。

她忐忑地走近小屋,推开门,往里面瞧了瞧,然后走了进去。没人在那儿。她检查了那块松动的砖头背后的洞。是空的。这么说,他来过,又走了。

她想点根蜡烛作伴,但当她伸手摸到烛台,蜡烛不见了。她准备吃的那块奶酪也没了,至于面包,只剩下了坚硬的外皮。

她坐在台阶上脱靴子,脱得很费劲。她穿着外套、穿着袜子坐在那里,看着地板上潮湿的水印,噩梦中,妹妹的衬衣不停地淌着河水。她陷入沉思。

莉莉不善于思考,从她很小的时候起,情况一直这样。她是个随遇而安的女人,从不为不必要的事情烦恼。她生命中的大事,种种变化和曲折,如若她采取果断行动,绝不是后来的结局,她只是运气不好,被神秘的上帝之手捉弄,受人强迫。她害怕变化,习惯服从。多年来,她唯一的希望是情况不会变得更糟糕,但往往事与愿违。对她来说,回首往昔并不是件自然而然的事。妹妹的归来让她感到震惊,现在,她的心情平复了些,坐在台阶上,感到有个问题正挣扎着浮出水面。

161

噩梦中的安是一个可怕的、怀着复仇之心的人物，她手指扬起，眼睛像挨过打。拉德科特"天鹅"酒馆里的安——莉莉在沃恩夫妇家见到的安——则完全是另一副模样。她很安静。她不瞪人，不拿手指人，也不投射仇恨的目光。她没有要故意伤害任何人的样子，更不用说伤害莉莉了。这个重返人间的安，和以前的安长得很像。

莉莉在台阶上坐了两个小时，沉沉的暮色压着窗户，耳畔回荡着河水奔流的声音。她想起了从河里出来、身上淌着水滴、令人恐惧的安。她想起了坐在巴斯考特屋壁炉边、穿着蓝色羊毛衣服的安。当地板上的水印与周围的黑暗融合在一起时，她还没能将自己的困惑整理成一个问题，距离答案更是有很长的路要走。她僵硬地站起来，脱下外套，准备上床睡觉，剩下的只是一个深奥而难以理解的秘密。

## 母亲的眼睛

一件事发生了,然后另一件事发生了,然后各种各样的事情发生了,意料中的、没有料到的,不寻常的、普通的。那一晚发生在"天鹅"酒馆的蹊跷事带来一个普通的结果:丽塔成了沃恩太太的朋友。她听见有人敲门,发现沃恩先生站在门口。

"我想感谢你那天晚上所做的一切。要不是因为你和你悉心的照料——""好啦,别提这件事儿了。"他把一个信封放在桌上——"聊表我们的谢意!"——并邀请她去巴斯考特屋再检查一下孩子的健康状况。"我们带她去牛津看了医生——他告诉我们,她的病情没有恶化,不过,每周检查一次也没什么坏处,对吧?我妻子也这么想——至少让我们俩心安。"

丽塔跟他确定了日期和时间,等他走后,打开信封,里面装着一笔钱,数目大得足以表现沃恩一家的财力和女儿在他们生命中的意义,又不至于让人难堪,金额刚刚好。

丽塔约好去巴斯考特屋那天,一场狂风暴雨激荡河面,湍急的水流织成一条图案和纹理变化无穷的缎带。她来到这栋大宅,被领进一间宽敞的客厅:黄色墙纸亮堂堂的,舒适的扶手椅围绕着暖融融的炉火,一扇大飘窗俯瞰花园。炉边的地毯上,沃恩太太正趴着给孩子翻动书页。她翻过身,敏捷地跳起来,抓住丽塔的手。

"我们该怎么谢你呢?牛津的医生问了你问过的问题,做了你做过的检查。我对丈夫说:'你知道这告诉我们什么道理吗?丽塔和别的医生一样好!我们必须请她每周来一次,做该做的检查。'瞧,你就来了!"

"发生这些事儿后,你不想冒任何风险,这很正常。"

海伦娜·沃恩这辈子还没交过一个女性朋友。她很少跑到客厅里与成年女性接触,完全不相信这是一件令人享受的事情。这个在码头长大的姑娘已经失去了淑女端庄谦恭的举止,而这正是沃恩先生如此迷恋她的原因——她对户外运动的热衷和痴迷,让他想起了在新西兰的矿区和他一起长大的女孩们。但在丽塔身上,海伦娜认出一个生活在客厅外的女人。她们之间有几年的年龄差距,还有很多方面让两人存在不同,但海伦娜对丽塔产生了好感,丽塔也对海伦娜产生了好感。

小女孩穿上白色衣领的蓝裙子和蓝白相间的绣花鞋,模样完全不一样了。听见门开了,她满怀期待地抬起脑袋。看到丽塔,她的眼中闪现出一种兴趣,但这种兴趣渐渐消失,她又把注意力转到打开的书页上。"你们继续一起看书吧,"丽塔说,"趁她分心,我查一下她的脉搏。其实真的没必要——她很健康。"

说得没错。女孩的头发正闪闪发光,脸颊上泛起淡淡的玫瑰色光泽。她手脚壮实,动作果断而敏捷。她像沃恩太太一样趴着,胳膊肘撑在地上,脚穿一双绣花布鞋,两脚举得高过膝盖,在空中交叉摇摆。她一声不吭,但沃恩太太给她指点画面中这个或那个地方的时候,她看着书页,脸上带着心领神会的表情。

丽塔坐在离女孩最近的扶手椅上,歪着身子想抓住孩子的手腕。女孩诧异地抬头看了一眼,又把注意力转到那本书上。孩子的皮肤摸起来很热乎,脉搏也很有力。丽塔全神贯注地数着心跳次数,盯着手表的指针转过表盘,但是,当她回想起在天鹅酒馆,自己把小女孩抱在膝上,坐在扶手椅上睡着了的情景,心头一阵暗流涌动。

"一切正常。"她说,松开那只温暖的手腕。

"先别走,"海伦娜说,"厨师一会儿就给我们端来鸡蛋和烤面包。你不能留下来吗?"

早餐时,她们继续聊孩子和她的健康问题。"你丈夫告诉我说她不说话?"

"还没呢。"沃恩太太听起来并不担心,"牛津的医生说她的嗓子会恢复。也许要等六个月,但她会再开口的。"

丽塔比大多数人都清楚,医生们答不出问题时,总是羞于承认。如果没有好的答案,有些人宁愿给出一个坏的答案,总比没有答案好。她没有告诉沃恩太太这其中的端倪。

"艾米莉亚以前说话正常吗?"

"哦,是的。她像两岁的孩子那样叽里呱啦。别人听不太懂,但我们明白,是吧,艾米莉亚?"

海伦娜的目光不停地被孩子吸引过去,她说的每一个字,不管是什么话题,都是从一张带着微笑的嘴里说出来的,似乎只要一看到女孩,就足以让她高兴。她把孩子的面包切成一片片的,鼓励她给面包片蘸上蛋黄。女孩吃得专注而又认真。蛋黄吃完后,海伦娜把勺子放进孩子手里,叫她去舀蛋白,见她笨拙地把勺子插进蛋壳。海伦娜心满意足地望着女孩,每次她转向丽塔,嘴角都挂着同样的微笑。伴随这个女孩而来的幸福,是一种能肆意分享的幸福,但是当丽塔感觉到灿烂的笑容落到自己身上时，内心却充满疑虑。通常情况下，看到一个年轻女人如此幸福是一件令人高兴的事，尤其是在漫长的悲伤之后，但丽塔禁不住感到害怕。她并不想朝喜悦中的海伦娜泼冷水，但她有责任提醒海伦娜，情况有些不稳定。

"阿姆斯特朗先生和他失踪的孩子怎么样了？有什么消息吗？"

"可怜的阿姆斯特朗。"海伦娜漂亮的面孔皱起了眉头，"我很同情他。没有消息，一点儿也没有。"她叹了口气，很显然，她的同情发自内心，但与此同时，丽塔觉得她并没有把阿姆斯特朗的痛苦与自己的快乐联系起来。"你说当父亲的跟当母亲的有一样的体会吗？我是说，失去了孩子，不知道孩子去哪儿了？"

"我想这得看是怎样的父亲，和怎样的母亲。"

"我想你说得对。我父亲要是失去我，会伤心欲绝的。阿姆斯特朗先生似乎是个非常……"她停下来想了想，"是个非常重感情的人。你说呢？"

丽塔回想起他脉搏的次数。"初次见面，很难说。也许连我们都不能完全看透自己。你见过他吗？"

"他又来过一次。想再次见到她，情绪稳定多了。"

她的语调中带着悬而未决的意味。

"管用吗？他得出结论了吗？"

"我看不出，"海伦娜若有所思地答道，然后突然瞥了丽塔一眼，压低嗓门，"他妻子把孩子淹死了，你知道吗，然后服毒自尽。他们是这么说的。"她重重地叹了口气，"他们会找到尸体的。我告诉安东尼——他们一定会找到尸体，等到那时候，阿姆斯特朗先生就信了。"

"已经好长时间了。你觉得他们现在还能找到她吗？"

"他们必须找到。在他们找到孩子之前，这个可怜的人将处在地狱的边缘。毕竟，现在发现她还活着的可能性不大。有几个星期了？

四个星期了吧?"她像个孩子一样掰着手指数数,"快五个星期了。你在想他们找到了什么……我的想法是——要我告诉你吗?"

丽塔点点头。

"我的想法是,他无法接受爱丽丝被淹死的事实,所以他坚持认为艾米莉亚也许是爱丽丝,这样就能解除自己的痛苦。噢,这个可怜的人。"

"从那以后,你再也没见过他?"

"我们又见了他两次。他十天后来过一次,十天后又来了一次。"

不出所料,丽塔满怀期待地等着,海伦娜继续说下去。

"我们也没想到,但又不可能赶他走。我的意思是——我们怎么?他又进了屋,和安东尼一起喝一杯波特酒,我们聊这聊那,聊些家常,他没提艾米莉亚,但等她进来后,他再也没法把视线从她身上移开……但他没说这是他来的原因。他好像只是碰巧经过,既然大家这么熟了……除了请他进屋,我们还能怎么办?"

"我明白。"

"所以现在,我想,我们是熟人了,而且——好吧,情况就是这样。"

"他也不提艾米莉亚?或者爱丽丝?"

"他聊农场、马匹和天气,这让安东尼心烦意乱——他受不了闲聊——但我们能怎么办?他情绪如此低落,我们又不忍心把他赶走。"

丽塔很好奇。"我觉得有点奇怪。"

"确实有点奇怪。"海伦娜表示同意,说完,微笑又回到她的脸上。她扭头望着女孩,擦掉她嘴边的面包屑。"接下来干什么?"她问,"去散散步?"

"我该回家了。要是有人病了,来找我……"

"那我们陪你走一段路,走河边,我们喜欢这条河,是吧,艾米莉亚？"

提到这条河，吃完饭后一直懒洋洋地坐在椅子上、眼神茫然恍惚的孩子，像是突然发现了目标。她收拾起涣散的注意力，从椅子上爬下来。

她们沿着花园的斜坡走去河岸时，女孩跑在最前面。

"她喜欢这条河，"海伦娜解释说，"我也一样。还有我父亲。我在她身上看到很多他的影子。每天我们来这儿时，她都这样，跑在前面。"

"这么说，她不怕了？经历那次事故后？"

"一点也不怕。看到河水，她开心得很。你待会儿就知道了。"

的确，等她们朝河边走去，女孩已经跑到河岸的最边缘，几乎迎着扑面而来的湍急河水，身体保持平衡，站得稳稳当当。丽塔本能地伸出手，一只手放在孩子的衣领上，如果她摔倒，好一把抓住她。海伦娜笑起来："她生来就不怕水。她得心应手。"

的确，女孩专注地盯着河水。她往上游看，眉毛微微扬起，嘴巴张开，脸上流露出丽塔很想读懂的某种表情。是一种期待吗？女孩把头转向另一边，扫视着下游的地平线。她想要的东西不在那里。她露出一种疲惫而失望的表情，但她很快振作起来，两条小腿朝河的拐弯处冲去。

沃恩太太的眼睛从未离开过孩子。不管她在聊自己的丈夫、父亲还是别的东西，她的眼睛始终盯着那孩子，目光始终没有改变。那是一股爱的洪流，温柔而快乐，每当她抬起眼睛望着丽塔的时候，转瞬即逝的眼神中仍然洋溢着那种爱意，淹没了丽塔和它看到的一切。这让丽塔突然想到另一个人的眼睛，她曾给这个人服用过特别强效的镇痛剂，或者喝过便宜的、没有贴标签的酒，这种酒最近很容易买到。

他们开始朝丽塔的小屋方向走去。孩子跑在前面，等她听不见的时候，海伦娜又开了口。

"他们在'天鹅'讲这个故事……说她死了，然后又活了……"

"那又怎么样？"

"安东尼说在'天鹅'喝酒的这群人是一群异想天开的人，他们爱把稍微不同寻常的事儿挂在嘴边，再添油加醋。他说这件事儿会慢慢平息，被人遗忘。但我就是不喜欢。你对此有什么看法？"

丽塔想了想。让一个已经为孩子担心的女人担心，有什么意义呢？另一方面，她从来不是那种为了让病人安心而满口谎言的人。她的策略是找到一种讲真话的方法，病人相信也好，不信也罢，随心所欲。也许会问更多的问题，也许不会，这取决于他们。现在，她采取了同样的策略。她们走过一处特别泥泞的路段时，她假装注意裙摆，以此拖延自己的思考时间。等她准备完毕，她以最客观的方式，一丝不苟地、诚实地回答了这个问题。

"她被人从河里救起来时，遇到了一些不寻常的情况。他们以为她死了。她脸色苍白。她的瞳孔放大——这意味着虹膜中心的黑色部分变宽了。她没有明显的脉搏、呼吸的迹象。当我赶到那儿，我也看到了这些。起初我没有摸到脉搏，但后来摸到了。她还活着。"

丽塔看着海伦娜，猜测她会对这段故意简略的叙述作何感想。其中有一些空白，人们也许会注意到，也许不会注意到，以各种不同的方式填满，这些空白可能会引来很多额外的问题。什么样的呼吸检测不到？这算是一个。什么样的脉搏是摸不出来的？还有她用的"后来"一词，比更具表现力的"最终"二字更朴实：我没有摸到脉搏，但后来摸到了。如果指的是几秒钟，这个词无伤大雅。但是一分钟？这是怎么回事？

海伦娜不是丽塔，她以另外的方式填补了空白。丽塔看着她大步走在身边，得出自己的结论，眼睛盯着前方几码远外的那个女孩。孩子脚步坚定,全然不顾突然停止或开始的风雨。她很有活力,这是个不争的事实,丽塔看得出来,这个事实很容易使其他一切黯然失色。

"所以他们认为艾米莉亚死了,但她没有。这是个错误。他们用这个错误编了个故事。"

海伦娜似乎并不需要证实。丽塔也没有确认。

"想到她离死亡那么近。想到她被人发现,差点又丢了。"她把视线从女孩身上移开片刻,瞅了丽塔一眼,"幸亏你在那儿!"

她们快要走到丽塔的小屋。"事不宜迟,"海伦娜说,"有人下午要来给窗户上锁。"

"给窗户上锁?"

"我感觉有人在监视她。还是小心为妙。"

"人们很好奇……这不可避免,但迟早会消停的。"

"我不是说公共场所。我是说在花园里与河边。有个间谍。"

"你看见什么人了吗?"

"没有。但我能感觉到,有人在那儿。"

"我猜,那件绑架案没什么新进展吧?孩子都回来了,大家还没有放松警惕?"

海伦娜摇摇头。

"你能设想一下,这两年她去什么地方了吗?有人说河上的吉卜赛人也参与其中,是吗?我想警察曾经搜查过他们的船吧?"

"搜过,追到他们就搜过。一无所获。"

"她回来的那个夜里,吉卜赛人也再次来到河上……"

"看她用刀叉的样子,你很可能会认为这两年她一直跟吉卜赛人住在一起。但老实说,我不忍心去想这件事。"

被风吹起的波浪将泡沫和水滴的混合物抛向空中,然后又从空中落下,在波涛起伏的水面形成复杂的图案。丽塔注视着变幻多端的河水,苦苦思索着为什么吉卜赛人要偷走一个小孩,两年后又把这个看上去死了的孩子送回原来的地方。她没有找到答案。

海伦娜也有自己的看法。"如果可以的话,我会让那些年月一去不复返。有时候,我想知道是否因为我想象过她的样子……或者是否因为我的渴望——不知怎么的——把她从身处的那个黑暗之地带了回来。痛苦之余,我愿意出卖我的灵魂,献出我的生命,把她换回来。所有的痛苦……现在我有时会想,如果我做了这些事?如果她不是真实的?"

她转向丽塔,在一瞬间,丽塔瞥见她过去两年中的可怕生活。这种绝望如此震撼,令人退缩。

"不过,我只需要看看她!"这位年轻的母亲眨了眨眼,用目光寻找那孩子。她的眼神再次被爱意蒙蔽,"这是艾米莉亚。是她。"海伦娜愉快地深吸了一口气,然后说,"该回家了。我们得说再见了,丽塔,但你还会来吧?下周吗?"

"如果你想我来的话。不过她很健康。你没必要担心。"

"来吧。我们都喜欢你,是吧,艾米莉亚?"

她冲丽塔笑了笑,蕴含母爱的笑容像一根尾巴,末端轻轻扫过丽塔的脸庞。她是那么迷人,那么容光焕发,却又那么令人不安。

丽塔继续往家走,来到一处山楂树丛生的地方,山楂树长在小路的拐弯处,让她很难看清前方。一股奇怪的味道——水果味?酵母?——把她从思绪中唤醒,等她的脑子反应过来,那棵矮树底下的黑影原来是一个躲藏的人,已经太晚了。她走了过去,他跳了出来,她的胳膊被人紧紧拧在背后,一把刀贴在她的喉咙。

"我有枚胸针——你可以拿去。钱在我钱包里。"她平静地对他说,一动不动。胸针是锡和玻璃做的,但他也许不知道。如果瞧不上胸针，抢点钱也能让他满足。

但这些不是他想要的。

"她说话了吗？"他离她很近，那股味道闻起来更浓烈。

"你指的是谁？"

"那个女孩。她说话了吗？"

他摇了摇她。丽塔感觉有个东西戳进她的背部，就在后颈下方。

"沃恩家的孩子？没，她还没说话。"

"有什么药能让她再开口说话吗？"

"没有。"

"这么说，她再也不说话了？医生是这么说的吗？"

"也许能自然恢复。医生说，头六个月内会恢复说话能力，超过了就不会说了。"

她等待着更多的问题，但他没有继续问。

"把你的钱包扔到地上。"

她用颤抖的手从口袋里掏出钱包——里面装着沃恩夫妇给她的钱。她扔下钱包，随后，身后的一记重击使她飞了起来，重重地落在粗糙的地面上，沙砾在她的手掌上留下深深的印痕。

"我没有受伤。"她安慰自己说，等她挣扎着站起来，那个男人和她的钱包都不见了。

她匆忙跑回家，苦苦思索是怎么一回事。

## 哪个父亲？

安东尼·沃恩靠向镜子，拿刀片刮了刮脸上的肥皂泡。面对镜子里的眼睛，他又一次努力理清思绪。他又回到问题的出发点：那孩子不是艾米莉亚。这应该是问题的起点和终点，但事实并非如此。不管他朝哪个方向走，唯一确定的结果不是通向下一块踏脚石，而是陷入泥潭。信念在动摇，在凋零，一天比一天衰弱，一天比一天难以维持。是海伦娜破坏了他信念的基石。妻子脸上的每一个微笑，每一阵大笑，每一句欢乐的话语，都是他将自己的信念推到一旁的原因。孩子跟他们住在一起的两个月里，她一天比一天漂亮，恢复了体重，找回了头发和脸颊的光泽。她的脸上洋溢着爱，不仅献给孩子，也献给他。

但不只是海伦娜，对吧？还有那个女孩。

沃恩的眼睛不停地盯着小女孩的脸。吃早饭的时候，用勺子把果酱舀进她嘴里时，他观察她突出的下巴；中午时，他被她前额发际线的凹陷所困扰；等下班从白兰地岛回到家，他无法将目光从她螺旋形的耳郭移开。他比妻子或者他自己更熟悉这些特征。他被它们身上——还有她身上的某种东西折磨着，这个东西对他有特殊的意义，但他还没有琢磨出来。即使她不在，他也能看见她。在火车上，看着风景飞驰而过，她的脸重叠在田野和天空上。在办公室里，她的五官就像纸上的水印，他在上面列出一长串数字。她甚至萦绕在他的梦中，各种各样的人都长着跟这孩子一样的脸。有一次他梦见了艾米莉亚——他的艾米莉亚，他真正的女儿——连她的脸上也带着这孩子的表情。他哭着醒来。

他不停地描摹她的容貌，起初是为了弄清她是谁，后来逐渐转移了注意力，想搞清楚自己为何对她如此着迷。在他看来，她的脸就是所有人脸的原型，甚至包括他自己的。他目不转睛地盯着她，把她的脸打磨得很光滑，仿佛在她脸上看到了自己的影子。看着她，他总是不由自主地转过身去。这些事他不能告诉海伦娜，她只会听见他无意中提到：他从女儿身上看到了自己。

孩子身上有什么熟悉的东西吗？他试图说服自己，她的面孔在他心中唤起的认同感，不过是他第一次见到她时的自然反应。当然，他热切而紧张的目光，足以证明为什么她会在他心中唤起熟悉感了吧？她看起来很像她自己，这就是他认识她的原因。但内心的诚实告诉他，事情并不那么简单。他的记忆没能充分捕捉这种感觉。这孩子在他心里唤起一些东西，有记忆的大小和形状，但是位置上下颠倒，内外翻转。是类似于记忆的东西——也许是记忆的孪生兄弟，或者它的对立面。

海伦娜知道他不相信这孩子是他们的女儿。她清楚这一点，因为第一天他们哄了孩子上床睡觉，单独在一起的时候，他就告诉了她。听到这个消息，她很吃惊，但似乎并不担心。

"无论对哪个小女孩，两年都是很长的一段时间，"她温柔地说，"你得有耐心。时间会再次教会你去了解她。"她伸手拉着他的胳膊，这是两年来妻子第一次在客厅里触碰他的身体，深情地望着他，"在那之前，请相信我。我认识她。"

就这样，当问题出现时，她用令人困惑的宽容态度来应对他信心的缺失：这种事微不足道、无关紧要，只是她亲爱的、愚蠢的丈夫需要努力追赶上事态的发展。她没怎么劝他。有一次吃早餐时，她说："她还是爱吃蜂蜜！"或者女孩把梳子推开的时候，她说："噢，这一点没有变！"但在很大程度上，她只是乐观地相信，时间会让他恢复理智。从她的态度看，他的疑团无足轻重，肯定会被下一股强有力的水流席卷而去。这件事不是他提出来的。他倒不怕惹她生气，正相反：你瞧，如果他告诉她这件事，她会说。你确实很了解她。现在你什么都想起来了。

这是一种混乱的状态，很容易在努力解决问题的过程中，把事情弄得更糟。沃恩不止一次发现自己在考虑设计一个简单的解决方案。为何不相信呢？伴随她的到来，诅咒被打破了，他们又回到被施了魔法的幸福时光。他们曾经被不幸与焦虑纠缠，无法安慰彼此，如今，痛苦的岁月已经结束。这孩子带给海伦娜简单的欢乐，带给他更复杂也更令人珍惜的东西，尽管他还不知道该怎么称呼它。没多久，他开始关注女孩是不是吃得比平时少，晚上孩子一哭，他就焦心，要是牵他的手，他就很高兴。

艾米莉亚走了，这个女孩来了。妻子相信她是艾米莉亚。她有点像艾米莉亚。她来之前的那种难以忍受的生活，现在又快乐起来了。她把海伦娜还给了他，更重要的是，她在他心里占据了一个位置。说他爱她并不过分。他希望她是艾米莉亚吗？是的。一方面，是爱情、安慰、幸福，另一方面，是有机会回到过去……回到那时候。当水流朝另一个方向猛烈冲击时，有什么理由如此固执地坚持他的信念呢？

理由只有一个。罗宾·阿姆斯特朗。

"他们会找到尸体,"海伦娜坚持说,"他妻子把孩子淹死了,大家都知道,等他们找到尸体,他就知道了。"

但两个月过去,尸体还没找到。

到目前为止,沃恩什么事儿也没做。他是个好人。公正、体面。他现在打算做得公正体面。牵涉的人有他自己,有罗宾·阿姆斯特朗,但还有妻子和那个女孩。重要的是为有关各方寻求最满意的结果。这种情况不能无限期继续下去——这对谁都没有好处。必须找到解决办法,他今天要迈出第一步。

他洗了个快澡,用毛巾擦干脸,然后准备出发。他要去赶火车。

听见"蒙蒂和米奇"这个名字,你肯定以为这个是乡下的巡回马戏团,但走到牛津城这栋乔治王朝风格的联排别墅,看到大门旁边挂的那块黄铜牌匾,任何怀疑都会烟消云散。牌匾上写着:蒙哥马利 & 米切尔,法律和商业。从窗口看不见泰晤士河,但每个房间都能感觉到它的存在。不单是每个房间,房间里每个抽屉和橱柜都是如此,因为这儿是律师事务所,为任何与这条河有商业利益关系的人提供服务,客户从牛津城一直延伸到上游好几英里的地方。蒙哥马利先生既不是个船夫,也不是个渔民,更不是个描绘河畔风景的画家,事实上,他从这一年结束到下一年开始,都没见过这条河,然而,可以毫不夸张地说,他靠这条河生活,靠这条河呼吸。在蒙哥马利先生的笔下,泰晤士河根本不是一股水流,而是一股收益流,是枯燥的数字和薄薄的纸,每年,他都要把它的一部分赏金转到自己的账簿和银行账户上,对此他感激涕零。他每天都在心满意足地起草运输单据,就信用证的措辞进行磋商,有时,当一桩少见的、有价值的、涉及不可抗力的纠纷出现时,他的心头充满喜悦。

站上台阶,沃恩准备伸手去按门铃,但还没有按。他在自言自语。

"艾米莉亚,"他有点迟疑地说。然后,也许使了太大力气,"艾米莉亚!"

这是他不断在练习的一个名字,因为每次喊,都要跨过一个障碍,而他的努力让这个名字听起来有些勉强,甚至连他自己的耳朵都注意到了。

"艾米莉亚。"他第三次尝试,希望这次喊得足够好。他按响门铃。

沃恩写了信,约了时间。来开门和帮他脱外套的男孩,还是两年前那一天他来这儿处理女儿绑架案时负责接待的那个男孩。男孩那时年纪小,面对来访者表现出的极度悲痛,表现得手足无措,不知怎么办才好。沃恩内心很沉重,但还是想方设法安抚这个男孩,告诉他要是他不知道该如何用平静、顺从的眼神看待一个失去了独生女儿的疯子,那并不是他的错。今天,这个男孩——他还是个孩子,只是个头高了些——拿起外套,挂在钩子上,始终保持冷静和礼貌,但等他走回沃恩身边,再也无法控制自己的情绪。

"噢,好消息,先生!完全出人意料!你们肯定高兴极了,你和沃恩太太,先生!"

一个是"蒙蒂和米奇"的客户,一个是挂外套的男孩,握手并不是两人见面时的礼节,但今天是个重要时刻——至少对这个男孩而言,沃恩让他握住自己的手,用力捏了一下。

"谢谢你。"他喃喃地说,如果面对这份衷心的祝贺,他的态度有什么不周的话,男孩年纪太小,分辨不出来,只是在领沃恩先生走进蒙哥马利先生的办公室后,男孩的脸上才堆满笑容。

蒙哥马利先生职业性地伸出一只快乐的大手。"很高兴再次见到你,沃恩先生。我得说,你气色看上去不错。"

"谢谢你。你收到我的信了？"

"当然收到了。拖把椅子过来，把一切都告诉我。不过，先来一杯波特酒？"

"谢谢你。"

沃恩看见摆在蒙哥马利书桌上的信。信很短，该写的都写了。但是现在，他看到信被拆开，躺在那里，仔细被人读过，他很想知道信上的寥寥数语会不会透露更多的信息。沃恩的笔迹端正、流畅，甚至倒过来看也能看清楚。蒙哥马利忙着戴上眼镜时，他昨天写的一些话引起了他的注意。"孩子被人发现了……女孩如今在我们监护之下……也许需要你在相关事务中提供服务……"他现在觉得，这不是一个人在他的独生女儿回家后喜出望外的表情。

一个玻璃杯放在他面前。他呷了一口。跟其他生意人一样，两人讨论着波特酒的味道。沃恩知道，蒙哥马利不会先提出问题，但他有意停顿了片刻，显然是希望沃恩能填补这个空白。

"我知道，昨天我在信中叙述了最近发生的事情，但没有明确说明需要你在哪些方面提供帮助，"他开口说道，"有些事儿最好当面谈。"

"没错。"

"是这样的，有可能——我得说，不大可能，但值得注意——另一方也许会认领这个孩子。"

蒙哥马利点点头，毫不吃惊，仿佛他早就料到会发生这种事。蒙哥马利先生肯定有六十岁了，但脸上没有一条皱纹。四十年间，他在办公室里练就了一张扑克脸，为了表现出不安、忧虑或怀疑，面部抽搐、拉紧，久而久之，肌肉萎缩得厉害，现在从他的脸上看不出任何表情，永远是不温不火。

"有一个住在牛津的年轻人认领——我想他可能会认领——他是

孩子的父亲。他分居的妻子在班普顿去世,自己的孩子下落不明。他的女儿,爱丽丝,年龄刚好一样,失踪的时间也差不多"——沃恩看到前方的障碍,做好准备——"艾米莉亚找到了。一个不幸的巧合导致情况变得不确定……"

"不确定……"

"在他眼中。"

"在他眼中。是的。很好。"

蒙哥马利听着,脸上流露出温和的善意。

"这个年轻人——他的名字叫阿姆斯特朗——近段时间没有见过他的妻子或孩子。因此他不能马上确定这个孩子的身份。"

"而另一方面,你能完全确定"——他平视的目光没有丝毫改变——"孩子的身份?"

沃恩吞了口唾沫。"是的。"

蒙哥马利善意地笑了笑。他很有风度,不会强迫客户做可疑的陈述。"那么,这孩子是你的女儿。"这听起来像是一声宣言,但沃恩的"不确定"听出了一声疑问。

"是……(又是一根跨栏)艾米莉亚。"

蒙哥马利继续保持微笑。

"毫无疑问。"沃恩补充道。

笑容仍在继续。

沃恩觉得有必要添一些东西来增加分量。"母亲的本能很准。"他总结道。

"母亲的本能!"蒙哥马利给出一声赞赏,"还有什么比这更明显?当然,"——他脸上没有流露出失望的表情,"孩子的监护权属于父亲,不过,母亲的本能!没什么比这更准!"

沃恩咽了口唾沫。他决定采取果断的行动。"是艾米莉亚,"他说,

"我知道。"

蒙哥马利抬起头来，面颊圆润，前额光滑。"太好了。"他满意地点点头，"太好了。我对某些货物的竞争性索赔有丰富的经验，它们偶尔会由于这样或者那样的原因出现差错。如果我以自己的经验——因为这样类比很贴切——来试探阿姆斯特朗对你指控的力度，请别生气。"

"这还不是一件控告我们的案子。这还不是一件案子。她已经回家住了两个月，那家伙经常来看我们。他来了，看着她，既不说她是他的孩子，也没放弃他的要求。每次他来，我都等着他用这种或那种方式陈述他的想法，但他在这个问题上保持沉默。我不愿在这件事上催促他——我最不愿意做的事就是申请认领，他也一直没有说'她是我的'，显然，按照他的想法，她很可能不是他的孩子。我不愿激怒他，但同时又相当不安。我妻子……"

"你妻子？"

"从一开始，我妻子就认为只要他女儿没有找到，这种情况就会持续下去。我们每天都希望能听到有孩子的消息，也许是一具尸体，在河里找到，但我们等了又等，没有这样的消息。经过这么长时间，这件事仍未得到解决，我们开始感到不安，但是海伦娜为他感到难过，她非常清楚失去一个孩子有多么令人心碎。她容忍他不断地来我们家，尽管这已经超出限度，对我们的生活造成了困扰。他的孩子已经消失得无影无踪，我担心出于悲伤绝望，他也许无法摆脱内心的诡计，来说服他相信艾米莉亚"（他成功地跨过了栏杆——他越来越擅长喊她的名字了！）"——相信艾米莉亚其实是他的孩子。悲伤是一种强大的力量，谁知道当一个人失去了自己的孩子，会受到怎样的驱使。他会想象各种各样的东西，除了认为他的孩子——他唯一的孩子——已经永远失去了。"

"你对他的想法和处境有非常敏锐的了解，沃恩先生。那么，我们必须检验事实,因为事实在法律上很重要,然后从原则上看他的论据有多充分,以防他考虑提出认领申请,如果那样的话,好有所准备。顺便问一下,孩子本人对这件事有什么要说的?"

"没有。她还没开口。"

蒙哥马利先生平静地点点头,似乎出现这种情况很自然。

"在她被人带走之前,会说话吗?"

沃恩点点头。

"还有阿姆斯特朗先生的女儿——她会说话吗?"

"会。"

"我懂了。请别生气,还记得吗,要是我把小艾米莉亚当成一个送错了的货物又回到了眼前,这是经验告诉我的。我想说的是:货物失踪前是谁最后一次看到,以及货物再次出现后是谁第一个发现,这些特别重要。货物在视线之外的时候,这些能告诉我们应该知道的一切。结合对货物的尽可能完整的描述,包括以前的情况和后来的情况,一般来说,足够在法律范围内确定所有权。"

他接着问了几个问题,问到绑架发生前艾米莉亚的情况,问到爱丽丝·阿姆斯特朗失踪的情况,问到"货物"被找到的情况。他不止一次强调"货物"代表"艾米莉亚"。他一边记录,一边频频点头。

"不管怎么说,阿姆斯特朗的女儿消失得无影无踪了。这种事难免。你的又出乎意料地回来了。这更不寻常。她去哪儿了?为什么她现在回来了——或者被人送回来了?这些都是悬而未决的问题。最好有一个答案,但如果没有答案,那么我们必须依靠其他证据。你有艾米莉亚以前的照片吗?"

"有。"

"她跟照片上长得像吗,现在?"

沃恩耸耸肩。"我想是的……四岁的小女孩,两岁时就像那个样子。"

"也就是说……"

"从母亲的眼中看是同一个孩子。"

"但另外的人呢？更公正的眼光？"

沃恩停了下来，蒙哥马利似乎没有注意到，高高兴兴地继续航行。"我完全同意你关于孩子的观点。他们会变。一船周三丢失的奶酪在周六再次出现时，不可能变成一船重量相同的烟草，但是一个孩子——呀！完全是另外一回事。我同意你的观点。不过，为了做好准备，要保存好照片，并做好一切记录——每个小细节，足以证明这个艾米莉亚和两年前的艾米莉亚是同一个孩子。最好做好准备。"

他注意到沃恩忧郁的脸，愉快地对他笑了笑。"除此之外，沃恩先生，我要给你的忠告是：别为年轻的阿姆斯特朗先生担心，告诉沃恩太太，她也不用担心。蒙哥马利和米切尔会来为你们分忧。我们会帮你们打理好一切——也帮艾米莉亚。因为有件事、一件非常大的事，是对你有利的。"

"是什么？"

"如果要上法庭，这个案子会审很久，很慢。你有没有听说过英国王室和伦敦公司围绕泰晤士河的归属打的官司？"

"但闻其详。"

"是关于泰晤士河归属的争议。王室说女王乘船出巡，涉及国家安全，因此这条河归女王所有。伦敦公司则争辩说它对所有上下游货物的往来行使管辖权，因此由该公司拥有泰晤士河。"

"结果怎么样？谁拥有泰晤士河？"

"唉，他们已经争论了十几年，至少还得争论十几年！什么是河？河是水。水从哪儿来？主要靠下雨。为什么下雨？唉，看天气！谁掌管天气？那朵从头顶经过的云，就在此刻，雨落到哪里？落到这边河岸，落到对岸，还是落进河里？云由风吹来，风不属于任何人，飘过国界时，不需要通行证。云中的雨滴可能会落在牛津郡或伯克郡，而据我们所知，雨滴可能还会漂洋过海，落在巴黎的少女们身上。至于落到泰晤士河里的雨，也可能是从任何地方来的！从西班牙，或者俄罗斯，或者……或者桑给巴尔岛！如果桑给巴尔岛的上空有云的话。不，雨不属于任何人，无论是英国女王，或是伦敦公司，就像闪电不可能被抓住，放到银行金库里，但这并不能阻止人们做这样的尝试！"

蒙哥马利的脸上露出一丝欢乐。在沃恩眼中，这是他难得一见的表情。

"我告诉你这个原因，是为了说明法律的程序有多么的缓慢。要是这个叫阿姆斯特朗的铁了心要认领这个女孩——如果他这么做的话——避免上法庭。他想要多少，就给多少，把事情解决了。这样还便宜些。如果给他钱也摆不平，那就从王室和伦敦公司打的官司身上找点心理安慰。这场官司即使不会永远打下去，时间也短不了，说不定会打到孩子都长大了。咱们一直提到的货物，小艾米莉亚，在法律决定哪个父亲是她合法的所有人之前，是属于她丈夫的财产。令人欣慰吧！"

到了牛津站，沃恩站在月台上等火车。等蒙哥马利从他的思绪中渐渐淡去，他想起了上次站在同一个地方等火车的情景。他进城是为了见一个潜在的买家，对方打算买他的窄轨铁路，这条铁路是他用来把甜菜从地里运到酿酒厂，后来他就去找了康斯坦丁太太的房子。他找到了，进去过。他对自己感到吃惊。这么短的时间——仅仅两个月——就发生了这么多事情。她对他说过什么？你不能再这样下去了。就是这句话。他感受到了，从骨子里感觉她说得对。他会再去那儿吗，像她建议的那样？当然不。可是……事实证明，他不需要这么做。一切都会自行解决，出乎意料地，甚至奇迹般地、愉快地解决。两年来，他一直过得不如意，现在——只要搞定阿姆斯特朗——他的生活就能得到改观。过得安心！蒙哥马利说过。他会过得很安心。

就在他决心忘掉康斯坦丁太太的时候，突然想起了她的脸。她的眼睛似乎逆着他的话语，进入他的心，猜透他的想法……我明白了，她说，仿佛她不仅看到了他说过的话，还看到了他没说出口的话。

他想起来了，感觉颈后有种异样，便转过身，希望能在站台上看到她站在身后。

那里没人。

"沃恩太太正在哄艾米莉亚上床睡觉。"到家后，用人告诉他。

他走进黄色的客厅，窗帘已经拉上，壁炉里的火正熊熊地燃烧。最近，艾米莉亚的两张照片又出现在角落的那张小桌上。在她失踪后的头几天里，她一直从玻璃相框里盯着他看。她幽灵般的凝视被玻璃的微光所覆盖，使他胆战心惊，最后，他再也无法忍受，只好把相框正面朝下扣着放入抽屉，想忘掉它们的存在。后来他发现照片不见了，以为是海伦娜把它们拿到了她的房间。那时他已经不再进海伦娜的房间。他们习惯独自在夜里伤心，以自己的方式，他很清楚，去她的房间做任何别的事情，都不会有什么好结果。现在女孩回来了，照片也摆到了原来的地方。

他让自己的视线滑过照片，什么也不看。

站在房间的另一头，照片上只看得出一些轮廓：一张是艾米莉亚坐着拍的标准像，还有一张全家福，他站着，海伦娜坐着，艾米莉亚坐在她腿上。他走过去，闭上眼睛，拿起那张标准像，准备看一看。

门开了。"你回来啦！亲爱的，出什么事了吗？"

他恢复了脸色。"什么？哦，不，没有。我今天看了蒙哥马利。

在那儿时,我顺便提了一下……阿姆斯特朗先生的情况。"

她茫然地看着他。

"我们谈到可能性——这种可能性微乎其微——他也许会提出法律上的要求。"

"怎么会!等他们找到——"

"尸体?海伦娜,你什么时候会放弃这个念头?已经两个月了!如果还没人找到尸体,还有什么理由认为他们找得到呢?"

"但是有个小女孩淹死了!孩子的尸体不会凭空消失的!"

沃恩猛地吸了口气,挺起胸膛。他的肺紧紧抓住胸口。这不是他希望的谈话方式。他必须保持冷静。他慢慢把气呼出。

"可是尸体还没找到。我们必须面对这个事实。很有可能——你必须承认这种可能性——尸体找不到。"他能听到自己声音里的烦躁,努力克制住情绪,"听着——亲爱的——我想说的是,还是做好准备。以防万一。"

她若有所思地看着他。这不像他平日的样子,语气有些严厉。"你不忍心失去她,是吧?"她穿过房间,将手捂住他的心口,温柔地笑着,"你不忍心再失去她吧,嗯,安东尼!"泪水从她眼中涌出,"你清楚。你终于认出她来了。"

他设法把照片放下,将她搂在怀里,这个动作把她的注意力吸引到他手里拿的东西上,她阻止了他。

她从他手里接过照片,深情地看着。"安东尼,别担心。我们需要的证据都在这儿。"她抬头冲他微笑。正当她准备把照片放回桌上时,嘴里突然发出一声惊叫。

"怎么啦?"

"瞧!"

他看了看她指的镜框背面。"天哪!牛津城的亨利·当特,拍摄肖像、风景、城市和乡村景色,"他大声念着标签,"就是他!找到女儿的那个人!"

"我们没认出他来,身上到处是瘀伤和青肿。太奇怪了……咱们把他叫来。他还拍了些照片,记得吗?我们只选了最好的两张,还有两张。他说不定还留着。"

"要是照得好,我们早就挑了,你说呢?"

"不一定。"她把照片放回桌上,"通常情况下,效果最好的照片也许并没有拍出她最好的一面。也许是因为我动了。"(她现场表演了一段夸张的舞蹈,)"或者你板着脸。"(她拿手指捏他的嘴唇,捏出一张歪斜的鬼脸。)他努力笑出声来,回应她的嬉闹。"好了,"她满意地说,"你又笑了。所以,最好把它们都用上,是吧?以防万一。我猜那位蒙哥马利先生会这么说的。"

他点点头。

她用一只胳膊松松地搂住他,把手指伸到他的肩胛骨下面。透过他的上衣,他能分别感觉到她的每根手指和拇指的指垫。他还不习惯她的抚摸,即使穿过一层层粗花呢和府绸,他感到一阵兴奋。

"趁他在这儿,我们可以叫他拍新照片。"

她把另一只手抬到他的脖子后面,他感到一根拇指揉在领口和发际线之间的皮肤上。

他亲吻她,她柔软的嘴唇微微张开。

"我太高兴了,"她斜靠在他身上,喃喃地说,"这是我一直在等待的事情。现在我们真的又在一起了。"

他把脑袋埋进她的头发,轻轻嗯了一声。

"咱们的小姑娘睡熟了,"她低声说,"我想我今晚也可以早点睡。"

他把鼻子埋到她的脖子弯,吸了口气。"嗯,"他说,"嗯。"

## 添油加醋

一个神秘的女孩被人从泰晤士河里救起,死而复生,随后的几个星期里,"天鹅"生意兴隆。故事在市场和街角传播开来,写进母亲给女儿、表哥给表弟的家书里。故事被随口讲给在站台遇见的陌生人和在十字路口遇见的行人听。每个听过故事的人,无论他走到哪里,都一定要把它讲出来,直到最后,三个郡里没有哪个人不知道故事的一个或者另一个版本。很多人意犹未尽,干脆亲自跑到这个发生过怪事的酒馆,要亲眼看看发现女孩的那处河岸,以及她躺过的那间长屋。

玛戈特决定把"夏屋"腾出来。她组织女儿们成双成对地过来帮忙干活,而常客也习惯了有这些"小玛戈特"们在身边。乔纳森缠着他的母亲和姐姐们听他练习讲故事,但她们很少能坐下来听,因为随时都有客人在喊,分散她们的注意力。"我再也讲不好了。"他叹了口气,嘴唇动了动,自言自语地大声练习,但他越来越迷糊,把结尾放到开头,把开头放到结尾,至于中间——呃,中间几乎听不见。

乔早上十一点生的火，火一直烧到半夜，屋里的酒客终于开始慢慢减少。

几个星期来，常客们几乎没有自己掏钱买过一杯酒，因为访客们轮番为这个故事付费。他们学会了卖关子，因为要是照客人的意思来，那天晚上目睹过这件事的每个人都会坐在"夏屋"的桌旁说个不停。但是，一位上了年纪的豆瓣菜农非常恰当地指出，这样就没有喝酒的工夫了。于是他们制定了一个轮班制度，让常客们两个两个地去"夏屋"里讲一个小时的故事，然后返回"冬屋"，坐在凳子上解渴，再换下一对人进去。

弗雷德·希文斯从自己的角度构思了一个好笑的喜剧故事，以笑点结束，"'不！'马儿说。"像他这样的滑稽版本在十点后大受欢迎，那时故事的原本已经被讲了十多遍，听众都喝醉了。这让他经常宿醉，上班总是迟到，还被老板威胁说要解雇他。

纽曼，沃恩家的园丁，以前是"红狮"的常客，每个星期五的晚上都去那里唱歌，唱得嗓子沙哑，现在他转而效忠"天鹅"，试着用他的巧舌讲故事。他先在常客身上练习，然后到"夏屋"找访客们碰碰运气，充分利用他亲眼见过的故事的另一方面：听到孩子获救的消息后，沃恩太太从"巴斯考特屋"出发。

"我亲眼见过她，真的。她跑去船屋，跑得飞快，出来时，坐着她的划艇——她那艘旧的小划艇——她出发了，兔子般地往上游……我从没见过哪艘船跑得这样快。"

"兔子般地往上游？"一个农场工人问。

"对，动起来也像个小姑娘！你想象不到一个女人能划得这么快。"

"但是……兔子般地，你说？"

"没错。快得像只兔子，意思是。"

"我懂你的意思，行了吧。但你不能说她兔子般地往上游。"

"为什么不能？"

"你见过兔子划船吗？"

一阵哄笑把园丁搞糊涂了，弄得他慌慌张张。"兔子坐船？别瞎说！"

"这就是为什么你不能说她兔子般地往上游。如果一只兔子不能游往河的上游，沃恩太太怎么能呢？你想想。"

"我从没想过。那么，我该怎么说呢？"

"你得找一个能迅速游到河的上游的动物，换掉兔子，对吧？"

大家纷纷点头。

"水獭怎么样？"一个年轻的船夫建议道，"它们不爱闲逛。"

纽曼一脸狐疑。"沃恩太太如水獭般地沿河而上……"

农夫摇摇头。"听起来也好不到哪儿去。"

"听起来更糟糕……"

"那我该怎么说呢？要是不能说兔子般地，也不能说水獭般地？我总得说个什么吧。"

"没错，"船夫说，三个采砂工人也点点头，"他总得说个什么。"

他们求助欧文·奥尔布赖特，后者分享了他的智慧。"我想你得另辟蹊径。你可以说，'她划去上游，划得飞快……'"

"但他已经说过了呀，"农场工人表示反对，"她跑去船屋，跑得飞快。她怎么可以跑去船屋时飞快，划去上游时也飞快？"

"可以。"纽曼说。

"不行！"

"她可以！我在那儿！我亲眼看见的！"

"行，也许发生过这事儿，但你不能这样*说*。"

"看不出是怎么回事吗？你怎么晓得？我真希望没告诉你这些。

189

知道是一回事，讲出来可真费劲。"

"这是一门艺术，"奥尔布赖特安慰他，"你会掌握窍门的。"

"我活了三十七年，向来是有什么说什么，到目前为止没遇到过任何麻烦，直到我来这儿坐下。我不知道我得要什么窍门。不，我要走老路，我的话说什么就是什么，如果我让她兔子般地往上游，她就得兔子般地游。否则我什么也不说了。"

桌子对面的人焦急地交换了一下眼神，一个采砂工人替他们打圆场："让这人说吧。他当时在那儿。"

大家允许纽曼用自己的方式继续讲述沃恩太太离家的经过。

不止纽曼和希文斯来酒馆练习讲故事的技巧，所有人都一遍又一遍地跟对方和访客讲述自己的版本，新的细节浮出水面。对记忆进行比较，做出各自的判断。有很多分出来的小派别，有些人记得"事实"是孩子被抬进长屋之前，羽毛已经放在她的嘴唇上，其他人则坚称羽毛只拿来测了那个男人的呼吸。人们提出各种冗长的假设来解释亨利·当特是如何在寒冷中凭借一艘损坏的小船，成功地从魔鬼堰逃到拉德科特的。他们对这个故事进行提炼和润色，用特定的姿势营造一些叫人热泪盈眶的时刻，偶尔引入停顿，把观众拉到座位边上。但他们始终没有找到故事的结局。他们讲到——孩子和沃恩夫妇一起离开了"天鹅"——然后草草收场。"她是艾米莉亚·沃恩，还是别的孩子？"有人会问，或者"她怎么会先死了，然后又活过来了？"

没有答案。

对于第一个问题——这个女孩是谁？——意见大体上赞同她是沃恩家的姑娘。失踪两年的孩子回了家，一个他们都见过的孩子，这显然比一个没人认识、前一天才失踪的孩子回来更令人满意。最近的神秘事件使第一个问题复活了，人们聊起那起绑架案，仿佛就发生在昨天。

"那么,她去哪儿了,在过去——有多久了?——两年?"

"她得重新发声,开始说话,是吧?"

"然后不管是谁带走了她,就会有麻烦了。"

"是那个保姆。我赌一个星期的工钱。还记得她吗?"

"那个叫鲁比的姑娘,当晚出去了。"

"她是这么说的。半夜去河边散步。我问你!什么样的姑娘会半夜跑河边去瞎逛?在冬至的时候。"

"冬至也是吉卜赛人在河上活动的时候。他们跟她一起干的,就是这样。鲁比和吉卜赛人,记住我说的话。等那个小女孩开口说话,某人就会有麻烦了……"

被绑架的女孩和被找到的女孩,两个故事都留了尾巴,要是一些尾巴可以编织在一起,似乎能让两个故事更靠近完美的结局,这是一件好事。

至于第二个问题,这引起了更持久的、更醉醺醺的辩论。

对有些人来说,世界如此微妙,他们对此感到惊奇,却不觉得有必要去弄明白它。他们眼中的困惑是生存的根本。采砂工希格斯就是其中之一。周五晚上,他挣的工资还足够维持一个星期,但是通常过完周二就花光了。他欠"天鹅"的啤酒钱比他能记住的多得多。他只在周六晚上打他的老婆——当然也不一定——所以老婆无缘无故地跑了,去和卖奶酪的表哥住在一起。当他闷闷不乐地坐着,盯着河水,没有面包下肚,没有啤酒解渴,也没有妻子给他暖床,他看到一张脸倒映在水中,不是他的脸,而是他父亲的脸。生命的整个过程都是一个谜,如果你深入到表面之下哪怕是一点点,原因和结果也常常是相互背离的。除了这些日常的困惑之外,那个死了又活了的女孩的故事也让他在惊奇之余得到些许安慰,因为这最终证明生命从根本上是无法解释的,试图理解任何事情都是没有意义的。

有些讲故事的人想象力异常丰富,甚至不择手段编造种种细节,想为这个问题提供更令人满意的答案。有位船员有个兄弟,跟一个女人在发生那件大事的当晚私奔了。一开始,他对自己错过了精彩场面而感到失望,但后来他把不在现场变为优势,设计出全新的故事版本,充分利用他离开酒馆这段时间,编得合情合理、引人入胜。"她根本就没死!要是当时我见到她,我就会告诉他们。什么都在眼睛里。你只需要看看一个人的眼睛,就知道他是死是活。你瞧,眼睛里会没了神光。"

听到这话,一只只耳朵猛然张开,一颗颗脑袋突然抬起。如果你无法忍受故事中出现明显的空白,不相信现实会出错,还有一两个讲故事的人出于保险起见,语言表达留有余地。"她被带进酒馆时,几乎没了气。"有人试探地说,但这招来不满的眼神和瘪起的嘴,讲述者被拉到一边,挨了一顿骂。"天鹅"有自己的标准;讲故事是一回事,说谎则是另一回事。他们当时都在场。他们都知道。

经过几个月的反复讲述,这个故事没有一点安定下来的感觉。恰恰相反,淹死的女孩又活过来的故事令人费解,悬而未决,与故事的本来面目不协调。在"天鹅",他们聊沃恩一家,聊阿姆斯特朗一家,聊死亡,聊生命。他们研究了每个认领者的长处和短处。他们把故事弄成这样那样,翻过来又扶正,到最后,故事并没有比开始时走得更远。

"就像骨头汤,"比斯赞特有天晚上说,"香味让你垂涎欲滴,骨髓的味儿也还在,但就是没什么东西可嚼的了,就算你喝了七碗,喝到最后,你也会像刚坐到桌旁时一样饥饿。"

他们打算放弃这个故事,就像他们放弃那些不知从何处来,也不知往哪里去的故事。但是在句子的结尾和字里行间,当声音渐渐消失，谈话停止，在故事背后深沉的平静中，又浮现出那个女孩的样子。就在这个房间，就在这个酒馆，他们看见她死去，又看见她复活。难以置信，不可理解，无法解释，但有一件事是清楚的：她是他们的故事。

计　数

在下游二十五英里处，牛津城最有名的造船厂里，造船工人在收到最后一次付款的发票单时潦草地签了一笔，然后点点头，贴着柜台抛出一串闪闪发光的铜制钥匙。亨利·当特握紧钥匙。

经历冬至那天的无妄之灾后，当特回到城里，忙得马不停蹄。他把跟妻子住过的房子租出去，搬进了布罗德街自家店铺头顶的阁楼。在那里，他过着斯巴达式的单身汉生活，有一张床、一个夜壶、一张桌子，上面放着一个水壶和一个盆子。他在街角的杂货铺里吃饭。他把租来的钱和积蓄的每一分钱都投资到那条船上。因为当特有个计划。

在他不省人事的那一两天，他的思想得到了新生。躺在"天鹅"的床上，他想到一个绝妙的新主意，这个主意会把他的两大爱好结合在一起：摄影与泛舟。他要制作一本摄影集，带读者从泰晤士河源头一直游到河口，或者只是去伦敦。尽管事实上，摄影集可能得出好几卷，第一卷也许只从特鲁斯伯里草地到牛津城。重要的是开个好头。要做到这一点，他需要两样东西：交通工具和一间暗室。这两样东西可以合二为一。当他的脸还是绿一块、黑一块、紫一块，一根鲜红的线从他嘴唇上垂下来时，他已经跑去找到造船工人，跟对方谈了自己的想法。凑巧的是，船坞里有一艘几乎完工的船，买主没能付清最后一笔款项。这正是当特想要的，只需要造完，添上装备，就能满足他的要求。今天，距离他在河上遇险过去了近三个月，他的皮肤恢复了正常的颜色，伤疤变成一条粉红色的线，在缝合处有几对几乎看不见的小圆点——他终于将花钱换来的那串钥匙握在手里。

前往上游途中，当特和他的船一路招来好奇的眼神。船被刷了漂亮的海军蓝和白色的油漆，加上黄铜和樱桃色的配件，这些足以吸引人们的眼球，但这艘船还有一些以前从未见过的创意。

"火棉胶？"识字的人问，"这是个什么名字？"

他指着挂在船舷、写有他名字和职业的橙黄色装饰物，"这就是火棉胶的颜色。是致命的。我知道它在没有任何警告的情况下会突然起火，甚至爆炸。如果你吸入太多，你就会倒霉！但是把它涂在玻璃上，然后暴露在光线下——哈哈！接下来——你就施了魔法！火棉胶是开启我所有艺术和科学之门的材料。没有它，就不可能有照片这种东西。"

"那么，这是怎么回事呢？"人们站在水边喊他，指着挂在船舱墙壁上的支架和盒子，他解释说这是他用来照相的设备。

"那个玩意儿呢？"他们想知道，有一辆四轮车固定在船舱顶部，漆成与小船搭配的颜色。

"方便去内陆旅行。这个箱子可以兼做拖车，这样我就可以通过公路把我的工具箱送到任何我想去的地方。"

还有敏锐的眼睛注意到船舱里有百叶窗，挂着窗帘。

"这是个暗室，"他解释说，"因为只要有一丝光，就能把正在冲

195

洗的照片毁了。"

他经常停下来跟人聊天,发一张张名片,在日记本里写下很多约好的拍摄时间,他寻思着,等他跑到上游,来到巴斯考特喝拉德科特,"火棉胶"号已经开始为它自个儿买单了。但在开始新阶段的生意之前,他还有债要还:他得去感谢那些救过他一条命的人。而在去"天鹅"之前,他得先去个地方。

这是河上一个安静的地方,矗立着一栋整洁的小屋。花园很整洁,前门漆成绿色,烟囱里冒着烟。大约二十码外有合适的系泊处。他系好缆绳,走过来,戴着手套的手相互拍打取暖,然后敲了敲门。

门开了,露出一双对称的眉毛、挺拔的鼻子,两侧呈现出不同角度,勾勒出下巴、脸颊和太阳穴。

"桑迪小姐?"他没想过会是这样……他微微移到一旁,好奇地想看看光线是如何随着位置的变化而变化的,看见阴影淹没了她的脸颊,他感到一阵激动。

"当特先生!"

丽塔走上前,带着专注的神情把脸仰起,像是要拥抱他,但她只是斜着眼,仔细打量他的伤疤。接着,她把手指尖贴在他的皮肤上,摸着伤疤,看它鼓得多高。她点了点头。"很好。"她镇定地说,然后退了一步。

他满脑子都萦绕着眼前这个女人的模样,好不容易开了口。

"我是来谢谢你的。"

"你已经谢过了。"

没错。他给她寄了钱,在信中感谢她对他的照顾,并问她那个死而复生的女孩的情况。作为回报,她回了一封格式正确的信,感谢他的钱,告知他所了解的孩子近况。这应该是故事的结局,但这个女人对他来说仍然是一个视觉上的谜,让他心神不定,因为他的一个助手来接他回家时，他的眼睛还肿得睁不开。他突然想到，说不定可以给"天鹅"的人免费拍一张照片，感谢他们的盛情款待，顺便能同时拜访一下医生。

"我猜你可能想拍张照片，"他说，"作为我谢谢你的礼物。"

"你选错了日子，"她用他记得的平静的声音说，"我很忙。"

他注意到她鼻子旁边有一摊阴影，他努力抑制住伸手捧着她的脑袋，稍微往旁边转一点，将阴影部分涂得更黑的冲动。"光线这么好，浪费就可惜了。"

"但我一直在等合适的温度，"她说，"正好是今天。我不能错过。"

"你要做什么？"

"做个实验。"

"需要多长时间？"

"六十秒。"

"我只需要十五秒。咱俩认真找，还不能在今天找出七十五秒来吗？"

"你说的十五秒大概是曝光时间。安机器呢？冲照片呢？"

"你帮我，我就帮你。两人干活更快。"

她把头歪向一边，用赞赏的眼神瞅了他一眼。"你愿意帮我做实验？"

"愿意。那得换一张照片。"这张照片最初是送给她的礼物，现在他却想据为己有。

"看情况。可以的。但你愿意……"

"愿意。"

她凝视着他，脸上细微的变化告诉他，她强忍着笑意。"所以，如果我同意成为你拍照的对象，你就当我的实验对象——是吗？"

"对。"

"你是个勇敢而又愚蠢的男人，当特先生。说定了。咱们从拍照开始，好吗？光线波动大，而温度变化的幅度不大。"

丽塔的客厅像一个漆成白色的盒子，有许多书架和一把蓝色扶手椅。在窗边，一张简单的木桌上摆着一堆堆书和一捆捆纸，上面密密麻麻写满了敏捷流畅的字迹。她帮忙从"火棉胶"号搬下箱子，饶有兴趣地看当特搭起机器。一切准备就绪，他让丽塔坐在桌旁，身后是一面素色墙。

"靠向我……试着把下巴放在拳头上。对，就这样。"

她身上没有他那些付费的客户们喜欢的精致装备：没有银质胸针，没有白色衣领，没有蕾丝袖口。她深色的裙子式样朴素。没有任何装饰，也不需要任何装饰。她的眉宇与发际线，她弯出一道弧线的眉毛，她眼眶里的阴影，以及她沉思的眼中深沉的目光，这沿一条直线对称。

"我数数的时候，你别动。"

她一动不动地坐了十五秒钟，他透过镜头看着她。

他拍得最好的、最逼真的人像，都是性格温和的人，从一种状态转到另一种状态，速度很慢。活泼的人经常拍不出好照片：他们的天性在镜头中消失了，被捕捉到的只是一个蜡制的假人，一点也不像多变的水银。

丽塔没有新手经常出现的鼓起眼睛瞪人或者紧张眨眼的情况。相反，她非常镇定地对着镜头睁开眼睛。在遮光布下，他看到一股股涌动的思想，此起彼伏，无穷无尽，而她面部的肌肉始终没有变化。十五秒钟后，他才反应过来，这不是一张照片，而是一千张照片。

"来吧，"他一边说，一边把湿板取下，板子仍然装在匣子里，免得见光，"我想让你看看，它是怎么工作的。"

他们快步朝"火棉胶"号走去。他小心地拿着湿板，她抬腿跨上甲板。在船舱里，百叶窗挡住了白天的光线。他点燃一支蜡烛，在上面罩了一个红色玻璃罩子，然后关上门。一道红光照亮这块小地方。两人肩并肩站在拉开的显影桌前，要是在船上过夜，他就睡在显影桌的工作台上。木质天花板只高出他们头顶几英寸，脚下是平静的河水。当特尽量不去留意两人身体之间的空间大小和形状，在某些地方，她突出的臀部被卡住，腰部的曲线变宽，胳膊肘几乎贴在一起。

他把三个玻璃瓶里的液体混合在一个只有一英寸高的小容器里，空气中弥漫着苹果醋和旧钉子的味道。

"硫酸亚铁？"她说，一边嗅着空气。

"加醋酸和水。它其实是红色的，而不仅仅是光线让它看起来是红的。"

他把湿板从匣子里滑出来。他小心地用左手拿着板子，将少量淡红色液体倒在板子上，让酸的混合溶液流过整个表面，动作优雅流畅。

"看着。图像马上就开始形成了——先是比较亮的部分，但显示为深色线条……这条线是你的颧骨，被窗口的光照亮……现在轮到剩下的部分出现，一开始有些模糊，但接下来……"

他们看着她的脸出现在玻璃板上时，他的声音逐渐变弱。两人在红光中站得很近，看着玻璃上的阴影和线条逐渐融合在一起。当特感到心头有种下沉的感觉，像是潜入深水，跟他小时候从桥顶跳进河里时的感觉一样。也是一个冬天，他在结冰的泰晤士河上溜冰时遇到他未来的妻子。和她在一起，他不知不觉坠入爱河——如果那的确是爱情，而不是什么类似的情感。这一次，他又落入了水中——没错，他感觉到了。

她完全出现在玻璃板上。她的脸被光明和黑暗勾勒出，眼眶被阴影所笼罩，瞳孔里充满了神秘。他觉得眼泪就快夺眶而出。这可能是他拍过的最好的一幅肖像。

"我必须再给你拍张照片。"他一边冲洗板子一边说。

"这张怎么了?"

没什么。他要从每一个角度、每一种光线拍她,拍各种情绪、各种姿势。他想让她把头发披散在脸上,然后往后拉,藏在一顶帽子下面;他想让她穿一件领口敞开的白色衬衫,披着黑色的褶布;他想让她站在水里,靠着树干,躺在草地上……有一千张照片等着他拍,每一张他都要据为己有。

"没什么问题。所以我想多拍点。"

他把湿板滑入一盘氰化钾溶液中。"这样可以去掉蓝色。看到了吗?照片变成了黑色和白色,现在永远不会褪色了。"

在他旁边,丽塔在红光里饶有兴趣地看着这一变化,透过清澈黏稠的液体,她盯着玻璃板的眼睛继续若有所思地凝视着,似乎想为湿板上那个影像注入生机。

"你在想什么?"

她用挑剔的眼神朝他的方向瞅了一眼——(我喜欢这种眼神)——像是在盘算什么(我也喜欢这种眼神)。

"你一开始就在那儿,"她开口道,"我猜要不是因为你,她根本不会来这儿,这么说……"她平静地给他详细叙述了几周前在河边小路遇到那个男人的事。

当特听得很认真。他发现自己一点也不喜欢丽塔被某个流氓搭讪,他本能地想安慰她,但丽塔讲得那么干脆利落,态度如此泰然自若,现在表现骑士风度是不合时宜的。然而,听到她遇袭的事儿,他不可能不挺身而出。

"他伤到你了吗?"

"上臂有瘀伤,手也擦伤了。不严重。"

"你通知了当地人,说有个恶棍在附近吗?"

"我去'天鹅'跟他们说了,还告诉沃恩夫妇这家伙对他们的孩子感兴趣。他们正考虑把窗锁上,马上就做了决定。"

鉴于很少有机会展示自己的勇气,他说服丽塔,让他参与分析。

"酵母和水果味……"她说。

"做面包的盗贼?不太可能。也许是做蒸馏的?"

"嗯,我也觉得。"

"这附近有谁会蒸馏?"

她面带微笑。"这问题你可不容易找到答案。每个人都会,或者没人会,我猜的话。"

"这儿的人都酿私酒?"

她点点头。"玛戈特说比以前还多。但没人知道私酒从哪儿来。要不就是没人愿意泄露秘密。"

"你也没看见他。"当特皱起眉头,在他眼中,视觉功能最重要。

"他的手特别小,个头比我矮。"

他疑惑地看着她。

"他指尖戳进我手臂造成的瘀伤比预想的要小,他的声音来自比我耳朵还低的地方,我感觉他的帽檐戳在这儿。"她指了指那里。

"如果是个男人,确实体型比较小。"

"但他很壮。"

"他为什么提那些问题?"

丽塔凝视着自己沉思的照片。"这就是我正在考虑的。如果他想知道孩子是否恢复说话能力,这表明他担心她会说出什么。她说的话也许会吓坏他,这意味着针对这个孩子,他有些东西要隐瞒。也许他要为她掉进河里负责。"

她的声音里有一种没有说完的感觉。当特耐心等待。她继续说下去，说得很慢、很小心，仿佛心头在掂量着什么。"但他也特别想知道她什么时候会再次说话。这也许表明他对已经发生的事情兴趣不大，而对即将发生的事情更感兴趣。也许他有什么计划。有些想法取决于她是否继续保持沉默。"

他等着她整理思路。

"是什么事呢？过去还是将来？也许是前者，但我倾向于后者。我们必须等到夏至——也许到那个时候，我们会知道得更多。"

"为什么要等到夏至？"

"因为他相信到那时候，孩子会不会说话就很清楚了。牛津的医生说到那时，她要么会说话，要么永远不会说。当然，这是个无稽之谈，但袭击者没问我的意见，我也没讲给他听。我只把医生的话告诉了他。从孩子溺水——如果我们姑且这么称呼——再到夏至，刚好是六个月。到那时，她是否会说话可能是决定他采取何种行动的因素。"

在闪烁的红光中，两人四目相对。

"我不希望她有什么不好的事情发生，"他说，"我第一次见到她时，我想……我希望……"

"你想收留她。"

"你怎么知道？"

"每个人都想。沃恩夫妇想要她，阿姆斯特朗家想要她，莉莉·怀特想要她。乔纳森在她离开'天鹅'时哭了，玛戈特早就做好了准备。嗨，如果没人要，就连豆瓣菜农也会把她带回家养大的。甚至连我……"她的眼中闪烁着什么东西，来来去去。我特别想要，他想。"所以你当然想要她，"她继续平静地说，"每个人都想。"

"我再给你拍张照片吧。光线足够，还能再拍一张。"

他拉起红色的窗帘，吹灭蜡烛，丽塔斜身打开百叶窗。外面的天气潮湿、寒冷、灰暗，河水冰冷如铁。

"你答应帮我做实验的。"

"你要我做什么?"

"你知道后,可能会改变主意的。"

她告诉他自己的打算,他瞪大了眼睛。

"你为什么要我那么做?"

"你猜?"

他当然猜得出。"是因为她,对吧?她的心跳变慢了。你想知道这是怎么发生的。"

"你要帮吗?"

第一部分很简单。水在炉火上加热,厨房的餐桌旁,她一手握住他的手腕,另一只手拿着怀表。两人默默地坐了六十秒钟,她数着他的脉搏。一分钟后,她用一支绕过脖子的绳子上的铅笔做了一下笔记。

"每分钟八十次。有点快。算是达到预期效果。"

她把水倒进火边的锡盆里。

"还没那么热。"他用手指试了试。

"温水就好。你准备好了吗?我要转身了。"

她看着窗外,他脱下衬衫和长内衣裤,然后穿上外套。"准备好了。"

屋外,地面坚硬,寒气渗进当特的赤脚。眼前的河水看起来很平静,但偶尔水面一阵颤抖,暴露出深层的湍流。丽塔跳上她的小划艇,往河里划了几码。等她把船身的前端插进芦苇,固定住船身,又把体温计放在水里测了一会儿,然后记录下来。

"棒极了!"她喊道,"你准备好了就开始。"

"需要多长时间?"

"就一分钟,我想的话。"

岸边,当特脱掉外套,然后脱下衬衫。他穿着长内衣裤站在那里,心头五味杂陈,丧偶后的那段日子,他曾设想过未来是否还有可能在一个女人面前脱光衣服,但他没料到会是这样。

"一切就绪。"她说,声音依然平静,目光坚定地离开他,盯着怀表。

他走进河里。

刚碰到水,他的骨头就开始收缩。他咬紧牙关,往下走了三步。麻的感觉升到他的四肢。他发现自己无法忍受寒气慢慢渗进私处,于是弯下膝盖,一鼓作气浸入水中。他放低身子,让水淹到脖子,喘着气,惊讶地发现自己的胸部在水的压力下竟然会膨胀。他划了几下水,游到船边。

"手腕。"她发出指示。

他抬起手腕。她右手捏着手腕,左手拿着怀表,没有说话。

他肯定熬了一分钟。她还在看表,眼睛不时地平静地眨着。他感觉又熬了一分钟。

"天哪!还有多久?"

"要是我没数清楚,咱们还得重新开始。"她喃喃地说,一脸的专注。

他熬了一辈子。

他又熬了一辈子。

他熬了一千个一辈子——然后她松开他的手腕,拿起铅笔,在纸上整齐地写下一些东西,他则气喘吁吁地站起身,弄得水花四溅。他朝河岸跑去,跑进小屋,跳到事先准备好的盛着温水的锡澡盆里。她说得对——他泡在温水里,热得浑身发烫。

她走进厨房时,他全身都浸泡在水里。

"感觉好点了吗?"她问。

他点点头,牙齿在打架。他的身体暂时与意识分了家,因为得把全部精力放在从寒冷的打击中恢复过来。等他缓过劲,朝桌子那边看去,天色渐暗,丽塔正皱着眉头望着窗外。铅笔没挂在她脖子上,而是夹在耳朵上,绳子垂到肩头。我要那个,他想着。

"怎么样?"

"八十四。"她举起那张记录了数字的纸,"被冷水浸泡后,你的心跳加快了。"

"加快了?"

"是的。"

"但那女孩的脉搏降到……这与我们设想的刚好相反。"

"是的。"

"那么,这是白搭了。"

她慢慢地摇了摇头。"也不是没收获。我排除掉一个假设。这就算进展。"

"那假设之二呢?"

她扬起头看着天花板,抬起胳膊,用胳膊肘箍着脑袋,沮丧地长叹一声:"我还没想到。"

## 不速之客

莉莉·怀特半睡半醒。她来到那个边界,在那儿,影子像波浪一样移动,微弱而复杂的亮光来来回回,像透过深水的一缕阳光。然后,她突然清醒过来,发现自己躺在"编篮人小屋"的床上。

是什么东西?

他像猫一样鬼鬼祟祟,悄无声息地推开门,轻轻地踏在地上,没有弄出一点动静。但从他身上的木柴烟味、甜味和酵母味,她就能认出他来,并让她感到十分惊恐。这股味儿很浓,甚至挡住了屋里潮湿的河水味道。她也听到动静了:是石头与石头的摩擦声。他正从砖头背后取钱。

一根火柴突然擦燃。从摆在高台的床上,她看见火光和一只手,那只手上有瘀青和伤疤,斜着把蜡烛芯插进火苗。烛芯点燃了,烛光逐渐稳定下来。

"你给我弄了什么?"他说。

"那儿有奶酪,还有一点你喜欢的火腿。篮子里有面包。"

"今天的?"

"昨天的。"

灯光移到一边,传来翻箱倒柜的声音。

"发霉了,不是吗?你今天该给我弄点。"

"我不知道你今天要来。"

那一圈烛光飘回到桌子上,蜡烛放在那里,有一会儿,只听得见狼吞虎咽吃东西的声音,填满一嘴又一嘴,几乎没怎么嚼,填满了就吞。莉莉躺在黑暗中,沉默不语,一动不动,她的心打着战。

"这儿还有什么?"

"苹果,你要的话。"

"苹果!我拿苹果干什么?"

一道亮光又升起来,在一个个光秃秃的架子上盘旋。亮光穿过屋子,走去碗柜,发现里面空空如也,又伸到抽屉背后,还是一无所获。

"你那位牧师,他付你多少钱?"

"不多。你以前就问过我。"

她尽量不去想她存的钱,这些钱都安全地放在牧师办公桌的抽屉里,她害怕盘旋的烛光会把钱暴露给他。

黑暗中传来一声怒斥。

"你为什么不给我搞点甜的东西?你为他做些什么,在那个牧师那儿?苹果派?面包布丁配李子酱?肯定有这些。"

"下次给你带。"

"可别忘了。"

"不会的。"

现在她的眼睛适应了,她能在黑暗中辨认出他的形状。他坐在桌旁,背对着她,大衣的肩部比下面的身子宽;他还戴着宽边帽子。听上去他正在数钱。她屏住了呼吸。

钱不对的时候,他就怪她。她拿了些什么?她把它藏哪儿了?她在打什么小算盘?她这样做算是顾家吗?这些问题他找不到满意的答案。无论她说什么,他总是以拳头回应。事实上,她从没拿过他的钱——她也许很笨,但还没那么笨。钱确实让她搞不清。她有问题想问,却又不敢问。她能琢磨出钱是从哪儿来的。一夜之间,伴随他的到来,木棚里出现了装满非法酿造的烈性啤酒的瓶瓶罐罐。它们在这儿一直待到天亮,等第二天天黑,它们就消失了,被经销商们拿走了,付钱换下一批货。但他拿到钱后,钱去哪了呢?他一晚上从藏匿之处取走的钱比她在牧师家一个月挣的还多。她坚信他还把钱藏到了别的地方。他躲在外面某个地方,不需要付房租,不参与赌博,也从来没花钱找女人。他也没碰过酒——从来不碰,只是鼓励别人豪饮,并且作为交换,掏空他们的钱包。她试着把他一年内在这儿赚的钱加起来,翻了一倍、三倍,甚至翻到七倍,但这些数字让她头晕目眩。她还没点完数,就知道这笔钱足以使他发家致富,可是他每隔一星期或两星期到这儿来一次,穿那件散发着酿酒厂气味的旧衣服,皮包骨头,饥肠辘辘。他吃了她的食物,自己点燃蜡烛。她不敢在小屋里留什么好东西,因为不管是什么,他都会拿去卖掉,钱也不见了。就连那双手指上有破洞的绿色羊毛手套也消失在他的口袋里。维克的生活中有一个神秘的东西,把他和她所有的钱都吸了进去,除了牧师帮她存的私房钱。这不合情理。

他满意地哼了一声,她又喘了口气。钱是对的。说完,他身子向后靠在椅子上,吸了一口气。数完钱后,他总是很放松。她却一点不放松。

"我一向对你很好,是不是,莉儿?"

"是的。"她说,在回答之前,她为自己撒的谎向上帝默默道歉。上帝知道,人总有不能讲真话的时候。

"照顾你比你老妈照顾得更好,是吧?"

"是的。"

他喉咙后面满意地咕哝一声。

"那你为什么要叫自己莉莉·怀特呢?"

莉莉的喉咙收紧。"你说过我来这儿不能用你的名字。免得被人联想,你说的,所以……"

"那也不一定非得叫怀特吧?可以选别的名儿。那个怀特,他反正也不是你丈夫,没在主的眼里。他知道吗,你那个牧师?"

"不知道。"

"不知道,"他满意地重复了一遍,"我不这么认为。"他让威胁的语气悬在半空,继续说道,"我不傻,莉儿。我知道你为什么选这个名字。要我告诉你吗?"

"说吧。"

"你紧抓住这个名字,就像你从来没有紧抓住那个人一样。莉莉·怀特。纯真而无邪,听起来像田野里的百合花。这就是你喜欢的,不是吗?"

她吞了口唾沫。

"说吧,莉儿!我听不清。但取个名儿并不能让美梦变成现实。你紧抓住这个名字,好像它能把你洗干净,就像你洗这张桌子一样,就像你为那个牧师洗碗。就像它能让你得到救赎……我说得对不对,莉儿?"

他觉得她肯定会同意。

"瞧,我懂你,莉莉。但过去的都过去了。这是绕不开的,有些东西是永远洗不掉的。"

她所能做的是不让眼泪流出来,但她忍不住:她喉咙发颤,伴随着泪珠,一声号哭响彻房间。

"别难过,"他平静地说,"情况会变得更糟。你懂我意思吧?"

她点点头。

"嗯?"

"是,维克。"

"有时我在想,你是否配得上我。你经常让我失望,莉儿。"

"对不起,维克。"

"是你说的嘛。你不止一次让我失望。跟怀特跑了。我花了好多年才找到你。换做是别人,肯定放弃了,但我没有。"

"谢谢你,维克。"

"但是你懂得感恩吗,莉儿?"

"当然懂!"

"真的?"

"真的。"

"那你为什么又让我失望了?'天鹅'的那个女孩……"

"他们不让我带她走,维克。我试了,我努力试了,但那儿有两个人——"

他没有听。"本来可以弄去集市上赚大钱的。**那个死了又活了的女孩**。想想得有多少人来看。你不用再去给牧师跑腿,凭你那张老实人的脸,想看她的队伍估计得排上一英里。结果没办成,她去了沃恩家,我听说。"

她点了点头。他陷入沉思,她想,也许就这些了。也许他去了他梦寐以求的地方,等他有东西吃,有些钱在口袋里,在那儿制定他的秘密计划。但他又开了口。

"咱俩一条心,你和我,对吧?"

"对,维克。"

"就像有一根线把我俩连在一起。不管你走了多远,走了多久,那条线总在那里。你懂的,因为有时会扯一下……你知道那种感觉,对吧,莉儿?但那不只是一种牵扯,更像是拳击手捶在你胸口的拳头,给你的心一次巨大的撞击。"

她熟悉那种感觉。她体验过很多次了。"是的,维克。"

"咱俩知道那是什么,对吧?"

"对,维克。"

"是家庭!"他满意地、深深地叹了口气。

他站起来,蜡烛的光圈跨过地板,走上台阶,来到她的床前。烛光靠近她的脸,她眯起眼睛。光晕的后面是维克多,但她被晃花了眼,看不清他的表情。她感到毯子被拖走,烛光在她胸口的睡衣褶皱上方闪烁了好一阵。

"我想起来了,你还是以前的那个姑娘。你放纵自己,瘦得皮包骨头。你过去是个多么漂亮的小家伙呀。那时候。在你逃跑之前。"他躺到垫子上;她慢慢把身子躲开,他慢慢地进来,伸出一只胳膊搂住她。外套袖子里的胳膊很细,但她清楚袖子里的力量。

他的呼吸加深了,开始打呼噜。至少现在她不会挨打了,但她的心仍然吓得怦怦直跳。

莉莉没动。她睁着眼躺在黑暗中,尽量轻轻地呼吸,生怕吵醒他。

不到一小时,蜡烛就燃尽了,一缕微弱的光线透进房间。他不像大多数人醒来时会移动和伸展身体。他动也不动,只是睁开眼睛问道:"你从牧师那儿赚了多少钱?"

"不多。"她尽可能让自己的声音显得温顺。

他伸手去拿她放在枕头底下的钱包,站起来,把里面的东西倒进手掌。

"我得给你买奶酪。还有火腿,"她说,"给我留点儿,好吗?就留一点儿?"

他哼了一声。"不知道你怎么花的钱。怎么啦——你不信我吗?"

"我当然信。"

"很好。这也是为你好,你懂的。"

她温顺地点点头。

"这些,"他慷慨地做了个手势,她不知道他指的是小屋,是木棚里的酒,还是别的什么东西,更大的,更不显眼的,包括这些,在这些背后,"这些,都不适合我,莉儿。"

她看着他。你必须看着他。和维克在一起,你不能错过任何东西。

"这是为了我们。为了家庭。你等着。总有一天,你再也不用去那个老牧师家干活。你会住在比他家好十倍的白色大宅子里。你、我和——"

他突然中断话头,但脑子里的想法没有停下脚步,抬着主人继续往前走,她看到他的目光变得柔和,因为他暗自庆幸,对自己的未来沾沾自喜。

"这是一笔投资,"他挥动紧握的拳头,这样她就能听到硬币叮当作响的声音,"你听我讲过我的计划,是不是?"

"过去五年,是的。"这是一个反复出现的主题。不管他心情好不好,无论钱够不够,这个计划总能让他心安理得,使他安静下来,消除他眼中凶狠的神情。有时当他提到计划时,瘦削的嘴会抽动一下,要是换成另一张嘴,说不定还会露出微笑。但他对这个计划,就像对他做的每一件事一样守口如瓶,而她从第一次听说到现在,仍然对这个计划一无所知。

"比五年可长多了。"他声音里带着一丝怀旧,悦耳动听,"那时候我就告诉你了。二十年前,我想我就开始谋划了。要是从另一个角度看，甚至比这还要长呢！"他喜滋滋地抽动一下嘴唇，"时机很快就会成熟。所以你不用担心你的钱，莉儿，它们在我这儿很安全。全是——"他的嘴扭曲着——"全是咱们家的！"

他把两枚硬币塞回她的钱包，扔到床上，站起身，走下台阶，来到厨房。

"我在木棚里放了一只板条箱，"他换了一种腔调对她说，"有人会来把它拿走。跟往常一样。老地方有几个桶。你看不到他们来，也看不到他们走。"

"好的，维克。"

然后，他给了她三根在路上搞来的新蜡烛，打开门走了。

她躺在床上，想着他的计划。不用去牧师家干活了？跟维克一起住在一栋白色大宅子里？她皱起眉头。这间小屋又冷又潮，不过她至少在牧师家走了好运，晚上还能一个人待着。还有谁住在那儿？他的话又在她脑子里响起。你、我和——和谁？

他说的是安吗？为了家庭，他说过。他一定说的是安。毕竟，他是深夜来找她的那个人，吩咐她在破晓时分过河去天鹅酒馆，把那个死而复生的孩子接回来。

她想到妹妹和沃恩夫妇住在一起，卧室里有红色的毯子、堆得高高的柴火篮子，墙上挂着画。

不行，她下定决心。他不能得到她。

## 父子相见

"我该怎么做?"阿姆斯特朗在自家客厅的壁炉前踱来踱去,问了第一百遍。贝丝坐在炉火旁织毛衣,第一百次摇头,表示她也不知道。

"我要去牛津。我要去跟他摊牌。"

她叹了口气。"他不会为此感谢你的。这只会让事情变得更糟。"

"但我总得做点什么。沃恩一家和这个女孩住在一起,日子一天天过去,他们越来越喜欢她,而罗宾什么也没做!他为什么不拿定主意呢?拖延的原因是什么?"

贝丝满腹狐疑地抬起头。"在准备好之前,他是不会告诉你的。即使那样,也许也不行。"

"这可不一样。这是个孩子。"

她叹了口气。"爱丽丝。我们的第一个孙女。"她看上去有些急迫,但随后摇了摇头,"如果她是。如果你和他摊牌,结果会很糟。你知道他的个性。"

"那我就去趟班普顿。"

她抬起头。丈夫的脸色很坚决。

"你去那儿干什么？"

"找认识爱丽丝的人。把他们叫到巴斯考特来。站在孩子面前，一劳永逸地找出她是谁。"

贝丝皱起眉头。"你觉得沃恩一家会同意吗？"

阿姆斯特朗张开嘴又闭上。"你说得对，"他无可奈何地做了个手势承认，但他不能让这件事就此结束，"不过，至少我去的话，能找到一个知道的人，等我找到，就能和罗宾聊聊，看他是否想和沃恩一家谈谈，还有——噢！我不知道，贝丝，问题是我还能做点什么？我不能什么都不做。"

她深情地看着他。"是呀，你从来就不擅长这个。"

班普顿的那栋公寓和从前一样简陋，但相比他上次见到它，这一次的气氛轻松多了。透过楼上一扇打开的窗户，他听见小提琴的乐声，和地毯卷起来后，醉酒的人踩在光秃秃的木地板上跳舞时"咚咚"的节奏。女人的笑声中夹杂着掌声，声音太大，他按了两次铃才有人听到。

"快进来，我的鸭子！"应门的女人喊道，她光着脚，满脸通红，不是玩得太累，就是酒喝得太多，也没等他，就往楼上走，招呼他跟在身后。他爬上楼梯。他记得上次爬楼梯时，楼上那个死去的可怜女人对他来说还只是个写信的人，爱丽丝只是个名字。女人把他带到一层，那里有许多男男女女伴着乡村风格的舞曲跳来跳去，而小提琴手则拉得越来越快，想追上他们。她把一杯晶莹剔透的酒塞到他手里，见他推辞，便邀请他跳舞。

"不了，谢谢你！其实我是来见伊维斯太太的。"

"感谢上帝，她不在这儿。没了她你会享受更多的乐趣，宝贝儿！"她拉着他的手，又试着让他跳舞，他好不容易才控制住心神，

215

不为她的殷勤所动。

"我就不妨碍你和你的朋友们开心了,小姐,不过也许你能告诉我在哪儿能找到她?"

"她走了。"

"去哪儿了?"

她做了个鬼脸,表示非常困惑。"没人知道。"然后她拍拍手,吸引众人注意,高喊一声,"这位先生想找伊维斯太太!"

"滚蛋!"两三个跳舞的人齐声叫着,咯咯地笑。她不在,大家似乎跳得更尽兴。

"什么时候的事儿?"他掏出钱包,捏在手里,这样,他问问题的时候,她能看得清清楚楚。见到钱包,她冷静下来,一五一十地答道:"六七个星期前吧。我听说有个男的来找她,她让他进了客厅,两人在那儿待了一晚上,他离开后,她东奔西走了好几天,到处讲一个秘密,不久后,一辆车开到门口,拉走她的箱子,她也跑了。"

"圣诞节前你在这儿吗?有位阿姆斯特朗太太住在这儿,还有她的女儿爱丽丝?"

"死了的那个?"她摇摇头,"我们都是后头新来的。伊维斯太太在的时候,没人待得久,因为没人喜欢她。她走后,欠她钱的人也跑了。"

"你对阿姆斯特朗太太知道些什么?"

"她不适合这个地方。我也是听人说的。在这儿做饭扫地。她很漂亮,就是瘦——但有些人喜欢瘦的,各种味道都尝一尝——客人一见到她,有的就想尝尝鲜。但她不干。老伊维斯就吼她,说不允许傻姑娘装腔作势,还把她房间的钥匙交给一位先生来教训她。那天后,她就从了。"

"她有个情人吗?把她抛弃了?"

216

"是丈夫,我也是听说的。听着,什么情人、丈夫,都是一回事,不是吗?一个姑娘靠自个儿赚点钱。给他们想要的,然后拿着钱,说再见。不过她不是这种人。她不适合这种生活。"

阿姆斯特朗皱起眉头。"伊维斯太太什么时候回来?"

"没人知道,我希望越久越好。她一回来我就走,这是肯定的。"

"那她去哪儿了?"

姑娘摇摇头。"她赚够了钱,就跑了。我是这么听说的。"

阿姆斯特朗给了她一些硬币,她再次邀他喝酒、跳舞,或者"随你喜欢什么都行,我的鸭子"。他礼貌地拒绝了,然后告辞。

赚够了钱?这并非不可能,他边下楼边想,但他第一次拜访这栋公寓留下了坏印象,他对伊维斯太太做的一切都感到怀疑。

回到街上,他后悔跑了这么一趟,因为时间浪费了,马也累了,但既然来到这儿,另一个念头浮出水面。他原本想过,后来又打消了,现在又考虑一下,觉得这无论如何比寻找伊维斯太太的主意要好。他要找到屠夫的儿子本。这孩子见过爱丽丝,一眼就能看出沃恩家的女孩是不是她。在法律层面,孩子的证词在决定这件事时无足轻重,但这根本不重要——他想的不是法律。在他看来,不管怎样,他自己弄清这个女孩是不是爱丽丝,本身就是一件有价值的事。如果本认出这个女孩是爱丽丝,阿姆斯特朗有充分的理由和儿子一起继续索要。如果男孩认不出,他就把这个消息告诉沃恩一家,这样就能让他们安心,罗宾也省得一次次为了弄清这事登门。

阿姆斯特朗走在大街上,盼望能像以前那样撞见本。但是本没在他们玩弹珠的草地上,没在他父亲的店里,也没在街头闲逛。他把每条小巷和每个商店橱窗都看了一遍,却一无所获,便拦住一个和本年龄相仿的杂货店老板的孩子,问他知不知道本的下落。

"他跑了。"男孩告诉他。

阿姆斯特朗有些困惑。"什么时候的事儿？"

"几个星期前。他父亲打了他一顿，打得他鼻青脸肿。然后他就跑了。"

"你知道他跑哪儿去了吗？"

男孩摇摇头。

"他说过要去哪儿吗？"

"凯尔姆斯科特那边的某个农场。他说那边有个大人物会给他一份工作。那儿有面包、蜂蜜和睡觉的垫子，每个星期五按时给工钱。"男孩说得像是真的会有这样一个地方，"但我从来不信。"

阿姆斯特朗给了他一枚硬币，然后走去肉铺。一个年轻人拿着一把沉甸甸的刀站在街边，浑身是血。他正把里脊切成肉排，听到铃声，他抬起脑袋。他的五官和本惊人地相似，但阴沉的表情是他的个人特征。

"你想干吗？"

阿姆斯特朗习惯了敌意，能准确地评估一个人的敌意有多深。人们常常会把粗鲁的态度留给那些像他那样不熟悉的人。外貌的差异让人惶恐，遇到这种情况，人们爱用敌意来武装自己。他和善的声音通常能让对方放下武器。眼睛告诉他们要怕他，耳朵却消除了他们的疑虑。但每天总有些人全副武装出门，将刀刃对准别人，似乎整个世界都是敌人。他对这种反感无能为力，这就是他在这儿遇到的情况。他懒得讨好对方，只是问："我在找你弟弟本。他在哪儿？"

"怎么？他做了什么？"

"没什么。我给他找了份工作。"

从肉铺后面的拱门里传出一个更老的声音："那孩子，除了吃白食，没别的用处。"这话听起来像是从塞满食物的嘴里说出来的。

阿姆斯特朗斜着身子从拱门往里屋看。一个年龄和他相仿的人坐在一张污迹斑斑的扶手椅上。在他旁边的桌子上有一条面包和一根大火腿,他从火腿上切了几片来吃。屠夫的脸颊像肉一样红润,胖胖的,闪闪发光。烟灰缸里放着一根烟斗。玻璃杯里装了一半什么东西,瓶子躺在男人腿上,靠着他圆圆的肚子,瓶口敞开。

"你知道他去哪儿了吗?"阿姆斯特朗问。

那人摇摇头。"谁在乎呢。懒惰的笨蛋。"他用叉子叉了一片火腿,整个塞进嘴里。

阿姆斯特朗转过身,但还没等他离开,一个瘦小、枯槁的女人拖着一把扫帚走进后面的房间。他退后一步,让她进了肉铺。她开始清扫锯屑,低着头,让他看不见她的脸。

"对不起,夫人……"

她转过身。她动作缓慢,但比他想象中要年轻,眼神紧张。

"我在找本。他是你儿子吗?"

她无动于衷。

"你知道他在哪儿吗?"

她无精打采地摇摇头,似乎无法唤醒说话的能量。

阿姆斯特朗叹了口气。"好吧……谢谢你。"

他很高兴又回到了屋外。

阿姆斯特朗为"舰队"找了水喝,然后他和马向河边走去。这一截河段又宽又直,有时水面似乎静止不动,让人以为它是一个固体,直到扔个东西进去——小树枝或者苹果核——看到它被强大水流带走。在离桥不远的一根砍倒的树干上,他打开自己的午餐,吃了一口。肉很好吃,面包味道也不错,但屠夫贪婪的样子让他倒了胃口。他把面包掰成碎屑,撒在周围,让飞来的小鸟啄食,他静静地坐着,望着河水。在知更鸟和画眉的簇拥下,他回想着这一天的种种失望。

寻访不到伊维斯太太已经够糟的了,本失踪的消息更使他沮丧。

他回忆起那个男孩照顾"舰队"时的细心。想起自己递给孩子面包后，他狼吞虎咽吃下去的情景。想起孩子开朗的性格。想起肉铺里阴郁的气氛、可怕的父亲、被吓得魂不守舍的母亲和大儿子，他对本的乐观感到惊讶。那个男孩在哪儿？如果像杂货店老板的孩子说的那样，他去了凯尔姆斯科特——去找阿姆斯特朗和农场——为什么还没有到？不超过六英里——哎呀，一个男孩应该只用几小时就能走完这段距离。他后来怎么样了？

还有那个女孩。他接下来还能做些什么呢？想到这个被夹在两个家庭中间的孩子，想到不可能确定她的归属，他的心就沉了下去。从孩子身上，他的思绪又转到罗宾身上，心几乎要碎了。他想起第一次把他抱在怀里，这个婴儿又小又轻，可是他试探性地动着胳膊和腿，将整个生命力呈现出来。贝丝怀孕期间，阿姆斯特朗一直期待着爱护和照顾这个孩子，怀着激动和不耐烦的心情等待这一天的到来，但当那一刻最终来临，他还是被一种强烈的情感所压倒。他怀里的婴儿抹去了一切，他发誓这个孩子永远不会挨饿、感到孤独或者身处危险。他会爱护这个孩子，让他远离悲伤和孤单。现在，他心头有同样的感受。

阿姆斯特朗擦了擦眼睛，突然的动作惊得知更鸟和画眉飞起来，飞到远处。他站起身，摸了摸、拍了拍"舰队"，回应它的问候。

"走吧。咱俩年纪太大，不能一块去牛津了，再说我也没时间。咱们去莱奇莱德。我把你留在车站附近，我搭火车。孩子们没见我回来，知道去喂猪。"

"舰队"轻轻地哼了一声。

"蠢吗？"他回答道。他犹豫了一下，一只脚踩在马镫上。"很有可能，但还有什么呢？我不能什么都不做呀。"他跨上马鞍，他们朝上游走去。

阿姆斯特朗问过儿子的住址。他去了一处街道宽阔的城区，都是大宅子，保养得也不错。走到过去两年来一直出现在收信地址栏的那条街时，他放慢脚步，惴惴不安。八号又大又气派，漆成白色，他站在门口，皱起眉头。这栋宅子实在是太奢华了。他自家的农舍其实不算简陋，为了打造舒适幸福的家庭环境，他也舍得花钱，但眼前这栋宅子完全是另一种境界。阿姆斯特朗对豪华别墅并不陌生，他的意外出生，让他在童年时代就处处有机会之门向他敞开，见惯了奢华的场面，但一想到儿子住在这样的地方，他就心烦意乱。他从哪儿弄的钱买房子？他难道住在阁楼上的一间单人房里？或者——有没有可能？——镇上有另一个地方，有另一条街也以同样的名字命名？

阿姆斯特朗从第二扇较小的门进去，这扇门通向屋后的一条狭窄小路，他敲了敲厨房门。应门的是一个十一二岁的姑娘，梳着一条细长的辫子，一副饱受踩躏的样子。他问是否有两条同名的街道，她摇摇脑袋。

"那么，这儿有个罗宾·阿姆斯特朗先生吗？"

女孩有些犹豫。她的身子立刻缩成一团，更加仔细地打量他。她显然清楚这个名字，阿姆斯特朗正想鼓励她开口，一个大概三十岁的女人出现在她的身后。

"你想干什么？"声音尖厉刺耳。她站得笔直，双臂交叉在胸前，从脸上露出的表情看，她从来不知道该如何微笑。然后她的内心发生了变化，肩膀微微抽动一下，眼神变得无所顾忌。她的嘴唇依然紧闭，但给人的印象是，如果他出对了牌，那双嘴唇就会变得柔软。大多数人见到阿姆斯特朗时，通常对他的肤色感到惊讶，忽视了其他，但有些人——尤其是女人——会注意到他那张英俊的脸。

阿姆斯特朗没有笑，说话时也没有哄骗的花言巧语。他给马吃苹果，给小男孩送弹珠，但对于像这样的女人，他却很小心，什么都没给。

"你是这家的女主人吗?"

"不是。"

"管家?"

她微微点头。

"我在找一位阿姆斯特朗先生。"他不露声色地说。

她挑衅地瞅了他一眼,等着看这个长相不错的陌生人是否会做出什么努力来取悦她。见到他坚定而冷漠的眼神,她耸了耸肩。

"这儿没有叫阿姆斯特朗的?"

她关上门。

在牛津城这条时髦的街道溜达并不是件容易的事,阿姆斯特朗不想引起别人的注意,便在几条平行的街上踱来踱去。在每个十字路口,他左看右看,清楚自己有丢掉目标的风险,但当他手表的分针转完一小时,又转了半圈,他瞥见一个纤瘦的身影,背后垂着一条长辫子。他加快脚步赶上她。

"小姐!打扰了,小姐!"

女孩停下来,转过身。"噢!是你。"

比起在门口,她在屋外时显得更瘦小,更可怜。

"别让我耽搁你了,"他看见她在发抖,"走吧。我陪你走。"

"我不知道他为什么不告诉你,"他还没发问,女孩就开始说,"信是你写的吗?"

"嗯,寄到这儿的。"

"但他不住这儿。"

"是吗?"

阿姆斯特朗被搞糊涂了。他收到过回信,写得简短,内容主要是要钱,但也提到他自己信上的内容。他肯定收到了。阿姆斯特朗皱起眉头。

女孩在寒冷中吸着鼻涕，拐了个弯。别看她个子小，走得可真快。

她补充道："费希尔先生说'别理这些信'，然后把它们装在兜里。"

"啊。"总算打听到一件大事。他敢走回去，按响门前台阶上那只闪闪发光的铃铛，找费希尔先生吗？

女孩似乎读懂了他的心思，告诉他："费希尔先生这几个小时都不在。他要中午才起床，他总是在'绿龙'喝到很晚。"

他点点头。"这个费希尔先生是谁？"

"一个坏家伙。他已经七个星期没付我工钱了。你到底找他干什么？他欠你钱吗？你讨不到的。"

"我从没见过费希尔先生。我是阿姆斯特朗先生的父亲。他们俩也许是合伙人。"

她瞅他一眼，告诉了他想知道的关于费希尔先生和他合伙人的一切。然后女孩的眼神开始有些异样。要是她不喜欢费希尔先生和他的合伙人，对其中某人的父亲又有什么看法呢？

"是这样的，"他安慰她说，"我担心我儿子会跟费希尔先生鬼混。可能的话，我想让他远离危险。你见过费希尔先生的一个朋友吗？他是个二十四岁的年轻人，浅棕色的鬈发贴在领口，有时穿一件蓝色夹克？"

女孩停下脚步。阿姆斯特朗又走了一两步，也停住，转过身，看见她的脸。她的脸比刚才更白了。

"你说你是阿姆斯特朗先生的父亲！"她尖声说。

"是的。确实，他长得不像我。"

"可是那个人……你刚才描述过的……"

"怎么?"

"那就是费希尔先生!"她吐出这句话,带着孩子气般的恼怒,像是被人愚弄了,然后她的脸色突然从愤怒变成恐惧,"别告诉他是我告诉你的!我一句话也没说!我什么也没说!"她的声音里带着恳求,眼里含着泪水。

见她掉头想跑,阿姆斯特朗把手伸进口袋,掏出几枚硬币。她抑制住逃跑的本能,盯着硬币看。"他欠你多少钱?"他和善地问,"这点够吗?"

她的目光好几次在硬币和他之间移动。她很警惕,好像他是某种怪物,钱很可能是一个诡计。她突然伸开手指,转眼间,钱不见了,人也跑掉了,围裙带和身后的辫子飞到第一条巷子,拐个弯,消失得无影无踪。

阿姆斯特朗出了牛津城的富人区,来到一条商铺和工坊林立的繁忙街道,走进头一家酒馆。他买了杯酒,还给坐在壁炉旁的盲人买了一杯,聊的话题自然而然从这家酒馆转到其他的酒馆,然后特别提到"绿龙"。

"五月到九月还算过得去,"那人告诉他,"他们在门外摆了几张木头桌子,还弄了些姑娘来端酒。他们给啤酒注了水,价格还死贵,但酒客们都忍了,因为到处都有漂亮姑娘可以勾搭。"

"那冬天呢?"

"那地方糟糕透了。木材潮乎乎的。茅草屋顶在我眼睛还看得见的时候就需要翻新,那是二十年前了。窗玻璃裂得厉害,全靠泥巴粘在一起。"

"去的人呢?"

"都是些坏家伙。你可以在'绿龙'买卖任何想要的东西——红宝石、女人、灵魂。要是你生活不如意,就选择九月初到四月中旬这段时间去'绿龙',你可以找人帮你排忧解难。只要给足了钱。他们是这么说的,是真的。"

"那要是在春天或者夏天遇到困难怎么办?"

"你就得等,或者自己解决。"

"这地方在哪儿?"酒杯快要见底时,阿姆斯特朗问。

"你不会想去那儿的。你不是那种人。我可能看不见,但我能听到你的声音。那地方不适合像你这样的绅士。"

"我必须去。那儿有个人,我必须找到他。"

"他希望有人找吗?"

"估计不是我。"

"他欠你钱吗?去那儿不值得。"

"不是钱的事儿。是——家人。"

"家人?"对方陷入沉思。

"我儿子。我担心他跟着学坏了。"

盲人伸出一只手,阿姆斯特朗抓住时,感到对方另一只手握紧他的前臂,感受胳膊的粗细和力量。

"我得说,你是个能成事儿的人。"

"如果该出手的话。"

"那我就告诉你上哪儿找那条龙。看在你儿子分上。"

按照指示,阿姆斯特朗再次穿过牛津,来到城的另一边。走着走着,天开始下雨。他走到一块草地,天空变成深浅不一的粉红色和杏黄色。草地对面有一条河,他过了桥,逆流而上。路边长满荆棘和柳树,雨水滴在他的帽子上,古树的树根从脚边的地底伸出。光线越来越暗,他的思绪也越来越模糊,接着,透过一丛紫杉、冬青和接骨木,他看见一座老建筑的轮廓,方形的窗玻璃反射出暗淡的光线。他知道找对了地方,因为这儿无疑有一种气氛,有些人就喜欢躲在黑暗中做见不得人的事儿。阿姆斯特朗在窗前停了下来,透过厚厚的玻璃往里看。

里面是个低矮的房间,天花板在中间凸出,所以显得更矮。有一根橡木柱子立在那里,有三人合抱粗,托起房间。煤气灯在阴影中挣扎,桌上的蜡烛也帮不上忙。下午才结束,这个地方却有一种夜晚的感觉。有几个独自喝酒的人坐在墙边的阴影里,最明亮的光来自壁炉里熊熊燃烧的火焰,壁炉旁有一张桌子,坐着五个人,其中四个低头玩纸牌游戏的时候,另外一个人直起身子,椅子后腿倾斜,椅背靠在墙上。他的眼睛快要闭上了,但阿姆斯特朗从他头部的角度猜出他在使诈。透过他的眼缝,他的儿子——没错,就是罗宾——正偷看着别人的牌。

阿姆斯特朗从窗边走过,推开门。他一走进去,五个人都朝他的方向转过头,但空中烟雾弥漫,他的身子半掩在柱子背后——没人认出他来。罗宾把椅子放倒在地板,朝一个黑暗角落里的人做了个手势,自己在呛人的烟雾中眯着眼睛,盯着阿姆斯特朗站的地方。

下一秒钟,阿姆斯特朗感到手臂被一个看不见的人从背后揪住。袭击者比他矮一个半头,胳膊很细,但却像钢丝绳一样紧紧缠住他。阿姆斯特朗不习惯这种被人强扭着的感觉,但也不敢肯定自己是否能够挣脱,尽管这人实在太瘦小,帽檐才抵到他的肩胛骨之间。另一个人长着低垂的眉毛,遮住双睛,走近来仔细打量他。

"模样怪怪的家伙,没见过。"他喊了一嗓子。

"那就扔出去。"罗宾说。

两人想把他推到门口,但他一再反抗。

"晚上好,先生们。"他知道,单凭自己的说话声就足以令对方慌了神。那个拿两条细胳膊缠住他的人猛然一惊,但并没有松手。另外那个一字眉又瞅了他一眼,犹豫片刻,转身走到桌旁,天色太晚,阿姆斯特朗看不太清,只见罗宾面露一丝惊讶,但马上控制住了情绪。

"我猜你们那位费希尔先生想见我。"阿姆斯特朗说。

罗宾站起身,冲保镖们点个头,阿姆斯特朗感觉胳膊被松开了。

那两人回到暗处,罗宾走过来。他脸上的表情跟阿姆斯特朗千百次看到的一模一样,从童年到成年,是一个孩子任性的愤怒,像是父母挡了自己的道。阿姆斯特朗惊讶地发现,在一个成年人脸上,这种愤怒看起来是那么的可怕。如果他不是罗宾的父亲,如果他不是一个强壮的人,会吓得魂不附体。

"到外面说。"罗宾低语道。他们走出酒馆,在半明半暗的夜色中,隔着一码站在河和酒馆之间的一处砾石岸上。

"你的钱都去那儿了吗?赌输了?还是你一直需要钱买房子?我看你过得入不敷出。"

罗宾鼻孔里轻蔑地哼了一声。"你怎么找到我的?"他懒洋洋地问。

儿子的态度让阿姆斯特朗很惊讶。在他的期待中,父子相见不该是这样子。

"你没别的好话问候你父亲了吗?"

"你想干吗?"

"还有你母亲——你不问候下她吗?"

"我想,要是出了什么事,你会告诉我的。"

"确实出了点事。但不是你母亲。"

"下雨了。有话就快说,说完我好进去。"

"你对那个孩子有什么打算?"

"哈!就这个事吗?"

"这个事?罗宾,我们说的是一个孩子。这关系到两个家庭的幸

227

福。这可不是该轻视的事情。为什么要拖延呢？"

在垂死的暮光下，他似乎看到儿子的嘴唇冷嘲热讽地瘪了一下。

"她是你的吗？如果是的话，你打算怎么办？如果不是——"

"这不关你的事。"

阿姆斯特朗叹了口气。他摇摇头，试着走另一个方向。"我去了趟班普顿。"

罗宾看着父亲，眼神更加专注，但什么也没说。

"我去了你妻子住的公寓。她死在那儿的。"

罗宾仍然一言不发，他的敌意丝毫没有减弱。

"你妻子的这个情人——他们对这个人一无所知。"

还是默不作声。

"你告诉谁了？"罗宾的声音里充满威胁的意味。

"我本想带房东太太去巴斯考特见那个孩子，可是她——"

"你敢？这是我的事儿——我自己的。我警告你——别管我的事儿。"

阿姆斯特朗隔了好一阵才恢复过来。"你的事儿？罗宾，这关系到一个孩子的未来。如果她是你的孩子，那她就是我的孙女。如果她不是你的，那她就是沃恩家的孩子。换作任何情况，都不能说这是你的事。不管怎样，这是家里的事。"

"家里！"罗宾诅咒似的吐出这个词。

"她父亲是谁，罗宾？孩子需要一个父亲。"

"我没父亲不也挺好的吗？"

罗宾转过身，脚下扬起一把碎石，他正准备返回"绿龙"时，阿姆斯特朗拽住他的肩膀。当儿子猛地转身，一个拳头向他抡过来时，阿姆斯特朗并不太惊讶。他本能地抬起手臂，保护自己，还没等对方凶猛的拳头挨到，他自己的拳头就碰到了肉和牙齿，罗宾咒骂起来。

"原谅我,"阿姆斯特朗说,"罗宾——对不起。你伤到哪儿了吗?"

在一场尴尬的混战中,罗宾继续朝父亲拳打脚踢,阿姆斯特朗则紧紧抓住他的肩膀,把他推得远远的,在这样头和脚能打到它们够得着的地方的时候,他大部分力量已经消耗殆尽。当罗宾还是个孩子和少年时,他曾无数次用这种方式阻止罗宾,那时他唯一关心的是不让罗宾在愤怒中伤害自己。现在儿子的拳法更有技巧了,力量也更大了,但身高和力量仍然无法与父亲匹敌。沙砾飞溅,高声叫骂,阿姆斯特朗意识到酒馆外的嘈杂声肯定会把观战的人吸引到窗口。

酒馆门开了,争斗戛然而止。

"没事儿吧?"雨后传来一个声音。

罗宾放弃了战斗。"没事。"他回答。

酒馆门一直开着,大概还有人站在门口看。

儿子没有跟他握手,转身离开。

"罗宾!"阿姆斯特朗在他身后低声喊,又喊了声,"儿子!"嗓门更低。

几码外,罗宾转过身来。他说话的声音也很低,在雨中几乎听不见,但他的话达到了目的,比拳头砸到身上还痛:"你不是我父亲,我也不是你儿子!"

他走到门口,跟他的同伴说了句话,然后两人走了进去,没有回头就把门关上了。

阿姆斯特朗顺着河岸往回走。他撞上柳树,差点被一根躲在暗处的扭曲的树根绊倒,雨水顺着脖子流下来。他的指关节一阵刺痛,刚才毫无知觉的伤口现在疼得厉害。他的拳头击中罗宾的嘴唇和牙齿,他把手举到嘴边,尝了尝血的味道。是他的血,还是儿子的?

河水奔流而过,被雨点和激流冲得心神不宁,阿姆斯特朗静静地站在雨中，陷入沉思。你不是我父亲，我也不是你儿子。为了挽回那一刻，他愿意付出任何代价。他该做点什么别的呢？他该说点什么让情况变得更好呢？他犯了个错，也许这个错切断了原本可以在几周、几个月或几年之后再次激发出的亲情纽带。刚才发生的像是一切的结束。他失去了儿子，也失去了整个世界。

雨水混着他的泪水流淌，有句话在他脑海里响了一遍又一遍。你不是我父亲，我也不是你儿子。

最后，被淋得又湿又冷的他摇了摇头。"罗宾，"只有河水听得见他的回答，"你也许不想做我的儿子，但我却不能不做你的父亲。"

他顺流而下，踏上漫长的归家路途。

## 另有隐情

有些故事可以大声讲，有些故事必须小声说，有些故事则根本没人提。阿姆斯特朗先生和太太的姻缘属于后一种情况，只有夫妇俩与这条河知道。但是，作为这个世界的秘密访客，作为往来于这个世界和另一个世界的人，没有什么能阻止我们坐在河边，敞开我们的耳朵；那我们也会知道这个故事。

罗伯特·阿姆斯特朗二十一岁时，父亲提出给他买个农场。一位地产经纪人提供了一些地址，罗伯特都去看过，其中一处最满足他的要求、符合他的期望，原主人叫弗雷德里克·梅伊。梅伊先生原本是个好农夫，但他只有几个女儿，而她们都嫁给了田产丰裕的男人，只有一个女儿因残疾未婚，待在家里。梅伊先生老了，他和妻子决定卖掉所有的土地，只留下一小块，位于离农场不远、夫妇俩住的小屋附近。他们会住在小屋，种植蔬菜和鲜花，让别人打理农场和大宅子。卖掉农场的款子让老两口手头很宽裕，要是这一笔可观的嫁妆还不能把小女儿嫁出去，那么，至少在他们死后，这笔钱可以让她衣食无忧。

罗伯特·阿姆斯特朗仔细查看这块土地，发现它是由河水灌溉的。河岸很牢固，水流很通畅，不受水草和垃圾阻塞。他注意到树篱保养得很好，牛群闪闪发光，田地耕得笔直。"好，"他说，"我要了。"

"你不能卖给他，不能卖给那个外乡人。"大家说。但是其他潜在的买主都压价压得太狠，心眼要了一个又一个，想捡便宜，而那个黑人问了价就满口答应，而且梅伊先生陪他在农场转悠时，看到他欣赏笔直的犁沟，看到他喜欢和牛羊在一起，不久后，他就忘了阿姆斯特朗的肤色，明白如果他要为自己的土地和牲畜做最好的打算，阿姆斯特朗就是那个人选。

"那些帮我干了那么久活的人怎么办？"梅伊先生问。

"想留下来的，就留下来，要是干得好，就涨工钱，而要是干得不好，就得在第一次庄稼收成后走人。"阿姆斯特朗说，梅伊先生同意了。

少数工人拒绝为黑人干活，其余的嘀咕了一阵，还是选择留下。随着时间的推移，他们对新老板有了更多了解，发现他不过就是皮肤黑了点，和其他人没什么两样，甚至还好一些。有几个跟他年龄相仿的，始终瞧不起他，当着他的面窃笑，在背后做手势。他们以蔑视他为借口消极怠工——为什么要给他这种人打工呢？——但他们仍能在周五领到工钱，然后跑到凯尔姆斯科特附近的酒馆喝酒，说他的坏话。他似乎没有注意到，但实际上一直在密切注视着他们，等着看他们是否会消停。

与此同时，罗伯特·阿姆斯特朗得结交新朋友。他最熟悉的莫过于从其手里买下农场的那个人，于是他开始每周去梅伊先生离农场不远的小屋拜访一次。他会在那儿坐上一小时，跟老人家讨论如何种地。老人很高兴聊这些，劳作曾是他生活的一部分，只是现在身体虚弱，不能下田了。梅伊太太会坐在屋角织衣服，从客人的谈吐判断，他是个受过良好教育的人，笑得爽朗自然，逗得老人也乐不可支。她越听他聊，听他笑，就越喜欢他。夫妇俩的女儿偶尔也走进房间，端来茶或蛋糕。

贝丝·梅伊小时候生过一场病，落下了后遗症，步态左右摇晃。她走路时，迈出的左脚会明显往下一沉，引来陌生人怪异的眼光，甚至连认识她和她家人的朋友都说，应该把她关在家里，而不是像"那样"四处走动。如果只是走路的姿势，旁人也许不会皱那么深的眉头，但还有眼睛，她右眼戴着眼罩——不是一直都一样，而是根据不同颜色的裙子搭配，有多少条裙子，就有多少个眼罩，有时是用同一种布料的边角料做的，用丝带扎在头上，消失在她美丽的金发中。她总是一副整洁的样子，对自己的外表很在意，这让人感到不习惯，仿佛她认为自己和其他女孩一样，仿佛她也期待和她们一样的人生。按照公众的看法，她应该回到家里，而且她也应该清楚自己的本分：永远嫁不了人，注定孤独一生。但她偏不，她本来可以悄悄溜进教堂，悄无声息地坐在后面，她却一瘸一拐地走到教堂中央，坐在正中的长椅上。天气好的时候，她一瘸一拐地走去草地，拿出一本书或者一块刺绣坐在长凳上；冬天，她戴上手套走在平坦的地面；天寒地冻时，她嫉妒地望着那些腿脚灵活、能在冰面驰骋的人。背着她，那些恶毒的男孩们——其实跟在罗伯特·阿姆斯特朗背后做嘲弄手势的是一帮人——模仿她摇摆的、一深一浅的步态。有些人从她小时候、在她戴眼罩之前就认识她，记得她眼白太多，瞳孔向上和向外倾斜。他们说，你不知道她在看什么，也不知道她看到了什么。曾经有段时间，贝丝·梅伊也有朋友，那时她们是一群小女孩，一起上学，一起放学，互相串门，走路时互相挽着对方的胳膊，但是当小女孩变成小女人后，友谊就消失了，其他的姑娘们也许担心贝丝的畸形会传染，或者担心男人们会和任何站在贝丝身边的姑娘保持距离。罗伯特·阿姆斯特朗买下农场的时候，贝丝形单影只，她昂着头，面带微笑地走着。从外表看，她对这个世界的态度并没有改变，但她知道，这个世界对她的态度已经发生了改变。

其中一个变化是村里小伙子们的举动。十六岁的贝丝有一头漂亮的鬈发，笑容甜美，腰身匀称，并非没有吸引力。如果你看到坐着的她，除去那个眼罩，你会觉得她是村里最可爱的女孩。小伙子们也注意到了这一点，开始用粗俗的眼光打量她。当欲望和轻蔑在同一颗心中共存时，就构成了邪恶。如果在一条空巷子里碰到她，小伙子们便斜眼瞅着贝丝，朝她冲过去，知道她想躲开他们伸出的手是不容易的。贝丝不止一次外出回家，裙子上沾满泥巴，双手擦伤，原因是"绊了一跤"。

罗伯特·阿姆斯特朗清楚农场里那帮年轻人对他的看法。仔细观察他们后，他也明白了他们对贝丝·梅伊的看法。有天晚上，当他像往常一样到梅伊家拜访时，梅伊先生摇了摇头。"今晚不行，阿姆斯特朗。"老人颤抖的双手和含着泪水的眼睛告诉他，这家人遭遇了一件坏事。他望着农场里那几个年轻人，听见其中一个小伙子得意地提到贝丝的名字，还做了一个粗俗的手势，然后哄堂大笑，他很担心，因为他猜到发生了什么事。

在接下来的几天，他没有见到贝丝。她没在教堂，也没在草地旁边的长凳上。她没到村子里跑腿，也没有打理花园。等她再次出现时，身上发生了某种变化，虽然和以前一样整洁活泼，但她对这个世界的兴趣已经从单纯和自然变成了一种更严峻的东西，一种不被打败的决心。

整整一夜，他左思右想。他做了决定，然后睡着了，等他醒来时，这个决定看起来仍然是个好决定。在山楂树拱手将自己的地盘让给榛树的河岸上,他在贝丝给父亲送午饭的路上拦住她。眼前没有别人,他见她吓了一跳,吓得不轻。他一边喊着她的名字,一边把手放在身后,低头看着脚下。"梅伊小姐。我们以前很少说话,但你知道我是谁。你知道我是你父亲的朋友,也是这个农场的主人。你知道我按时还债。我的朋友很少,但我不是谁的敌人。如果你需要有人站在你身旁,我恳求你来找我。我最想做的,是让你的生活过得舒适。无论是做朋友还是做丈夫,决定权都在你。请明白,我随时为您服务。"他抬起头,迎着她惊讶的目光,向她鞠了个躬,然后离开。

第二天,他在同一时间来到同一个地方,她已经在那里了。"阿姆斯特朗先生,"她开口道,"我不知道如何像你那样说话。你用的词比我好。关于昨天你说的那些话,在我回应之前,有件事必须做,现在就做,等我做完,你也许会有另外的想法。"

他点点头。

她低下头,把手指举到自己的眼罩上,用力将眼罩拽过鼻梁,直到它遮住那只正常的眼睛,露出了另一只眼睛。然后,她把右眼转向他。

阿姆斯特朗仔细观察贝丝的眼睛。它似乎有自己的生命力,微微颤抖。偏离了中心的虹膜,表面上和另一只眼睛一样是蓝色的,但下面隐藏着颜色更深的暗流。至于瞳孔,一个每天在每张脸上都能看到的熟悉的东西,由于歪斜,让贝丝的脸变得奇怪。突然,他意识到自己也是被观察的那个人,这让他心烦意乱。在她的注视下,他感到自己躺在解剖台上,全身赤裸。暴露在她的焦点中,他突然回忆起孩子般的羞耻感。他回想起自己表现得不如希望中那样体面的时刻。他想起了忘恩负义的例子。他感到一阵悔恨,决心不再做同样的事。他也感到宽慰,因为这些小小的疏忽是他一生中唯一后悔的事情。

这件事没有持续太久。做完后,贝丝低下头,重新戴上眼罩。她把平时的那张脸转向他,顿时换了一个人。他感到一种惊奇,还有别的东西让他感到温暖,使他的心怦怦直跳。她那只正常的眼睛透着温柔,包含着爱的曙光,甚至是钦佩。他能让自己相信吗?有朝一日,这种感情会变为爱情。

"你是个好人,阿姆斯特朗先生。我看得出。不过关于我,有些事你应该知道。"她低声说,声音发抖。

"我知道。"

"我说的不是这个。"她指了指自己的眼罩。

"没事。你的脚也是。"

她凝视着他。"你怎么知道?"

"那人在我农场干活。我猜到。"

"你还想娶我吗?"

"是的。"

"但要是……"

"要是有个孩子?"

她点点头,脸红了,尴尬地低下头。

"别脸红,贝丝。这事不怪你。某人才应该感到羞耻。要是有了孩子,你我会抚养他,爱他,就像抚养和爱我们自己的孩子一样。"

她抬起头来,迎着他坚定的目光。"那么,好的,阿姆斯特朗先生。好的,我愿意做你的妻子。"

他们没有亲吻,也没碰对方。他只是让她告诉她父亲,当天晚些时候会来看他。

"我会跟他说。"

阿姆斯特朗来见了梅伊先生,婚事定了。

当那个在农场里惹是生非,还欺负过贝丝的年轻人像往常一样趾高气扬地出现时,阿姆斯特朗正等着他。他给了欠他的工钱,然后炒了他的鱿鱼。"要是让我在这方圆十二英里之内听见你的风声,你就惨了。"阿姆斯特朗对他说,语气相当克制,年轻人惊讶地抬起脑袋,怀疑自己是不是听错了。但阿姆斯特朗的眼神告诉他,自己说到做到,他心里想要傲慢地还一句嘴,但还是默不作声地走了,嘴里喃喃地咒骂着。

订婚的消息宣布了,紧接着是婚礼。人们聊着这件事。他们总爱嚼舌根。婚礼当天,教堂挤满了好奇的人,来围观这个皮肤黝黑的农场主和他残疾的、脸色苍白的新娘。还有礼金——噢,在这方面,她拿了不少——她有一双蓝眼睛,满头金发,身材匀称,至少在这一点上,他讨了个好老婆。然而,人们的祝贺却带着怜悯的色彩,没人羡慕这对夫妇。大家普遍的感觉是,两个原本不能结婚的人能找到彼此是有道理的,在场的每个未婚男女都感到一阵解脱:谢天谢地,自己不需要在配偶的选择上做出如此毁灭性的妥协。嫁给一个贫穷的农民,胜过嫁给母亲是黑人的地主;娶一个洗衣女工,也不娶斜眼跛脚的农场主女儿。

结婚几个月后,贝丝的肚子开始长大,这成了一件丑事。会是个什么样的婴儿呢?肯定是个怪物。孩子们在街头对贝丝恶语相加后,她便不出农场了。她紧张地等待分娩的日子,阿姆斯特朗安慰她,声音使她感到舒心。他把手放在她日渐隆起的肚子上说:"一切都会好的。"她也这么认为。

接生婆接完生,就直接跑去找她的朋友,朋友们迅速把消息告诉了其他人。从斜眼贝丝的双腿间钻出来的、放在她黑人丈夫旁边的,会是个什么样的怪物?那些以为会有三只眼睛、羊毛状头发和干瘪四肢的人都失望了。婴儿的样子很正常。不仅如此,还"很漂亮"!接生婆兴奋地说,"谁能想到呢?居然是我见过的最可爱的婴儿。"不久后,其他人也见到了。阿姆斯特朗骑着马到处走,把孩子放在自己膝盖上：淡淡的鬈发，漂亮的肤色，笑起来很迷人，让人忍不住也冲他微笑。

"咱们叫他罗伯特吧，"阿姆斯特朗说，"跟我一样。"他受了洗，但因为年纪小，他们叫他罗宾，随着他渐渐长大，他们仍旧叫他罗宾，因为这是一种区分父子的方式。后来，她又生了孩子，有男有女，都很健壮、开朗。皮肤有些是黑色的，有些不那么黑，有些是白色的，但没有一个像罗宾那样白。

阿姆斯特朗和贝丝很高兴。他们组成了一个幸福的家庭。

## 重拍照片

三月最后一周的开始是春分。明暗相等,昼夜平分,甚至连人类的活动也达到片刻平衡。涨水了——在春分秋分时,这条河的水位总会升高。

沃恩率先醒来。天不早了——他们在鸟鸣中、在消逝的夜色中睡着了——阳光正等在窗帘背后。

在他旁边,海伦娜还在睡,一只胳膊搭在垫了枕头的脑袋上。他吻了吻她手臂内侧柔嫩的肌肤,她没有睁眼,微笑着靠近他温暖的怀抱。从昨晚到现在,她一直全身赤裸,这些天来,他们在兴奋中进入睡眠,睡醒后继续进入兴奋。在被窝里,他的手摸到了她的胸,顺着平滑的曲线摸到她的腰和臀部。她的脚趾碰着他的脚趾。

温存一番后,他说:"想睡的话,你再睡一个小时吧。我去给她弄早餐。"她微笑着点点头,又闭上眼睛。他们现在能睡得很久,有时一睡就是九到十个小时,弥补了多年的失眠。托孩子的福,她恢复了他们的睡眠,也修补了他们的婚姻。

在早餐室里,他和孩子友好地、静静地坐着。海伦娜在场的时候,她经常和那个女孩聊天,但他不想刻意和她说话,也不想刻意引起她的注意。相反,他给她的吐司抹上黄油,涂上果酱,切成薄片,而她则全神贯注地看着。她聚精会神地吃着,沉浸在一种自我克制的遐想中,直到有一大块果酱从烤面包片的边缘掉到桌布上,她才抬起头,想看他是否注意到。她的眼睛——海伦娜说是绿色,他说是蓝色,看起来深不可测——与他的眼睛相遇,他朝她微微一笑,那是一种温和的、不求回报的微笑。作为回应,她的嘴轻轻地、稍纵即逝地抽搐了一下,这种情况发生过十几次了,但他仍然觉得心里有种挫败感。

她找他寻求安慰时,他的胸口也会跳一下。她在河上无所畏惧,却害怕别的东西:马踏着鹅卵石走近,门砰的一声关上,太亲近的陌生人伸手捏她的鼻子,扫帚拍打地毯,她每次受到惊吓,就会找他。在不熟悉的环境中,她会去拉他的手,朝他举起双臂,把她从某种能觉察到的危险中抱起来。能成为她的保护神,让他很感动。两年前,他没能保护艾米莉亚,这感觉是第二次机会。避开危险后,他感到信心又回来了。

孩子仍然不说话,常常心不在焉,有时甚至无动于衷,但他只要看到她,就很开心。每天有无数次,他的心从艾米莉亚转到这个孩子,又从这个孩子回到艾米莉亚。两个女孩已经合二为一,想到一个,就会想到另外一个。她们融合成一股信念。

女佣来收拾早餐的东西。

"摄影师十点半来,"他提醒她,"我想我们可以先喝杯咖啡。"

"今天医生也过来——她也喝咖啡吗?"

"嗯,都喝咖啡。"

女佣不安地看着孩子的头发,睡了一晚上,发丝乱作一团。

"我要不要给艾米莉亚小姐梳个头,她好拍照?"她问,怀疑地盯着这团乱麻。

"等太太起床后,她来梳吧。"

女佣看上去松了口气。

当特来之前,沃恩还得做些准备。

"走吧,小家伙。"他说。

他抱起孩子,把她抱进客厅。他坐在书桌旁,把女孩侧身放在自己腿上,这样她能看到花园。

他伸手去拿艾米莉亚和他以及海伦娜的合影。

他曾经害怕回忆,非常怕,怕得他想把女儿的脸完全埋起来,但伴随这个女孩的到来,恐惧感减轻了。他有种感觉——他知道这种感觉是荒谬的——艾米莉亚在寻找他,当他迎着女孩的目光,他清楚自己对艾米莉亚有所亏欠。跨越那条可怕的鸿沟。现在,当女孩坐在他腿上,他发现这项任务并没有想象中那么困难。

他把照片转过来面对自己,透过孩子朦胧的发梢,看着照片。

这是一张传统的全家福。海伦娜坐着,将艾米莉亚抱在腿上,她们身后站着沃恩。他清楚,哪怕是最轻微的情绪波动,都可能导致时间、金钱和精力的灾难性浪费。他的眼睛瞪得太大,不认识他的人看着照片,会觉得他咄咄逼人,而在认识他的人眼里,则显得滑稽可笑。海伦娜完全抑制不住自己的微笑,但她的笑容坚定地呈现在镜头前,她的美在每个细节上都是清晰的。坐在她腿上的,是艾米莉亚。

在一张三英寸乘五英寸的照片上,女儿的脸很小——甚至比坐在他腿上这孩子的指甲盖还小。两岁了,她脸上还保留着婴儿时遗留下来的那种难以捉摸的气质。此外,她一直无法保持静止不动。这样的模糊画面放到谁的身上都合适,看上去既像坐在他腿上的小女孩的脸,也像他竭力避开在视线之外、忘得一干二净的艾米莉亚。她的脚一定也动了,因为脚的部位是模糊的、幽灵般的、没有骨节的,像一个漂浮着的鬼魂。在她小小的身体周围,有一圈衬裙和裙子的泡沫,边缘融化成透明状。双手消失在泡沫中。

孩子在腿上挪动着身子,他低头看了看。一滴水珠出现在她手上。她把水珠凑到嘴边舔了舔,然后好奇地抬头看着他。

他在啜泣。

"傻爸爸。"他边说边弯下腰吻她的头,可是她扭动着挣脱他的怀抱。她穿过房间,走到门口,停下来,转过身,向他伸出一只手。他跟在她身后,把手放在她手里,让她牵着自己走出屋子,走进花园,沿着浅浅的砾石坡走到河边。

"这有什么用?"他大声问,"这能让我感觉好受点吗?"

她望着河的上下游,没什么可看的时候,就四处寻找一根结实的木棍,去水边戳来戳去。她戳完后,把棍子递给了沃恩,示意他继续戳,同时,她从斜坡上挑了一些大石块,拿到河边,在水里洗了洗。她的举动似乎没有目的性,但不知为何,沃恩突然想到,他以前曾站在这儿,看着艾米莉亚洗石头。他不记得了吗?几年前,就像这次一样,他们两人来到河边,无缘无故地拿河水洗石头,在浅滩的软泥上戳来戳去。他抬起头,想弄清这段记忆是真实的,还是某种奇妙的逆向的回声,把现在复制成过去。

女孩停止了洗石头。她四肢着地,俯身贴近水面,仿佛水面是一面镜子。在镜中看她的是另一个女孩——一个他认识的女孩。

"艾米莉亚!"

他伸手去抓她,可是一碰到她,她就不见了,只剩下湿漉漉的手指。

女孩坐起来,用她不断变化的眼睛关切地望着他。

"你是谁?我知道你不是她——但如果你是……如果你是——我疯了吗?"

她把棍子递给他，一个劲儿地示意他拿棍子挖道沟渠。她将石头铺在沟渠里，铺得严丝合缝，费了好一阵工夫才满意。然后，他明白了，他们得观察这道沟渠。他们看到水怎么流进来，沟渠怎么被淤塞，河水如何迅速地冲毁一个男人和一个孩子的作品。

后来，他们选择把咖啡端到户外，送去船屋。人们普遍认为以河畔为背景比室内更有趣，所以趁着天气干燥，必须充分利用。

他们把相机摆好后，当特去准备第一块相板。"我马上就来，这些是其他照片，上次的。"

海伦娜打开上了铰链的木箱盖。箱子里铺着毛毡，槽里各装了一块玻璃板。

"啊！"海伦娜说，她拿起第一块玻璃板对着光看，"真奇怪！"

"吓了一跳，是吧？"丽塔说，"明与暗是相反的。"她凝视着同一块玻璃杯，"恐怕当特先生说得对，你们挑了最好的。这一张很模糊。"

"你觉得呢，亲爱的？"海伦娜问，把板子递给沃恩。

他瞥了一眼板子，看到一个孩子的模糊影像，又把目光移开。

"你没事吧？"丽塔问。

他点点头。"咖啡喝太多了。"

海伦娜把第二块玻璃板从盒子里拿出来仔细研究。"没错，都是模糊的，但该看的还是能看清。是艾米莉亚。千真万确。"她的声音里没有令人不安的紧张，也没有歇斯底里的高调，语调是慎重的，甚至是温和的。"阿姆斯特朗认为这个问题永远不会有任何结果，但律师说我们应该做好准备，以防万一。"

"阿姆斯特朗先生来继续登门吗？"

海伦娜平静地点点头。"是的。"

丽塔注意到，沃恩一听到这个男人的名字，脸上露出一丝畏缩。

但这时当特回来了。海伦娜把玻璃板放回盒子，笑着把孩子抱在怀里。"你想让我们在哪儿拍新照片？"

当特看看天空，量量太阳，然后指了指："就在那儿。"

女孩坐立不安，拼命挣扎，扭着头，拖着脚，一张接一张昂贵的相板因为冲洗不出好照片，只得扔掉。

正当他们快要灰心丧气时，丽塔提出一个建议。

"把她放到船上。她在河里会安静些，水流很平。"

当特盯着河水，想看看河水的流速。水流确实很平静。他耸耸肩，点点头。这值得一试。

他们把相机扛到岸边。海伦娜把她少女时代的小划艇带到码头，把它固定住。

河水以均匀的力量拉着小船，绷紧了系泊绳。女孩走进小艇，身子没有摇晃，没必要叫她保持平衡。她站在流动的水面，泰然自若。

当特张开嘴，想让她坐下，但突然出现了一个对摄影师来说至关重要的时刻，他改了主意。风把沉重的云朵从太阳上赶走，在原来的位置盖了一层薄薄的白色面纱，使光线柔和，阴影模糊。此刻，在取景框里，就在女孩转身朝上游方向望去的时候，水面出现一层珠光。太完美了。

当特掀开镜头盖，所有的人都陷入沉默，祈祷太阳、风与河水能坚持住。一、二、三、四、五、六、七、八、九、十、十一、十二、十三、十四、十五。

成功！

"你见过照片怎么冲出来的吗？"当特一边问沃恩，一边给从相机里取出来的相板遮光，"没见过？过来瞧瞧吧。你会看到暗室，看我怎么弄的。"

"那朵云又回来了,"男人们消失在暗室后,海伦娜边说边伸长脖子仰望天空,"你感觉如何?"

"我们会好起来的。"

她们把那艘又小又旧的划艇还回船坞,划出一艘大船,足以装下两位桨手加一个孩子。丽塔一跳上去,就把船弄得摇摇晃晃,赶紧找个位置坐好,让船身恢复平衡。海伦娜则灵巧地跨入船舱,几乎没有改变船在水中的平衡,她还没来得及转身把孩子抱起来,孩子已经进了船,在她旁边,对这孩子来说,从陆地走到水中,仿佛是世界上最自然的事情。

三人都坐了下来,孩子坐在乘客座位,然后是海伦娜,丽塔坐在她们身后。从船进入水流的那一刻起,丽塔就感受到另一个女人划水的力量。

"艾米莉亚!快坐下!"海伦娜笑着喊她,"她就是喜欢站着。如果她继续像这样,我们就得给她弄一艘平底船或者贡多拉了!"

小女孩抬起头,目不转睛地望着前方,背绷得紧紧的,但河面空荡荡的,在这样恶劣的天气,她们这艘船是河上唯一的交通工具。她垂头丧气的,连丽塔也能感到一丝失望的辛酸。"她在找什么?"她大声问。

海伦娜耸耸肩。"她总是对这条河感兴趣。如果可能的话,她愿意在这儿待一整天。我在她这个年纪也一样。河流在我们的血液里。"

这不是对她问题的回答,但也并非有意回避。尽管海伦娜目不转睛地盯着孩子看,丽塔却有一种印象,觉得在某些方面,海伦娜并没有真正看懂这个孩子。她看着艾米莉亚,她的艾米莉亚,因为这正是她需要看的。但这孩子的意义远不止于此。她,丽塔,一看到这个孩

245

子，就忍不住想把她抱在怀里安慰她。这是一种令她困惑的本能，她试图把它隐藏在问题当中。

"还是不知道她之前去了哪儿？"

"她回来了。这才是最重要的。"

丽塔尝试另一种方法。"没有绑架者的消息吗？"

"没有。"

"窗户上了锁——现在觉得安全些了吗？"

"我还是觉得有人在监视。"

"还记得我跟你提过的那个人吗？就是那个问我她会不会说话、问我医生怎么说的人？"

"你没再见到他吧？"

"没有。但听到她的声音可能要六个月才能恢复，他很感兴趣，这也让我在想，到时候是不是该防着他。"

"夏至。"

"是的。给我说说艾米莉亚以前那个保姆的事……她后来怎么样了？"

"艾米莉亚回来了，这对鲁比来说是个好消息。她后来找工作找得很辛苦。有太多恶毒的流言蜚语。"

"当时人们认为这事儿和鲁比有关，对吧？因为她不在你家？"

"嗯，但是——"海伦娜停止了划桨。丽塔已经累得上气不接下气，所以她们听任水流把船冲走，海伦娜只偶尔调整方向，让航线保持一条直线。"鲁比是个好女孩。她十六岁时来我们家。她有很多弟弟妹妹，所以对照顾小孩子很有经验。她爱艾米莉亚。你只要看看她们在一起的样子就知道了。"

"那事情发生的那天晚上，她为什么没在家呢？"

"她没有解释。这就是为什么人们说她与此事有关，但多半是骗他们的。我知道她绝不会伤害艾米莉亚。"

"她那时有追求者吗?"

"没有。和大多数年龄相仿的姑娘一样,她怀有同样的梦想。遇到一个不错的小伙子,求爱,结婚,组建自己的家庭。但这是将来的事儿。她希望得到这些,像个懂事的姑娘,把钱存起来以备不时之需,但那时还没有实现。"

"万一有个暗恋者呢?一个她不愿意让你知道的痞子?"

"她不是那种人。"

"告诉我是怎么回事。"

丽塔听海伦娜讲述绑架当晚的经过。她想起这些事,声音就忍不住紧张,不时停下来——丽塔猜她看了眼孩子——等她的声音再次响起,语调变得柔和,不知从什么地方突然回来的这个孩子让她恢复了信心。

讲到鲁比回来的那一段时,丽塔打断她。

"这么说,她从花园里回来了?她说了些什么来辩解呢?"

"说她去散步了。警察把她叫到安东尼的书房,盘问了她好几个小时。为什么要大冷天去散步呢?为什么半夜去?为什么趁吉卜赛人在河上出没的时候去?他们纠缠她,恐吓她。她在哭,他们在吼,但她还是没有回答。她去散了个步。她就说了这些。她无缘无故地去散了个步。"

"你信她的话吗?"

"我们不都是偶尔做些出乎意料的事情吗?难道我们不都爱打破习惯,想些新奇的东西吗?十六岁时,我们还太年轻,不懂自己是什么——如果一个女孩突然想在天黑的时候出去散步,为什么不行呢?那个年纪的我,不论冬夏,什么时候都在河上。这样说没什么不好。如果鲁比是个狡猾或者邪恶的女孩,情况可能会有所不同,但她没有恶意。如果我是艾米莉亚的母亲,我是说真的,为什么其他人不相信呢?"

因为这需要一个解释,丽塔想。

"警察一想到是吉卜赛人干的,就把鲁比和她的深夜散步忘得一干二净。我希望其他人也能这样。可怜的姑娘。"

一滴滴雨点划破了河面,两个女人都抬起头来。乌云正在重新集结。

"我们要回去吗?"

她们犹豫了一下,但另一拨雨点在小船附近的河面砸出一个个水坑,她们掉转船头。

逆流而上很困难。没多久,雨不再试探性地狂啸,而是有了坚定的目标,丽塔的肩膀湿透了,雨水从她的头发滴落,灌进眼眶。她湿淋淋的双手感到疼痛,虽然赶不上海伦娜这位强壮的搭档,她仍然奋力划桨,尽量不掉队。

最后,海伦娜喊了一嗓子,她们终于顺利抵达,靠近防波堤时,丽塔才腾出一只手来擦去眼中的雨水。又能看清东西了,她突然瞥见对岸灌木丛里有动静。

"我们被监视了,"丽塔告诉海伦娜,"现在别看,灌木丛里藏着一个人。听着,我们得……"

到了船屋,海伦娜把孩子从船上抱出来,放到岸边,两人冒着瓢泼大雨,一溜小跑,朝"火棉胶"号跑去。丽塔松开缆绳,跳到船上,拿起船桨,又离开河岸,径直穿越水流,朝对岸划去。她有点累,桨划得不快,但如果那人想跑,就得从隐藏处出来,被人看见。

河对岸没有系泊点,只有划入芦苇丛,让船停下。丽塔急急地爬上岸。她毫不理会沾满泥巴的裙摆,也没有注意到她的膝盖和肩膀被雨淋湿了,而是直接冲向灌木丛。当她走近时,树枝一阵颤抖——不管是谁，肯定正试图把自己藏得更深。她穿过树枝的迷宫，看到一个湿透了的人影，背对着她蹲着。

"出来！"她喊道。

人影没有动，但拱起的背摇晃着，像是在哭。

"莉莉，出来。是我，丽塔。"

莉莉开始往后退，树枝和荆棘缠着她的衣服和头发。她爬出来了一点，有些头发还挂在灌木丛中，丽塔伸出手去帮她，把挂在莉莉湿裙子上的刺一个个拔了下来。

"亲爱的，噢，亲爱的……"丽塔一边抚平莉莉的头发，一边喃喃地说。她的手上满是交叉的划痕，一根荆棘钩破她的脸，血珠像浆果一样排成一条红线，直到它们变成深红色的泪珠，从脸颊滚落下来。

丽塔拿出一块干净的手帕，轻轻按在莉莉的脸颊上。莉莉紧张地眨着眼睛，视线在丽塔、河水和对岸之间转来转去，当特、沃恩和海伦娜站在甲板上，冒着雨，眺望着河对岸。在他们身旁，女孩趴在水面上，眼神深邃，而她父亲拉着她衣服的后摆。

"过来，"丽塔安慰她，"我来帮你清洗那个伤口。"

莉莉吓了一跳。"我不！"

"他们不会生气的，"她亲切地对她说，"他们以为是有人想伤害这个小女孩。"

"我不会伤害她！我从没想过要伤害她！从来没有！"她突然镇定下来，转过身，匆匆离开。

丽塔伸手拉她——"莉莉！"——但是莉莉头也不回。她走到小路，趁还没跑到听不见的地方，站在河岸上回头对丽塔喊道："告诉他们我没有恶意！"然后走了。

等丽塔洗完衣服，烤干靴子，天已经黑了。亨利·当特提出用"火棉胶"送她回家，免得她再淋一场雨。他们沿着花园一直走到码头。遇到脚下不平，当特伸手去扶她，但她不伸手，所以他只好把低矮的树枝推开。两人上船后，借着月光，他驾船朝她的小屋方向驶去。整个下午，雨下得断断续续，等船航行到她家时，雨滴突然沉重地敲打着船顶。

"过会儿就小了，"他在雨声中说，"没必要闯过去，还没等你走到门口，全身就湿透了。"

当特点燃一管烟斗。船舱里坐着两个人，再加上所有的照相器材，感觉很温馨。她靠得很近，时候也不早了，让他注意到她的手腕和双手，还有她凹陷的喉咙在烛光下发出苍白的光。丽塔似乎发觉自己的双手露在外面，扯了扯衣袖，当特担心她决定冒雨回家，于是想出一个问题。

"莉莉还相信这孩子是她妹妹吗？"

"我想是的。牧师跟她谈过这件事，没说通。"

"不可能。"

"是的，这不大可能。我要是能说服她过来就好了。我很想和她谈谈。"

"关于这个女孩？"

"和她自己。"

雨似乎停了。但她没有注意到，他又问了个问题。

"之前那个烦你的人怎么样了？你还见过他吗？"

"没事。"

丽塔把围巾紧紧塞进衣领，不让人看见她的喉咙。她正打算离开，屋顶上的敲击声更响了。她叹了口气，脸上露出尴尬的微笑，胳膊又垂到身旁。

"你介意吗？如果你不喜欢，我就不抽了。"

"没关系。"

他还是把烟斗灭了。

在接下来的沉默中，他敏锐地意识到，他们身后的那条长凳就是他的床，但两人都没有坐在上面。长凳似乎突然占据了很大的空间。他点了根蜡烛，清了清嗓子。

"这是一个奇迹，我们可以用来曝光。"他驱散了沉默。

"一个奇迹？"她露出调侃的眼神。

"好吧，不算是一个奇迹。如果按照你的严格标准。"

"这是一张好照片。"她说。

他解开木盒的皮带，从里面取出一块玻璃板，把板子举到离火焰不太近的地方。烛光摇曳中，相板有了生命力。丽塔跨了半步，尽量站得靠近他，却不碰到他。她斜着身子，凝视着玻璃板。

"两年前照的那张在哪儿？"她问。

他把那块板子从盒子里取出来，拿着让她看。她弯下腰去看时，他能看见她头发上的雨点。

天太黑了，无法对这些图像进行仔细的比较，但比较图像的想法使他产生了疑问，他确信她也有类似的疑问。

"两年前，我给一个两岁的孩子拍过照，今天，我给一个四岁的孩子拍照，我不知道是同一个孩子，还是另一个孩子。是她吗，丽塔？是艾米莉亚？"

"海伦娜这么认为。"

"沃恩呢？"

"他不太肯定。我曾经以为他确信那是另一个孩子，现在他有些动摇。"

"你怎么看？"

"两年前那孩子和今天这孩子很像,这有可能,但不太像,这是肯定的。"

她把手放在显影台的边缘,身子靠在上面。"从另一个角度来看。今天的照片。"

"怎么?"

"你觉得她看上去怎么样?我不是指清晰度和构图,这些是你通常对作品的判断,而是那个女孩。她怎么样?"

他凝视着那张照片,但烛光使他看不清小女孩脸上的表情。"期望?不太对,是吗?也不是希望。"

他转向丽塔寻求解释。

"她很悲伤,当特。"

"悲伤?"他又看了眼照片,她继续说下去。

"她盯着上下游,在寻找什么东西。她渴望的东西。她每天都在期待的东西,但每天都没有出现,她仍然在等待,仍然在期待,仍然在渴望,但希望却在一天天消逝。现在,她绝望地等待着。"

他看了看。她说得没错。"她在等什么?"

他突然知道了问题的答案。"她父亲。"他说,丽塔也同时开口说道:"她母亲。"

"她是罗宾·阿姆斯特朗的女儿吗?"

丽塔皱起眉头。"据海伦娜说,她对他很冷漠,但如果是因为她很长时间没见过他——他在'天鹅'时也承认了这一点——她不记得他了。"

"所以她有可能是他的。"

丽塔停顿了一下,皱着眉头。

"罗宾·阿姆斯特朗不是个表里如一的人,当特。"他看见她在权衡该告诉他多少,她得出了一个结论,"他在'天鹅'时假装晕倒了。

他的脉搏非常稳定。整件事就是在演戏。"

"为什么?"

当她对一件事的了解受挫时,脸上带着一贯的冷酷而饥饿的神情。"我不知道。但那个年轻人确实表里不如一。"

雨停了。她拿起一只手套,戴上,当她伸手去拿另一只时,发现当特手里正拿着它。

"我什么时候能再给你拍照?"

"你找不到什么比给一个乡下的护士拍照更好的事儿吗?现在你肯定赚够钱了。"

"还远远不够呢。"

"我的手套呢?"她不会被人哄骗得卖弄风情,哪怕是为了一只手套。调情是没用的。她拒绝玩暧昧,嘲笑绅士风度。坦率是她唯一认可的途径。

他松开手套,她转过身,准备离开。

"当我看见你和那个女孩在一起……"

她停下脚步,他看到她的背变得僵硬。

"我想知道的是,难道你从没想过要……"

"一个孩子?"她声音里的某种东西打开了希望之门。

她转过身,直视着他的脸。"我三十五岁。我太老了,不适合这些。"

这是一个明确的拒绝。

在随后的沉默中,很显然,雨停过一段时间,因为他们听见雨又开始下,轻轻拍打着船顶。

丽塔惊叫一声,把围巾重新裹上。他小心地绕过她,走去开门,两人像是跳起一支舞蹈,都夸张地斜着身子。

"要我送你到门口吗?"

"就几步路。你待在这儿吧，不淋雨。"

她走了。

三十五岁，他在想。还年轻着呢。她的声音里有什么未解决的问题吗？他的记忆再次播放了这段对话，试图抓住每一个拐点，但他的听觉记忆与视觉记忆并不匹配，他不想让自己陷入虚假的希望和一厢情愿的念头中。

他随手关上门，靠在门上。女人想要孩子是正常的，不是吗？他的姐妹们都有孩子。玛丽安，他的妻子，因为没有当上母亲而感到失望。

他拿起装玻璃板的盒子，在把板子放进去之前，又看了眼今天的曝光情况。那孩子凝望着玻璃板外，望着上游，带着渴望的眼神。在找她父亲吗？是的，他相信。他久久地回望着她，然后将玻璃杯插进盒子，用指关节按了按闭上的眼睛，想把思念抹去。

## 茶壶精灵

正如莉莉预料的那样，雨后的水位已接近第一根标杆的顶部。每年都是如此，有时是一天，有时是几天，有时是一周。这让她很警惕。不过，河水流得既不匆忙，也不闲荡。河水没有发出嘶嘶声，没有咆哮，也没有在她的裙摆边溅起恶狠狠的水花。河水平稳地流动，专注自己的事儿，对莉莉和她的生活没有丝毫兴趣。

牧师会怎么说呢？莉莉把猪食倒进槽里，将桶放在地上的时候，她感觉自己也快要瘫倒下去。就在不久前，她还担心他会解雇她，因为安回来时，她错过了一天的工作。有一天，他很想知道她多大了，最后一次见到母亲是什么时候。后来，她绕着笨重家具背后的踢脚板走了一圈，去那间从未使用过的空卧室，把窗帘上的灰拍掉，把厕所的墙壁冲洗了一遍，又把厨房案桌下面打扫干净，因为蜘蛛喜欢在角落里筑巢，可是怎么也不能使她平静下来。一连好几个星期四，没人在发工钱的时候说要解雇她，她总算松了口气。现在情况更糟了。她藏在沃恩家船屋对面灌木丛中的消息会传到牧师那里吗？

"怎么办呢？"她放下水桶，大声叹了口气，那头公猪开始四处寻找最可口的菜肴，"我不知道。"

母猪绷紧了耳朵。莉莉虽然很焦虑，还是冲她微微一笑。

"滑稽的家伙——你在听我说话吗，感觉你都听得懂！"

猪抖动身子。一开始，它动了动鼻孔，接着身上每一根姜黄色的鬃毛都像是被微风吹拂似的，顺着脊梁荡漾，扭动尾巴。等波浪结束了旅程，母猪站直了，准备做什么事情。

莉莉盯着猪。她注意到，长久以来笼罩在母猪眼睛上的那种呆滞已经消失，小眼睛里的大瞳孔如今光芒流溢。

然后在莉莉身上也发生了一件事。她注视着母猪，视线从猪的眼睛钻进瞳孔深处。她看到——

"噢！"她尖叫道，心一阵狂跳，这是一种奇怪的感觉，你看着某个东西，而这个东西内部有另一个活着的灵魂回望着你。如果一个精灵从莉莉的茶壶里对她说话，或者灯罩向她低头，她也会感到同样的惊讶。

"不是我！"她叫道，喘了几口气。

母猪慌张地挪动蹄子，发出一声喘息，这表明它也感到不安。

"怎么啦？你想要什么？"

母猪安静下来，并没有把目光从莉莉身上移开，而是带着一种神圣的喜悦凝视着她。

"你要我陪你聊天吗？是这样吗？"

她挠了挠母猪的耳朵，母猪轻轻地咕噜一声，感到满足。

"你一直很孤独，是吧？是悲伤让你的眼睛变得如此黯淡吗？我想他不太适合你。脏东西。男人们，他们是坏家伙。我说的不是怀特先生，当然也不是把你带到这儿来的维克多，也不是他父亲。他们不是。噢，牧师很好……"

她和猪聊起牧师，聊起他的仁慈和善良，她一边聊，自己的问题又回到她的脑海中。

"我不知道该怎么办，"她轻声承认，"肯定有人会告诉他的。不是那个照相的，我从没在教堂里见过他，而是沃恩夫妇或者那个护士。我没做什么坏事，但看起来很糟……如果他们还没说，过不了多久就会说了。我该怎么办？如果我被赶出牧师的家……"

一滴眼泪从她眼中掉下来，她没再给母猪挠痒痒，用手擦去泪水。

母猪同情地眨着眼睛。

"我自己告诉他？嗯，也许吧……我想要是他先从我这儿听到，会好一些。我可以解释。告诉他我没有恶意。是的，我会告诉他。"

跟一头猪聊天是愚蠢的吗？当然是——可是没人在这儿听她倾诉，再说了，她自个儿去告诉牧师也是猪的主意。莉莉拿袖子擦干了脸。

她又站在那里挠了一阵猪的耳朵，然后对它说："来，吃点东西。要不然就被它吃光了。"

她看着母猪把鼻子伸进槽里，然后收好桶，把维克多的钱从木头背后转移到屋里的藏钱之处，出门去上工。

她向上游走去，多亏这头母猪，让她产生了一个新的念头，并因此信心十足，她的眼睛离开水面，注意到灿烂的阳光。经过沃恩家的花园时，她没有逗留，只是简单瞥了一眼河对岸，看到那儿没有人。看到她曾经藏身过的那丛荆棘，她的情绪有些低落，但她心头想到安，渐渐又振作起来。在那边，在沃恩家安全的大宅子里，妹妹过着莉莉从未经历过的生活。是怎样的舒适和富足，莉莉只能猜测。她看到一个大壁炉里燃着火，满满一筐木柴，一张桌子上摆着几盘热腾腾的饭菜，足够每个人吃饱还有剩。另一个房间里有张床，一张真正的床，带一张柔软的床垫和两条暖和的毯子。几个月来，她一直在美化她对安在"巴斯考特屋"生活的想法，但是现在，随着春天的气息开始显现，她有了一个新的想法。沃恩夫妇考虑过给安养一条小狗吗？

一条比格犬会对她既耐心又温柔。但西班牙猎犬有美丽的丝绸一样的耳朵。安想抚摸西班牙猎犬的耳朵，她敢肯定。或者一条㹴犬？小㹴犬会很有趣的。她把小狗们排成一排，最终打动她的是摇来摇去的尾巴：没错，㹴犬最擅长摇尾巴。那就选㹴犬。她把小狗放在安的毯子上，装进木柴筐，塞到有毛皮衬里的靴子里，她为这些新的细节感到高兴。它是个快乐的小伙伴，一边追着安扔的红球，一边高兴地叫着，然后趴在她腿上睡着了。莉莉本人也在这些幻想中出没，一个看不见的身影把黄蜂从安弯腰去嗅的花上引开，把带刺的荆棘从红球落进去的灌木丛中移开，把从炉火里蹦到地毯上的火星弄湿。她避免了一切危险，处理了一切危机，保护妹妹免受一切伤害。安住在沃恩家，莉莉从远处照看她，没有什么能够伤害她：这个孩子的生活中只有舒适、安全和快乐。

"快进来！啊！怀特太太！"

她的名字用他的声音念出来就像是一种祝福，给了她勇气。她把茶盘放在他的书桌上。"要我帮你倒一杯吗？"

"不用了，"他心烦意乱地低声说，头也没抬，"我自己来。"

"牧师……"

他用钢笔碰了碰纸，在空白处又添上几个字，他熟练书写的本事让她再次感到惊奇。

"嗯，什么事？"

他抬起头。她感到喉咙发紧。

"昨天，我顺着河边走回家的时候……停下来歇歇脚。碰巧对面就是巴斯考特屋的花园一直通到河岸。沃恩太太正带着安出来，在河上划船。"

牧师皱起了眉头。"怀特太太——"

"我从没想过要做坏事，"她急忙接着说，"可是他们看到我在看——等安和沃恩太太下了船，医生划船朝我这边来——"

"你受伤了吗，怀特太太？"

"没有！没什么，只是点擦伤，是岸上的荆棘，没别的……"

她不停地拨弄着头发，像是在遮掩证据。

"我从没想过要去，"她又说，"我碰巧从那条路经过，因为这是回家的路，我没有故意选——再说看一眼也没什么错。我从来没有碰过她，我从来没有走近她，我是在河的另一边，她也从来没有见过我。"

"要是真有人受到伤害，怀特太太，那肯定是你。我会告诉沃恩一家，你昨天看着艾米莉亚的时候，并没有恶意。她叫艾米莉亚，怀特太太。你知道的，对吧？你刚刚说她叫安。"

莉莉没有回答。

牧师继续说道，声音和表情都非常和善，"我相信没有人担心你想伤害她。但想想沃恩一家。想想他们经历过什么。他们已经失去过她一次。外人如此密切地监视这个孩子，会让他们感到痛苦。即使她长得——也许——像你的妹妹，你口中叫安的妹妹。"

她仍然没有回答。

"好吧，怀特太太。也许我们今天的话题已经结束了。"

面试现在结束了。她蹑手蹑脚地朝门口走去。到了门口，她胆怯地转过身来。

牧师的注意力已经回到纸上，茶杯还没端到嘴边。

259

"牧师?"她的声音低得像在耳语,像一个小孩子说得轻言细语,生怕打断了一个正在从事重要工作的大人。

"怎么?"

"她有条小狗吗?"

他看上去有些迷惑。

"就是沃恩家的那个小姑娘——他们叫她艾米莉亚的那个。她有小狗陪她玩儿吗?"

"我不知道。我不清楚。"

"我只是想,她会喜欢的。养一只小猭犬。等你见到沃恩先生的时候,等你告诉他我不再盯着河对岸看的时候,也许你可以问问他?"

牧师说不出话来。

# 第三部分

## 最长的一天

夏天时，拉德科特的天鹅酒馆是你能想到的最惬意的地方。绿草如茵的河岸从酒馆旁倾泻出一个斜坡，河水也在人们的休闲娱乐中流得悠然自得。这儿有供出租的单人船和划艇，还有用来钓鱼和玩乐的平底船。玛戈特在清晨的阳光中把桌子搬到户外，要是中午天气太热，可以在树荫下铺上野餐毯。她叫来女儿们，一次三个，"天鹅"到处都能见到这些"小玛戈特"的身影，她们在厨房里忙活，倒酒，端着一盘盘食物、柠檬水和苹果酒进进出出。她们对每位客人都面带微笑，从来不知道疲倦。可以实事求是地说，没有什么地方比夏天时的"天鹅"更富有田园风光了。

今年不一样。是天气的原因。春雨一直有规律，雨量适中，农夫们很高兴，期待有一个好收成。随着夏季一天天临近，人们对阳光的希望越来越大，但雨继续下个不停，降雨的频率越来越高，持续的时间也越来越长。一艘艘游船在蒙蒙细雨中乐观地出发了，指望当天晚些时候会放晴，但雨下得不依不饶，人们只好像往常一样早早打点行装回家。玛戈特四五次望着天空,把桌子摆好,但难得有一天她不用出去再把桌子搬回来,"夏屋"里空无一人。"我们熬过了一个美妙的冬天,这是件好事。"她总结道,她回忆起当时屋里挤满了人,都是为了听那个溺水后死而复生的女孩的故事,"如果不是因为这个,日子会很苦。"两个"小玛戈特"回到了她们的丈夫和孩子身边,她和一个未出嫁的女儿以及乔纳森一起打理酒馆。

乔病得很重,他的肺病没有因为夏天带着湿热的气息笼罩着河岸的薄雾而好转。往年这个时候,他通常能指望自己的肺能干燥一点,但今年,季节的变化没有帮上什么忙,他继续像冬天一样陷入昏沉沉的状态,面色苍白,安静地坐在壁炉边,酒客们则围在他身旁喝酒、聊天。

"别担心我,"无论谁询问他的病情,他都答道,"我很好。我正在编一个故事。"

"我猜到了冬至,一切都会好起来的。"玛戈特说。

依照传统,夏至那天要搞夏季集市,而在今年,这一天也是欧文·奥尔布赖特和他的管家贝莎举行婚礼的日子。早上吃了婚礼早餐,到了下午,赶集的人们肯定口干舌燥,想喝点东西解渴,玛戈特指望这一天会忙得够呛。有一段时间,她的乐观似乎只是一厢情愿,但到了六月的第三周,情况确实有所好转。起初人们想知道阵雨是不是少了些,确实是少了些,灰色的天空中出现一块块蓝色补丁,久久不去,一连两个下午都没有降雨。随着最长的一天的临近,每个人都心生一种期待。

冬至日破晓,阳光照耀大地。

"其实,"亨利·当特正把相机架在教堂外面,准备拍婚纱照,心里想着,"光线太强了,我得把它搬这儿来,避开强光。"

司仪们从教堂里走出来。牧师心情大好：今天早上，他推开窗户，光着膀子站在窗边，任由阳光照在他白皙的胸脯和苍白的脸上，喊出："荣耀啊，荣耀啊，荣耀啊！"只有他知道用这样的方式感慨，但每个人都看到了他生气勃勃的笑容，并在走下台阶时，感受他强有力的握手。

当特把欧文和他的新婚妻子安排在刚好合适的位置，叫奥尔布赖特太太挽住奥尔布赖特先生的胳膊。欧文总是记不住叫妻子贝莎，稍不留神就喊成奥康纳夫人，他知道拍照是什么滋味，他以前照过，是好几年前了。贝莎看过许多照片，所以也知道该怎么做。夫妇俩站得笔直，严肃而骄傲地面对镜头。即使有欧文在天鹅酒馆的酒友们取笑，也无法打破他们庄重的面孔。新婚的喜庆被阳光转移到玻璃板上，相板的寿命比他们长得多。

仪式结束后，参加婚礼的人们聚在一起沿着河岸散步。"多美好的一天呀！"他们边走边说，仰望着清澈的蓝天。"阳光多么灿烂的一天呀！"欢乐的游行队伍来到拉德科特的"天鹅"，玛戈特已经在河边的桌上摆满鲜花，小玛戈特们则端着盛满冰镇饮料的罐子，罐子上盖着珠绣布。

六个月前发生的那件事现在看来已经很遥远了，因为在夏日，冬天总让你觉得是做的梦，或者听的故事，而不是生活过的经历。意想不到的阳光刺痛了他们的皮肤，他们感到脖子后面汗渍渍的，鸡皮疙瘩突然变成一件难以想象的东西。然而，夏天最长的白昼是冬天最长的黑夜的对立面，事情就是这样，一个冬至不可避免地会让人想起另一个冬至，如果有谁没有把这两天联系起来，欧文就会提醒他们。

"六个月前，"他在婚礼派对上说，"我决定娶贝莎成为我的妻子。我是受到奇迹的启发，奇迹就发生在这儿，在你们都知道的'天鹅'——小艾米莉亚·沃恩得了救，有人发现她死了，但她又活过来

265

了——我感觉自己像是换了一个人,向我的管家求婚,我很荣幸,贝莎接受了……"

致辞结束后,人们又开始聊起那个女孩。那件事就发生在这条河的岸边,在黑夜中,在寒冷中,如今在蔚蓝的天空下,故事又被讲述了一遍,也许是阳光的作用,故事中阴暗的部分被抹去了,取而代之的是一个更简单、更快乐的叙述。一个被绑架的小女孩回到了父母身边,这让她和沃恩一家以及整个村镇都非常高兴。一个错误得到纠正,一个家庭重获团圆。有个采砂工的姑母说她在岸边见过那个孩子,说水里看不到孩子的倒影,但大伙儿叫她闭嘴,大喜的日子,没人想听鬼故事。苹果酒杯又斟满了,小玛戈特们摆上一盘盘火腿、奶酪和萝卜,一盘接一盘,让人目不暇接,婚礼派对的欢声笑语淹没了一切疑虑和黑暗。六个月前,一个奇迹般的故事疯狂而混乱地闯入"天鹅",今天,这个故事已经被整理、熨平、收好,没有留下一点皱褶。

奥尔布莱特先生吻了奥尔布莱特太太,她脸红得像小萝卜一样。正午时分,参加派对的人一齐起身,去到集市,继续他们的庆祝活动。

在拉德科特被整齐的树篱隔开的田地之间,有一块形状不成方圆的土地,被辟作公共用途。今天,这里有各种各样、大大小小的摊位,有些摊主看起来很专业,支起遮阳篷,以保护货物不受阳光照射,其余的只在地上铺一张帆布,上面放满货品。有些商品是人们过日子所需要的——罐子、碗和烧杯、布料、刀和工具、皮具——但也有很多是用来刺激购物欲的华而不实的东西。这儿有丝带、甜品、小猫、各种小饰物。有些商贩把货物装在篮子里,这些人到处游荡,每个都声称自己的商品货真价实,还警告说其他卖家都是骗子,卖的是假货，价格还贵，而且在骗子收拾行囊离开的时候，还会破口大骂。这儿有风笛手、鼓手和一个单人乐队，面对赶集的人群，他们轮番唱起情歌、饮酒歌和表现丧亲之痛与人间苦难的悲歌。有时人们能同时听到两首歌，音符在耳朵里相互碰撞、彼此交织。

沃恩夫妇从巴斯考特屋出发，沿河而行，去当天要举行庆典的田野。他们各自拎起孩子的一只手，孩子在中间荡来荡去。海伦娜有点烦躁——沃恩想，她大概很失望，医生说孩子六个月后会恢复说话能力，但这个预言没有如她所希望的那样应验——然而，给这一天蒙上阴影的不是她的心情，而是他自己。

"你确定要去吗？"安东尼·沃恩问妻子。

"为什么不去？"

"她安全吗？"

"就只有莉莉·怀特盯着我们——她这么可怜，伤害不了人——所以有什么好担心的？"

沃恩皱起眉头。"但是那个和丽塔说话的家伙……"

"那是好几个月前的事了。管他是谁，这儿有这么多人认识我们，把我们围着，他肯定不敢动手。我们自家的农夫和用人都在呢。还有从'天鹅'来的人。他们不会让任何人伤她一根汗毛。"

"你真的想把她暴露在众目睽睽之下吗？"

"亲爱的，我们不能让她永远与世隔绝。这儿有这么多孩子爱玩的东西。她会喜欢划船比赛的。不让她参与，太残忍了。"

自从孩子回家后，生活过得好多了。海伦娜的开心使他如释重负，让他自己的内心也充满了喜悦。他们重修旧好，爱得就像两人结婚的头几年一样，渐渐忘记了曾经有过的漫长而绝望的寒意。他们埋葬过去，是为了生活在快乐之中，然而，对这段失而复得的婚姻来说，新鲜感已经消失了，他无法再假装这种幸福感是建立在牢固的基础上的。孩子在他们中间荡秋千，她不可思议的失语，她无色的头发和她不断变化的眼睛，既是幸福的源泉，也是对幸福的威胁。

白天，沃恩忙得没有空闲，这样就能从没完没了、周而复始的琐事中解脱出来，但到了夜里，失眠如约而至。他不断重复同一个梦，梦境大同小异。在梦里，他走入一片风景——有树林、沙滩、田野、山洞，每次的地形都不一样——他在寻找什么东西。然后他走到一处林间空地，或者绕过一棵树，或者站在一个拱门前，她就在那儿，他的女儿，正等着他来，似乎她一直在那儿，正等着爸爸来找她。她向他举起双臂，哭喊着爸爸！他跑过去抓住她，把她抱起搂在怀里，心中充满感激和爱——但他清醒地意识到她不是艾米莉亚。是那个女孩。这个被调了包的孩子钻进他的梦中，把她的面容贴在他失去的女儿的记忆中。

海伦娜并不知道幸福的感觉有多么脆弱，忧虑的重担只落在他一人肩头，这在他和妻子之间造成了一种距离，而妻子还没有意识到这一点。她相信这孩子就是艾米莉亚，他也如此认为，所以她产生一种安全感，像是筑起一座挖了护城河的城堡，只有他明白这种防御弱不禁风。

他的梦告诉他，把这个孩子的头放在艾米莉亚肩上是件很容易的事，他忍不住想加入海伦娜的行列，坚信她就是艾米莉亚。有时这似乎是一件明显、简单的事，让他对自己的固执和抗拒感到内疚。他已经当着妻子的面叫这个女孩艾米莉亚了。他成功了一半。但还有另一个因素：事件的真相。在这一切的背后，是一个小女孩，他甚至记不清她的样子了，但他却不能——也不会——忘掉她。

除此之外还有别的原因。夜里，他躺在床上，无论醒着还是睡着，都在想象出来的风景里不停地寻找自己的女儿，一次次发现那个小小的第三者。有时候另外一张脸闯入风景，让他心情压抑。是罗

268

宾·阿姆斯特朗。为了重获家庭幸福，既然这个女孩取代了女儿在家中的地位，干脆就让她取代女儿在他心中的地位，这种想法无可厚非，但这样做会让另一个人失去自己的孩子。沃恩希望海伦娜幸福，但如果她的幸福是以让别人承受他们刚刚留下的丧女之痛为代价的呢？和这个女孩一样，和艾米莉亚一样，罗宾·阿姆斯特朗也出没在沃恩的梦中，让他夜不能寐。

他们走到集市边缘，遇到人群。他注意到有几个人看了他们一眼，又回头看，悄声说着什么，指指点点。农妇们把鲜花塞到女孩手里，拍拍她的脑袋，小孩们跑过来吻她。

"我还是不信这是出于好意。"沃恩轻轻地说。这时一个魁梧的采砂工跪在她脚边，用他的小提琴给她拉了一小段，然后庄重地将食指贴在她的脸颊。

海伦娜短促而愤怒的呼出一口气，完全不像她往常文静的样子。"都怪那个愚蠢的故事。他们认为她能创造奇迹——给他们保护什么的。这只是愚蠢的迷信，假以时日就会过去。管他的，划船比赛两点钟开始。如果不想留下来看的话，你可以先走。我们要去看。"她斩钉截铁地说，然后朝孩子喊，"走吧。"

他感到那只小手松开了他的手。海伦娜转过身去，他的双腿没有立刻跟上，就在犹豫的瞬间，他的一个佃户停下来跟他聊天。等他重获自由，妻子和那个女孩已经在视线之外。

沃恩离开行人摩肩接踵的中轴线，那里的行进速度很慢。他在遮阳篷和加了顶的棚子之间搜索。他只顾往前走，丝毫不理会商贩们的招呼。他不需要红宝石戒指送给心上人，他挥手告别马卡龙、治疗痛风和消化不良的神药、口袋刀（很可能是偷来的）、增加男性魅力的护身符，还有铅笔。铅笔看上去还不错，他改天可以买几支，但现在他头疼，感到口渴。他可以在卖饮料的地方停一下，但那里排着长队，他还是决定先找到妻子和那个女孩。他从人群中挤过去，走得很慢。这么多人聚在一起庆祝，为什么偏偏天气还这么热呢？人群变得越来越拥挤，他不得不停下来，然后他发现了一股缓慢的人流，又慢慢地向前挪动。他感到额头冒汗，汗水流入眼睛，眼睛开始刺痛。他们到底在哪儿？

阳光射到他的眼睛，让人头晕目眩。这只持续了一会儿，他还没来得及恢复知觉，一只手握住他的胳膊。

"算命吗，先生？这边走。"

他想把那只手甩开，但动作却像是在水下游泳，费劲而使不上力气。"不。"他也许想这样说，却没听见自己说出口。相反，他被一股无形的力量拉到一旁，那只能感觉到却看不到的手将他拉了进去。他步履沉重地跌入黑暗中。

"请坐。"算命女那身裙子的料子跟帐篷华丽的内衬极其相似，与帐篷融为一体。她脸上蒙着面纱。

他身后放了一把椅子，把他的膝盖撞了一下，他别无选择，只好坐着。他转过身，想看看是谁把椅子放在那里的，他谁也没看到，只有一个鼓起的东西，搭了一块俗丽的丝绸，带着褶皱，大小和形状像一个肩膀。有人藏在那儿，要是顾客跟漂亮的算命女聊了天、去过了天南海北，却不想付钱就逃之夭夭，这家伙就会出手阻止。

但他只想喝一杯凉水。

"听着。"他边说边站起来，但他的脑袋撞在帐篷低矮的横拉条上，撞得眼冒金星，他感到女人抓住他的手腕，很难想象这只小手居然有这么大的力气，有人从背后按着他的肩膀，迫使他重重地坐回座位上。

"让我看看你的手相。"女人说，声音又尖又俗，带着一种奇怪的音调，他似乎听过，但并没有太在意。

他乖乖地伸出手去，这样做也许比通过谈判解决问题更快。

"你的人生有个幸运的开端，"她说，"好运和才华是你的教父教母。之后你做得挺好。我看见一个女人。"她凝视着他的手掌，"一个女人……"

他想起了康斯坦丁太太。她要是这样说该多好啊！他想起她带着茉莉花香的房间、平静的脸、色彩阴郁的裙子和干净的衣领，还有那只咕噜咕噜叫的猫。他想回到那个房间。但他被困在这儿。

"白还是不白？"他佯装高兴地问。

算命女没有理会他的话。"一个快乐的女人，她最近不开心。还有一个孩子。"

他怒气冲冲地吼了一声。"我猜你知道我是谁，这没什么奇怪的，"他不耐烦地说，"这不好笑。听着，耗了你的时间，我会给你点东西，咱们赶紧结束这一切。"他试图将手从她手中里挣脱，去掏钱包。

算命女只是把她的手握得更紧了，他惊讶地发现一个女人竟然能如此强壮。"我看见一个孩子，"她说，"不是你的孩子。"

沃恩呆若木鸡。

"你瞧。你现在哪儿也不想去了，是吧？"她松开手，不再假装给他看手相。她的声音里带着一种胜利的意味，他突然想到她奇怪的音调和力道。她根本不是女人。

"现在你注意到了吧，是不是？你家里的那个孩子——那个让你妻子如此幸福的孩子——不是你的孩子。"

"你怎么知道？"

"这是我的事。问题是，我可以问你同样的问题：你是怎么知道的？但是请注意，我没有问你。我为什么不问你呢？原因很简单，我不需要这么做。因为我已经知道答案了。"

沃恩感觉自己像是随波逐流，没什么东西可以抓住，只好屈服于这股冰冷的暗流。

"你想怎么样?"他的声音微弱,似乎从遥远的地方传来。

"你是说算命吗?不要钱。我很诚实,不会因为告诉一个人他已经知道的事情而收费。但是你妻子呢?她想来算个命吗?"

"不想!"沃恩脱口而出。

"我也这么认为。"

"你想怎么样?要多少钱?"

"嘿,你这么急干什么。你做生意都是照这个速度做的吗?别急,让咱们花点时间考虑一下。清楚什么才是最重要的。比如今天下午晚些时候会发生的事儿……"

"什么事儿?"

"如果会发生一件事儿……我给你的建议——我免费告诉你,沃恩先生——是远离地躲开。别掺和进去。"

"你要做什么?"

"我?"那声音像是受了伤,带着无辜,"我什么也不会做,沃恩先生。你也不会的,如果你不想让妻子知道我们之间的小秘密的话。"

帐篷里突然一片寂静。

"以后会有时间来制定我们的协议条款的,"戴面纱的男人用一种确定的口气说,"我会跟你联系。"

沃恩站起来,急切地想呼吸点新鲜空气,这一次,他在出去的路上没有遇到任何障碍。

回到露天,沃恩心烦意乱地走着,不知道自己该去哪里。他的脑子里乱哄哄的,无法把两个想法连在一起,更不用说得出任何结论了。他模模糊糊地看到周围的人群,随后,乐师和小贩变得沉默,聊天声渐渐停歇,就连处于不安状态的沃恩也意识到有什么事情将要发生。他睁开眼睛,看到外面的世界,他发现每个人都停止了漫无目的的乱转，站在原地。所有人都朝一个方向看去。

一个女人惊恐地尖叫着。"滚！滚开！"

是海伦娜。

沃恩飞奔过去。

与此同时，阿姆斯特朗一家也来逛集市。罗伯特·阿姆斯特朗看起来很兴奋，他和贝丝走在一起，七个孩子中的六个围在身旁。他口袋里有罗宾的一封信，是封道歉信，在信中，罗宾求他原谅，一再向他道歉，说不该打自己的父亲。他答应赔罪。他表示会过更好的生活，放弃赌博和酗酒，跟他在"绿龙"的狐朋狗友们断绝来往。他会来集市上和他们见面，向父亲表示他的懊悔是多么真诚。

"他没提到爱丽丝。"贝丝说着，她越过丈夫的肩头看了眼信，皱了皱眉。

"既然他想把一切事情都解决了，那孩子的问题也一定得解决了。"丈夫回答道。

阿姆斯特朗个子很高，他左右扫视人群，寻找他的大儿子。他们还没有找到他，但他可能在这儿，在人群中寻找他们。他们迟早会遇到他的。

阿姆斯特朗给他的两个小儿子买了小刀，给大女儿们买了发带和胸针，给小女儿们买了橡木雕的小动物：一只羊和一头猪。他们吃了热猪肉饼，虽然肉质远不如阿姆斯特朗自己养的好，但在户外烹饪仍然别有一番风味。

阿姆斯特朗离开听着乐队演奏音乐、跟着节奏拍手的妻子和孩子们，信步走到摄影棚，在那里，他见到了丽塔。她总会来参加夏至集市。这儿会有人被昆虫咬伤、中暑或者喝酒喝得昏迷，但在等待救人的同时，她通常会在一个最受欢迎的摊位上帮忙，让尽可能多的人见到她，知道去哪儿可以找她救援。她正在组织顾客排好队，为今天的肖像拍摄做准备，并把预约的拍摄日期写在当特的日记本上。

"我猜这是亨利·当特先生吧？"他问她，"他看起来比我上次见到他时好多了。"

"他已经痊愈了，但胡子下面还有一块伤疤。您是阿姆斯特朗先生，对吧？"

"是的。"

阿姆斯特朗研究了待售的相片，画面有河畔、划船比赛、当地的教堂和风景如画的地方。他表示有兴趣拍一张全家福。

"如果你愿意，今天就可以来拍。我可以把你添到名单上，告诉你什么时候来拍。"

他遗憾地摇摇头。"我大儿子还没有来呢，我想拍一张我们所有人在家里、在农场的照片。"

"那当特先生可以来你家，然后他就有时间在室内和室外拍一组照片。让我查查他的本子，看哪天适合你。"

在她说话的时候，阿姆斯特朗的视线扫过那一组展示前几年集市场景的照片，有莫里斯舞者、桨手、货郎、拔河巨人……

他们开始谈论日期，但阿姆斯特朗突然打断两人的对话，"噢！"了一声，丽塔赶紧抬起头。

他带着震惊的神情盯着一张照片。

"你还好吗，阿姆斯特朗先生？"

他似乎没有听见。

"阿姆斯特朗先生？"

她让他坐在自己的座位上，把一杯水塞进他的手里。

"我没事！我没事！那张照片是在哪儿拍的？多久以前？"

丽塔查了索引号，在当特的日志里寻找。

"是莱奇莱德的集市,三年前。"

"谁拍的这张照片?是当特先生吗?"

"是的。"

"我必须问问他。"

"他在船上的暗室里。不能去打扰他——光线会毁掉他正在冲洗的照片。"

"那我买下这张照片,待会儿再回来和他谈谈。"

他把硬币塞到丽塔手里,没等把买的东西包好,就急匆匆地走了,双手紧紧攥着照片。

阿姆斯特朗无法将视线从照片上移开,但在他差点被帐篷的牵索绊倒后,意识到必须把照片先收好,集中精神找到自己的妻子和孩子。他抱着相框,深吸了一口气,开始环顾四周。随后,他得到当天的第二个惊喜。

有个人从帐篷里走出来,他原本希望是妻子贝丝,却意外发现她是伊维斯太太,那个女房东,罗宾的妻子就死在她的"坏房子"里。他第一眼见到她的侧面,从鼻翼的形状判断,不会认错。她度假回来了!他敢肯定她也看见了他,因为她把脸转到他的方向,还捕捉到她的眼神闪烁了一下。但她显然没有,因为他喊了她的名字,她还是转身走了。

阿姆斯特朗躲开挡在身前的赶集的人,快步跟在她后面。有一段时间,他在人群中稳步前进。有一次,他的手几乎要碰到她的肩膀了,但一台六角手风琴呼哧一声拉开,等他成功地绕过手风琴时,她已经从视野中消失了。他一有机会就左看右看,在摊位和桌子间转来转去,居然很快又找到了她。走到集市的十字路口,他见她站着不动,环顾四周,像是在等人。他举起一只胳膊向她打招呼,但她的眼睛一转到他的方向,就又迈开了步子。

他正打算放弃，突然前方一阵寂静。没人走动。接着，一声尖叫划破空气——有个女人惊恐地喊着："滚！滚开！"

沃恩跑到人群背后，奋力挤了进去，等他到达人群的中心，发现海伦娜双膝跪倒在地，裙子上沾满被许多人踩过的泥巴。她在号啕大哭，身旁站着一个高高的黑发女人，长了一个尖尖的长鼻子和一副苍白的厚嘴唇，海伦娜坐在滑溜溜的泥地里，拼命地想伸手去够她的宽裙子，把手放到小女孩身上。

"我不知道怎么回事，"那个女人自顾自地解释道，"我只是想表示友好。这有什么不对吗？大惊小怪的，我只是说了句：'你好，爱丽丝。'"她的声音很大——生怕围观的人听不见。她注意到赶来的沃恩，然后转向众人，对他们说，"你们都听到了，对吧？你们都看到了吧？"有几个人点点头。"跟我很久没见面的前房客的女儿打个招呼——这有什么不正常的？"

高个子女人把手放在女孩的肩上。

人群中产生了窃窃私语。他们不情愿，摸不着头脑，迷惑不解，但他们能证实，是的，就像她说的那样。女人满意地点点头。

沃恩蹲下身子，伸出一只胳膊搂着妻子，他的妻子则目瞪口呆地盯着他，示意他抢回那个女孩。

人群发出一阵窃窃私语，从嗡嗡声中走出一个他们认识的人。

罗宾·阿姆斯特朗。

一见到他，高个子女人脸上泛起一种满意的光芒，就像某种计划得到了成功实施，脸色变得灿烂，但随即被抑制住了，然后用一种让每个人都感到吃惊的速度猛地抓住孩子，将她举高。"快看，爱丽丝！"她叫着，"是爸爸！"

海伦娜痛苦的呼号伴随着人群中传来的一声喘息，然后陷入沉默,在震惊和困惑中,大家看到女人把孩子塞进罗宾·阿姆斯特朗的怀里。

人们还没来得及反应过来,她已经转身冲进人群。见她风驰电掣而来,人群分出一道口子,又在她身后合上,淹没了她的身影。

沃恩站起来看着阿姆斯特朗。

阿姆斯特朗看着孩子,把脑袋埋进她的头发,断断续续地说着什么。

"他说什么?"人群问道,然后像做传话游戏,从一个人嘴里传到另一个人的耳朵。"他在说:'噢,亲爱的!噢,我的孩子!爱丽丝,我亲爱的孩子!'"

围观者像在剧院里一样,等着看戏。沃恩太太似乎昏倒了,沃恩先生变成了石头,罗宾·阿姆斯特朗的眼睛只盯着孩子,而他的父亲,老阿姆斯特朗先生,则瞪大眼睛,不敢相信发生的一切。接下来肯定会发生什么事,但空气中充满了不确定性。演员们忘了台词,每个人都等着另一个人接上这个故事。这一刻似乎注定没完没了,当一个声音从混乱中升起时,观众们开始窃窃私语。

"要我帮忙吗?"

是丽塔。她走进人群围成的圈,跪在海伦娜身旁。

"我们得把她送回家。"她一边说,一边疑惑地看着沃恩,后者的眼睛紧盯着被罗宾·阿姆斯特朗抱着的女孩,却无力采取行动。

这时,沃恩家的园丁纽曼和家里另一个男仆出现了,他们一左一右,扶起坐在地上的海伦娜。

"你还好吗?"丽塔说,她抓住沃恩的胳膊,想把他从呆滞中唤醒,但他所能做的只是微微摇了摇脑袋,转过身,点了一下头,吩咐仆人们扶着海伦娜毫无知觉的身子返回巴斯考特屋。

所有的目光都集中在离开的沃恩一家身上,然后,观众又不约而同扭过头，看着剩下的演员。小孩子张开了嘴，每个人都等着听到她的哭声，但她只是打了个哈欠，闭上眼睛，把头重重地靠在罗宾·阿姆斯特朗的肩膀上面。她的小身板懒洋洋的，看样子马上就要睡着。年轻人带着无限的柔情凝视着睡去的孩子的脸。

人群中传来骚动，能听到说话声。

"发生了什么事，妈妈？"

"为什么大家都这么安静？"

贝丝走得摇摇晃晃，戴着一个丝带眼罩，领着一堆孩子走了进来，他们来得太晚，没看到刚才所发生的一幕。

"看，是爸爸！"有个孩子看见阿姆斯特朗，喊了一声。

"还有罗宾！"另一个小声音说。

"那个小女孩是谁？"最小的一个问。

"嗯，"耳畔回响着阿姆斯特朗低沉的声音，很严肃，但说得很轻，免得被太多人听到，"这个小女孩是谁，罗宾？"

罗宾把手指放在嘴唇上。"嘘！"他对弟弟妹妹们说，"你们的外甥女在睡觉。"

孩子们挤在兄长周围，把一张张欢快的小脸蛋凑向那孩子，现在大家都看不见她了。

"下雨了！"有人喊了一声。

突然间，几滴零星的雨点就变成了倾盆大雨。人群被雨水冲走，湿乎乎的裙子紧贴在腿上，头发粘到头皮。这场雨让观众们意识到自己看到的不是一出戏，而是别人的不幸遭遇。他们晃过神来，难堪地跑来跑去，找地方躲雨。有些跑到树下，有些跑向点心帐篷，更多人跑进了天鹅酒馆。

## "天鹅"里的哲学讨论

在婚礼的早餐上,大家带着一种结论性的神气讲完的这个故事,现在又开始讲了,大家都一致认为,这个故事有了一个明显的新转折。他们一遍遍重复着下午发生的事情,回忆起每一个细节:尖鼻子女人、海伦娜·沃恩戏剧性的晕倒、沃恩先生冰冷的目光和罗宾·阿姆斯特朗的柔情。等他们记起了所有该记住的东西,酒精鼓励他们回忆那些只记得一半的东西,甚至杜撰一些他们根本不记得的东西。他们开始思考:沃恩一家现在会怎么做?沃恩太太会怎么忍受呢?沃恩还能说服罗宾放弃这个孩子吗?他们为什么没有打起来?他们会打起来吗,是明天还是后天?

酒客们分成了不同派别,有的坚持认为那个女孩是艾米莉亚·沃恩,因为沃恩太太确信她是,其他人则摇着头,指出孩子的秀发更像是他们记忆中罗宾·阿姆斯特朗头上的柔软波浪。他们回到家,根据最近的这些发现重新考虑了故事的每一个元素,权衡了各种证据。发生绑架案的那个夜晚突然浮出水面,因为如果这个孩子真的是爱丽丝·阿姆斯特朗,那么艾米莉亚·沃恩又发生了什么事呢？女孩回来后，他们就把她失踪的事搁在一边，现在他们准备再去看一遍，再去探个究竟。

亨利·当特在结束一天的摄影工作后，休息一会儿，坐在"冬屋"的角落里，吃着一盘夹了豆瓣菜的火腿土豆。

"肯定是那个保姆，"靠在窗口的豆瓣菜农坚持道，"我总认为这和她有关。如果绑架孩子不是恶作剧的话，有什么会让一个姑娘半夜那时候跑出去？"

"呀，可这是恶作剧，恶作剧……也许不是绑架恶作剧，而是别的。"他的酒友建议道。

菜农摇摇头。"要是她找的是我，我就跟她胡闹了，可是她不肯。她不是那种类型的。你听说过她和别人胡闹吗？"他们有个非常准确的记录，记下哪些姑娘爱胡闹，哪些不爱，数据就在手边，"不。她不是那种类型的。"

"后来她怎么样了？"当特问他们。

两人商量了一下。"找不到别的工作。没人要她照顾他们的孩子。她去了克里克莱德，她奶奶住那儿。"

"克里克莱德？龙的国度。"克里克莱德是几英里外一个古色古香的小镇，以不时出没的龙而闻名。他一直想去那儿为他的影集拍几张照片。

当特狼吞虎咽地吃着饭，听着两年前发生的事情被挖掘出来，被重新讨论，从旧闻和今天发生的新事中找到蛛丝马迹，并努力把它们编织在一起，将这两件事合并成一个故事。但线索之间的空缺太宽，难以弥补。

一个"小玛戈特"给当特端来一盘苹果派，在上面浇了厚厚的奶油。乔纳森给他桌上点燃一支新蜡烛，在附近徘徊。

"想听我给你讲个故事吗？"

"讲吧。我洗耳恭听。"

乔纳森向故事的出处那个黑暗角落里望去,眼神中流露出一种异常专注的表情。他开了口,话像洪水一样涌了出来:

"从前,有个人驾着马车掉进了河里——他再也没有出现过!——噢,不对!"他的脸变得扭曲,沮丧地拍着手。"不是那样的!"他自讨没趣地叫道,"我忘了讲中间的部分!"

乔纳森去找别人练习,当特吃了玛戈特做的点心,听了一段又一段交谈。罗宾·阿姆斯特朗的悲惨故事,他的头发与孩子头发的相似,河上的吉卜赛人,母亲的本能……

修船匠比斯赞特坐在那里,听其他人把故事拆开,用一百种不同的方法重新拼凑起来。不管这孩子长得像沃恩家的人还是阿姆斯特朗家的人,也不管她是怎么先死后活的,这些都是令他摇头的谜团,但他安于自己的无知,有想法就大胆说出来。"她不是爱丽丝·阿姆斯特朗。"他坚定地表示。

他们要他说清楚。

"有人最后一次见到这位母亲是在班普顿,带着小家伙,往河边走去。是这样的吧,我猜?"

大伙儿点点头。

"好吧,我已经七十七了,我这辈子还没见过一具尸体——或者一个水桶,或者一顶掉了的帽子——往上游漂呢。你们呢?有谁见过?"

每个人都摇着头。

"啊,所以嘛。"他带着一种决定性的口气说,在这个短暂而脆弱的时刻,在这个故事里,至少有一件事被牢牢系在故事身上,像水一样从你的手指间滑过。但这时有一个水手开了口。

"可是在上一个冬至夜晚之前,你想过会见到一个淹死了的女孩复活吗?"

"没有,"比斯赞特说,"我没想过。"

"那么,"采砂工睿智地总结道,"只是因为一件事不可能,并不意味着它不会发生。"

"天鹅"的哲学家们陷入沉思,很快就开始争论。一件不可能的事情发生了,这会增加第二件事发生的可能性吗?这是一个更大的谜题,超出了他们的认知,需要他们全力以赴,将每块石头都翻过来看一眼。他们喝下很多瓶啤酒,想弄清这件事,想得脑袋发痛。他们喝酒,他们思考;他们喝酒,他们讨论;他们喝酒,他们争辩。他们的思绪盘旋着,在急流中发现急流,遇上逆流,有时他们感到非常接近一个突破,然而,尽管他们进行了激烈的辩论,在辩论结束时,他们并没有变得更聪明。

到中途时,一直保持清醒的当特站了起来,悄悄地溜出旅店,回到了停靠在老柳树旁上游几码外的"火棉胶"身边。他还有工作要做。

## 最短的夜晚

在巴斯考特屋,仆人们把女主人抬到楼上的卧室,把她交给丽塔和女管家照管。海伦娜似乎没有意识到有人帮她脱掉衣服,又在她不停颤抖的身体上套了一件睡衣。她的皮肤没有血色,眼神茫然,嘴唇虽然在抽搐,但既没有说话,别人叫她时也没有回应。她们让她躺到床上,她却不睡觉,反而不时地跳起来,像往常一样伸手去抓那个女孩,仿佛集市上的场景在她自己家里重演了一遍又一遍。接着,她泪如雨下,身体抽动着,叫喊着,恐惧和痛苦的无声哀号回荡在整栋房子里。

最后,丽塔设法让她喝了一剂安眠药,但效果不明显,而且见效慢。

"就不能给她喝点药效更强的吗?她这么痛苦……"

"不能,"丽塔皱着眉说,"我不能。"

药物终于战胜了海伦娜过度兴奋的头脑,她开始安静下来。就在这时,就在她即将入睡的最后时刻,她做了一个动作,似乎要从床上站起来。"在哪儿……"她恍惚地眨着眼睛,喃喃地说,"艾米莉亚……"但最终，她把头靠在枕头，闭上眼睛，脸上的愁容消失了。

"我去告诉沃恩先生她睡了。"管家克莱尔太太说，但丽塔耽搁了她几分钟，问了几个有关海伦娜最近健康状况的问题。

等海伦娜醒来，她痛苦地回忆起之前发生的事情，痛楚和不安丝毫没有减轻。

"她在哪儿？"她哭得很伤心，"她在哪儿？安东尼去接她回家了吗？我必须自己去。谁抢了她？她在哪儿？"但她的身体实在太疲惫了，无法将绝望的欲望付诸行动，她没有力气推开毯子，独自站立，坐船去凯尔姆斯科特或者搭火车去牛津，对她来说是完全不可能的事。

悲痛如此巨大，将她折磨得筋疲力尽，当疲倦袭来时，她无言地躺在枕头上，手脚一动不动，两眼呆呆地望着前方。

在一次清醒的间歇，丽塔拉着她的手说："海伦娜，你知道自己怀孕了吗？"

海伦娜把眼睛慢慢转向她，似乎有些不解。

"我们把你扶回家，帮你穿上睡衣时，我注意到你又胖了。克莱尔太太告诉我你吃了太多的萝卜，这让你感觉不舒服，她一直在给你煮姜茶。但让你不舒服的不是萝卜。是你怀孕了。"

"这不可能，"海伦娜摇摇头说，"我们失去艾米莉亚后，我的月事就停了，一直没再来。所以不可能像你说的那样。"

"你并不是月经流血后怀上孩子的，而是几个星期前，如果在这期间怀孕，月经的症状就没有机会再次出现了。这就是你的情况。再过半年左右，你就又当妈妈了。"

海伦娜眨眨眼睛。过了好长一段时间，这个消息才渗入她心头悲伤的湍流，她终于轻柔地喊出一声"噢！"，将手摸到肚子，放在肚子上。一丝微笑无力地拉起她的嘴唇，掉下的眼泪也和刚才浸湿枕头的眼泪不一样了。

她微微皱了皱眉,第二次喊了一声"噢!",像是迷惑不解,似乎在最初的惊讶之后,在心灵的某个阴暗而遥远的角落,照进了一道亮光。

说完,她闭上眼睛,进入一段深度自然睡眠。

楼下,沃恩站在昏暗的书房里,望着窗外。他没有点灯,也没有脱掉外套,纹丝不动地站了好几个小时。

丽塔敲门进来时,发现沃恩呆滞而无神,像一个人沉浸在过去的追忆中,无暇顾及现在。她告诉他海伦娜睡了,他用空洞的声音说了个"好",她问他是否需要服一剂药帮他入眠,他说"不",她强调必须保证海伦娜不受任何刺激,他说"好"。

"这一点尤其重要,"她强调说,"有个孩子就快降生了。"

"行。"他没精打采地说,让她拿不准他是否真的把这个消息听进去了。显然,他相信谈话已经结束,因为他又转过头,看着窗外,回到了那个绑架了他的思想的地方。

丽塔从那扇新锁已经弃之不用的门出去,走到花园,下到河边。夏天的雨缓缓地落在她的肩上,形成又厚又热的雨滴,似乎含有两倍于它们重量的水。虽然已是傍晚,暮色未浓,亮光落在潮湿的树叶和泥泞的小路上,让眼前的一切都泛着银光。连绵不断的雨点掉入河中,让河面被摇得闪闪发亮。

丽塔感到喉咙发胀。几个小时来,她一直忙着治病救人,在工作的要求和挑战中寻找庇护。现在只剩她一个人,悲伤涌上她的心头,她任由泪水和雨滴从脸上淌落。

之前她来巴斯考特屋,总能见到那个女孩。每次来,她总爱把孩子抱在膝上,或者跟她把小石子扔进河里,看着鸭子和天鹅在水面上游过。当那只小手伸向她的手时,她假装告诉自己,这种信任的姿态给她带来的快乐是微不足道的。但当她目睹那个长着尖鼻子的高个女人把孩子从沃恩家一把夺走,送进罗宾·阿姆斯特朗的怀抱时,使海伦娜恳求地伸出手,想要回那个孩子的本能,在她自己的心头也产生了共鸣。

丽塔从未想过自己会哭成泪人,她试图让自己镇定下来。"你太蠢了,"她自言自语道,"这可不像你。"这些严厉的话并没起到什么效果。"她又不是你的孩子。"她接着说,但听到这话,她的泪水又增加了一倍。

丽塔靠在一根树干上,尽情地哭起来,凄惨地哭了十分钟后,她的悲伤似乎看不到尽头。她想起了上帝在她还怀有信仰的日子里给她的安慰。"你明白我为什么不相信你了吗?"她对他说,"因为像这样的时候我只能靠自己。我清楚我的命运。"

她的自怜没有持续多久。"这不好,"她劝自己,"你怎么回事?"她使劲地揉着眼睛,用那种会使修女们反感的语言咒骂着这场雨,加快脚步,沿着小路急急忙忙地跑起来,跑得喘不过气,压制住胸中的感情起伏。

当她走近"天鹅"时,空气中充满嘈杂的声音。在漫长的辛勤劳作后,农场工人、豆瓣菜农和采砂工们在喜庆的日子里开怀畅饮,喝得醉醺醺。无尽的白昼带来各种各样的无节制,常客和访客们都充分利用这段时间。尽管下着雨,有些人仍待在外面的河岸。他们浑身湿透,却还在喝酒,毫不在意——甚至没有注意到——雨水冲淡了酒,一边喝一边聊着下午发生的事情。

丽塔不希望被卷入这群人。大家看到她和沃恩一家一起离开集市,如果他们现在看到她,不可避免地会拦住她,想听她讲故事。她无意告诉任何人沃恩家的私事,但要让一群好奇的醉汉明白这一点并不容易。她把披风的领子竖起来,尽量不去理会顺着脖子流下来的涓涓细流,她低下头,遮住脸。剩下的时间,她只能指望自己走得快,能从醉成一团的人群中神不知鬼不觉地通过。

她低着头,没能注意到一个正朝河里撒尿的农场工人。他转过身,随手扣上扣子,差点儿就撞上她。他喝醉了,但还没醉到不道歉的地步。"对不起,桑迪小姐。"说完,他摇摇晃晃地走到酒友们面前。他肯定会说出去,她想绕过酒馆而不被人发觉的概率微乎其微。

"丽塔!"她听见有人喊,叹了口气,果然还是逃不过掉。"丽塔!"那声音又响起,低沉而急迫,现在她注意到声音不是从岸边的酒桌旁传来的,而是从河上。是"火棉胶"号,半隐在柳树下,当特正招呼她上船。她把脚伸向梯子,爬上第一级舷梯。他伸手向下,她抬手往里,感觉身子被拉上去,进了船。

甲板下,所有的箱子、瓶子和相板都收走了。当天唯一做过生意的迹象是桌上的表格,当特一直在记录当天拍了多少块相板、有多少进账。旁边有一杯德国葡萄酒,他又取来一只玻璃杯,斟满酒,放到丽塔面前。

他们最后一次见面是在围观沃恩夫妇和罗宾·阿姆斯特朗之间戏剧性一幕的人群中。当特看见那个高个子女人拨开观众,逃之夭夭,就追了上去。

"你追上她了吗?"

"她跑得很快,我无法跟她缩短距离。我之前累坏了。"他指着那个装了额外相板的重箱子,"她没跟任何人说话,也没停下来看路,径直朝远处的田野跑去,跑到大门口时,有人正驾着一辆小马拉的马车等着她。她爬上车,他们就走了。"

"回她开在班普顿的妓院去了?"

287

"可能吧。大多数有礼貌的人称之为寄宿公寓。作为一个在修道院里长大的未婚女子,你对这个地方的称呼倒是非常直白。"

"当特,我的大部分工作时间是拿来处理男人和女人搞出来的事情,用不上什么礼貌语言。如果你对这份工作稍有了解,就会明白为什么一个词不足以让我震惊。把孩子带到这个世界太血腥了,难以描述,你永远也看不到,但是我——我一直都在看。"

丽塔之前没有碰她的酒,但现在她端起杯子,一饮而尽。喝酒的时候,她垂下眼睑,当特注意到她的眼圈又红又肿。

"你会是个好父亲,亨利·当特。总有一天你会成为一个好父亲。他们不会告诉你血的事。你会被支开,看不见,听不见。等他们叫你回来的时候,一切都被清理干净了。你的妻子看起来脸色苍白,你会认为那是因为她累了。你不知道她的血正从床单里被拧出来流进下水道。管家会擦洗床单上的血迹,直到它们看上去无伤大雅,就像是五年前有人把一杯早茶洒在床上一样。房间里摆了丁香和橘子皮,这样你就不会闻到类似铁锈的血腥味了。如果有医生,他可能会建议你在一段时间内不要尝试行房,但他不会透露细节,所以你不会知道她流过的泪和身上缝的线。你不会知道血的事。你妻子知道。如果她能活下来。但她不会告诉你。"

他给她斟满酒。她又喝了一杯。

当特什么也没说。

他喝干自己杯子里的酒。

"我现在知道了,"他小心翼翼地说,"你告诉了我。"

"再给我倒一杯,好吗?"她问。

他没有把她递来的杯子倒满,而是把酒杯放在桌上,握着她的手。"这就是你没有孩子的原因吗?你为什么不想要孩子?亲爱的——"

"别这样！"她从口袋里掏出手帕，擤了擤鼻子，"等你太太怀了孩子，就叫我来。我是以圣玛格丽特的名字命名的，她是分娩的守护神，记住。我会尽我最大的努力保住她。保住孩子。也保住你。"

她自己又斟满了酒，这次没有一饮而尽，而是抿了一小口，等她再次看着他，怒火已经全消，她已经振作起来。

"海伦娜·沃恩怀孕了。"她告诉他。

"呀，"他紧张地说，"呀，呀。"

"他们……高兴吗？"

"高兴吗？我不知道。"她对着桌子皱起眉头，"怎么回事，当特？今天下午到底发生了什么事？"

她看着他，想知道答案。

"看起来不像是真的。"他说。

她点了点头。"伊维斯太太说话的方式，听上去像是排练过的。"

"还保证每个人都能听到。"

"罗宾·阿姆斯特朗出现的那一刻……不早一秒，也不晚一秒，正好赶上她抓住那个女孩递给他。"

"你注意到她看他的眼神了吗，他刚到的时候？"

"嗯——像是正等着见他似的——"

"——但他来后，就轻松了不少——"

"——正好在关键时刻的眼神——"

"——可是还没等别人注意到，就消失了。"

"就像在剧院里一样。"

"精心安排的。"

"周密计划过。包括伊维斯太太的离开，马车在车道上等着她。"

"你离开去追伊维斯太太时，罗宾·阿姆斯特朗表现出温柔的样子。被柔情淹没了——'爱丽丝，噢，爱丽丝。'声音太小，除了最

289

近的旁观者,谁也听不清。"

当特思考着。"你认为那不是真的吗?然而,就算是悄悄说的,也不是像伊维斯太太那样慷慨陈词?"

"这让他显得可信,而且他可以指望这句话被人偷听到,四处传播。他是个比伊维斯太太更有才华的演员。"

"我听到了其他人对他的议论,他们都深信不疑。"

"他第一次看到那个女孩,假装昏过去的时候,他们不在那儿。"

"你把过他的脉……"

"跟我把过的其他人的脉一样沉稳。"

"但他为什么要装呢?"

"为他争取思考时间?"

当特苦苦思索,仍然没有得出结论。"那沃恩呢?他为什么不做点什么呢?"

丽塔皱着眉,摇了摇头。"他的状态很奇怪。他好像心不在焉的。我告诉他海伦娜怀孕了,他都没有反应。他似乎无法接受这件事。我想知道我们是不是搞错了,当特。也许他真的相信那个女孩就是艾米莉亚。他似乎被打败了。"

两人静静地坐着,河水在他们脚下摇晃,从"天鹅"传出刺耳沙哑的人声飘在空中。

"咱们把这瓶喝完吧,嗯?"当特说。

丽塔点点头,打了个呵欠。天黑了。这一天把她磨得疲惫不堪,她感到自己的身心、皮肤,都融化在了空气里。再喝一杯,她可能就会醉倒了。她多么渴望得到那个女孩。她感觉失去了亲人。当特的睡椅在那儿,她突然想象自己躺在上面的样子。在这个幻想中,当特会在哪儿呢?她的想象力还没来得及回答这个问题,当特刚拔掉瓶塞,准备倒上最后一杯酒,"火棉胶"突然往下一沉,船身一歪。

丽塔和当特惊讶地面面相觑。有人上了船。

有人在敲舱门。一个女人喊了声"喂"。

是玛戈特的一个女儿。

当特打开门。

"我来找桑迪小姐,"她说,"我看见你来这儿,爸爸情况不太好,我想……对不起,当特先生。"

当特转身走进船舱,小玛戈特在他身后招摇地朝另一个方向望去。丽塔站起身。

钻出船舱的时候,她给了他一个疲倦的微笑。"我很抱歉。关于我告诉你的事,都是女人的事。"

他握着她的手,本打算将手举到嘴边,却只是友好地捏了一下,她就走了。

所有人都听说乔身体不舒服,没人敢拦丽塔。她跟着小玛戈特爬上河岸,穿过公共房间,去了乔和玛戈特的私人住处。旅馆老板躺在离河最远的房间里一张临时搭成的床上。他的胸脯在一种不和谐的挣扎中起伏着,但他的目光很平静,平静得让人误以为那嘈杂的呼吸声也许来自另一个人。他的四肢静静地躺着。他眉毛一扬,示意女儿可以去帮母亲干活了,然后,等两人独处于这个房间,他对丽塔微微一笑。

"我——还能——呼吸——多少次?"他喘着气问。

她没有马上回答。这根本算不上一个真正的问题。她把耳朵贴在他的胸口听了听,又量了量他的脉搏,看了看他苍白的脸色。

然后她坐了下来。她没有说,我无能为力了,因为这可是乔,半个世纪来,他一直领先死神一步,对死亡了如指掌。

"我猜——再过——几个月,"他呼哧呼哧地说,停下来,集中精力从松软的沼泽地里抽出氧气,"也许——半年吧。"

"差不多。"

丽塔没有看着别处。她的工作之一是帮助人们面对即将发生的事情。死亡是孤独的。医生通常比家人更容易交流。她盯着他的眼睛。

"我希望,"——又一次呼吸急促——"能等到夏天。"

"我懂。"

"我会想念——玛戈特。家庭。这个世界有——奇妙的东西——我会想念——"

"那条河?"

"肯定——会有——那条河。"

他闭上双眼,她看着他虚弱的胸膛艰难地起伏,打算配些药水明天带给玛戈特,帮他减轻点痛苦,省点力气。他看见了一些只有他才能看见的景象,陷入一种睡眠状态。他说了一两次梦话,大都含糊不清,她只听到了河……悄悄……故事。

过了一会儿,他睁开眼睛,眨了眨,浮出水面。

"你跟玛戈特说了吗?"她问。

他的眉毛说"没有"。

"这样是不是好点?让她有点心理准备?"

眉毛表示"行"。

他闭上眼,又睡着了。她想这次他也许会睡得久一点,但她刚想起身溜出房间,他又睁开眼睛。从脸上的表情看,他正缓缓沉到水底。

"有些在河的另一边发生的故事你从未听说过……我在这一边时,我只能记得一半……这样的故事……"

"他病得很重,"她对玛戈特说,"我明天给你带点东西来,让他舒服些。"

"是这场雨的缘故,等天气好转他就会好起来。"

有客人要苹果酒,她没有搭话。玛戈特回来后,对丽塔说:"你看上去也很疲惫。这一晚上快过去了,我敢打赌你从午饭时到现在还没吃口东西。坐这儿,没人能看到你,吃盘东西。不会有人打扰,吃完后你可以从后门溜出去。"

丽塔感激地坐下来吃面包和奶酪。门半开着,聊天的声音很大,她听见沃恩和阿姆斯特朗的名字多次被人提到。她不能再想这些了。谢天谢地,幸亏有这些采砂工。

"有个家伙,"她听见一个人说,"他认为——他认为,我告诉你吧——人类,像你我一样的人,也是一种猴子!"尽他所能地跟同伴们解释达尔文,逗得大家哈哈大笑。

"我还听过另外一件事儿!"另一个喊道,"人曾经长有尾巴和鳍,住在水里!"

"什么?在河底吗?我从没听说有这种事!"

他们反复争论这件事,一个坚持说他是在上游十英里的一家酒馆里听到的,另一个人坚持说这是他编造的。

"怎么可能,"另一个说,"你叫玛戈特给你倒酒,说出来的却是……"他装出一副在水下说话的样子,叽里咕噜说完这句,其他人感到好笑,都试了试。然后他们很巧妙地找到了用杯子里的酒吹泡泡的诀窍。一阵哄堂大笑,酒水飞溅,最后,有人玩得太开心,从椅子上摔了下来,像一条在石板路上扑腾的鱼。

丽塔把餐盘递给厨房里的小玛戈特,从后门溜了出去。快天亮了。她还能睡一个小时。

## 地下大湖

莉莉是站在人群背后看的下午发生的事情,她的视线被工人们宽阔的肩膀和他们妻子头顶的遮阳帽挡住了,多亏身旁的人,她才渐渐搞清楚。高个子观众说出他们听到的,耳朵尖的重复自个儿听到的,只有可怜的莉莉,等她奋力与离开的人群对抗,挤到故事的发生地,只发现雨落在一个空空的舞台。

她走去牧师家,在一阵语无伦次和眼泪汪汪中冲进牧师的办公室。

"慢慢来,怀特太太。"他劝说道,但她很着急,最后他终于弄明白了故事的要点,她安静下来,又接上了气。

"这么说,孩子被已故的阿姆斯特朗太太的女房东认出来了,是吗?她现在和年轻的阿姆斯特朗先生在一起吗?"他摇摇头,皱着眉,"如果你说的是真的……我不知道沃恩太太会怎么想。这一点你能肯定吗,怀特太太?"

"千真万确!我看见了。我听到了。差不多是这样吧。请告诉我,牧师,像他这样的年轻人怎么能照顾好一个小女孩呢?他不懂。要是他不会在她夜里醒来时为她唱摇篮曲呢?壁炉上有保护装置?你知道的,很多年轻人都不清楚。她的洋娃娃呢?她带在身边了吗?"

牧师尽了最大的努力,但这是一种凡人无法抚平的焦虑,莉莉离开牧师家时,依然很苦恼。沿着河岸往回走,她陷入了最糟糕的想象和回忆中。在安跟沃恩一家住在一起的这段时间里,每当莉莉感到害怕的时候,总能从妹妹的幸福中得到安慰,因为她有沃恩太太照料,但现在她失去了这种安慰。安被放进了一个年轻男人的怀里——一个没有妻子的鳏夫——现在谁来照顾她呢?母亲是值得信任的,但是……往事被封存了六个月,再次想起时,更加难以忘怀。她记得这一切的开端。

"你觉得没有爸爸的日子孤独吗?"母亲有一天问她,"再给你找个爸爸好不好?"有时大人问问题的时候,他们已经有了想要你给出的答案,而莉莉喜欢给出能让妈妈高兴的答案。母亲微笑着问出这个问题,但莉莉能看到笑容背后的忧虑。莉莉思考着答案,感到母亲正盯着她。

"我不知道,"她说,"就我们俩,不是很好吗?"

母亲似乎松了口气。但是过了一段时间,她又提出这个问题,所以莉莉想自己第一次肯定是答错了。她看着母亲的脸,只想让她开心,又试了一次。"是的,我想要一个爸爸。"

当时母亲脸上的表情大部分都藏在心里,莉莉也不知道这是不是正确的答案。

没多久,一个男人走进她们的房间。"这么说,你就是小莉莉了。"他说,若有所思地看着她。他的牙齿似乎往后斜进嘴里,她看了第一眼,就知道自己不喜欢他的眼神。

"这是纳什先生,"母亲紧张地解释一句,那人瞅了她一眼,她急忙说,"他会当你的新爸爸。"她期待得到他的肯定,他点个头,脸上没有笑容。

新爸爸站到一旁。

"这个,"他说,"是维克多。"

他身后冒出一个男孩,比莉莉矮,但比她大。他的鼻子发育不良,嘴唇瘦得几乎看不见,眉毛和皮肤一样白,眼睛眯成一条缝。

男孩脸上裂开一个洞。他要吃了我,这是莉莉的第一个念头。

"跟你的新哥哥笑一笑。"母亲提示道。

听到恐惧的声音,她抬起头来,看到了妈妈和新爸爸之间复杂的眼神。这似乎让妈妈陷入了无法摆脱的困境。是我的错吗?莉莉想知道。我做错了什么?她不想把事情弄糟。她想让她妈妈高兴。

莉莉转身看着维克多,冲他笑了笑。

等莉莉回到"编篮人小屋",还没开门就知道谁来了。河水的气味从来没不够浓烈,掩盖不住水果和酵母的气味,连雨水也洗不掉。

"我去了牧师家一趟。"她开口道,可是还没来得及说出理由,第一拳就打在了她的上臂,第二拳砸在她腹部柔软的部位,她想躲开,但背部和肩膀又遭遇到了进攻。怀特先生也打过她,但他是个酒鬼,虽然块头很大,却没有维克多的技术,力气也不及他的一半。他打得也重,但与维克多比起来,就显得松垮垮了。她曾经躲过一次老怀特失去准星的拳头,打偏了,等他下一拳击中目标,留下的瘀伤一周内就消退了。可是维克多已经打了她将近三十年,熟悉她每一个小小的诡计和假动作,挑逗她朝一个方向移动,这样他就可以打到另一个方向。他冷冷地、聚精会神地做这件事,对恳求或眼泪无动于衷。她唯一能做的就是让他打个够。

他从来不打她的脸。

挨完后，她躺在地上，直到听见他拖来一把椅子坐下。

她站起来，理了理衣服。

"你饿了吗？"她尽量让自己的语气显得普通。他不喜欢事后大惊小怪。

"我吃过了。"

这意味着他没给她留什么东西。

在餐桌旁，他带着一种她熟悉的满意神态呼了口气。

"你今天过得好吗，维克多？"她胆怯地问。

"过得好吗？过得好吗？我想是的。"他神秘地点个头，"事情进展得很顺利。"她徘徊在附近。除非他叫她坐下，她才敢坐下，可是家里没有吃的，她又没法忙着做饭。

他朝窗户瞥了一眼。

他现在要走吗？她希望。

但这是夏至的夜晚。即使在这种下雨天，人们也会早睡早起。他想在这儿待一整夜吗？

"涨水了。我猜把你吓傻了吧。让你做噩梦，是吗？"

事实上，自从安来到"天鹅"，噩梦就停止了。她想，妹妹不可能同时出现在两个地方。但她不想告诉维克多。他一次次登门，她一直在忍受折磨，想到这些，他才会感到满意。她点点头。

"水有什么好怕的。到处都是水。你看得到的地方。你看不到的地方。你知道的地方，你不知道的地方。水这么有趣。"

维克多是个爱学习的人。避免他折磨的最好方法之一就是对某事一无所知，让他来纠正你。现在他很享受自己的博学，打算详细解释一下。

"地下藏的水和地上的一样多，"他告诉她，"有大的洞穴，深埋在地下，像教堂一样巨大。想想看，莉莉。想想你很喜欢的那个教堂，装满了水，又深又暗又静。想象地下也有这么多水，就像一个湖。那儿有各种形态的水。"

她瞪大了眼睛。这不可能是真的！地下的水？有谁听过这种事？

"泉水、井水，"他继续说着，眯着小眼睛，目光锐利地注视着她。她感到心跳得厉害。她的喉咙很干。"还有池塘、小溪、河流和沼泽。"她感到膝盖发软，"潟湖。我打赌你从没听说过潟湖，对吧？莉莉？"她摇了摇头，想象着可怕的生物，用水做成，像龙一样，但喷出的是水而不是火。

"这是大自然的奇妙之处，莉莉。我们在地面上工作，而在我们脚下，在那儿，"他朝自己脚边做了个手势——"地下有巨大的湖。"

"究竟在哪儿？"她的声音充满恐惧，浑身颤抖。

"什么？在任何地方。在这儿，也许。就在你的小屋下面。"

她吓得发抖。

他的眼睛上下打量着她的身体。

也许还没有结束，她想，他可能还想要点别的东西。

的确如此。

## 两件怪事

那么，在凯尔姆斯科特，阿姆斯特朗的农场是如何结束这一夜的呢？他们很晚才睡，孩子们以前还没熬夜熬得这么久。桌上放着蜡烛，除了阿姆斯特朗，所有人都穿着睡衣，但没人想上床睡觉。那个女孩坐在大女儿的腿上，其他的孩子围过来，冲着她笑，摸着她的脸蛋，给她最喜欢的玩具，阿姆斯特朗和贝丝在一旁观看。孩子们被她迷住了，对她的一举一动，甚至她疲惫的眼睛每眨一下，都惊呼不已。最小的那个只比女孩大几岁，把他那天在集市上买的新玩具递给了她，当她用小手指抓住玩具时，高兴地大叫："她喜欢！"姐姐们帮她梳头、编辫子，给她洗脸、洗手，又换上一件她们小时候穿过的睡衣。

"她会留下来吗？"他们问了十几次，"她会和我们住在一起吗？"

"罗宾会回来当她的爸爸吗？"另一个小声音尖声问道，带着对这件事的担心。

"走着看吧。"阿姆斯特朗说，妻子斜瞥了他一眼。

离开集市后，等他们和人群的距离远了些，罗宾把孩子塞进母亲怀里，自己回牛津去了，也没说他要去干什么，或者家人什么时候能在农场再次见到他。阿姆斯特朗和贝丝还没找到机会避开儿女们，就当天发生的事互相商量。

女孩的眼睛开始闭上，孩子们在她周围安静下来。就在快要入睡的时候，松开的手指让手里抓的小玩具"砰"的一声掉在地上，再次将她惊醒。她茫然地环顾四周，疲惫地皱起了眉头，还没来得及开口哭出声来，贝丝就把她抱开，说："来吧。该睡觉了，都上床去！"

有些孩子为了她吵了起来，都想让她睡在自己房间里，但贝丝态度坚决地说："她今晚跟我一起睡。要是跟你们睡，没人会乖乖闭眼的。"

她让大一点的女儿们照顾弟弟妹妹上床睡觉，然后把这个孩子带到她自己的卧室。贝丝把她放下来，给她盖好被子，轻轻地唱着歌。过了一会儿，女孩的眼皮耷拉下来，慢慢地进入梦乡。

贝丝在床上睡不着，想从孩子脸上找到自己的影子。她在罗宾熟睡的脸上找过。她在其他儿女的身上找过。她不再想他，那个在阿姆斯特朗娶她之前让她怀上罗宾的男人。她多年前就埋葬了他的脸，现在也不愿挖出来。

她想到那封引起这一切的信，想到装在罗宾衣兜里的碎纸片，她曾跟阿姆斯特朗一起拼了半天，却拼不完全。"爱丽丝，爱丽丝，爱丽丝。"她当时重复念着这个名字。今晚，这个名字到了她嘴边，却念不出口。

孩子呼吸得很轻，已经睡熟了，贝丝悄悄出了房间。

阿姆斯特朗坐在扶手椅上，身边是没有点燃的壁炉。屋里有一种不真实的气氛，她穿着睡衣，他身穿外套，黑暗中的蜡烛没有亮起火苗，白天潮湿的热度依然没有散去。丈夫信手摆弄着手中的小木头雕像，表情严肃。

她等待着,但他没有说话,陷入了沉思。

"是她吗?"过了一会儿,她问道,"她是爱丽丝吗?"

"我想你应该知道。靠女人的本能,或者你的慧眼。"

她耸耸肩,摸着眼睛上的眼罩。"我希望是她。她是个可爱的小家伙。他们都喜欢她。"

"他们喜欢。可是罗宾呢?他在搞什么鬼吗?"

"要是我懂他的心思就好了,没错,很有可能。但你经常向着他——你怎么会这样想呢?"

"那个女人。伊维斯太太。她把我带到那儿,带到那个地点,贝丝。我敢肯定,她故意让我看见她,然后领着我在集市上疯狂地追赶,直到她遇见沃恩一家,时间安排得恰到好处,正好将整个场景呈现在我面前。"

他陷入沉思,贝丝等着,知道等他理清思绪,他会和她分享。

"她这样做有什么好处呢?那是谁的孩子对她来说无关紧要。金钱支配着那个女人,所以某个地方的某个人付钱给她。某人付她钱,要她踏上一段神秘的旅程,所以不管怎样,她也无法确认孩子的身份,是某人编出来的。"

"你觉得那个人是罗宾?可是……我想你说过他不关心这个孩子吧?"

他困惑地摇了摇头。"我的确这么说过,我当时是这么想的。"

"现在呢?"

"现在,我不知道该怎么想了。"

他沉思了一分钟,贝丝正想说夜深了,他们该去睡几个小时,他又开了口:"今天还发生了一件怪事。"

他盯着弗雷迪的木制玩具,是一头雕刻的小猪。

"我去逛集市上的照相摊位。我想我们可以拍张照片,全家人一

301

起，就在农场。我看了看那里出售的照片——有些拍的是最近几年的集市——瞧瞧我找到了什么。"

他把手伸进宽大的衣兜，拿出那张装在相框里的小照片，递给贝丝。

"一头猪！嗯，我从来没见过。它还能报时！"她眯起眼睛，想看清旁边标牌上的字，"它还知道你多大了！真没想到。"

"凑近点，看看这头猪。"

"一头塔姆沃思猪，跟咱们家的一样。"

"你不认识它吗？"

她又看了一眼。贝丝对猪很熟悉，但对她来说，猪的模样都差不多。不过她认识这头猪的丈夫。

"这不是？难道是？"

"嗯，"他说，"是莫德。"

## 接下来的事

夏至集市结束两天后,当特回到了牛津,在那里,他发现自己无法专心于日常工作,因为孩子的情况发生了戏剧性的变化,很叫人奇怪。他为此感到不安有几个原因,其中之一是他想念她。这太可笑了——她住在沃恩家的这段时间里,他只见过她一次,是为了拍照片。然而他们之间始终保持着一种联系:当特救了这个女孩,他本人也与这个家庭形成一种关联,创造出一扇门,在任何时候,他都可以敲门,也会有人给他开门。他给沃恩夫妇和女孩拍了照片,发现自己与这个家庭已经结下深厚的友谊。要不了多久,他就会心生期待,看着他救下的孩子渐渐长大,想象她从一个小女孩变成大姑娘,然后成为女人。现在一切都过去了,他感到失去了亲人。悲伤中,他想起了在"天鹅"时,自己不明智地、痛苦地抬起肿胀的眼皮,见到她时的情景。他想起自己打算认领她的强烈愿望。后来,他的理智战胜了情感,但理智并不能弥补他情感上的损失。

他没有想着那个女孩时,就想到丽塔,这也好不到哪里去。如果这个女孩做了一件事，那就是让他明白自己是多么想要一个孩子。他之前的婚姻没有生育，妻子一直很失望，他自己对孩子的渴望姗姗来迟，但现在他感受到了。

在商铺楼上他房间的墙面上，挂着他最喜欢的照片。照片没有装框，而是钉在墙上。现在他痛苦而困惑地望着他们。有没有避免怀孕的方法呢？他觉得肯定有，但并不完全可靠。再说，因为他想要孩子……在这件事上，丽塔的态度清楚得不能再清楚了，尽管他很吃惊——他见过她温柔地照看那个女孩，关心备至——他知道要逼她改变主意，对她是不公平的。她遵从自己的心意，正是他欣赏她的地方。期望她顺从他的意愿，就等于期望她不再是她自己。不，她不会改变，所以他必须改变。

他把照片一张张从墙上取下来，按他的习惯编号，归档到照相馆的抽屉里。他不会轻易忘掉她的——他凝视她的脸太久了，时间已经把画面固定在他的脑海。他甚至无法当面避开她——他无法摆脱那个女孩的故事，因为丽塔也牵涉其中，但他至少能克制自己，不花时间与她单独相处。他决定不再给她拍照片。他得学会不去爱她。

这一明智决定的结果是，第二天清早，他叫助手打理照相馆，自己带着相机，开着"火棉胶"号溯流而上，敲响她家的门。

她用虚弱的微笑迎接他。"你有她的消息了吗？"

"没有。你听到什么了？"

"没听到。"

她脸色苍白，眼睛带着黑眼圈。他准备照一张标准的四分之三侧面坐像，然后去取相板。回来后，他对光线做了个快速评估，拍照需要十二秒。丽塔摆好姿势，把脸对着镜头。和往常直来直去的风格一样，她什么也没有掩藏，眼神中充满了悲伤。这会是一幅精美的肖像，一幅她情感写照的肖像，同时也是一幅描绘他的情感的肖像，但他并没有像以前那样感到愉悦和期待。

"我不忍心看到你这么不高兴。"他边说边把相板插进底片盒。

"你也不比我开心多少。"她说。

他把帘子盖在自己身上,露出相板,掀掉镜头盖,这是他平生第一次在镜头后面感到如此痛苦。

一——他迅速弯下腰,不让光线照进相机……

二——从黑布里出来……

三——绕过相机……

四——他把丽塔抱在怀中……

五——他说:"别哭,亲爱的……"

六——他的脸颊也湿了……

七——她抬起头……

八——他们的嘴唇碰到一起,直到……

九——想起拍照的事,他……

十——跑回相机……

十一——避开光线,小心地钻到黑布下面,然后……

十二——将相板取出盖好。

他们把相板拿回"火棉胶"号,在暗室里冲洗出一个灵异的场景。两人忧郁地盯着丽塔褪色的身影,她的身上覆盖着一层模糊的光影,像一种透明的动作和丝绒般的飘忽,又像是没有物质的运动。

"这是你拍过的最糟糕的照片吧?"她问。

"是的。"

不知怎么的,在红光中,他们发现自己在对方的怀里。与其说他们在接吻,不如说他们把嘴唇紧贴在皮肤、嘴巴和头发上,没有彼此爱抚,而是紧紧搂住对方。然后,仿佛心有灵犀,相互分开。

"我受不了了。"她说。

"我也是。"

"如果我们不见面,会不会好些?"

他想像她一样坦诚。"我想会的。最后。"

"那么,我想……"

"……我们必须这么做。"

然后就没什么可说的了。

她转身要走,他打开舱门。她在门口停下脚步。

"拜访阿姆斯特朗的事怎么弄?"

"什么拜访阿姆斯特朗的事?"

"去他家的农舍拍照。写在你的日记本里。我在集市那天帮他订的。"

"女孩在他家。"

她点点头。"带我一起去,当特。求你了。我得去看看她。"

"你的工作怎么办?"

"我在门上贴个便条。如果有人需要,他们会去那儿找我。"

那个女孩。他原以为再也见不到她了,然而他的日记本里却约了一次会面……世界似乎没有那么难以忍受了。

"好,你跟我去。"

# 三便士

"以后会有时间来制定我们的协议条款的,"算命人曾经对他说,"我会跟你联系。"六个星期过去了,没有任何迹象,但沃恩清楚,那人不会放过他的,拳头总归要砸下来,所以,当终于有一封字体陌生的信出现在早餐桌的托盘上时,他反而松了口气。一大早,这封信把他召唤到河边一处偏僻的路段。他到达后,以为自己是第一个到的,但他刚跳下马,站在泥泞的小路上,一个身影就从矮树丛背后出现,是一个瘦小的男人,穿一件太宽的长外套,帽檐很低,遮住了脸。

"早上好,沃恩先生。"

他的声音泄露了身份:是那个算命人。

"说你想要什么。"沃恩开门见山。

"重要的是你想要什么。你想要她,对吧?你和沃恩太太?"

海伦娜这些天很安静。她似乎很高兴有了腹中的孩子,不时跟他谈论两人未来的生活计划,但她的活力消失了。未来的生活和过去的损失在她身上并存,是一次经历的两个部分,她压抑着自己的悲伤和希望。

悲伤的不只是海伦娜。他也想念那个女孩。

"你是说我能把她弄回来吗？罗宾·阿姆斯特朗可有个证人，"沃恩指出，"不算是最好的，没错，鉴于她的职业，但要是我上法庭告他，我敢说，你会干净利落地把我再次打倒。"

"他会听话的。"

"你在暗示什么？是要引诱那人卖掉自己的孩子吗？"

"他自己的孩子……哦，也许是吧。但也许不是。甭管是不是，反正他不在乎。"

沃恩没有回答。这次会面让他越来越感到不安。

"让我给你解释一下，"那人开口说，"如果有个人没花两便士就弄到一个东西，而另一个人很想要这个东西，给两便士就搞定了。"

"所以，就这样吗？如果我按照你的建议，给阿姆斯特朗先生两便士，他就会放弃认领要求。这就是你跑来告诉我的吗？"

"两便士只是举例说明。"

"我明白了。这么说，不止两便士。你的主人要价多少？"

那人的声音立刻变了。"主人？哈！他不是我主人。"在帽檐下，那张瘦削的嘴抽动着，像是在谈话进行的过程中，发现了什么隐秘的可笑之处。

"可你在替他捎这个口信，帮了他的忙。"

那人只是耸了耸肩。"你也可以看成是帮你的忙。"

"嗯。我猜你是按比例抽成吧？"

"我肯定会从其中受益——这是很自然的。"

"告诉他，如果他放弃要求，我就给他五十镑。"沃恩感到厌倦，打算转身离开。

那只落在他肩上的手就像一把虎钳。夹住他，使他转过个身。他又绊了一跤，这一次，他站起身来时，瞥见了那人的脸，脸上有像是未完工的鼻子和嘴唇,眼睛是两条缝,被人看到时就眯起来。

"我不认为这有什么用,"那人说,"如果你想听我的建议,我想说在一千镑左右可能更合适。考虑一下吧。想想那个小女孩,沃恩太太非常想她!想想未来的新生活——沃恩先生,你瞒不了我!消息就像鱼儿钻进渔网一样钻进我的耳朵——让我们祈祷沃恩太太身体健康,不再受悲伤的打击。想想你的家人!有些事儿你无法用金钱来衡量,沃恩先生,最重要的是家庭。你想想看。"

那人猛地转过身,径自离开了。等沃恩凝视着远方小路的拐弯处,路上空无一人。他肯定从某个地方拐上了田坎。

一千镑。跟他以前付过的赎金数额一样。他估了估房子、土地和其他财产的价值,想出变卖的方法。花钱买一个谎言。但谎言就是谎言,随时可能被揭穿。如果是个分期付款买到的谎言,这笔钱只是定金。

他的思绪纷乱,快得让人抓不住,而结论却遥不可及。

沃恩从另一个方向走回家。走到自家的防波堤时,他爬上堤岸,坐下来,双脚悬在岸边。他双手抱着脑袋。

当他头脑清醒,是个称职的丈夫和慈爱的父亲时,一旦他能看透这一切,就会采取行动,找一个干净利落的解决方案。但是现在,他已经无法控制自己的生活,像一块碎片被裹挟在激流中,随波逐流。

沃恩盯着水面,想起"悄悄"的古老传说。当你该去的时候,这位摆渡人会把你载到河的另一边,要是时辰未到,他就把你安全送回岸边。他在想,在水里淹死需要多长时间?

他看着自己的脚,就贴在堤岸边缘。脚下,河水汹涌澎湃,黑黑的,无边无际,没有思想,没有感觉。他想在水中寻找自己的倒影,但黑暗中的河面没法形成一面镜子,他只好靠自己的想象在水中看到一张脸。不是他的,而是死去女儿的脸。他想起在当特的暗室里,随着液体从玻璃板上面流过,模糊的脸逐渐变得清晰,在水中的黑镜子里,他看见了艾米莉亚。

沃恩蹲在防波堤边,一边哭,一边将脚跟前后摇晃。

"艾米莉亚。"

"艾米莉亚。"

"艾米莉亚。"

每重复一次她的名字,他的身子就摇晃得更厉害。这就是结局吗?他想知道。通过调整身体的前后运动,他知道自己仍在控制局面。脚荡出去,就确定能荡回来,但冲击力在慢慢累积。要是他什么都不做,振荡的幅度就会达到他无法控制的程度。为什么不呢?他想。就这样,我什么都不需要做。前、后。前、后。前、后。越来越往前,然后——落下——让物理定律接管一切,身体屈服于重力。但还没到时候。还得荡几下。前、后。前——现在差不多了,只剩一英寸——后、前——

虚无抓住了他,就在他一头扎入水中时,脑子里传来一个声音:"你不能再这样下去了。"

听到这句,他猛地伸出手臂。他的身体被地心引力夺走,但手却伸出去想抓住什么东西——抓住任何东西!——终于紧拉住系在防波堤柱子上的绳子了。他心头一震,肩膀一扭,摔倒了,他单手拖着摇晃的身体,感觉绳子在他滑倒时磨破了他的掌心,这时,另一只空着的手也猛扑过来抓住绳子,双腿则疯狂地摆动,想找个立足点。他双手轮流交替,艰难地把身体——他那具绝望的肉体——的重量举到防波堤上,等他爬到堤岸,就瘫倒在地,躺在那儿喘着粗气,而痛感从肩膀放射出来。

你不能再这样下去了,康斯坦丁太太说过。她说得对。

## 故事重述

他松了一口气,拐进马路。脑子里长期困扰他的混乱状态已经缩小为一个目标。把他带到这儿来的不是一个计划,也不是一个想法。这根本不是他自己的意志,因为他已经放弃了做决定,放弃了意志,他太累了,除了向不可避免的事情屈服之外,什么也做不了。他来这儿,是因为有更重要的事情。沃恩不是那种爱唠叨命运和定数之类字眼的人,但他也不会否认,正是这种东西把他吸引到了康斯坦丁太太家的大门、门前的小径和那扇漆得很新的前门。

"你说过我可以回来的,你说过你能帮忙。"

"是的。"她说,瞥了一眼他缠着绷带的手。

一瓶玫瑰花让曾经弥漫着茉莉花香的房间充满芬芳,那只猫还待在老地方。两人就座后,沃恩开始说。

"他们在河里发现了一个溺水的孩子,"他说,"是冬至那天。她跟我们一起住了半年。你可能听说了。"

康斯坦丁太太做了个不置可否的表情。"再讲讲呢。"

他告诉她。他跟着妻子,骑马追到"天鹅",发现她和孩子在那里,海伦娜认定她是他们的女儿,他将信将疑。同时也出现了其他认领孩子的人。他和妻子将孩子带回了家。随着时间流逝,他的信心逐渐丧失。

"这么说,你开始相信她是你的孩子?"

他皱起眉头。"差不多……是吧……我不确定。我之前来见你的时候,说过我不记得艾米莉亚的脸了。"

"没错,你说过。"

"我试着回忆她时,眼前看到的就是这个孩子。她不再跟我们住在一起了。她和另一个家庭住。有个女人出现在夏至集市上,说她不是艾米莉亚。她说孩子叫爱丽丝·阿姆斯特朗。现在大家都这么认为。"

她等着他继续说下去。

他紧盯着她的眼睛。"他们说得对。我知道他们说得对。"

他来到这儿。他终于来到自己逃避了那么久的地方。而康斯坦丁太太在那儿。

他的话平稳流畅。他不动声色地讲出这个故事。故事的开始和头一次差不多,妻子在深夜的哭声打破了他沉沉的睡意,但他的话不再像以前那样干巴巴的,犹如积满灰尘的容器,而是刚铸造的东西,洋溢着灵气,把他带回到事情发生的那个晚上,绑架发生的那个晚上。匆忙赶到女儿的房间,看见打开的窗户和空荡荡的床铺时的震惊。叫醒家里的人,彻夜搜寻。他讲到了黎明时分传来的消息。他讲到了约定时间前难熬的几个小时。

他又喝了口水,水没能止住他的话头。

"我一个人骑马去的。这一趟走得不容易——天上没有一颗星星为我照亮道路,路面崎岖不平、坑坑洼洼。我时而下马,和我的马并排走。我不清楚自己身在何处,因为白天熟悉的地标在夜里消失了。我不得不根据自己对时间流逝的感觉,和对脚下地形的感觉来判断——当然还有对河的感觉。即使在夜晚,这条河也会发光。我熟悉它的轮廓,时常能辨认出某个弯曲或角度,告诉我到了哪里。当我看到水面的微光被一条更暗的带子遮住时,知道自己走到了桥附近。

"我下了马。我什么也看不见,一个人也没有——但说不定几码外的地方就有十几个人一动不动地站着,只是我不知道。

"我喊道,'嘿!'

"没有回答。

"然后我喊了声'艾米莉亚'。我想她要是知道我在附近,会安心些。我希望他们告诉过她,说我要来,来接她回家。

"我努力地听着,想听到有人应答,或者,如果没人应答,能听到什么声音:脚步声、移动声、呼吸声。但只有河水的拍打声,在水面下还有河的另一种声音,那种你通常不会注意到的低沉的声音。

"我走到桥上。我过了桥。在桥的另一侧,我按照纸条上的指示,把装着赎金的袋子放在桥墩石旁。等我起身时,似乎听到了什么。不是人声,不是脚步声,是比这些更不明显的声音。我的马也听到了,因为它嘶叫了一声。我站了一会儿,不知道接下来会发生什么,我意识到自己应该离开桥墩石,给他们一个拿钱的机会。在释放艾米莉亚之前,他们也许想把钱拎在手里,感受一下它的重量。我退回桥上。我加快速度,跑了过去——随后,我在黑暗中摔倒在地。"

故事自如地从沃恩口中讲出来。他没讲陈词滥调,没讲事先排练过的话。他的讲述有其自己的力量和速度,把过去领入这个房间,带着黑暗,带着寒冷。他打了个寒颤,目光呆滞,仿佛看见了记忆的幻影。

"那一跤摔得我头晕目眩,过了一阵才缓过气来。我动了动身子,想看自己是否受伤,不知道是否中了埋伏,被人敲了一棍子。我跪下来,期待有人再来一拳把我打倒在地,但是没有人来,我才知道自己只是摔了一跤。我试图镇定下来。等待世界安定下来。过了一会儿,我才站起身,这时我的腿碰到了什么东西。我马上意识到,这个柔软而结实的包袱是把我绊倒的东西。我摸了摸,想弄清那是什么东西,但我戴着手套,摸不出来。我脱下手套,又摸了摸。是湿的。冰冷。结实。

"我很害怕。甚至在我划燃火柴之前,就担心会发生什么。

"等我把火苗举高,发现她没有在看我。这是一种解脱。她的脸歪向一边,死死地盯着河水。最叫人奇怪的是,她的眼睛长得像艾米莉亚的眼睛。她穿着艾米莉亚的衣服,脚上是艾米莉亚的鞋子。她的容貌也像艾米莉亚,令人惊讶地像。然而,在当时和后来的一段时间里,我清楚地感到,她不是艾米莉亚。不是我的孩子。她怎么可能是?我熟悉我的孩子。我知道她的眼睛是怎么瞧着我的,她的脚是怎么蹦来蹦去的,她的手是怎么伸出来,四处扒拉,抓东抓西。我捏着这个孩子的手,她没有像艾米莉亚那样握紧我的手指。有个东西闪闪发光。艾米莉亚那条挂着银锚的项链戴在她的脖子上。

"我把她抱起来,这个孩子不可能是——肯定不是——艾米莉亚。我找到一处不太陡的河岸,爬到水边。我抱着她走到水中,等水到齐腰深的时候,我松开手。河水把她从我身边带走了。"

沃恩停下来。

"那是一场噩梦,那是我想到的唯一能结束噩梦的办法。我的女儿,我的艾米莉亚,她还活着。你看到了,是吧?"

"是的。"康斯坦丁太太的眼睛忧伤而坚定地望着他。

"我现在才知道——其实很久以前就该知道——她就是艾米莉亚。我可怜的孩子死了。"

"是的。"康斯坦丁太太说。

河岸突然裂开,沃恩感到水流从他的眼眶中涌出。他的肩膀在颤抖,身子前后摇晃,哭得止不住。泪水从眼睛滑到脸颊,顺着他的脸淌下来,从下巴流进脖子,渗入衣领;从下巴滴落,弄湿了膝盖。他抬起手,捂着脸,泪水湿润了手指、手腕和袖口。他哭了又哭,哭得精疲力竭。

康斯坦丁太太一直坐在那儿,用宽厚仁慈的眼神陪伴着他。

"等那个从河里来的女孩跟我们一起回家后,我有了奇怪的想法。有时我在想……"他尴尬地摇摇头,但谁都可以告诉康斯坦丁太太任何事情,而不用担心被人耻笑,"有时我在想,如果她没有死呢?如果我把她放到河里,她漂了一阵,恢复了知觉?如果她漂到某个地方——遇到某个人——他们把她养了两年,然后——我不清楚是怎么回事——或者为什么——她又被人发现漂在河里,然后回到了我们身边?当然,这完全不可能,但这样的想法……当人们需要一个解释的时候……"

"给我讲讲艾米莉亚,"她沉默片刻说,"她生活中是什么样子?"

"你想知道些什么?"

"任何事儿。"

他想了想。"她从来不好静。助产士是这么说的,在她还没出生的时候,就爱扭来扭去。等她呱呱坠地,躺到婴儿床上,胳膊和腿四处挥舞——就好像她想游到空中,但没有成功,这让她很惊讶。她过去常常握紧并且伸展她的小手,当她见到自己的拳头变成有手指的手掌时,脸上的表情诧异极了。我妻子说,她爬得很快,双腿很结实。她喜欢抓着我的手指,我把她举起来,双脚放在地板上,这样她就能感觉到地面支撑着她。她蹒跚学步时,我们不能总是牵着她的手。有一天,我在客厅里处理一些文件,她拍拍我的脚踝,想吸引我的注意,要我拉她站起来,但我太忙了。突然,一只小手拉了拉我的袖子,她在那儿,站在我身边。她独自一人扶着椅子腿让自己站了起来,脸上充满喜悦和惊喜!噢,你真该看看她!她摔倒过一千次,但从没哭过,只是站起来,继续尝试。一旦她站稳了脚跟,就再也不想坐着了。"

想到这些,他感觉自己脸上露出了微笑。

"你现在能看见她吗?"康斯坦丁太太的声音低沉而柔和,没在空中荡起丝毫涟漪。

沃恩看见了艾米莉亚。他看见飘向一旁的头发,颜色模糊、完美上翘的睫毛,睡醒后挂在眼角的一粒尘埃,曲线精致的脸颊和泛着红晕的柔肤,饱满的下唇,粗短的手指和光滑的指甲。他看见了她,不是在这个房间里,也不是此时此刻,而是在无限的记忆中。她失去了生命,但在他的记忆中,她仍然存在,就在现场,他看着她,她的眼睛和他的相遇,她微笑着。他又见到了她的眼睛,感到两人目光相遇。他知道她已经死了,知道她已经走了,但是在这儿,现在,他看见了她,知道在这么近的地方——近在咫尺——她又回到了他的身边。

"我看见她了。"他点点头,含泪微笑着说。

他的肺又能呼吸了,脑袋的重量不再压得他肩膀疼痛了。他胸中的心跳很稳定。他不清楚未来会怎样,但未来肯定存在。他对未来产生了浓厚的兴趣。

"我们的孩子就快出生了,"他对康斯坦丁太太说,"在年底。"

"祝贺你!这是个好消息。"她的回应让他再次体会到这一切的乐趣。

他从容地深吸了一口气,呼出后,将双手放在膝盖,准备站起来。

"噢,"康斯坦丁太太和气地说,"我们聊完了吗?"

沃恩停下来，有些惊讶。还有别的事吗？他全想起来了。难道忘了什么？

他告诉她在集市上遇到的算命人，有机会花钱让罗宾·阿姆斯特朗放弃对这个孩子的兴趣，以及他如果将艾米莉亚死了的事告诉妻子，她是否会遭受打击。

她听得很仔细。他讲完后，她点了点头。"我问是不是聊完了的时候，并没想到你会说这些。我记得你第一次来找我，说有个特殊的难题想解决……"

他回想起两人第一次见面的情景。那是很久以前的事了。当时是什么促使他来的呢？

"跟你妻子有关……"她接着说。

"我想让你告诉海伦娜，艾米莉亚死了。"

"没错。我想起来了，你让我报个价码。但现在你又在考虑给一个陌生人一大笔钱，阻止他把同样的事情告诉海伦娜。"

"噢。"他向后靠在椅子上。他没想到这一点。

"我在想，沃恩先生，如果你告诉妻子那天晚上发生的事，准备花多少钱？"

稍后，等他喝过了带着黄瓜味的透明液体，把脸泡在不冷不热的水中然后擦干，向康斯坦丁太太道别。"这就是你的法术，对吧？现在我懂了。我以为会冒点烟、摆个镜子。是骗人的把戏。你确实能让死人复活，但不是用那种方式。"

她耸耸肩。"死亡和记忆注定相互依存。有时有些事情卡了壳，人们需要一位向导或一个伴侣分担悲痛。我和丈夫一起在美国学过。那里有一门新兴学科，可以用复杂的方式来解释，但你只要把它想成研究人类情感的科学，就不会错得太离谱。他在牛津这儿找了一份工

317

作,在大学里,我则把自己所学的应用到了这个领域。能帮忙就帮。"

他把钱留在大厅桌子上。

离开时,沃恩感到膝盖和衣领凉得出奇。凉意在手腕上也很明显。他的衣服还是湿的,泪水钻进袖口,流到衣领,滴到膝盖。太神奇了,他想。谁能想到人体内会有这么多水?

## 给爱丽丝拍照

"火棉胶"号把丽塔和当特送到下游凯尔姆斯科特的农庄,一路上,他们聊着沃恩一家、阿姆斯特朗一家,但主要是聊那个孩子,这有效地掩饰了两人之间的拘束。但是当彼此都知道对方看着别处,确信自己不会被对方看见时,他们迅速朝身旁那个人投去爱与愁交织的一瞥,将多余的情感从船底舀出,免得越积越多,让船倾覆。

到了凯尔姆斯科特,一群小孩子正在岸边等着他们,看见这艘绘有鲜艳的橙黄色花纹、漆成蓝白相间的时髦游艇,就朝他们挥手致意。丽塔贪婪地望出去,很快就认出那个女孩。她和他们一起挥手,然后另一个孩子,一个小男孩,年龄跟她最接近的,拉着她的手,两人一起跑回了农庄。

"她跑哪儿去了?"当特问,他想集中精神下锚泊船,却因为她不在,分散了注意力。

"回屋去了,"丽塔焦急地说,但随后,"她来了!他们只是去叫大孩子了。"

阿姆斯特朗家所有的孩子各司其职,大一点的认真听当特交代完注意事项，开始搬重的照相设备，小的则由丽塔安排，搬轻的、砸不坏的东西，他们肩负如此重大的使命，骄傲地跨过田野，朝家的方向挺进。眨眼工夫，船上的货就卸完了。

丽塔总在注意那个女孩。不管她在做什么，都盯着她，丽塔注意到其他孩子如何亲切地对待她，大的孩子对她很耐心，而小的孩子为了不让她掉队，故意走得很慢。她突然在想，住在沃恩家，这个小女孩是否缺少了其他孩子的陪伴？她忍不住觉得这些孩子的善良一定对她有好处。

贝丝领他们进了餐厅，阿姆斯特朗和大儿子们按照当特的指示搬桌子、摆椅子，忙成一片。

"别给我拍照片，"贝丝说，"哎呀，要是有人想知道我长什么样，我一直在这儿！"

但阿姆斯特朗坚持要她拍，孩子们也支持他，很快就安排好了：第一张拍阿姆斯特朗和贝丝，然后是全家福。

"罗宾在哪儿？"阿姆斯特朗担忧地说，"半小时前他就该到了。"

"你知道年轻人的脾气。我告诉过你，别指望他来。"妻子低声说。

罗宾的悔悟影响了她的丈夫，但消除不了她对儿子的怀疑。"他总是说一套，做一套。"她提醒他，但当阿姆斯特朗像往常一样选择原谅他时，她没有再追问这件事。后来，在集市上看到大儿子抱着孩子时，她惊奇地发现，希望已经在她心里微微地扎下了根。她一直盯着它，带着园丁那种痛苦的好奇心，看着一株不可能茁壮成长的植物虚弱地生长。儿子没来探望这个孩子，这自然引起了人们的注意。阿姆斯特朗曾写信告诉罗宾拍照的日期和时间，仿佛他的出现是一件理所当然的事，但儿子杳无音信，母亲对他的缺席并不感到意外。

"我们先给你和阿姆斯特朗太太拍照，"当特说，"如果他有事耽搁了，还有足够时间等等。"

他让贝丝坐在椅子上，把阿姆斯特朗安排在她身后，一边向他们再次强调身体保持不动的必要性，一边将相板滑进暗盒。等一切准备就绪，他躲到黑布下面，摘掉镜头盖，丽塔站在相机后面，鼓励这两个坐着的人始终朝一个方向看。十秒钟内，阿姆斯特朗夫妇终于有时间去体验人们第一次拍照时的所有感受：害羞、僵硬、紧张、庄重，还有点傻乎乎。但半小时后，他们看着完成的作品，冲洗，晾干，装框，他们见到从未见过的自己：永恒的影像。

"哟……"贝丝惊讶地说，似乎想把话说完，但最终还是陷入沉默，眨着眼，看着照片上那个干练的中年女人，她戴着眼罩，一个黑色皮肤、表情庄重的男人站在身后，将一只手放在她的肩头。

与此同时，阿姆斯特朗从她身后望着这张照片，告诉妻子照片上的她有多么漂亮，但他的视线一次次回到自己那张严肃的脸。他看着自己，心情似乎变得阴沉。

对这张照片的兴趣分散了所有人的注意力，最后，是时候为第二组做准备了，罗宾仍然没有来。鹅卵石路上没有马蹄声，大厅也没有推门声。不管怎样，阿姆斯特朗还是去找了女佣，想看看他有没有偷偷从后门进来，但是没有。他不在那里。

"开始吧，"贝丝坚定地说，"如果他没在这儿，他就没在这儿，咱们也帮不上忙。反正他住在牛津，随时可以去当特先生的照相馆拍，这对他来说要容易上百倍。"

"可是，要是孩子们都到齐，那就太好了！再说还有爱丽丝呢！"

确实，还有爱丽丝。

贝丝叹了口气，挽着丈夫的胳膊，给他打气。"罗宾现在是个大人了，不再像小时候，父母说什么就做什么了。来吧，咱们好好拍张相片。这儿还有六个孩子呢，他们都想跟我们和爱丽丝一起坐。快来。"

她好说歹说,哄阿姆斯特朗取代了罗宾的位置,孩子们稍稍向左或向右挪了挪,填补他们失踪的大哥留下的空间。

"都准备好了吗?"当特问,阿姆斯特朗先生最后看了一眼窗户的方向,万一罗宾来了呢。

"准备好了。"他叹了口气,回答道。

阿姆斯特朗、他的妻子和他们六个年幼的孩子凝视着镜头、时间和未来,只用了十秒钟时间,他们就让自己得到了永生。丽塔在房间一角望着这家人,他们之前叫爱丽丝盯着一个点看,但她注意到女孩的视线越过这个点,越过相机,越过墙壁,越过凯尔姆斯科特,飞到了遥远的、超越永恒的地方。

当特冲洗照片的时候,阿姆斯特朗太太和女儿们忙着准备茶点,男孩们换上工装,去喂农场的牲口。雨停了,太阳出来了,丽塔发现身旁只剩下阿姆斯特朗先生一个人。

"你想参观农场吗?"他发出邀请。

"好的。"

出门时,他抱起小女孩,胳膊几乎感觉不到她的重量。

"她怎么样?"丽塔问,"身体还好吧?"

"我不确定。一般情况下,我很擅长琢磨生物的心思,无论是人还是动物。这是观察得仔不仔细的问题。比如鸡,你可以从它们的羽毛看出躁动不安。猫的呼吸方式能告诉你很多事情。还有马——嗯,它们什么都明白。猪会意味深长地看着你。这个小家伙很难懂。是个谜,对吧,小猪?"他温柔地看着她,轻轻地抚摸她的头发。

女孩看了他一眼,然后看着丽塔,没有认出任何人的迹象,似乎以前从未见过她。丽塔提醒自己,女孩一直都这样,即使是在她经常去的沃恩家。

他们往前走,阿姆斯特朗给丽塔和女孩指出一些她们也许会感兴趣的东西，每次看完，女孩都会转头回来，把脑袋靠在阿姆斯特朗先生宽阔的肩膀上，收起她的目光，让自己再次沉浸在内心的世界里。丽塔意识到，在农场主闲聊的背后，心头正翻腾着不为人知的苦闷，原因多半是儿子的缺席。她没有搭话，只在他身边走着，直到她安静的存在鼓励他卸下包袱。

"像我这样的人，习惯从内心认识自己。内心才是我熟悉的。我也不太喜欢研究自己在镜子里的样子。这是件稀奇事，在照片中看到自己。像是与外面的人会见。"

"的确。"

阿姆斯特朗再次开口时，问了一个问题："我猜，你没有孩子吧？"

"我还没结婚。"

"希望你早点如愿。我不知道有什么幸福能与我的妻子和孩子们相比。对我来说，没什么比家人更重要。我想你已经猜到我的故事里有哪些内容了吧？"

"我不喜欢猜。但我听他们在'天鹅'讲过，你父亲是王子，母亲是个女奴。"

"那是瞎编的，但有一点说对了。我父亲是个有钱人，我母亲是个黑人女佣。他俩很小的时候，差不多还是小孩子，就住在同一个家庭，爱情加上无知，让母亲怀上了我。我猜你会说我很幸运，我母亲也是。换作别的人家，多半会把她赶出门，但我父亲承认犯下这个错，他也有分。我相信他是想娶她。当然，这种事是不可能发生的。但这家人有怜悯之心，尽他们最大的努力。我母亲在我出生和断奶前一直受到很好的照料，后来她搬到另一个城镇，找到了合适的工作，挣的钱足够养活自己，几年后，她结了婚，嫁给一个身份跟她一样的男人。我被送到一所儿童福利院，那里的孩子出于这样或那样的原

323

因，不能和家人住在一起，但家人会出钱。随后，我上了学，学校相当不错。因此，我在两个家庭的边缘长大，一个富有，一个贫穷，一个黑人，一个白人，但从来没有身处这两个家庭的核心。我在家庭生活之外长大。我早期的记忆大多是关于学校的，但我认识我的父母。父亲每年会来两次，带我离开学校玩一天。有一次，我记得他在车上等我，爬进车厢后，我惊讶地发现另一个男孩，比我小，已经在那儿了。'罗伯特，你觉得这个小家伙怎么样？'父亲对我说，'来跟你弟弟握手！'那是多么快乐的一天啊！我记得有一个地方——老实说，我不知道在哪儿——有草坪。我不停地把球扔给弟弟，最后他终于接住了一两次，高兴得手舞足蹈。我永远忘不了。后来，父亲站在树下，万一我俩掉下去，他好接住我们。我告诉弟弟该把脚放在哪儿才能爬到树上。那不是棵大树，但他也不是个大孩子。我们太小，不知道彼此有什么不同，但等我们返回学校，我开始意识到这一点，我跳下马车，他们——一起——去了一个叫家的地方。我不知道后来发生了什么。我再也没见过那个男孩，虽然我记得他的名字，知道他还有弟弟和妹妹。也许父亲不该鼓励我们互相了解，结果发现情况不妙。也许他只是改了主意。不管是什么原因，我再也没见过弟弟，估计他也不记得我了。我甚至不能确定他是否知道我的存在。我父亲家的情况就是这样。

"在母亲家里，我不完全是一个陌生人。有时我获得批准，在假期可短暂探望她。我对那些时光有美好的回忆。她家里总是谈笑风生，有融融的爱意。她竭尽所能照顾我，她不止一次地搂住我，对我说她爱我，而我对如此亲昵的动作很不习惯，舌头打结，不知该怎么回应她的拥抱。她丈夫也是个友好的人，虽然他总爱提醒我的弟弟妹妹们当着我的面，要注意言行。'罗伯特不习惯你们的恶作剧。'每次聊得太激烈时，他就会这样说。我从不想离开那栋房子。我总是想，下次去的时候，就能被允许留下来，但每次离开都让我失望。最后我注意到，随着一次次登门，我越来越不像我的弟弟妹妹们了。终于，原本次数就不频繁的假日拜访彻底停止了。结束得并不突然。无话可说的情况不会再发生了。一连去了几次假期拜访，然后没再去，大家渐渐反应过来，一切都结束了。我和弟弟妹妹们之间的界线变成了一堵坚固的墙。

"我十七岁的时候，母亲叫人捎信来，叫我回去。她快死了。我回到那栋房子，那里比我记忆中小多了。我走进她的卧室，里面挤满了人。当然，我的弟弟妹妹们已经在那儿了，坐在床边，跪在地板上靠近她。我本来可以要求站到她身边，握一会儿她的手，要是她当时神志清醒，知道我在她身边，我肯定会这么做的，但已经太迟了。我站在门口，弟弟妹妹们跪坐在床边，她咽下最后一口气时，我的一个妹妹想到了我，说也许罗伯特能念——'因为他念出来很好听。'她说——于是我用白人的语调念了《圣经》里的诗句，等我念完，似乎没有理由再待在那儿。出门时，我问继父是否需要帮忙，他说：'我可以照顾孩子们，谢谢你，阿姆斯特朗先生。'他以前总是叫我罗伯特，但现在我是个男人了，他就给我起了这个名字，不知道从哪儿冒出来的，凭空冒出来的，不属于我父母，只属于我一个人。

"我参加了她的葬礼。我亲生父亲和我一起来的。他安排我们悄悄地从后面溜进去，其他吊唁者还没转身，我们就离开了。"

讲到这里，阿姆斯特朗停下来。一只猫从谷仓里跑出来，一看见他，就小跑过来，停在一码半外的地方，蹲坐在腿上，然后像玩偶匣里的玩偶一样蹦起来，落在他的肩上。

"真有趣。"丽塔说，猫在他肩头坐稳，拿脸蹭着他的下巴。

"它是个古怪而又黏人的家伙。"阿姆斯特朗微笑着说，他们继续往前走，猫像海盗的鹦鹉一样稳稳地站在主人肩上。

"你瞧，桑迪小姐，我不属于那儿。两边都没有我的位置。不在谁的心里。好啦。我知道流浪在外是什么感受。别误解我的意思,这不是抱怨,只是解释,虽然我在进入正题之前讲得很啰嗦。请原谅,这些是男人很少讲的事情,而且讲完后,有一种——我不知道该怎么形容……一种愉悦?不管怎么说,总算是减轻了自己的负担。"

丽塔看着他的眼睛,点点头。

"我的父母都是好人,打他们心眼里,桑迪小姐。我敢肯定,在允许的范围内,他们都爱着我。问题是,他们希望赋予我更多的爱,却无法如愿。我的财富把我和弟弟妹妹们分开,我的肤色把我和弟弟妹妹们分开。毫无疑问,对我的继母和继父来说,我是个尴尬的难题。尽管如此,我一直很清楚自己为何有如此好运。真的,甚至在遇到贝丝之前,我就知道自己很幸运。

"你瞧,我明白什么叫不合群,罗宾出生时,我在他身上看到自己的影子。说实话,他比我更不合群,性格古怪。我对这个世界的理解是,其他东西都是赋予我的。他们是我的骨肉,我爱他们。我爱我的儿子和女儿,胜过爱生命本身。看到他们在一起,我就仿佛看到我母亲的孩子们,他们从彼此和父母身上获得快乐。知道我能够为他们创造这样的生活,我很高兴。但当我看到罗宾——他不是我的亲生儿子,跟我的情况不一样,这是我的好妻子贝丝的不幸,但不是她的错——我看到一个身处边缘的孩子。我看到一个就快造成家庭不和的孩子。他可能迷了路。我曾经下定决心——不是在他出生的那天,不是,在很久之前——要把他放在我心里。珍惜这个应该被珍惜的孩子。爱这个值得被爱的孩子。我的愿望是让他知道他一直在我的心里。因为只有一件事我不能忍受,那就是让孩子受罪。"

阿姆斯特朗陷入沉默,丽塔看了眼他的脸,发现脸颊上挂满泪水。

"感情丰富是好事,"她说,"您是个好父亲。我今天在您家看到的证明了这一点。"

阿姆斯特朗向远处望去。"那个孩子已经伤我的心一百次了。我死之前,他还会再让我伤心一百次。"

他们走到猪圈。阿姆斯特朗把手伸进口袋,掏出几个橡子。小猪们亲热地跑过来,一边哼哼,一边抽着鼻子,他分了橡子,拍拍猪的肚皮,搔搔它们的耳根。

当特冲他们打招呼。他带着冲洗完毕、装了框的阿姆斯特朗一家的照片从"火棉胶"号回来。他把照片拿给阿姆斯特朗看,阿姆斯特朗点点头,向他表示感谢。

"不过当特先生,我得跟你聊聊你拍的另一张照片。"

他从口袋里掏出一个小镜框,摆正给丽塔和当特看。

"是算命猪!!你在赶集那天买的。"

"对,桑迪小姐。"阿姆斯特朗表情很严肃,"你还记得吧,当时我看到这头猪,激动得很。当特先生,我认识这头猪。它的名字叫莫德。它是我的猪。这一头"——他指着正在吃橡子的母猪——"是它的女儿梅布尔,那边那头小的,是它的孙女玛蒂尔达。大约三年前,就在这个猪圈,它被人偷走了,没弄出一点动静。从那天起,我再也没有见过它,直到你的照片引起了我的注意。"

"它被人偷了?"

"被偷了……被绑架了……随你怎么说。"

"偷一头猪,容易吗?我可不尝试,搬一头走。"

"我也不知道它为什么没有叫。如果它愿意的话,尖叫声能吵醒整栋房子的人。从这儿到大路之间留下了红色的斑点——起初我担心是血,但其实是树莓汁。它特别喜欢吃树莓。我想他们是靠树莓把它拐走的。"

他重重地叹了口气,指着画面的一角。

327

"瞧，你们在这儿看到了什么？我相信我看到了一个影子。我看了又看，我觉得这个影子很可能来自一个人，拍照片的时候，这人站在旁边，没有挡道。"

当特点点头。

"这张照片是差不多三年前拍的了，我知道过去了这么久，已经不太可能记得那个人是谁了。也许根本不是偷走莫德的那个人，而是另外的人。但是我一直在想，如果你记忆力很好，也许能告诉我一些关于这个影子的主人的事情。"

阿姆斯特朗一边说，一边看着当特，脸上的表情与其说是希望，不如说是失望。

当特闭上眼睛。他开始搜寻储存在脑海中的图像。这张照片唤醒了他的记忆。

"一个瘦小的男人。比桑迪小姐矮八英寸。身材消瘦。最引人注目的地方是他穿的外套。尺码太大，对他来说太长了，肩膀也太宽。当时我在想，为什么他会在一个阳光明媚的夏日穿成这样，而别人都穿着衬衫。我猜他也许是对自己的身材感到羞愧，希望穿上这件宽大的衣服，能让旁人的眼睛相信衣服里面有一个身材与之相配的男人。"

"他长什么样？年纪大还是年轻？皮肤白还是黑？留胡子还是剃光了胡子？"

"剃得光光的，下巴很窄。就这些，因为他把帽子戴得很低，遮住了脸，几乎看不见人。"

阿姆斯特朗凝视着这张照片，仿佛通过凝视，他可以看到相框边缘之外，找到这个矮小的陌生人。

"他带这头猪来的吗？"

"对。关于他，我还能告诉你另外一件事，也许很重要。我问他是否愿意站在猪旁边拍照，他不愿意，我又问了他一次，他仍然拒绝。结合你今天告诉我们的关于你的猪被偷一事,那人如此坚决地不愿让人拍照,这就很能说明问题,不是吗?"

阿姆斯特朗最小的女儿跑到他们身后,喊道茶点准备好了。她要爸爸把她的侄女放下来,阿姆斯特朗让女孩双脚踩在地上,侄女和小个子姑姑手牵着手朝屋里跑去,姑姑跑得很慢,免得侄女追不上。

"请原谅我不拘礼节,"阿姆斯特朗说,"我们都在厨房里喝茶。这节省了时间,我们可以穿着工装吃点心。"

屋里有张大桌子,上面摆着面包和肉,还有各种各样的蛋糕,空气中弥漫着烤面包的香味。大孩子们把黄油涂在面包上,递给小的孩子,最小的坐在她最大的叔叔腿上,吃得最好。阿姆斯特朗希望保证让每个人,无论是孩子还是客人,都能吃得尽兴,他忙着在餐桌上到处传递餐盘,等到盘子最终传到自己手里时,常常都空了。

"你快吃点,亲爱的。"阿姆斯特朗夫人提醒道。

"我马上就吃,匹普在那儿,他够不着李子……"

"他宁可饿死也不愿看着孩子们挨饿。"她对丽塔说,顺手把李子推到儿子身边,用另一只手把面包和奶酪放在丈夫的盘子里,而此刻他正站在厨房门外,往猫的碟子里倒牛奶。

阿姆斯特朗的一个女儿就药物和疾病的话题向丽塔请教,她反应很快,马上就弄懂了,丽塔转身对女孩的母亲说:"你们这儿就快培养出一名护士了。"在桌子的另一端,孩子们向当特提了很多关于摄影、划船和骑四轮车的问题。

吃得只剩下面包屑时,当特注意到房间里亮过一道闪电,便把头伸到门外。

"暗室搭好了吧?"

丽塔点点头。

"我们可以充分利用光线,你意下如何,阿姆斯特朗先生?拍一张你干农活的照片，怎么样？你的马能站着不动十秒钟吗？"

"我陪着它就行。"

"舰队"被牵到院子里，备了马鞍。当特密切注视着天空。阿姆斯特朗跳上马。

"那只小猫呢？"丽塔大声问，"它跑哪儿去了？"

猫被找到了，抱起来放在主人的肩膀上，高兴地咕噜咕噜叫。

阿姆斯特朗的孩子们见状，明白了这是一张什么样的照片，都跑去唤狗。这条上了年纪的狗乖乖地让人把她带到"舰队"前腿旁边的位置，坐得笔直，紧盯着相机，像最听话的臣民。一切就绪时，阿姆斯特朗突然喊了一声。

"玛蒂尔达！"他喊道，"怎么能少了玛蒂尔达！"

他的次子转过身，跑得飞快。

原本在空中静止不动的云朵开始慢慢飘移。当特看着云朵逐渐移动，不安地向那个男孩消失的角落望去。云穿越天空的速度加快，他开口说："我想我们得——"

男孩胳膊下夹着什么东西跑了回来。

云飘得更快了。

男孩把蠕动的粉红色肉球递给父亲。

当特做了个鬼脸。"都不能动哟。"

"它不会动的，"阿姆斯特朗说，"只要我跟它说了。"他把小猪抱起来，对着它耳边咕哝了几句，猫也在一旁歪着脑袋偷听。他把小猪塞进臂弯，把它的屁股塞到胳膊肘下面，整个画面中的人、马、狗、猫和小猪安静了整整十五秒钟。

丽塔和贝丝在厨房里等，阿姆斯特朗的儿子们帮当特把摄影装备搬回"火棉胶"号。贝丝的眼睛一直盯着照片，丽塔站在她背后看。

孩子坐在阿姆斯特朗一个大女儿的腿上。她们周围是另外五个孩子，都抑制不住喜悦，对着镜头露出满脸笑容。家里的新成员也望着镜头。平时，她的眼睛总是令人困惑，说不清是什么样子，不停变换颜色，从绿到蓝，由黄到灰，但是在照片上，却没有了颜色，这让丽塔有些不安，跟她在船上看到艾米莉亚照片时的感觉一样。照片上的孩子带着顺从而孤僻的神态，但看她本人，并不那么明显。

"她的样子快乐吗，贝丝？"她疑惑地问，"你是个母亲。你觉得呢？"

"这个嘛，她玩得很开心，到处跑。她的胃口很好。她喜欢跑去河边，大孩子们每天带她去散步，这样她就可以四处看看，去戏水。"贝丝的话听起来是一件事，语气却暗示了另一件事，"但到了晚上，她变得很累。比正常情况下累得多，似乎对她来说，每件事的体力消耗都是其他孩子的两倍。身体内的灯灭了，她疲惫不堪，这个小宝贝，但她不睡觉，只爱哭。我想不出法子安慰她。"

贝丝摆弄着眼罩。

"你的眼睛怎么了？有什么需要我帮忙的吗？我是个护士——我很乐意帮你看看。"

"谢谢你，丽塔，算了。我很久以前就不用这只眼睛了。只要我不拿它看人，就不会对我造成困扰。"

"为什么不？"

"有时我不喜欢自己看见的东西。"

"你看见了什么？"

"看见人们到底是什么样的。当我还是个女孩时，以为每个人都能看透别人的心。我不知道自己看见的其实是别人隐藏起来的秘密。人们不喜欢这样，让自己真实的一面被人发现，这不止一次让我陷入麻烦。我慢慢学会了把看见的东西留给自己。我只去了解像我这个年龄的人应该了解、在意的东西,我想这是一种保护方式,但随着年龄的增长,我越来越不喜欢。知识太多是负担。十五岁时,我给自己缝了第一块眼罩,从那以后一直戴着。当然,每个人都以为我嫌弃这只眼睛。他们以为我在向他们隐藏我的丑陋,其实我是在隐藏他们的丑陋。"

"真是个非凡的本事,"丽塔说,"我很好奇。从那以后,你都没有把眼罩摘下来过吗?"

"就两次。但自从我们家多了这个新成员后,我经常想到这事。我很想摘掉眼罩去**看一眼她**。"

"看看她是谁?"

"它不会告诉我的。它只告诉我成为她是什么感觉。"

"它会告诉你她是不是快乐?"

"嗯。"贝丝不确定地看着丽塔,"要我试试吗?"

她们向窗外望去,女孩们正在玩那只猫。阿姆斯特朗的女儿们拉起一根麻绳,让猫跳过去,有的咯咯笑,有的哈哈笑。那个孩子无精打采地望着她们的滑稽动作。她偶尔尝试微笑,但笑起来让她精疲力竭,她揉着眼睛。

"好。"丽塔说。

贝丝走进院子,回来时带着那个孩子。丽塔抱她坐到腿上,贝丝坐在对面。她把眼罩移到一旁,遮住那只正常的眼睛,让自己的脸完全避开女孩,直到准备好为止。然后她歪着头,把女孩固定在她那只"慧眼"的视线之内。

贝丝的手飞到嘴边,沮丧地喘着粗气。

"不!这个可怜的小姑娘迷路了!她想回家找她爸爸。噢,可怜的孩子!"贝丝抓住小女孩,摇着她的身子,倾吐了她所能想到的一切安慰话语。在女孩的头顶,她对丽塔说:"她不属于我们。你必须把她送回沃恩家。今天就把她送回去!"

# 真相、谎言与河

"从你的医学角度,对阿姆斯特朗太太那只慧眼有什么看法?"当特从舵旁问她。

"你是光学科学家,你说呢?"

"没有什么眼睛,无论人类的或是机械的,能看到孩子的灵魂。"

"但是瞧瞧我们,依据贝丝的反应,正把这个小女孩送回沃恩家。因为我们相信她。"

"为什么我们要相信连我们都不信的事儿?"

"我没说我不信。"

"丽塔!"

"也许是这样的。贝丝小时候生过病,她的跛脚和那只眼睛让她和其他孩子不同。她有更多机会去观察——也有更多时间去考虑她观察到的东西。她成了一名优秀的裁判,能看出人的品性,她学会了如何与他人生活在一起,比他们自己更了解他们。但要像她那样深刻理解别人的悲伤、愿望、感受和意图,很耗费精神。她对自己有这种天赋感到很不安,于是说服自己,天赋源于这只眼睛,并给它蒙上一块眼罩。"

"她多半早就察觉到这个孩子不快乐。连我都这么认为。我猜你也是这么想的吧?"

他点点头。

"她带孩子很有经验。当她摘下眼罩时,看到的其实是她已经知道的东西。"

"我们相信她的判断,这就是我们把孩子带回巴斯考特屋的原因。"

女孩站在甲板上,握着船舷,望着水面。在河的每一个拐弯处,她都往前看。等她扫视了看到的每一艘船后,视线又回到水面。在"火棉胶"号驶过的水道,河水被搅动起来,变得浑浊,但她的目光似乎不仅仅停留在浑浊的水面,而是穿透水体,看得更深、更远。

他们抵达巴斯考特的船屋,系好了锚。当特把孩子抱下船,她不慌不忙地认出回家的路,领他们走过去。

女佣惊讶得喘不过气来,赶紧把他们带到客厅。

等他们走进客厅,沃恩夫妇正紧挨着坐在沙发里,他的手摸着她的腹部。听到有人闯入,他们抬起头。情感强烈冲击的余波仍然存在于沃恩泪痕斑斑的脸上,海伦娜瞪大眼睛,脸色苍白。丽塔和当特用"火棉胶"号将孩子送回巴斯考特屋时,觉得自己即将置身于一件大事的中心,而等他们走进来,才知道这里也发生了一件大事,这让人很紧张。但这是真的:某个巨大的东西进了这个房间又走了,大得惊人,震得屋里的空气都在打战,像是知道一切都变得不一样了。

但是现在,见到孩子,沃恩站了起来。他走了一步,又一步,然后跑到门口,把女孩搂在怀里。他把她平举到面前,简直不敢相信她在那里,随后把她放在妻子的腿上。海伦娜在小女孩的头上吻了无数次,叫她"亲爱的"叫了更多次,这对夫妇又哭又笑。

当特回答了沃恩夫妇难以启齿的问题。"今天下午我们一直在给阿姆斯特朗先生和太太拍照。他们确定她不是爱丽丝。她是你们的孩子。"

沃恩和海伦娜交换了一下眼神,两人默默地达成了共识。等他们转过身来面对当特和丽塔,异口同声地说:

"她不是艾米莉亚。"

他们坐在河岸。这样的故事,在岸边讲比在客厅里讲更合适。词语在屋里堆积起来,被墙壁和天花板所困。已经讲过的内容,分量比即将讲到的内容更重,将其碾压、使其窒息。在岸边,空气把故事带向一段旅途,讲完一句就徐徐飘走,为下一句腾出空间。

孩子脱了鞋,站在浅水区,像往常一样拿着木棍和石头,不时地停下来看一眼河的上下游,沃恩把他对海伦娜说过的话、把他之前跟康斯坦丁太太讲过的故事,都告诉了当特和丽塔。

讲完后,他陷入沉默,海伦娜说:"我知道她死了。那天晚上他没带她回家,我就猜到了。写在他的脸上。但我不忍心问,他也就没说,我俩假装不知道实情。我们心照不宣。我们一起撒了个谎。这差点毁了我们。不知道真相,我们就不用伤心。不知道真相,我们就不用相互安慰。到最后,我被自己幻想出来的希望折磨得很痛苦,就想要投河自尽。然后那个女孩来了,我认出了她。"

"我们很开心,"沃恩说,"或者确切地说,海伦娜很开心,只要她开心,我就开心。"

"可怜的安东尼撒的谎更大,但他的谎没有我撒得久。我一见到那个女孩,就被迷住了。我埋葬了所有痛苦的真相,眼中只有她。"

"直到伊维斯太太喊出:'你好,爱丽丝!'"

"让事态起变化的不是伊维斯太太。是你,丽塔。"

"我?"

335

"你说我又怀上了孩子。"

丽塔想起了那一刻。"你说了声'噢',然后又说了声'噢'。"

"第一个'噢'是给怀上的宝宝,另一个是因为接下来发生的事儿,这个小女孩从未在我的体内产生悸动的感觉,于是我明白了,她不是艾米莉亚。虽然我很想念她,就像她曾经想念我一样。她让我起死回生,也让我回到安东尼身旁,我情不自禁地爱她,这个神秘的小孩,无论她到底是谁。

"她改变了我们。我们为艾米莉亚哭过,我们还会继续抹眼泪。要流的泪会聚成一条河。但我们会像爱女儿一样爱这个小姑娘,她会当这个未出生的孩子的姐姐。"

他们走回家,沃恩夫妇走在前面,那个既不是艾米莉亚也不是爱丽丝的孩子走在两人中间。她似乎愿意回到巴斯考特屋,就像当初同意离开那里一样。

丽塔和当特跟在后面。

"她肯定不是莉莉的妹妹,"当特低声说,"这说不通。"

"那她是谁?"

"她不知是谁家的孩子。那为什么不让沃恩夫妇收养她呢?他们爱她。跟他们一起住,她能过上好日子。"他说话时的语调有点异样,丽塔听出来了,因为她的胸中也怀着同样的遗憾与渴望。她还记得那天夜里,她坐在"天鹅"的椅子上睡着了,房间里传来当特的呼吸声,孩子睡在她腿上,胸腔和自己的胸腔步调一致地起伏着。我可以留下她,这个想法钻进她的脑海,再也没有离开。但这样做没有好结果。她是个有工作的未婚女人。沃恩一家更适合照顾这个孩子。她只好满足于当一个旁观者,远远地爱她。

丽塔浅浅地吸了一口气又吐出来,决心把注意力转到别的事情上。她思考了一下沃恩刚才告诉他们的情况,低声跟当特分享自己的想法。"绑架艾米莉亚的人……"她开了口。

"……也是杀她的凶手。"当特也低声说。

"不能让他们逍遥法外,肯定有人知道点什么。"

"总会有人知道点什么。但是谁呢?他们知道什么?他们了解自己知道的事情的重要性吗?"

当特突然想到一个主意,停下脚步。"也许有个办法……"他搔着头,不太肯定。

他们追上沃恩夫妇,当特提出自己的想法。

"但是能行吗?"海伦娜问。

"不知道。"

"除非我们试一试,"沃恩说。

四人站在屋外。管家克莱尔太太听见他们回来,把门打开,见他们没人挪动脚步,又把门关上。

"怎么样?"丽塔问。

"我想不出别的法子了。"海伦娜说。

"那好吧,"沃恩转身看着当特,"你们怎么着手?"

"从克里克莱德的龙开始。"

"龙?"沃恩看上去很困惑,但海伦娜知道当特指的是什么。

"鲁比的奶奶!"她叫道,"还有鲁比。"

## 克里克莱德的龙

克里克莱德是个充满故事的小镇。他们骑着四轮车经过教堂时,当特给丽塔讲了其中几个。

"传说中,"两人骑车穿过小镇,车上装满照相用的器材,"要是有谁不幸从塔上掉下来,他的朋友和家人为了转移他们的悲痛,会造一尊石头雕像,雕刻成逝者从地面一跃而起的样子,刚好在他着地的位置。很可惜我没机会把那个场景拍成照片。"

他们没有在教堂停留,而是向北走小路出了村子,通往下安普内,他们留意路旁是否有一间盖了蜂房的茅屋。

"你得去,求你了,"海伦娜恳求丽塔,"当特一个人肯定从鲁比那儿得不到任何东西。她相信你。每个人都相信你。"

所以她也来了,坐在当特身后,坐在那些木箱子中间,听着箱子在颠簸的乡间小路上撞得咣咣当当,两眼保持警觉。"在那儿。"她指着树篱后面那些与众不同的蜂房。

花园里有个白发苍苍的女人,正摇摇晃晃地朝蜂房走去。听到丽塔打招呼,把一双透明的眼睛转向他们。"谁在那儿?我认识你们吗?"

"我叫丽塔·桑迪,我是来买蜂蜜的。你一定是惠勒太太吧。这位是当特先生,一位摄影师。他要写本书,想跟你谈谈龙的事儿。"

"写书?我不懂那个……但我不介意告诉你们龙的事儿。我九十岁了,但还记得这件事,就像发生在昨天一样。来,坐这儿,问你们的问题吧,我们还可以吃点面包配蜂蜜。"

他们坐在一个隐蔽角落的长凳上,女人走到门口,跟里面的人简短说了几句。等她回来,她给他们讲起关于龙的事。龙来到这间小村舍时,她才三四岁。这是差不多一百年来人们第一次在克里克莱德看到它们,此后再也没人见到过。如今在克里克莱德,她是唯一健在的见过龙的人。那天,她在咳嗽中醒来,喉咙发烫,看见天花板上的洞里蹿出火焰,而那个洞的位置原本盖着茅草。"我下了床,走到门边,但我听到外面有龙咆哮着降落在地上,所以不敢开门。于是我走到窗户旁,我父亲正朝屋里看——尽管树枝冒着烟,随时会一下子燃起来,他还是爬到门外的那棵大树上,他用脚踢碎玻璃,伸出胳膊,把我抱了出去。混乱中,我们下了地,邻居们把我从他的怀里抱走,放到地上,把我滚来滚去。我不知道他们在干什么!但我的睡衣着火了,你瞧,虽然当时我不知道,他们让我在地上打滚,想把火扑灭。"

女人平静地讲述着她的故事,仿佛这件事发生在很久以前,完全属于另一个人。当他们不时提出一个问题时,她那苍白、坦率的眼睛总是慈祥地转向跟她说话的人,尽管她什么也看不见。一个瘦削的姑娘,满脸憔悴,端来一个托盘,把几片面包、一碟黄油和一罐插了勺子的蜂蜜摆在桌上。她对客人们冷冷地点点头,眼睛也没抬一下,就回屋去了。

"我帮你给面包抹黄油吧?"丽塔主动提出,惠勒奶奶说:"谢谢

339

你，亲爱的。"

"我祖母把她的蜂蜜放在那儿，"她对着石头砌的外屋点了点头，"放在一个和浴缸一样大的罐子里，然后她把盖子摘下来，把我赤条条地扔了进去，我在那儿待了一晚上。那一年没有蜂蜜出售，因为我坐在罐子里，蜂蜜没到我的脖子，没人愿意再吃。"

"你看见那些龙了吗？你在门背后听到的那些？要是能拍一张龙的照片，我不惜付出代价——我会成为一个富翁的！"

她哈哈大笑。"要是你看到了它们，比起傻站着拍照片，你有更要紧的事儿该做呢！是的，我看到了。看到它们飞走的时候，我正坐在蜂蜜里。有几百条。"她抬起头，似乎现在还能看见，"像会飞的大鳗鱼，想象一下，你的脑海中就会出现它们的模样。没有耳朵，没有眼睛，我记得。没有鳞片，甚至连翅膀也没有。一点也不像我在画上看过的龙。只是又长又黑又滑又快。它们扭动着，翻滚着，满天都是它们，抬头一看，就像是盯着一锅沸腾的墨水。你觉得我的蜂蜜味道怎么样？"

他们吃完面包，老妇人又回忆起龙来的那个夜晚。

"看那儿！"她指着屋顶说，"我再也看不见了，我的眼睛不好使，但你们看得见。窗户上的黑点。"

的确，茅草下面有烧焦的痕迹。

"那会是照片上一个精致的细节，"当特建议道，"你就坐这儿，在蜂房旁边，背后是起火的地方。画面中也会有天空——龙曾经在那儿。"

虽然有点不情愿，惠勒奶奶还是被哄着出现在照片中。当特架好相机，丽塔继续陪她聊天。

"你的烧伤肯定很严重？"

惠勒奶奶卷起袖子，露出胳膊。"整个后背都像这样，从脖子到腰。皮肤大面积变色，紧绷，没有纹理。"

"太少见了，"丽塔说，"这么大一块地方被烧掉。后来你没遇到过别的麻烦吗？"

"噢，没有。"

"因为蜂蜜？我处理烧伤病人时也用蜂蜜。"

"你是医生？"

"嗯，也是助产士。我在下游几英里外工作。在巴斯考特。"

那个女人有些惊讶。"巴斯考特？"

她们停顿了一阵。丽塔吞下一片抹了蜂蜜的面包，等老妇人继续说下去。

"你也许知道两年前在那儿失踪的那个孩子的一些情况……"

"艾米莉亚·沃恩？"

"就是她。他们说她回来了——但现在我听说可能不是她。他们现在怎么说？是不是艾米莉亚？"

"确实出现了一个女人，她似乎认出这个孩子是另一个小女孩，但另一户人家说她不是他们的孩子，所以她又回到了沃恩家。没人知道她究竟是谁，但她不是艾米莉亚。"

"不是艾米莉亚！我倒是希望……为了沃恩家，也为了我自己家里好。我孙女当过沃恩家的保姆。自从那小孩被带走后，她的麻烦就没完没了。人们对她议论纷纷。认识她的人都不相信这些话，但是有太多人先是听了故事，然后戴着有色眼镜看她。她这辈子想要的只是找个好男人，有一个属于自己的家庭，但是没有多少男人愿意娶一个像她这样的女人！因为这事，她烦得生了病。睡不着，也吃不下东西。她不出门，怕有人对她讲粗话，有时甚至不愿走出自己的房间。我好几个月没听到她笑了……然后有消息说那个女孩回来了！从河里回来的，他们说。那些说鲁比闲话的人只好忍气吞声了。形势开始逆

341

转。鲁比也有点想通了。她甚至找了份工作，在她曾经就读的学校帮忙。她恢复了一点血色，又开始对生活产生了兴趣。有时在晚上，她会和学校里的其他年轻女士一起到街上转转，她遭了那么多罪，我怎么能说不呢？为什么她不应该像其他年轻人那样找点乐子呢？她遇到了欧内斯特。他们订了婚。他们打算七月份结婚。但就在夏至过后，一个心怀嫉妒的姑娘把她拉到一边，小声说那些人在巴斯考特找到的那个孩子根本不是艾米莉亚，那个失踪的女孩仍然不知所踪。流言又开始了。鲁比仍然受到怀疑。她第二天就取消了婚礼。'大家都在背后议论我，我怎么能结婚生子呢？连我自己的孩子，都不能托付给我！这对欧内斯特不公平。他应该找个比我更好的妻子。'这就是问题的要点。欧内斯特努力劝说她别这么做。他不听那些流言蜚语。他说虽然婚礼推迟了，婚约还在，但她不愿见他，尽管他每天都来问候她。学校叫她最好离开，现在她连花园的围墙都不想出去了。"

老妇人叹了口气。"我本来希望能听到更好的消息，但你只是证实了我已经知道的事儿。"她慢慢站起来，站在枯瘦的腿上，"趁咱们还在等，我去给你拿蜂蜜吧。"

"请再坐会儿，"丽塔说，"我认识沃恩夫妇。他们相信鲁比。他们知道她没有干坏事。"

"真了不起，"女人说，回到座位，"他们都是好人。他们从来没说过她的坏话。"

"沃恩先生和沃恩太太很想把绑架的事查个水落石出。因为如果你孙女跟这件事无关，那一定是别人干的——那个人必须被抓住并绳之以法。如果能做到这一点，对鲁比有很大的帮助，尤其是她的处境。"

这位见过龙的老妇人摇了摇头。"他们当时查过，什么都没有发现。我猜是吉卜赛人干的，永远都抓不到。"

"但如果尝试什么新招数呢？"

老妇人抬起头，那双透明的眼睛困惑地凝视着丽塔。

"我相信你告诉我的关于鲁比的事，她是个好姑娘，因为这些事我以前都听过，是沃恩夫妇告诉我的。她结不了婚，这不公平。她不配拥有自己想要的孩子，而且不配当一个好母亲，这些也不公平。现在，请告诉我，如果有办法让真相大白，让真正的罪犯落网，洗清鲁比的罪名，她愿意帮忙吗？她愿意在其中扮演一个角色吗？"

女人的眼睛开始转动。

房门打开，走出一个骨瘦如柴的年轻姑娘，就是刚才端来面包和蜂蜜的那位。

"要我做什么？"

当特安排惠勒奶奶坐在蜂房旁边，头顶是被龙吐出的火焰熏黑的门楣，丽塔拉着鲁比坐到一起，头挨着头，跟她讲这个计划。

讲完后，姑娘盯着她看。"但这是个魔法！"

"不是，但看起来像。"

"这会使人们讲真话吗？"

"可能吧，如果有谁知道他们还没讲过的事情。也许他们不知道这件事的重要性。要是那人也在那儿，要是我们幸运的话，会的。"

鲁比又垂下眼睛，看了看自己指节发白、指甲被啃过的双手，用手紧紧捏住膝盖。丽塔没再劝她，让她自己考虑。她两只手动了一阵，扭了一阵，最后安静下来。

"但是你需要我做什么呢？我不会那样施魔法。"

"你不需要施魔法。你只要告诉我那天晚上是谁叫你离开巴斯考特屋的。"

鲁比的眼中原本闪过一丝微弱的希望之光。现在她的嘴唇颤抖着，希望也破灭了。她把头埋进手掌。

"没人！我说了一遍又一遍，他们不相信我！没人！"

丽塔拉起姑娘的手，轻轻地把手分开。她把它们紧握在自己手心，望着她泪流满面的脸。

"那你为什么要出门呢？"

"你不会相信我的！没人会。他们会说我是个愚蠢的骗子。"

"鲁比，我知道你是个诚实的姑娘。如果在这一切的背后有什么东西难以置信，你可以告诉我。也许两个人的主意加起来，就能解决这个问题。"

绑架案发生后的这些年里，鲁比已经心力交瘁。她脸色苍白，眼睛挂着黑眼圈。很难相信她还没满二十岁。当有人说艾米莉亚似乎被找到了，她也订了婚，原本对未来充满希望，但希望再次破灭。从她的表情，看不出她对丽塔能帮上忙有信心。她不相信揭露这件事会给她带来任何好处，反正已经沦落到这种地步，她实在太累了，不想再保持原来的姿态。于是，她耷拉着肩膀，声音低沉，无力地说出了那件事。

# 许愿井

凯尔姆斯科特有一口许愿井。据说这口井有许多神奇的力量，除了帮助解决各种婚姻和家庭的难题外，还能治疗许多常见的身体疾病。人们对水井力量的信心因为一种可以证实的、独有的特征而得到加强：无论什么天气，无论哪个季节，从凯尔姆斯科特这口水井里流出来的水都是冷冰冰的。

这口井有简单的石雕和木制的井盖，看上去就像一幅画，当特不止一次给它拍过照片。春天，绽放的山楂花营造出一个很好的背景。夏天，攀缘的玫瑰爬上了柱子。他之前拍过第三张照片，井口戴着一顶冬天的雪帽，美得毫不掩饰。他只缺少一张秋天的照片，来完成这首四重奏。

"咱们停一停，"他建议道，用手指着井，井口缠绕着一圈绿叶，村民们爱把扎的丝带和稻草装饰扔进去，"光线刚刚好。"

他摆好相机，回到"火棉胶"号准备相板，丽塔在井边徘徊，拉出一桶水，测试水温。正如传说中所说：井水冰冷刺骨。

当特回来后，把相板插进相机。

当特有一段时间没给丽塔拍照了，她清楚原因。一拍照，他俩就变得亲密起来。为了找到合适的姿势，他会把她的头捧在手里，向一边或者另一边歪；他会根据她骨骼的轮廓，找出光线流过的方向和角度，而她则端详他的脸。当他找到合适的位置，两人的眼睛会无言地对视，然后他松开她，回到镜头前。当相板打开，当他藏在黑色布帘下面，当一切变得寂静无声，她仍然感受到一种强烈的交流，因为她没对他说出口的话都涌入她的眼神。所以，他已经不再给她拍照。这很有必要。

今天的拍照是个突然转变，这实在令人不解。也许这意味着他已经成功地释放了自己的心，现在能用平常的心态对待她了。当她的感情还处于高涨，对方却能够轻易做到这一点，她不禁感到沮丧。

"我该站哪儿？"她拿不准地问。

"就站在相机后面。"他指着黑漆漆的布帘说。

"你想让我拍照吗？"

"你见过我怎么打开相板，摘掉镜头盖。别让光线从帘子下面漏进来。数到十五秒，把盖子盖好。等我把水打起来，埋到水里，才开始数。"

"什么意思？"

"把脸埋进水里，就能让愿望实现。"

透过黑布，透过玻璃板，丽塔看着当特把指尖伸进水里，然后冷得一哆嗦，甩掉冰凉的水滴。这让她想起了那天在河边，他几乎脱得精光，泡在齐到脖子的河水里，帮她做了一个与她所希望的完全相反的试验。那天，他的脸冻得发白僵硬，但他没有抱怨，等她数到六十的时候，还一直泡在水里，只露出下巴。

"你想许个什么愿？"她喊道。

"说出来,不就失效了吗?"

"倒也是。"

"所以,我不会告诉你的。"

她有太多愿望,不知该从哪一个开始。看到绑架艾米莉亚的人因犯下的罪行而受到惩罚。照顾这个女孩,让她不再受伤害。找到一条出路,免得自己一直在追求爱情和害怕怀孕之间来来回回。搞清楚冬至的夜里,女孩的心跳为什么那么慢。

"我准备好了。"当特吸了一口气,把脸埋进冰冷的水里。

一秒,丽塔掀开相板,取下镜头盖。

两秒,她意识到有个想法从她内心深处冒了出来。

三秒,想法浮出水面,她立刻明白了,而且毫无疑问,这个想法很重要。

四秒,她的脑子飞转起来,速度让她追不上,她把相机抛在一边,也不管匆忙掀开的布帘下面是否有光线漏进来,跑到井边,从兜里掏出手表。

五秒,她到了井边,用拇指和其他手指的指尖捏着当特的手腕,一边打开表壳,一边给他量脉搏。

六这个数字完全被她遗忘了——她正数着别的数字。

当特的脉搏在丽塔的指尖跳动。秒针在表盘上转了一圈。她的脑子里什么都没有,除了两个拍子——发条的节拍和人的心跳。它们并排跑着,每一个都有自己的节奏,然后——令人震惊的事情发生了。在那一刻,她的心智没有动摇。相反,注意力变得更加集中,让她能读懂当特的心跳以及心脏跳动的意义,就像被握在她手里一样清晰。宇宙不过是这颗心的生命,她用心计算着、感悟着。

十八秒钟后,当特从水里起身,脸冻得发僵,没有血色。他的五官锁在一个僵硬的面具里,看上去不像一个活人,更像是一具尸体,但他还能喘气,摇摇晃晃地坐下来。

丽塔捏着他的手腕,没抬头看他一眼,继续数数。

过了一分钟,她把表收好,从兜里掏出一张纸和一支铅笔,用颤抖的手指飞快地写下一些数字,发出一阵短暂的、惊讶的笑声,然后转向他,睁大眼睛,为这一切的不同寻常摇摇头。

"怎么啦?"他问,"你没事吧?"

"我没事吗?当特——你没事吗?"

"我的脸很冷。我想要——"

她有点惊慌,他斜着身子,像是要吐出来,但过了一会儿,又坐回来。"好了,舒服多了。"

她握着他的手,聚精会神地打量着他。"哦,可是——当特——你感觉怎么样?"

望着她非常困惑的眼神,他回应了一个些许困惑的眼神。

"我感觉有些奇怪,真的。肯定是受了寒,但我没事。"

她举起那张纸。

"你的心脏停止了跳动。"

"什么?"

她低头看着记下的数字。"我跑到这儿——差不多是你埋入水中六秒后。就是这个。那时你的心跳是正常的——每分钟八十次。十一秒钟时,心脏停了整整三秒钟。当心脏重新开始跳动,速度是每分钟三十次。你离开水面后,心脏保持这个速度跳了七秒钟。然后,心跳迅速加快。"

她握住他的手,摸了摸他的脉搏,数了一下。"恢复正常了。每分钟八十次。"

"停了?"

"是的,停了三秒钟。"

当特感受着自己的心跳。他发现自己以前从未这么试过。他把一只手伸进外套，感到胸腔里蹦出的力量抵着他的手。

"我没事，"他说，"你确定吗？"这是个可笑的问题。她是丽塔。她在这类事情上从没出过错。"你怎么想到的？"

"冰冷的井水让我想起了在河边做的第一个试验。我突然意识到那天你并没有完全被水淹没，只是淹到脖子那么高，所以今天你埋在冰水里的部位是上次没有埋过的。我猜我肯定是把这个和我以前治疗过的颅脑损伤联系起来了，能让我们成为人类的很多知识都装在那里面……所有的想法凑到一起，我就扔下相机，跑了……"

这是个重大发现。喜悦涌上她的心头。她本能地伸手去抓当特的手，但没能抓住。明显，她的欢乐没有人跟她分享，他从草地上站起来，显得疲惫不堪。"我最好把那个曝光过度的相板取出来。"他朝相机走去，语气平淡地说。

气氛变得紧张，两人沉默地拆开相机，包装好，等所有的东西都收拾好，他仍然一言不发。

"我什么愿也没许，"他突然对她说，"我不信什么许愿井。虽然你的愿望似乎已经实现了。如果要许愿，我的愿望是希望跟你和一个孩子生活。两个愿望。合在一起。但我不知道能否让自己许个愿，得到一件你不想要的东西。我想象过，丽塔。我们两个任由感情随风而逝，顺其自然，认识到有个孩子在前方召唤……如果幸福必须以另一个人的绝望为代价，那幸福的价值是什么？"

"火棉胶"号带着他们逆流而上，回到丽塔的小屋，船头划开水面，制造出一阵嘈杂声和水花，在身后留下一道长长的湍流。两人沉默不语。等船到了丽塔的小屋，他们生硬地相互道了一声晚安，他继续出发，去了"天鹅"。

丽塔走进小屋，把笔记本放在充当书案的桌子上，翻看当天的记录。第二次兴奋使她的心微微一跳。真是个大发现！但她的心随即一沉。这是个什么样的许愿井呀，用不着许愿，就能给你最想要的东西，但同时又让你痛苦不堪，意识到你无法拥有一切？

# 魔术灯光秀

在天鹅酒馆，夏天进入秋天，雨也下个不停。再也没有人皱着眉头谈论歉收的危险了，因为现在已经肯定无疑。再多的阳光也改变不了什么。地里的庄稼长得又矮又黑，地上都是水，怎么收割呀？被解雇的农场工人们想到砾石厂或别的地方找份工作，他们先跑到"天鹅"去喘口气，冬屋里却笼罩着一种焦虑的气氛。

在这种气氛中，有消息说孩子从阿姆斯特朗家回来了，又和沃恩夫妇住在一起。这是怎么回事？他们认为她根本不是爱丽丝。他们认为她还是艾米莉亚。故事的这种偏离并未受到热烈欢迎。一个故事应该朝着一个方向清晰地发展，然后，在一个明显的危急时刻之后，转到另一个方向。这又回到了平淡的原作，缺乏必要的戏剧性。后来，据说有人听到沃恩一家叫孩子米莉。这是不是艾米莉亚的缩写，或者干脆是另一个名字，又引发一场争论，但这与早期关于她眼睛颜色的争论不相符。与激烈的争论相比，研究不可能的事实，是否意味着一件事根本没有发生，这明显缺乏动力。暴雨的无情也挫伤了他们的热情。故事开始变得像地里的庄稼一样虚弱。有时候，讲故事的人甚至发现自己在默默地喝酒。乔纳森也想讲个故事，他讲到农夫驾着马和马车冲进了湖里，后面的事则完全不记得了，故事以"从此再也见不到他了"结尾。几乎没人对他说声鼓励的话。

乔病得厉害。他越来越频繁地躺在后面的房间里，难得有一次出现在冬屋时，他比以往任何时候都更虚弱、脸色更苍白。他就快接不上气来，但还是讲了一两个故事——奇怪的故事，简短，但激动人心。故事的结尾无限敞开，没人能解释或者复述它们。

结合这样的背景，再加上孩子身份的不确定性，几个月前播下的一粒种子，虽然当时毫无动静，现在终于发了芽。某个采砂工的姑母说她曾经看到那个孩子站在河边，水中没有孩子的倒影。现在，有个豆瓣菜农的二表哥说这完全不对。他见过这个孩子盯着河里看，也见过那个神秘的东西：这孩子有两个倒影，每个细节都和对方一模一样。受此鼓舞，其他版本也开始流传，说那孩子没有影子，说她的影子像个老太婆，如果你盯着她那双怪异的眼睛看太久，她就会从你心不在焉的状态中得到好处，把你的影子从脚底割下来吃掉。

"这事儿发生在我身上！"一位身患真实和臆想出来的病症的老寡妇对丽塔说，她盯着丽塔的脚，指指点点，"女巫的孩子把我的影子吃掉了！"

"抬头看看，"丽塔鼓励她，"太阳在哪儿？"

寡妇搜索着天空。"被淹没，完全淹没了。"

"对呀。今天没有太阳，所以没有影子。知道这一点就行了。"

寡妇似乎放心了，但这并没有持续多久。丽塔从另一个病人那儿听说，这个女孩吃了太阳，带来雨水，毁了收成。

"天鹅"里的人听到这话，只是耸耸肩。这说得通吗？他们回忆道，她死过，然后又复活了，这是常人做不到的，除了女巫的孩子？他们考虑了一下，但没有支持这个说法。

然后，到了九月初，这些都被一件新鲜玩意儿推到了一边。一张海报出现了，钉在"天鹅"墙头的一根横梁上，宣布在秋分之夜会有一个魔术灯光秀，由牛津的当特先生免费举办，以感谢那些在他九个月前受伤时迅速采取行动，用沉着和冷静帮助了他的好心人。

"是用图画来讲故事，"玛戈特对乔纳森解释说，"我猜是玻璃上的画，光线穿过玻璃。我不懂怎么个玩法，你得问当特先生。"

"什么故事？"

这是个秘密。

秋分那天，酒馆对来喝酒的人——甚至是常客——都闭门谢客，直到晚上七点才开门。一些常客不相信自己会受到如此对待，仍旧跑到门口，并对被拒之门外感到愤愤不平。他们听到里面不断传出声音，看到门不停地开了又关，让强壮的小伙子扛着大箱子和板条箱进去。酒客们悻悻离去，告诉别人他们没能进入"天鹅"，那儿正在发生一件不寻常的事。

当特早就开始准备了。他在"火棉胶"号与酒馆之间跑了一百次，组织他的助手和阿姆斯特朗的儿子们。哪个箱子，按哪个顺序，到哪个房间……有那么一阵，需要六个人搬一个又大又重的长方形箱子，箱子打了包。他们屏息静气地把它抬起，慢慢爬上斜坡，流着汗，绷着脸，当特连眼睛都没敢眨一下，目光相当专注。等箱子被成功抬进酒馆，大家才松了一口气，吃点茶点，然后回去搬运普通的东西。现场只剩下当特和奥克韦尔夫妇时，盖在箱子外的毯子和包装盒被取下，神秘形状的东西露出来，原来是一大块玻璃。

"我把它摆在这儿。谁也不能到帘子后面来。玻璃在黑暗中是看

353

不见的。我们不希望有人受伤。好啦，主室里的油漆干得怎么样了，用来放魔术幻灯的？"

丽塔是下午来的，陪着一个披着披肩的女人，看不清她的脸。玛戈特的女儿们都来帮忙，其中一个带来她最小的女儿，是个三岁的小女孩，有重要角色要扮演。

六点半，乔纳森有幸打开锁，推开门，放好奇的人们进来。他们都被领到右手边那间宽敞的夏屋。"天鹅"彻底变了样。天鹅绒帷幔盖在一面墙上，遮住通往冬屋的拱门，椅子前面的另一面墙也重新刷成了白色。桌子不见了，取而代之的是一排排椅子，挨得很紧，正对着白色的墙壁。座位后面搭起一个小平台，上面站着亨利·当特，手里拿着一个奇怪的机械装置和一盒玻璃板。

许多人走了进来，屋里顿时响起嘈杂的谈话声：农场工人，采砂工人，所有的常客和他们的妻子、孩子，还有无数从邻近村庄来的人，他们都听说了这个表演。阿姆斯特朗也来了，带着贝丝和家里的大孩子们。他坐在那里，神情严肃不安。他对部分节目内容略知一二，还提供了帮助。罗宾也收到了邀请，但不见他的踪影，这一点也不奇怪。沃恩夫妇不在家。他们事先知道这个故事的内容，两人都同意最好不参加。毕竟，不确定会带来什么结果。他们已经做了必要的贡献，总之，表演会用其他方式让人们感受到夫妇俩的存在。小玛戈特们把苹果酒端给大家喝，七点整，当特对乔和玛戈特说了几句感谢的话。乔正要关门时，莉莉·怀特提着一个带盖的篮子，气喘吁吁地跑了进来。

座位都坐满了，莉莉只好坐在后面的凳子上。她把用红布盖着的篮子放到腿上，篮子里有个东西在蠕动。她伸出一只手，让小狗安静，狗是当天下午买的，送给安做礼物。狗的事儿解决了，安在哪儿呢？她的视线越过观众的头顶，在两个大人中间寻找一个小孩的脑袋,但还没找完几排,灯光就暗了下来,房间里一片漆黑。

一阵满怀期待的骚动,脚在地板上蹭来蹭去,衣着整理好,清了清嗓子;接着,机器转动,一阵清脆的咔哒声传来——

噢!

巴斯考特屋神秘地出现在白墙上,那是沃恩夫妇家:惨白的石头外墙上有十七扇窗户,排列得井然有序,没人想象得出,在宁静的灰色屋檐下,除了和谐还有什么。有几个人想看看这个影像是如何从身后当特的机器上跑到墙面上去的,但大多数人都看着画面出神,根本没考虑。

咔哒。巴斯考特屋不见了,沃恩夫妇突然出现在原来的位置。在他们之间,是一个孩子扭动的模糊身影——两岁的艾米莉亚。观众席上的妇女们低声表达出自己的感情。

咔哒。观众们一阵欢笑——谁也没料到会出现这个:一张广告,在光线中写得清清楚楚。为了方便那些不太识字的人,当特大声念出广告上的内容,他一边读,其他人低声发表评论:

**伶俐猪**
**斯黛拉**
*世上最非凡的动物*
**能写、能读、能算账**
会玩扑克
能看你的表
告诉你现在是几时几分
能
说出你的年龄
更奇妙的是,它能

看穿你的心事
　　闻所未闻
　　私人定制
　　预测未来
　　　包括
　　财运、婚姻

　　"是集市上的那头猪？"
　　"伶俐？是什么意思？"
　　"表示聪明、博学。等你变得伶俐，就懂这些了。"
　　"拼写比我还好，果然是头厉害的猪！"
　　"玩牌也玩得好。我输过三便士呢。"
　　"七十三，那头猪说我！还真说准了！"
　　"在它发现我脑子里的想法之前，我就跑了。我不能忍受一头猪在我脑子里翻呀翻，永远、永远、永远不能忍受！"
　　"一次一先令，单独找这头猪算命。蠢呀！这儿谁会花一先令，跟一头猪聊天。"
　　机器声又响起，广告文字让位给了那头猪。其实这头猪不是莫德，而是它的女儿梅布尔，除了阿姆斯特朗，其他人觉得它俩长得一模一样。坐在猪对面的是一个所有人都认识的年轻女子。
　　"鲁比！"
　　谈话的嗡嗡声突然消失了。
　　画面中，鲁比递出一先令，一只黑袖子的胳膊伸下来从她手里接过钱。与此同时，她凝视着猪的眼睛。
　　现在，黑暗中出现一个声音——是鲁比本人的声音。

"告诉我的命运，斯黛拉。我会嫁给谁？我要去哪儿遇到我的意中人？"

观众喘着气，有人移动座位，把脑袋转到声音的方向，但没人能在黑暗中看到什么，这时，从房间的另一端，由小玛戈特的一个女儿代替猪回答说："冬至的午夜去圣约翰船闸，朝水里看。在那儿你能看见意中人的脸。"

咔哒。钟面在黑暗中闪烁：是午夜了！

咔哒。圣约翰船闸：每个人都知道这地方。鲁比又出现了，跪在地上，目不转睛地盯着河水。

"天哪，真难以置信！"有人说，但其他人马上"嘘——"了一声。

咔哒。又是圣约翰船闸。鲁比站着，双手叉腰，一副烦恼的样子。

"没有！"鲁比的声音响起，"什么都没有！这是个卑鄙的诡计！"

这次没有人再盯着声音的来源寻找。人们都专注于在魔法般的黑暗中展现在眼前的故事。

咔哒。又是巴斯考特屋。

咔哒。儿童房间内部。毯子下面像是有个小孩。

咔哒。还是那个房间，但一个黑衣人背对着观众，斜靠在床上。没人动脚，也没人搓手。"天鹅"屏住了呼吸。

咔哒。还是那个房间，床现在空了。打开的窗户对着天空。

"天鹅"胆战心惊。

咔哒。从侧面看房子的外观。梯子伸到打开的窗户。

"天鹅"里的人摇摇头，表示反对。

咔哒。后面出现两个人。他的手臂搂着她的肩膀。他们悲伤地互相低下头。毫无疑问，他们是沃恩夫妇。

咔哒。一张纸，曾经皱巴巴的，现在摊得平整：

## 沃恩先生
### 付一千镑,换你女儿平安回家

"天鹅"里发出一声愤怒的喘息。

"嘘!"

咔哒。桌上放着一个装钱的袋子,塞得满满的。

咔哒。同样的钱袋,这次位置是拉德科特桥对岸一侧,离观众坐的地方只有很短距离。

一阵惊慌的低语。

咔哒。沃恩夫妇等在壁炉。他们之间能看见钟指向六点。

咔哒。同一个场景,只是变成了八点钟。

咔哒。十一点钟。沃恩太太绝望地把头靠在丈夫肩上。

"天鹅"里传来同情的抽泣声。

咔哒。一口凉气!再次来到拉德科特桥下——但钱不见了!

咔哒。从后面可以看到沃恩夫妇倒在对方的怀里。

"天鹅"被唤醒了。到处是哭声,许多人发出愤怒和吓人的吼声,有人威胁绑架者:一个说要扭断他们的脖子,另一个说会把他们绞死,还有的想把他们绑进麻袋里,从桥上扔下来。

咔哒。**谁绑架了小艾米莉亚?**

"天鹅"一片沉默。

咔哒。猪的画面又出现了。当特拿起一根棍子,用它在光线中圈出"天鹅"之前没有注意到的东西。是一个影子。

人们安静地"噢!"了一声。

咔哒。这似乎是同一幅画面,但其实又是梅布尔饰演它的母亲。这一次,图片被裁剪得只有猪尾巴可见——在图片的中心,有一件长外套的底部,几英寸的裤腿和一双靴子的脚尖部分。

人们震惊了。"欺骗鲁比的不是猪！而是他！"

有人站起来，指着画面喊道："原来是他绑架了艾米莉亚！"

"天鹅"里人人都开始想问题，有一百张嘴在说话：

"他是个矮家伙。"

"瘦得像根笤帚棍！"

"他脱不了干系！"

"外套——肩膀太宽了。"

"还长。"

"总是戴那顶帽子。"

"从来没取下来！"

他们记得他，好吧。每个人都记得他。但是除了那件外套、那顶帽子和那人的身材，没有人能描述得更清楚。

最后一次见到他是什么时候？

"两年前。"

"两年？差不多三年了吧！"

"嗯，将近三年。"

人们达成共识。带着猪的那个人身材矮小，穿着一件大号外套，戴着一顶低檐的帽子，已经快三年没人见过他了。

当特和丽塔在商量。他们一直洗耳恭听，但没有任何迹象表明这里有人会泄露已知之外的信息。

他侧身对着她的耳朵低语："我想我浪费了每个人的时间。"

"还没有结束呢。来吧。第二部分。"

房间里充满愤怒的同时，当特和丽塔躲在帘子后面。丽塔带着小玛戈特和她的孩子又看了一遍舞台说明，当特检查藏在别处的设备，这些设备的用途从外表看不出来，但任何戏剧特效经理或者巫师都熟悉。"等我准备好叫你拉开帘子，我就点个头，懂了吧？"

359

在房间后面黑暗的角落里,莉莉从没见过墙上有这么大的图像,如此逼真,如此不可思议。当他们说这将是一个用图画讲述的故事时,她脑海中浮现出来的是母亲阅读时经常翻看的插图版儿童《圣经》。她不知道画面会变成黑白相间的现实,扁平得像压扁了的花朵,高高地躺在墙上。她不知道这是否会影响自己的生活。她用手掐住自己的喉咙,看得目不转睛,浑身上下都在抽搐、冒汗和颤抖。她惊恐万状的大脑里没有任何地方可以让她的思绪找到立足点。她陷入了一场醒着的噩梦。

叉子敲了敲玻璃,惊得她跳了起来。空气震得脆响,让观众们安静下来。大家在座位上坐好:还有更多的精彩表演。

这次没有"咔哒"一声,而是帘子被拉到一边的嗖嗖声。那些靠得最近的人能感觉到天鹅绒帘子在移动。进入冬屋的拱门暴露出来,突然灯光亮起。

一颗颗脑袋不安地转过来。

有一种紧张、震惊的沉默。

在冬屋里有个孩子,但不是一个普通的孩子。这也不是照片。女孩的头发像波浪一样飘动,她的白色衬衫飘浮在空中,而且——最奇怪的是——她的脚没有碰到地板。她的身形时而变换,时而闪烁,一会儿出现,一会儿消失。她的脸上只有最细微的特征:隐隐约约的鼻子、淡淡的眼神、褪色的嘴唇。衣服的白褶边飘浮在她四周,仿佛空气就是水,让她飘忽不定。

"孩子,"鲁比的声音传来,"你认识我吗?"

女孩点点头。

"你知道我是鲁比,你的保姆,她爱你,把你照顾得很好?"

女孩又点点头。

没人动弹。要么是恐惧,要么是对错过某些东西的恐惧,让他们一直坐在座位上。

"是我把你从床上抱起来的吗？"

孩子摇摇头。

"那么，是另一个人？"

孩子慢慢地点了点头，仿佛这些问题远远地来到了她现在所处的另一个世界。

"是谁？是谁把你带到河里淹死的？"

"对，告诉我们！"观众中有人喊道，"告诉我们，是谁！"

女孩的脸是透明的，样子和任何一个孩子差不多，她举起一只手，伸出手指，指着……不是指着屏幕，而是走进房间，指着观众。

一场混战。有尖叫和混乱的哭声。观众在震惊中站起来，椅子被撞倒。在反射的光线中，人们转过身，四处张望，看移动的、闪烁的手指会指的任何地方，到处都是像他们自己的脸：惊骇，愕然，带着泪痕。有人晕倒，有人在哭，有人在呻吟。

"我不是故意的！"莉莉小声说，在一片骚乱中，没人听到她的话。她双手颤抖，流着眼泪，推开门跑了，仿佛灯光中的幻影就追在她身后。

观众走后，玛戈特家和阿姆斯特朗家的孩子们开始着手恢复旅馆的秩序。扮演小鬼魂的是玛戈特的小孙女，平时精神头十足，但是等他们帮她脱下那件薄薄的白色衣服，她穿着木屐在房间里踱来踱去时，竟然打了个呵欠。那面大镜子被塞进巨大的长方形箱子里，被人小心地、哼哧哼哧地抬起。天鹅绒窗帘被取下来叠好，薄纱扔进口袋时，纱面荡漾起阵阵涟漪。煤气灯拆了。营造出幽灵幻象的装置一件件被拆散、打包、搬走，等所有的东西搬空，大家站在酒馆内面面相觑，就像聚在一个平常的夜晚，他们发现自己的希望破灭了。

罗伯特·阿姆斯特朗的肩膀耷拉下来，玛戈特异常安静。当特提着箱子在旅馆和"火棉胶"号之间来去去，情绪低落得没人敢跟他说话。丽塔去看躺在床上的乔。他满怀期待地抬起眼睛望着她，见她摇摇头，他悲伤地眨了眨眼。

只有乔纳森一如既往地快活，没有受到周围气氛的影响。"我差点就以为是真的了，"他重复道，"虽然我知道是镜子、纱布和煤气灯。虽然我知道是波莉。我差点就信了！"

他和其他人一起把椅子放回原来的位置。然后，当他走向摆在最后面的几张凳子时，他喊了声："呦！谁把你丢这儿了？"

一只小狗蜷缩在房间角落，躲在最后一张凳子下面。

罗伯特·阿姆斯特朗跑过来看。他弯下腰，用他的大手把小狗举起来。"你太小了，不能独自待在外面。"他对小狗说，小狗闻了闻他的味儿，往他身上凑。

"是最后进来的那个女人的。"当特说。他仔细回忆，列出她外貌的每一个细节。

"莉莉·怀特，"玛戈特说，"她住在'编篮人小屋'。我都不知道她来了这儿。"

阿姆斯特朗点点头。"我去把这个小家伙送回家。离这儿不远，反正我的小子们还没准备好。"

玛戈特转向孙女。"好啦，小不点，我想这一天我们闹鬼闹够了，嗯？睡觉时间到！"小女孩被抱走了。

"只是个幻觉，"当特说，"但是收效不大。"他转向鲁比，她正坐在角落里的一个箱子上，努力不让自己哭出来，"我很抱歉。我本来满怀希望。我让你失望了。"

"至少你试了，"她对他说，眼泪还是流了出来，"沃恩夫妇会更难过。"

## 猪和小狗

阿姆斯特朗把小狗塞进大衣里保暖,他松开一颗纽扣,让它能探出鼻子,嗅到夜里的空气。它舒舒服服地靠在他身上,安静下来。

"我最好跟你一块去,"丽塔说,"天这么晚,来了一个陌生人,特别是度过一个令人不安的夜晚后,怀特太太也许会受到惊吓。"

他们默默地朝那座桥走去,这一晚上花费了这么多时间和精力,却一无所获,每个人心头都怀着失望。他们越过一条倒映出璀璨星空的河,来到对岸,没多久,他们路过一处坍塌的河岸,上涨的河水划出新的宽度。黑暗中,他们必须集中精力才能爬过盘根错节的树根和常春藤的藤蔓。透过清脆的河水,他们听到一个声音。

"她知道是我!我从没想过要做坏事!我发誓!我不会伤害她一根头发的!她很生气,我把她淹死了——她举起了手指!她指着我!她知道是我干的。"

两个偷听的人凝望着黑暗,仿佛这样可以听得更清楚些,等着跟她说话的人回答,可是没有声音。丽塔想上前一步，但阿姆斯特朗伸手拦住她。另一个声音传到他耳朵里。低沉的、抽鼻子的声音。是动物的叫声。是猪叫声。

他的脑子活跃起来。

猪叫声停止后，莉莉的说话声又响起。"她永远不会原谅我。我该怎么办？我这样邪恶、如此可怕，永远不能被原谅。上帝派她来惩罚我。虽然我很害怕，但我必须像编篮人那样做。噢！但我必须这么做，忍受永恒的折磨，因为我不配在这个世界上多活一天……"

声音变成了哽咽的抽泣声。

阿姆斯特朗竖起耳朵，听那头猪用鼻音回答莉莉的话。是……吗？当然不是。然而……

小狗叫了一声，暴露了他们的行踪，两人从白杨树的隐蔽处走出来，朝山坡上走去。

"是朋友，怀特太太，"丽塔抢先喊道，"来还小狗给你。魔术灯光秀结束后，你把它忘那儿了。"看得出，莉莉很悲痛。"它没受伤。我们把它照顾得很好。"

就在丽塔朝莉莉走去，嘴里不停安慰她时，阿姆斯特朗以强劲的冲刺跑上斜坡。他径直从莉莉身旁跑过，来到猪圈，他跪在泥地里，双手从猪栏伸进去，喊道："莫德！"

阿姆斯特朗带着怜爱和怀疑的眼神看着这张他以为再也见不到的脸。虽然它老了，瘦了，疲倦了，带着一种悲伤的表情，虽然它的皮肤没有了玫瑰色的光泽，它的鬃毛失去了黄铜色的亮度，但他认识它。猪的眼睛也没有离开他。如果有什么疑问的话，它的欢迎方式也会消除疑问，因为它马上站起身，抖动蹄子，兴奋地跳起舞来，把鼻子伸向栅栏，这样他就可以抚摸它的耳朵，挠它长满鬃毛的脸颊。它紧紧地贴着栅栏，似乎想把它推倒，够着它亲爱的老朋友。莫德的眼神因为重逢的激动而变得柔和，阿姆斯特朗感到自己的喉咙被泪水噎得发疼。

"发生了什么事儿,我的宝贝?你是怎么到这儿来的?"

他从口袋里掏出橡子,莫德轻轻地吻着他掌心里的橡子,很少有猪学过这个本事,他的心头充满了喜悦。

与此同时,莉莉继续揉着眼睛重复道:"我不是故意的。我不知道!"

丽塔的视线从莉莉转到阿姆斯特朗和那头猪,又转回莉莉身上。

从哪里着手呢?

"莉莉,我们到这儿时,你在说什么?什么不是故意的?"

莉莉像是没有听见,一直重复着:"我不知道!我不知道!"

最后,丽塔又努力了几次,她似乎听清了问题。

"我已经把一切都告诉猪了,"她吸溜着鼻子,"它说现在我必须向牧师忏悔。"

## 姐妹和小猪

牧师穿着睡衣和便袍，邀请半夜来访的客人坐下。阿姆斯特朗坐在一把靠在墙边的椅子上，丽塔坐在沙发上。

"我一次也没在牧师家里坐过，"莉莉说，"但反正我是来忏悔的，从今以后再也不来这儿了，所以我想我还是坐着吧。"她紧张地坐在丽塔旁边。

"那么，忏悔是怎么回事？"牧师瞥了丽塔一眼，问道。

"是我干的。"莉莉说。沿着河岸过来的路上，她都在呜咽，现在到了牧师家，声音突然变得低沉了。"是我。她从河里出来，用手指着我。她知道是我干的。"

"谁指着你？"

丽塔向牧师解释了出现在"天鹅"的幻象，以及他们想要达到的目的，然后转向莉莉。"那不是真的，莉莉。我们不是故意要吓唬你。"

"她过去常来编篮人小屋。她从河里出来，用手指着我——她是真实的，我知道她是真实的，她滴水在地板上，把地板都弄湿了。因为我没有忏悔，而是守着我邪恶的秘密，她就到了'天鹅'，在那儿，她用手指着我。她知道是我干的。"

"你做了什么，莉莉？"丽塔蹲在莉莉面前，握着她的手，"明确告诉我们。"

"我淹死了她。"

"你淹死了艾米莉亚·沃恩？"

"她不是艾米莉亚·沃恩！她是安！"

"你淹死了你妹妹？"

莉莉点点头。"我淹死了她！除非我忏悔，否则她是不会放过我的。"

"我明白了，"牧师说，"那你必须忏悔。告诉我发生了什么事。"

事已至此，莉莉变得很平静。她擦干眼泪，理清混乱的思路。当她在牧师家的烛光下讲出这个故事时，她的头发从发夹上滑落下来，瘦削的脸上露出一双又大又蓝的眼睛，她看上去比实际年龄年轻。

"我想那时我十二岁。也许是十三岁。我和妈妈住在牛津，跟继父和同母异父的哥哥住在一起。我有个妹妹，安。我们在后院养了几头小猪，准备把它们养肥卖掉，但是我的继父没有好好照顾它们，它们生了病。妹妹身子弱，又瘦小，我和妈妈都很爱她，继父对她却很失望。他想再要一个男孩。在他看来，儿子才是最重要的。他讨厌我吃的东西，也讨厌我妹妹吃的东西，我们都怕他——妈妈也怕他——我尽量少吃点，好让虚弱的妹妹能多吃一点。但她没有变得壮实。有一天，我妹妹生病躺在床上，妈妈让我照看，她出去给她买点药。我得把饭准备好，还得留心听妹妹有没有咳嗽发作。要是知道妈妈去买药了，我的继父会很生气，因为药很贵，不值得买给女孩吃。我很紧张，妈妈也很紧张。妈妈出去后，我的哥哥拿着一个包袱走进厨房。是个麻袋，用绳子捆得紧紧的。有头小猪死了，他告诉我。继父盼咐我把麻袋扛到河边，扔进水里，省得挖个洞再埋起来。我告诉哥哥我必须准备晚饭，他去把小猪扛到河边，但他告诉我，如果我不照他说的做，我的继父就会把我打个半死。所以我只好去了。包袱很重。我来到河边，把包袱放在一处陡坡，推了下去。然后我回了家。当我走进我家的那条街时，所有的邻居都站在门外，一片喧哗。妈妈朝我跑来。'安在哪儿？'她问，'你妹妹在哪儿？'

"'在我们的卧室里，'我回答，她哭了起来，抹着眼泪，又问：'安在哪儿？你为什么没在这儿，她去哪儿了？'

"之前有个邻居见我出门，怀里抱了个重东西，她问我：'麻袋里装的是什么呀？'

"'一头死了的小猪。'我说。但是当他们开始问我把它扛到哪儿去了，做了些什么时，我答不上来，吓得结结巴巴。

"于是，有几个邻居跑去河边。我想待在母亲身边，但她很生气，因为我没有照看好妹妹，见她不高兴，我只好躲了起来。

"我哥哥是个很警觉的人。他知道我继父发脾气时我爱躲的地方。他找到了我。'你知道袋子里装的是什么，对吧？'

"'是头小猪。'我说，因为我一直这么认为。

"然后他告诉我自己究竟做了什么。'装在那个麻袋里的是安。你把她淹死了。'

"我逃跑了，从那天到现在，我从未告诉过任何人关于我妹妹的真相。"

后来，丽塔提出建议，牧师同意莉莉在自己家的客房过夜。莉莉像个小孩一样勉强同意。

铺好床后，莉莉正打算上楼去睡觉，丽塔正想跟牧师道别时，阿姆斯特朗清了清嗓子，第一次开口说话。

"我想——在我们离开之前……"

他们都看着他。

"这是个漫长的夜晚,对怀特太太来说更是一个非常疲惫的夜晚,但在我们走之前,我能不能问个问题?"

牧师点点头。

"莉莉,我的莫德是怎么跑到编篮人小屋的?"

忏悔完一个大罪之后,莉莉再也守不住其他秘密了。"维克多带回来的。"

"维克多?"

"他姓什么,你同母异父的哥哥?"

"他叫维克多·纳什。"

听到这个名字,阿姆斯特朗吃了一惊,仿佛他用屠宰刀割破了自己的手指。

# 河水那边

"他不可能在厂里,"沃恩说,"几个月来,我一直在廉价出售厂里的东西,人们来来往往。要是有人藏在里面,肯定会被发现的。制酸厂有高高的窗户——亮灯的话,几英里外都看得见。这儿空间足够大,能酿酒、能躲藏,还不受打扰,只有那个旧仓库。"

他的食指戳着白兰地岛平面图上的某个地方。

"从哪儿登岛呢?"当特问。

"他会提防别人从这儿上来。如果他要留意,这就是他重点关注的地方。但从岛的远端可以登陆。远离工厂和其他建筑物。打他一个出其不意。"

"咱们有多少人?"阿姆斯特朗问。

"我可以从家里和农场找八个人。还能多找点,但那就需要更多的划艇,这会引起怀疑。"

"我的'火棉胶'号能多装几个人,但那样会很吵,而且太显眼。只有减少人数划船过去,才是唯一的办法。"

"八个人,加上我们三个……"他们对视一下,点了点头。十一个人。足够了。

"什么时候?"

深夜,一艘小划艇离开巴斯考特屋的码头。没人说话。桨叶出入水面,没有搅动墨色的河水。船桨嘎吱作响,河水拍打着船身,但这些声音消失在河流的低吟中。在夜幕的掩护下,桨手们从浅滩登上河岸。

在白兰地岛的另一端,他们把划艇从河里拖出来,拖上陡峭的山坡,藏在垂挂的柳枝下面。他们依稀能看到对方的身影,点点头,相互交流,因为每个人都清楚自己的任务。

他们两人一组分散在河岸,钻进树林,沿着不同的路线前往工厂。当特和阿姆斯特朗是不熟悉这个岛的两个人。当特和沃恩一组,阿姆斯特朗和沃恩手下的纽曼一组。他们把树枝推开,被树根绊倒,在黑暗中摸索。当树林变得稀稀落落,让位给小路,他们得知自己接近了工厂。他们沿着墙根走,悄无声息地匆匆穿过开阔地带。

当特和沃恩来到仓库。仓库一侧是工厂,另一侧是茂密的树木,从窗户里透出的灯光在河的两岸都看不见。黑暗中,两人交换了一下眼神。当特指了指另一侧。树林里传来一丝动静,被建筑物里透出的微光照亮。其他人也到了。

阿姆斯特朗第一个动手。他冲到门口,用全身力气飞起一脚,踢得门摇晃起来,铰链掉了一半。沃恩推开门,当特紧随其后。他们打量着房间,这里有罐子、瓶子和桶,空气中充满了酵母和糖的味道。有个刚点燃的小火盆,椅子上空无一人,当特把手按在垫子上,垫子是温热的。

他刚刚还在,才跑掉。

沃恩忍不住骂了一句。

有动静。在门外。从树林传来。

371

"那边！"有人喊了一声。当特、沃恩和阿姆斯特朗加入追捕队伍。当人们沿着声音的方向追赶过去时，灌木丛中一片混乱。他们跌跌撞撞地穿过树丛，踩断脚底的树枝，有人摔倒，大叫嚷，没人弄得清听到的声音究竟来自猎物，还是来自猎人。

他们重新集结。他们很沮丧，但没有放弃。他们把地形分成四部分，覆盖岛上每一个院子。他们深入每一丛灌木，窥探每一棵树的枝干，搜查每一栋建筑的每一间房屋、每一条走廊。沃恩找来的两个帮手走近一团带刺的树枝，用粗棍子有条不紊地捶打。远处有动静：一个人影，弯下腰，突然纵身一跳，扑通一声消失了。

"嗨！"他们喊着，提醒其他人，"他跳河里了！"

很快，其他人前来会合。

"他在那儿。我们把他从藏的地方赶了出来，听到溅起水花的声音。"

猎人们的视线划过黑暗的河面。河水闪着微光，却不见猎物的踪迹。

他刚跳下水时，以为寒冷会把自己冻死。但当他浮出水面，发现自己并没有死，离死还远着呢，这天气跳到河里其实并不那么致命。他完成了一次伟大的潜水，在熟悉的水里冒出脑袋。这条河似乎是他的盟友。一根粗树枝低垂在河面，他抓住树枝，悬起半截身子，同时考虑接下来该怎么办。回到岛上是不可能的。他得游到对岸。一旦进入中流，这条河就会把他带到下游去，如果他一直朝岸边移动，一定能找到一个地方把自己拖出水中。在那之后……

在那之后，他会尽他所能把事情解决好。

他从树枝上松开胳膊，让自己完全泡在河里，然后踢水。

岛上传来一声大叫——有人发现了他——他躲到水下。在那里，头顶上移动的人影和灯光分散了他的注意力。一群星星飞过。一千个小月亮从他身边闪过,像鱼群里的小鱼一样拉长。他是精灵中的巨人。

他突然想到没什么要紧的事。我都没有发抖,他想。这里很暖和。

他的胳膊很重。他搞不清自己有没有在踢水。

当冰冷的河水摸起来不再感到寒冷时,你就知道自己有麻烦了。他在哪儿偷听到的?什么时候?很久以前?这使他感到不安,一种不祥的预感压在他身上。惊慌中,他乱踢乱抓,但四肢却不听他的话。

他唤醒了河水,水流抓住了他。他嘴里呛了水。脑袋里有一条翻车鱼。是常识,还是一个错误。他摸索着寻找水面,他的手碰到蔓延的、漂浮的植物。他拼命想爬起来,手指却捏不住沙砾和泥浆。拍打——扭动——见到水面!——水面又消失了。他高喊救命,但吸进的水比空气还多——谁曾经帮助过他,他不是最该被出卖的人吗?——他高喊救命,只有河水的嘴唇紧贴着他,河水的手指捏住了他的鼻孔。

一切都结束了……

他无力抵抗,感觉自己被抓住了,被拎起来,拎出水面,好像他的重量还不如一片柳叶,他躺下来,躺在平底船底部休息。

是"悄悄"吗?他听过那些故事。那个摆渡人把大限已至的人带到对岸,又把那些命不该绝的人送回安全的地方。他从不相信这个故事,但他就在这里。

那个又高又瘦的人把杆子刺向天空,让杆子从他的手指间滑落,直戳到河床,然后,平底船以优雅的、惊人的速度,在黑暗的水面疾驰而过。维克多微笑着,感受到船的推力。安全了……

373

一半人留在岛上,站在他们能看到他试图上岸的地方。其余的人回到船上,在水面寻找。

"太他妈冷了。"当特咕哝一声。

阿姆斯特朗把手伸到水里,赶紧抽出来。

"我们是在找活人呢,还是在找尸体?"他问。

"他撑不了多久。"沃恩冷冷地说。

他们绕着岛划了一圈、两圈、三圈。

"他完蛋了。"沃恩的一个手下说。

其他人点点头。

捕猎结束了。

小艇朝码头和巴斯考特屋划去。

牧师写信给莉莉和她母亲、继父住过的教区的牧师。他得到了迅速的答复。有个当年参与围观的人对三十年前发生的那件事记忆深刻。发现安失踪后,人们大喊大叫。有谣言说大女儿出于嫉妒把她妹妹淹死在河里了。邻居们都跑到河边,但麻袋并没有被立刻找到。等她妈妈加入搜寻队伍,她的大女儿逃跑了。

几个小时后,孩子被找到了,她还活着,离家有一段距离。没人搀扶,她居然走了这么远。她发烧得厉害,无药可救,几天后,她死了。

麻袋也被找到了。里面装着一头死了的小猪。

莉莉一直没有找到。她伤心欲绝的母亲几年后去世了。继父虽然与本案无关,但后来犯了别的罪行,被处以绞刑,而她哥哥是个坏家伙,没有哪份工作能干得长久,多年来杳无音信。

"这不能怪你。"牧师对莉莉说。

丽塔伸出胳膊搂住这个满眼困惑的女人。"是你同母异父的哥哥欺骗了你，出于嫉妒，因为他天生是个坏人。他知道你是无辜的，但从那时到现在一直唆使你相信自己是有罪的。你没有淹死你妹妹。"

"安那天从河里出来，到'天鹅'去，是想干什么？"

"那不是安。安已经死了。她没有生你的气，她在天国安息。"

丽塔对她说："你在编篮人小屋看到的是噩梦，在'天鹅'看到的是幻觉。靠的是烟雾和镜子。"

"现在你哥哥淹死了，"牧师告诉莉莉，"他再也不能吓唬你了。你可以自己存钱，搬出编篮人小屋，到这儿，住到我家里。"

但是莉莉比任何人都了解河流，她知道被水淹死是一件比想象中更复杂的事情。对她来说，淹死的维克多跟活着的维克多一样可怕——而且更可怕。他会因为她出卖了他而生她的气，她不敢离开他知道能找到她的地方，而使他更生气。她只需要想想自己和怀特先生私奔时发生的事。他被打死了，而她也遭遇了维克多的毒打——她很惊讶，自己居然没被他打死。不，她不敢惹他生气。

"我想我还是继续待在编篮人小屋。"她说。牧师试图说服她，丽塔也试图说服她，但她一再坚持，终于如愿以偿。

阿姆斯特朗去编篮人小屋接莫德时，发现它怀了小猪。

他不想在这个微妙的时刻打扰它，看得出来，它受到了很好的照顾。

"你能照顾它吗，怀特太太，等到它下崽？"

"我不介意。莫德呢？它愿意留下来吗？"

莫德不介意，就这么决定了。

"等我把它带回家时，我会送你一头小猪作为交换。"

# 屠宰刀

小鸡们慌慌张张，猫躲开他抚摸的手，沿着墙角不高兴地溜走了。猪瞪着眼睛，似乎在说什么不祥的事情。阿姆斯特朗皱起眉头。怎么回事？只离开了两个小时，去照看要卖的奶牛。

他的二女儿从房子里飞跑出来，她张开双臂搂住他时，他确信家里一定发生了什么不好的事。她上气不接下气，说不出话。

"是罗宾？"他问。

她点点头。

"你妈妈呢？"

她指着厨房的门。

房间里像是发生过一场动乱。汤在炉子上悄悄地冒着泡，糕点被遗弃在大理石上。贝丝站在摇椅背后，紧紧抓住扶手，一副凶狠的、保护的架势。他的大女儿苏珊坐在摇椅上，弓着背，脸色苍白。她的胳膊奇怪地交叉在胸前，双手托着脖子。在她周围聚着三个最小的孩子，都担心地拉着她的裙子。

当他进来时，贝丝松了口气，双手撒开，不再抓住椅子的扶手,她不安地看着他,向他打了个手势,叫他别说话。

"听着,"她对守着姐姐的小孩子说,"把这个拿去给猪吃。"她把果皮扫进碗里,递给最大的一个孩子。最后一次安慰地拍了拍姐姐的膝盖后,孩子们走了。

"他想干什么?"门一关上,他就问道。

"老样子。"

"这次要多少?"

她把数目告诉了他,罗伯特愣住了。这远远超过罗宾以前从他们那里要过的钱。

"他惹了什么麻烦吗,要那么多钱?"

她做了一个轻蔑的手势。"你知道他的德行。谎言一个接一个。一次好的投资,一次千载难逢的机会,一次贷款、下周就还……我没有上当,他知道。他那套圆滑的方法对我已经有很长一段时间不起作用了。"她皱起眉头,"没人会受骗,至少今天不会。他上气不接下气,焦躁不安,想很快拿到钱,然后再次逃跑。他一直往窗边走,紧张极了。他想叫他弟弟去大门口放哨,但我不准他去。没多久,他不再撒谎,开始大吼:'我告诉你,快把钱给我!否则我就死定了!'他拿拳头捶着桌子,说这都是我们的错,如果我们没有把女孩还给沃恩家,他不会被逼得走投无路。他的声音有点打战。像是被什么东西吓到了。"

"'究竟是什么把你逼成这样?'我问他,他说有人在跟踪他,一个为了得到自己想要的东西不惜一切代价的人。"

"他有生命危险,他说,"摇椅上的苏珊补充道,"'如果你不给我钱,我就死定了。'"

阿姆斯特朗揉了揉额头。"苏珊,这事跟你无关。去客厅里歇着吧,我和你妈妈谈谈这件事。"

377

女儿把目光转向母亲。"告诉他,妈妈。"她说。

"我拒绝给他钱,他对我大发脾气。"

"他说她一直跟他对着干。他叫她废人。他说了她嫁给你以前的那些事——"

"苏珊无意中听见了。她刚好进来。"

"我正想告诉他不许对妈妈生气。我正想——"

女儿的眼里充满了泪水。

贝丝把手放在女儿的肩上。

"他突然转过身来。刹那间,他从门背后的刀鞘里掏出你那把匕首。他抓住了苏珊……"

阿姆斯特朗惊呆了。门后面那把匕首是他的屠宰刀,每次他把匕首收进刀鞘时,都磨得致命地锋利。他这才明白女儿的身体为什么缩成一团,还有她那张痛苦的脸。

"我本来可以躲开他的,"苏珊说,"我本来可以的,只是……"

罗伯特穿过地板,抓住女儿的手,把手从她脖子上挪开。她捏着一块血迹斑斑的布,刀刃在娇嫩的皮肤上划出一道鲜红的曲线,深得足以撕裂皮肤,离切断主动脉只相差了不到一英寸的距离。他屏住了呼吸。

"妈妈喊了一声,弟弟们进来了。看到他们时,罗宾犹豫了——他们的个头快跟他一样了,而且强壮,有两个人。他松了手,我扭动身体……"

"现在他人呢?"

"他跑到那棵老橡树那儿去了,在下游,挨着白兰地岛。他让你去那儿找他。你得把钱拿去,要不他的命就完了。他叫我转告你。"

阿姆斯特朗离开厨房,走进房子的深处。他们听见他书房的门开了又关。他在里面待了一会儿,出来时,正在扣上衣的扣子。

"别去,爸爸!"

他把手放在女儿的头上,吻了吻妻子的鬓角,然后一言不发地走了。他刚把门关上,又推开门。他在门后摸他的匕首。鞘在那,但里面是空的。

"他拿走了。"贝丝说。

话音未落,门砰地关上了。

这一天的倾盆大雨稍缓了些,变成均匀的、持续的降雨。每一颗雨滴,无论是落在河面、田野、屋顶、树叶还是人身上,都敲击出声响,每一种声响都与其他大同小异。各种声响编织成一条潮湿的噪音毯子,把阿姆斯特朗和"舰队"包裹起来,把他们分开。

"我知道,"骑手拍了拍马,纵身跳上马鞍,"我也想待在家里。但我必须去。"

这条路坑坑洼洼,石头也多,"舰队"走得专心致志,在水坑间择道而行,避开障碍。它时不时抬起头来嗅嗅空气,耳朵警觉地听着。

阿姆斯特朗陷入沉思。

"这么多钱,他想干什么?"他大声问道,"为什么现在要呢?"

踏过小路的凹坑时,马蹄溅起水花。

"他的妹妹!他自己的妹妹!"阿姆斯特朗摇了摇头,喊道。"舰队"同情地呜咽着。"有时我觉得自己已经无能为力。孩子不是一艘空货船,舰队,不是父母觉得什么造型合适,就做成什么造型。他们生来就有自己的想法,无论你多么爱他们,都不能强迫他们。"

他们继续前行。

"我还能做什么呢?哪些没做好?嗯?"

"舰队"摇了摇头,缰绳上的水往外飞溅。

"我们都爱他。真的,难道不是吗?我带他到处走,带他看世界。我教给他我所知道的……他能明辨是非。是我教会他的,舰队。他总不能说他没学过。"

"舰队"在黑暗中前进,阿姆斯特朗叹了口气。

"你从来没有喜欢过他,是吧?我尽量不去看。他走近你时,你把耳朵收回去时的样子,你退缩的样子。他对你做过什么?我不想把他想得太坏,现在也不想,但即使是一个父亲,也不能永远对此视而不见。"

阿姆斯特朗抬起一只手,擦去眼睛上的湿润。

"只是沾了点雨,"他对自己说,尽管发疼的喉咙告诉他并非如此,"还有那个女孩。我想知道这是怎么回事,舰队。他把自己卷进了什么圈套?没有哪个爸爸像他那样磨磨蹭蹭的。哪有当爸的认不出自家的孩子?她不是他的孩子,他从一开始就知道。所以这是怎么回事?他会告诉我出了什么问题吗,你觉得呢?如果我不知道是怎么回事,我怎么把事情做好呢?他把我的手反绑到背后,然后抱怨我对他的帮助不够。"

他感受到口袋里的重量。他从保险柜里拿了钱,把钱包装满,钱包很沉。

"舰队"停了下来。它紧张地原地小跑,在马具里扭动着,烦躁不安。

阿姆斯特朗抬起头,看发生了什么事。他只看到一片黑暗。雨水洗掉了空气中所有的气味,压抑了声响。人的感官没有任何收获。

他坐在马鞍上,身子前倾。"怎么了,舰队?"

它又跳了起来,这一次他感觉到了它脚边溅起的水花。他跳下马,水漫过他的靴子。

"是洪水。洪水来了。"

## 始于"天鹅",终于"天鹅"

雨下了好几个星期。为抵御洪水,人们忙前忙后,但就算没人提醒,他们也知道要提防河上的吉卜赛人,因为现在是吉卜赛人经过的时候了,一点点洪水阻挡不了他们。事实上,上涨的河水只会帮助他们更接近河边的住户,包括别墅、村舍、外屋、谷仓和马厩。每一件设备和机器都必须搬到室内,每一扇门都必须上锁。河上的吉卜赛人会毫不客气地弄走任何没有保护好的财物,不管机会有多么渺茫。窗台上的花盆不安全,某个倒霉的园丁把锄头或者耙子靠在后门。此外,又到了冬至的夜晚,距离那个孩子回来刚好一年。最重要的是海伦娜,在等待孩子降生的最后几天,她几乎丧失了活泼敏捷的个性。但沃恩家的用人们已经尽力而为。他谢过他们,然后去找妻子。

"我太累了,"她说,"但在你脱掉外套之前,陪我们一起去花园里走走吧。我们想看看河。"

"花园的水已经淹了二十码高了,又黑,对孩子不安全。"

"我跟她说了河水可能会漫进花园,她很兴奋。她渴望看到它。"

"好吧。她在哪儿?"

"我在沙发上睡着了——她可能走去厨房看厨子了。"

他们去了厨房,但她不在那里。

"我以为她和你们在一起。"厨子说。

沃恩的目光与海伦娜的目光相遇,两人突然惊慌起来。

"她会去看那条河的——我们会在那儿找到她,就在我们前面。"虽然海伦娜说得很肯定,声音里却带着一丝颤抖,流露出她的怀疑。

"你留在这儿——我一个人去找会快些。"丈夫说着跑出了房间,但海伦娜跟在他身后。

她走得很慢。草坪上泥泞不堪,砾石小路被过去几周的暴雨冲走了。她没有把雨衣系好盖在肚子上,冰冷的雨水湿透了她的衣服,她开始怀疑自己是否高估了体内积蓄的力量。歇了一会儿,她又接着往前走。她想象着将要看到的情景:那个孩子站在水边出神,被上涨的河水迷住了。

她走到树篱旁看得见河的那个缺口,停了下来。丈夫在那儿,摇着头,急切地同园丁和另外两个男人说话,边说边打着手势。园丁和另外两个男人严肃地点点头,急忙跑开,去执行他的命令。

她浑身发热,心怦怦直跳。她迈着笨拙的步子跑起来,边跑边喊沃恩的名字。他转过身来,看见她眼睛睁得大大的,因为她在泥里滑了一跤,好在他及时赶到,她没有倒在地上,但还是痛苦地大叫了一声。

"没事的,我已经吩咐了——他们在找她。我们会找到她的。"

她呼吸急促,点点头,脸变得煞白。

"怎么啦?脚扭了?"

她摇摇脑袋。"是孩子。"

382

安东尼把目光投向花园，咒骂自己派了那么多人去找孩子。他计算着到房子的距离，光滑的小路，黑沉沉的夜，他把这一切与妻子眼中忧郁的痛苦作了对比。他能做到吗？没有别的办法。他感到她全身的重量完全压在他的两条胳膊上，准备出发。

"嗬！"他听到有人在喊。第二次更大声："嗬！"

"火棉胶"号沉着地漂浮在广阔的水面上。

等他们把海伦娜弄上船，重新出发后，当特告诉他："丽塔在'天鹅'。我把海伦娜送到那儿，然后我们就可以出来开船继续找那个女孩了。"

"丽塔的小屋也被水淹了吗？"

"嗯，还有……乔不行了。"

"天鹅"酒馆里几乎没有喝酒的人。也许是冬至，但主要是洪水的原因，到处都需要年轻人帮忙，拿木板封上门，将家具搬上楼，把牛赶到更高的地方……酒馆里只剩下那些对洪水造成的破坏熟视无睹的人：年老的、体衰的、洪水来时已经喝得烂醉的。他们没有讲故事。讲故事的乔快要死了。

在他的床上，在"天鹅"里一个远离那条河的小房间里，乔快要淹死了。在喘息的间歇，他喃喃念出声音。他的嘴唇不停地动，但是水下的声音并没有变成任何人都能听懂的话。他做了个鬼脸，眉毛意味深长地抽动着。这是一个扣人心弦的故事，但只有他能听到。

乔的女儿们在病床和冬屋之间来来去去。今天，小玛戈特们把欢乐的笑容放到一边，脸上挂着和母亲一样的忧伤。玛戈特坐在床边，握住乔的手。

有那么一阵，乔似乎突然浮出了水面。他半睁着眼睛，说出几个音节，然后又沉入水中。

"他说的什么?"乔纳森迷惑不解地问。

"他在喊'悄悄'。"母亲平静地回答,女儿们点点头。她们也听到了。

"我去把他叫来好吗?"

"不用,乔纳森,不必了,"玛戈特说,"他在来的路上。"

丽塔听到了这一切,她站在窗边,望着"天鹅"四周的大湖,湖面就像一张白纸,离"天鹅"的墙只有几英尺远,让酒馆与世隔绝,成了一座孤岛。

她看见了"火棉胶"号。在深水中,她看见当特放下划艇,帮海伦娜进入船舱——她像是一张黑色的剪影——划向"天鹅"的入口。他的关怀,让丽塔明白了海伦娜为何突然前来。

"玛戈特——沃恩太太来了。看来她要生了。"

"幸亏咱们这儿有这么多人。我的女儿们也能帮忙。"

在海伦娜到来的忙碌中,当特把丽塔拉到一边。

"那个女孩不见了。"

"不!"她按着肚子,觉得那里一阵痉挛。

"丽塔——你没事吧?"

她努力振作起来。一个人快要死了。一个婴儿就要出生了。

"多久了?最后一次见到她是在哪儿?"

当特把他知道的都告诉了她。

玛戈特的一个女儿跑来找丽塔,听候她的吩咐。

丽塔脸色发白,表情充满了恐惧,这是当特头一次不想为她拍照片。

"我得走了。乔和海伦娜需要我。嘿,当特——"他转身走回屋里,听着她急迫地说出最后一句,"找到她!"

这之后,时间变得很长也很短。河水平静而冷漠地躺在"天鹅"

周围，酒馆里的女人们忙着应付人类对死亡和出生的追求。在墙的这边，海伦娜挣扎着要把她的孩子带到这个世界。而在另一边，乔挣扎着要离开世界。小玛戈特们做了一切该做的事，帮助生命开始和结束。她们送来水和干净的衣服，装满木柴筐子，烧火，点蜡烛，做好一盘盘食物，谁都没有胃口，但出于好意还是吃了，与此同时，她们边哭、边安慰人，沉着、镇定。

丽塔在两个房间来来回回，查看病人和产妇。站在连接两个房间的走廊里，乔纳森烦躁不安。

"他们找到她了吗，丽塔？她在哪儿？"每次她离开海伦娜，他都想知道。

"不知道，得等他们回来告诉我们。"她告诉他，走回乔的房间。

他们听任时间摆布。几小时短得像几分钟，然后丽塔听见玛戈特说："'悄悄'来了，乔。再见，我的爱人。"

丽塔想起了一年前她在"天鹅"听到的话：你只需要看看一个人的眼睛，就知道他是死是活。眼睛里会没了神光。她看到乔的眼睛里没了神光。

"为我们祈祷吧，丽塔，好吗？"玛戈特问。

丽塔开始祷告，等她祈祷完毕，玛戈特松开了乔的手。她把他的左右手握在一起，然后把自己的手放在膝盖上。她流出两滴眼泪，每只眼睛一滴。

"别管我，"她对丽塔说，"你去忙吧。"

在墙的另一边，几分钟漫长得像几个小时，伴随一阵宫缩，一个婴儿顺利降生，飞快地滑进丽塔手里。

"啊！"小玛戈特们又惊又喜，悄声问，"这是什么？"

丽塔惊讶地眨了眨眼。

"我听说过。我从没见过。通常在婴儿出生前胎膜就破了，羊水会流出来。这个胎膜没有破。"

　　这个完美的婴儿在水下世界畅游。眼睛很快闭上,动作流畅,小拳头梦幻般地张开又合上,就像在一层透明的、充满水的薄膜里游泳一样。

　　丽塔拿刀尖戳了一下胎膜,膜壁裂开一道大口子。

　　羊水哗啦一声流出来。

　　男婴同时睁开眼睛,张开嘴巴,惊讶地发现了空气和这个世界。

# 父与子

"舰队"的蹄子溅过水面。在夜色中,四周泛着一层像锡一样的灰光,只在他们路过时才被搅动。阿姆斯特朗想到了生活在陆地上的小动物,老鼠、田鼠和黄鼠狼,他希望它们找到了安全的避难所。他想到了鸟儿,想到了那些夜间的猎食者,它们失去了熟悉的捕猎场所。他想到了鱼群,它们在不知不觉中偏离了主航道,现在发现自己在草地几英寸深的水中游来游去,与他和他的马共享领地。他希望"舰队"不要踩到任何曾经属于陆地与河流,被洪水冲到这块陌生区域、流离失所的动物。他希望它们能逃过一劫。

他们来到白兰地岛附近的那棵橡树旁。

他听到一个声音。转过身时,一个侧影从模糊的树干背后显现出来。

"罗宾!"

"你很准时!"

阿姆斯特朗下了马。在半明半暗的暮色中,儿子穿着单薄的外套,弓着背抵御寒冷,冻得瑟瑟发抖。他的话是突然说出来的,带着一种男人的神气,但声音有一丝颤抖，把他的胆量击打得支离破碎。

阿姆斯特朗的同情心本能地迸发出来，但他记起了女儿脖子上那道红色的曲线。"你的亲妹妹，"他用低沉的声音说，摇了摇头，"简直难以置信……"

"是妈的错，"罗宾说，"如果她照我说的做了，就不会发生这种事了。"

"你还怪你妈？"

"很多事儿我都怪她，没错，这只是其中之一。"

"你怎么能把这看成她的过错？你妈妈是世界上最好的女人。是谁的手把刀放在苏珊的喉咙上？谁的手里拿着刀？"

对面一阵沉默。然后说：

"钱带来了吗？"

"以后还有时间谈钱的问题。我们必须先谈些别的事儿。"

"没时间了。现在把钱给我，让我走。一分钟也不能耽搁。"

"为什么这么着急，罗宾？谁在逼你？你做了什么？"

"债主。"

"自己赚钱还债。回家到农场来，像你弟弟们那样干活。"

"农场？你每天早上五点起床，在寒冷和黑暗中喂猪，那是你的事。我得过更好的生活。"

"你必须和贷款给你的人达成协议。我付不完。数额太大了。"

"我说的可不是什么体面的贷款。他不是个银行家，愿意重新谈判条款。"接着传来了一声呜咽或者大笑，"把钱给我——不然你就把我送上了绞刑架。嘘！"

他们的耳朵在黑暗中竖起来。没别的声音。

"给我钱！如果我今晚走不了——"

"去哪儿？"

"随便。任何地方。没人认识我的地方。"

"然后留下这么多问题没解决?"

"来不及了!"

"把你妻子的事告诉我,罗宾。告诉我有关爱丽丝的事情真相。"

"这有什么关系?她们都死了!完蛋了。走了。"

"你就一点不伤心?不后悔?"

"我以为她带钱来了!她说她父母会过来。为我们的生活做好准备。结果,她成了我的负担。她死了,也把孩子淹死了,总算是摆脱了她们俩。"

"你怎么能这样说?"

那个瘦弱而颤抖的身影突然变得僵硬。

"你听到什么了吗?"罗宾低声问。

"没有。"

儿子认真地听了一会儿,然后又把注意力转到阿姆斯特朗身上。"那他还没来,他很快就会来的。把钱给我,让我走。"

"'天鹅'的那个孩子呢?你没去认领,也没有放弃。还有夏至集市上的字谜游戏。给我说说。"

"你还是老样子!你现在还不认识我吗?跟你挂在皮带上钱包里的是一个东西。"

"你想把她拿来换钱?"

"从沃恩家。那天晚上我一走进'天鹅',沃恩就知道那个女孩不是他的。她不可能是。我清楚,他也清楚。我知道,只要我花点时间想清楚,就能赚到钱——我昏倒了,或者他们以为我昏倒了,然后在那儿拼命想,躺在地板上。他们想要那个女孩,他们有钱。我想要钱,能认领那个女孩。"

"你的意思是假装认领,然后卖掉她?"

"沃恩差点就付了,但是妈妈把女孩送回去了,他就不需要付了。多亏了她,我负债累累。"

"不许说你妈妈的坏话。她教你明辨是非。如果你多听她的话,今天就不会沦落成这个样子了。"

"但她做得不对,是吧?她只是嘴上说该这么做?如果她是个好女人,我也会成为一个好男人。责任都在她。"

"注意你的言行,罗宾。"

"看看咱们仨!她那么白,你那么黑!再看看我!我知道你不是我爸爸。我从小就知道我不是你儿子。"

阿姆斯特朗一时语塞。

"我一直待你像亲生的儿子。"

"她骗了你,不是吗?她和另一个男人有了孩子,迫切希望有人娶她,但谁愿意讨一个跛脚斜眼的女人做老婆呢?肯定不是孩子的亲生父亲。后来你出现了。黑皮肤的农民。她向你求了婚,是吧?这是多大的一笔交易啊。一个白人新娘嫁给了一个黑人农民——还有我,八个月后出生的我。"

"你错了。"

"你不是我爸爸!我早就知道了。我知道谁是我的亲生父亲。"

阿姆斯特朗有些惶恐。"你知道吗?"

"你记得我是什么时候撬开抽屉、偷了那些钱吧?"

"我宁愿忘掉这件事儿。"

"那时我看到了那封信。"

阿姆斯特朗有些困惑,随后反应过来。"恩伯里勋爵的信?"

"我爸爸的信。上面写了他亲生儿子的下场。你和我妈把钱藏起来不让我碰,我就偷了钱。"

"你爸爸……"

"没错。我知道恩伯里勋爵是我爸爸。我八岁时就知道了。"

阿姆斯特朗摇了摇头。"他不是你爸爸。"

"我读过信。"

阿姆斯特朗再次摇摇头。"他不是你爸爸。"

"我拿了信!"

阿姆斯特朗第三次摇了摇头,又开口重复了一遍。声音在潮湿的空气中响起——"他不是你爸爸!"——但这一次,说话的人不是他。

罗伯特·阿姆斯特朗觉得这个声音似曾相识。

罗宾的脸吓得变了形。

"他来了!"他低声说。

阿姆斯特朗转身朝四周看了看,但他的眼睛无法穿透黑暗。每棵树干和每丛灌木背后都可能藏着一个人,一群幽灵在黑色的潮气中迷糊地徘徊。终于,凭借凝视的力量,眼中出现一个形状,像是水,又像是夜色,向他们游来,是一个矮小的身影,宽大的衣服拖在水中,帽子低垂,遮住了脸。

伴着哗啦哗啦的水声,它靠近罗宾。

年轻人向后退了一步。他无法把恐惧的目光从逼近的人影身上移开,但同时又不敢夺路而逃。

等那人——那确实是个人——走到离罗宾五英尺远的地方时,停了下来,月光突然照亮了他的脸。

"我才是你爸爸。"

罗宾摇了摇头。

"你不认识我了吗,儿子?"

"我认识你。"罗宾的声音颤抖着,"我知道你是个出身低贱的恶棍,一个靠打打杀杀和犯罪为生的卑鄙小人。我知道你是个江湖骗子、小偷、大话精,还不止这些。"

那人的脸上绽出自豪的微笑。

"他认识我!"他对阿姆斯特朗说,"看样子你也认识我。"

"维克多·纳什,"阿姆斯特朗阴沉地说,"那么多年前我把你从我的农场扔出去后,就没想过再见到你。看来你阴魂不散,又回来了,你要是在白兰地岛那儿淹死了,我是不会难过的。"

维克多鞠了个躬。"淹死?我的时辰还没到呢。我活着就是为了得到属于我的东西。我得感谢你,阿姆斯特朗,养育了我的儿子,教育了他。他学了这么多,难道说得还不够好吗?听听他说了些什么——为什么有时候我听不懂他在说什么,尤其是他开始说什么拉丁文、希腊文和那些没人懂的长单词的时候。他写字儿也写得好看。看他拿起笔,看他如何迅速地听清你嘴里念叨的东西,然后用墨水写出来,从来没涂一个墨团!那些弯曲的、转动的线条,看起来就像一幅画,真的。他的举止!没人能挑剔他的举止——他就像这块土地最好的领主。我为我儿子感到骄傲,真的。因为他身上有我最好的一面——我的狡猾,我的奸诈——再加上你的好老婆——你看他是不是很帅,有柔软的头发和白皙的皮肤?你已经完成了你的使命,阿姆斯特朗。你用你最好的一面把他磨光了。"

罗宾浑身发抖。

"这不是真的!"他对维克多说,然后面对阿姆斯特朗,"这不是真的,对吧?告诉他!告诉他我父亲是谁!"

维克多在偷笑。

"是真的,"阿姆斯特朗告诉罗宾,"这个人是你父亲。"

罗宾两眼发直。"那恩伯里勋爵呢?"

"恩伯里勋爵!"那人冷笑着说,"恩伯里勋爵!他是某人的父亲,对不,阿姆斯特朗?你为什么不告诉他?"

"恩伯里勋爵是我的父亲,罗宾。他在很小的时候就爱上了我的母亲,她是一个女佣。这就是抽屉里那封信提到的事。那是他在去世前为保证我的经济来源而签订的协议。我就是信中提到的罗伯特·阿姆斯特朗。"

罗宾悲痛欲绝地看着阿姆斯特朗的脸。

"那我母亲……"

"这个坏蛋卑鄙地利用了她的天真,我尽了自己最大努力来弥补她所受的伤害。为你做该做的事。"

"嗯,好吧,够了。我是来领他回家的。是时候把他交给我了。你养了他二十三年,现在他必须回到他亲生父亲那儿去了。你说呢,罗宾?"

"去你那儿?你觉得我会到那儿去吗?"罗宾哈哈大笑,"你疯了。"

"噢,可是你必须这么做呀,儿子。家就是家。咱们是一家人,你跟我。凭我卑鄙的计谋和你英俊的长相,凭我的见识和你的风度,想想咱们能干些什么吧!咱们才刚刚开始!咱们必须继续已经开始的工作!一起干,我的儿子,咱们就能创造奇迹!等了这么多年,咱们的机会到了!"

"我跟你一点关系都没有!"罗宾咆哮道,"我告诉你,别管我!我不会让人说我是你儿子。要是你把这事儿讲给别人听,我会……我会……"

"你会干什么,罗宾,我的儿子?干什么,嗯?"

罗宾喘着气。

"我知道些什么,罗宾?告诉我。我对你的了解,有什么是别人不知道的?"

罗宾紧张得身子僵硬。"你要是敢说出去,我就揍你!"

维克多慢慢地点点头。"你试试看。"

"你脱不了罪。"

维克多望着洪水。"当一个人的亲生儿子不认他的时候,谁说得准他会做什么或者不会做什么呢?家就是家,我的儿子。在我记事之前,我失去了母亲。我父亲把他会的一切都教给了我,但我还没成年,他就被绞死了。我曾经有过一个妹妹——至少我叫她妹妹——但就连她也背叛了我。你是我的全部,我的罗宾,你有柔软的头发,得体的谈吐和高贵的气质……你是我的全部,如果我不能有你这个儿子,那我生命的意义是什么?不,我们的未来是一致的,罗宾,这取决于你,你想如何拥有它。我们可以一起做生意,就像以前那样,或者你可以拒绝我,我就去揭发你,我们会被锁在牢房里,父子俩一起上绞刑架,这是多么自然的事儿呀。"

罗宾哭起来。

"这个人有你什么把柄?"阿姆斯特朗问,"是什么阴谋把你跟他绑在一起的?"

"要我告诉他吗?"维克多问。

"不!"

"我想还是说吧。这是一个我即将关闭的避难所,当它消失时,唯一的救援将留在我身边。"他朝着阿姆斯特朗,"我知道这个帅气的年轻人喜欢在牛津城边的一个地方喝酒,我在那儿慢慢认识了他。我在他脑子里种下一个阴谋,让他以为这是自个儿的发明。他以为我跟在他身后走,其实这条路是我规划好的。我们一起偷了你的猪,阿姆斯特朗——那是第一件事!那天晚上我不禁躲在袖子里偷笑,想到二十三年前你叫我滚蛋,不准在十二英里的范围内靠近你和你的贝丝,而我却摸回来了,被领进你的院子,偷了你最喜欢的猪,是我自己的儿子拉开门闩,拿树莓引诱它,帮我做到的!他跟我跑了,我们有段时间生意不错。我知道怎么搞噱头,弄出一头算命猪。集市给我们带来了一笔可观的收入——我们家境很好，当然这是针对家境贫寒的人来说，只有你儿子不满意。他想赚更多钱。于是我们充分利用资源——那头猪和集市——去做大事。不是吗，罗宾，我的儿子？"

罗宾在发抖。

"沃恩家的孩子……"阿姆斯特朗惊愕地低声说，"绑架……"

"干得好！罗宾用他的花言巧语骗那个蠢姑娘鲁比把一先令给了他。你那头姜黄色的猪用柔软的眼神望着姑娘那双又圆又傻的眼睛，从帘子后面，罗宾也用他最甜美的声音说出小猪的心里话，告诉她该去哪儿寻找她的意中人，在深夜的河边。是吧，我的儿子？"

罗宾双手捂住脸，面对阿姆斯特朗，阿姆斯特朗抓住他的手腕，逼他直视自己的眼睛。

"是真的吗？"

罗宾变得一蹶不振。

"还有呢，是吧，罗宾，我的小子？"

"别听他的！"罗宾痛哭起来。

"是的，因为那只是个开始。罗宾，一开始是谁的主意？把小女孩从沃恩家弄走是谁的主意？怎么弄的？"

"是你的主意！"

"是吗，也对，可你说一开始是谁的主意呢？"

罗宾把脸扭到一边。

"是谁在吹嘘自己聪明呢？是谁吩咐船上的人，是谁写的勒索信，是谁给每个人安排好藏身之处？究竟是谁在夜里大摇大摆地走来走去，检查每个人收到的指令是否清楚？那时我真为你感到骄傲！当我看到你时，你还是个毛头小子，却很自信，做起坏事来有条不紊。他是我的孩子，我当时想。他的血管里流着我的血液，他的心里藏着我的邪恶，阿姆斯特朗无法把这些清除掉。他的身体和灵魂都是我的。"

395

"把钱给他,"罗宾在阿姆斯特朗耳边小声说,但音量不够轻,因为这些话传到上涨的水面,那人大笑起来,"钱?是的,我们会把钱拿走的,对吧,儿子?平均分。我会跟你平分,罗宾,我的孩子,五五分成!"

洪水涨到三人的膝盖位置,雨水浸透了他们的帽子,流到脖子和衬衫上,没多久,他们的上半身就和下半身一样湿了,有没有泡在水中,看不出多大区别。

"还有其他事,罗宾,"维克多继续说道,"其他事!"

"别……"罗宾鸣咽着,但他的声音在汹涌的水面上几乎听不到。

"没错,其他事……我们弄到了那个小姑娘,是不是,罗宾?她落到我们手里。从窗户出去,从梯子下来,然后沿着花园飞奔到河边,我们的船等在那儿。"

他转向阿姆斯特朗。"他太精明了!他进花园了吗?他爬梯子了吗?他破门而入了吗?他没有!是别人做了那些危险的工作。他在船上等着。你知道,一个伟大的组织者是不会亲自动手的。肩膀上长了颗聪明的脑瓜,是吧?"他看着罗宾,"于是,我们沿着花园走出来,带着一个装着被氯仿迷倒的孩子,装在麻袋里。我扛着她,因为虽然我个头小,力量却很大,我把她像一袋豆瓣菜一样扔到罗宾怀里。"

罗宾抽泣着。

"我把她抛过水面,抛给在船上等着的儿子。罗宾,发生了什么事儿?"

罗宾摇摇头,肩膀也在发抖。

"不!"阿姆斯特朗喊道。

"是的!"维克多说,"是的!船歪了,他抱她的时候脱手了。船舷被砸出一道裂缝,等他再想把她抓回来时,抓不住了,她掉进了河里,像一袋石头沉了下去。他叫人赶紧划桨,我不知道是怎么做到的，但我们终于找到了她。花了多长时间，罗宾？五分钟？十分钟？"

罗宾在黑暗中脸色苍白，没有回答。

"反正我们找到了她。我们继续出发，回了白兰地岛。我们把她放下来，打开麻袋，是吧，罗宾，儿子？看样子这笔生意要打水漂了，"他严肃地说，阴郁地摇摇头，"也许一切都结束了。但是有罗宾在，脑子清醒，挽救了局面。'她是死是活不重要，'他说，'因为沃恩家要等到给了钱才会知道！'他写了一张便条——我从未见过写得比这张更漂亮的便条——寄了出去，我们手上没有货物，就算有也不是完好无损，但还是寄出了发票。'为什么不呢？'他说，我们已经付出了劳动，也冒了风险，我的小罗宾，我当时就知道他是我儿子。"

阿姆斯特朗一直在缓缓爬上斜坡，远离湍急的河水，但罗宾却站着不动。水在他身旁翻滚，他却似乎没有感觉到。

"于是我们从沃恩那儿拿到了赎金。我们拿了钱，我们也把他的女儿还给了他，不是吗，虽然他发现受了骗。那笔钱花了好长时间。漂亮的房子，罗宾买的。我见过了。我的心头难道不应该充满骄傲？因为我儿子住在牛津城一栋漂亮的白房子里。注意，他从没邀请我去他那儿。一次也没有。在我们一起合作过这么多次之后。偷那头猪，用猪给人算命，绑架，谋杀——你也许会觉得这些都是消遣，但它们却能让一个人成为另一个人的同伴，不是吗？这让我很痛苦，真的，罗宾。钱终于挥霍一空——他是个赌徒，阿姆斯特朗，我们的这个儿子，你知道吗？我警告过他，但他不听——是的，在那笔钱花光之后，是我让他渡过了难关。我的每一分钱都进了他的口袋。我竭尽全力让他穿上华丽的衣服，我的儿子，所以现在，你可以说他是属于我的。

"既然你知道我是你的父亲，你就不会那么狠心了，对吧？有了这些欠条，那栋漂亮的白房子现在归我了，我什么都愿意跟你分享，我的儿子。"

罗宾看着那个人。他的眼睛又黑又安静，身子也不再发抖。

"看看他，"维克多叹了口气，"看他的身材多好，那是我的孩子。来吧，阿姆斯特朗，把钱给我们，我们就上路。罗宾，你准备好出发了吗？"

他朝罗宾走去，伸出手。罗宾挥手在空气中划过，维克多笨拙地后退一步，脚步不稳。他诧异地抬起手看，发现手上流出一股深色的液体。

"儿子？"他犹豫地说。

罗宾向他迈了一步，再次将手举高，这一次，光线照在阿姆斯特朗那把屠宰刀上。

"不！"阿姆斯特朗的吼声传来，但罗宾的手又一次落下，迅速地在空中划出一道线，维克多继续后退。这一次，地面崎岖不平，他摇摇晃晃地走在悬崖边，紧紧抓住儿子的外套，儿子挥刀朝他砍去——一次、两次、三次。他们站在河岸边缘，一起掉进了湍急的水中。

"爸爸！"掉下河岸时，罗宾大叫一声，就在河水把他冲走的瞬间，他绝望地伸手去抓阿姆斯特朗，又喊了一声："救我，爸爸！"

"罗宾！"阿姆斯特朗涉水来到他看见儿子落水的地方。他感到水流拽着他的双腿。他看见罗宾沉到水下，于是疯狂地在水面搜寻，希望能看到儿子再次浮出水面，等在水中扑打的手脚进入视线，他惊呆了，水流已经把儿子冲到远远的下游。他一直考虑跳入湍急的河中救人，但意识到自己无能为力，只有作罢。

雨中出现一艘平底船。一个高大的人影把一根竿子举向天空，当竿子滑下来、找到河床时，这艘又长又窄的船以惊人的速度在水中移动，毫不费力地划破水面。摆渡人把手伸到水里，用瘦削的、裸露的胳膊轻松地把一个身穿湿透长大衣的人拖了出来。他把尸体放在平底船的底部。

"我儿子!"阿姆斯特朗喊道,"看在上帝的分上,我儿子在哪儿?"

船夫又把手伸进河水,同样轻松地从水里拖出第二具尸体。当他把尸体拖进船舱时,阿姆斯特朗瞥见罗宾的脸,一动不动,毫无生气,就像——非常像——另一个人的脸。

他发出呼喊,一声痛苦的呼喊,他知道心碎是什么滋味。

摆渡人把手里的竿子举到空中,让竿子从他的指间掉下来。

"悄悄!"阿姆斯特朗在他身后喊道,"请把他还给我!"

摆渡人似乎没有听见。平底船很快消失在雨中。

阿姆斯特朗没有骑到"舰队"背上,他们一起步行,人和马,穿过暴雨,走出洪水,走向"天鹅"这处避难所。他们默默地走着,阿姆斯特朗被难以忍受的悲痛压得喘不过气来,但他不时地跟"舰队"说几句话,"舰队"轻轻地呜咽着回答。

"谁会想到呢?"他喃喃地说,"我听说过'悄悄'的故事,但从来不相信,认为人类的大脑能够产生这样的幻觉。但刚才发生的似乎是真的。你不这么认为吗?"

后来他又说:"故事一定比你想象的更丰富。"

又过了很久,等他们快到"天鹅"时他说:"我发誓我也看到了……在平底船里——在摆渡人后面……我是疯了吗?你看到了什么,舰队?"

"舰队"哀鸣一阵,发出一声不安而紧张的嘶叫。

"不可能!"阿姆斯特朗摇摇头,想驱散这个幻象,"我的脑子在捉弄我。这些幻象一定是绝望的胡言乱语。"

## 莉莉与这条河

冷。很冷。要是莉莉知道自己很冷,那她就醒了。房间里的黑暗渐渐退去,黎明到来了——当然——还有别的东西。她睁开眼睛,却发现眼球冻得刺痛。有什么不对劲吗?

是他吗?从河里回来了?

"维克多?"

没人回应。

还剩下一件事。她的喉咙收紧。

当天下午,她注意到厨房地板的一块瓷砖翘了起来。瓷砖的边缘总是到处凸出来,她已经习惯了走路时把它们稍微移动一下。但这块瓷砖似乎比以前更不平整了。她用脚尖推了推瓷砖凸出的边沿,想把它弄平,瓷砖塌下去时,一条银色的线出现在边缘。莉莉把瓷砖撬开,看到下面有水。她当时因赶紧而忘了这件事,现在又想起来了。

莉莉用一只胳膊肘撑起身子,朝厨房里望去。

在微弱的光线下,她的第一印象是一切都缩小了。桌子比原来的长度短,水槽离地板更近。椅子变矮了。

然后她发现一个东西在动：锡槽轻轻地摇晃着，像一个摇篮。暗淡的赤陶地砖不见了，展开一块宽阔的平地，起伏不定，闪着微光，好像什么东西在下定决心。

虽然她看不见它生长，但它却在生长。起初，它离梯子底部的横木只有几英寸远，随后挨到那里，接着完全吞没那里。它缓慢而坚定地爬上墙壁，紧贴着门。

莉莉突然想到，那东西也许根本就不是在找她。"它需要出路。"她想。它渐渐接近第二根横木，她原本害怕采取行动，但现在，无所作为更让她害怕。

"这和站在浴缸里没什么区别，"她下楼梯时对自己说，"只是更冷而已。"

走了四分之三的路程，她把衬衫卷成一束，塞在胳肢窝里。再走一步，然后，再走一步——进入水中！

水淹到她的膝盖以上，当她涉水时，水拦住去路。她使劲往前，动作搅起一个个旋涡，在她的身体附近打转。

门推不开。木头在潮湿的环境中膨胀，把门弄弯了，卡在门框里。她把全身的重量都压在门上，但是不管用。她惊慌失措地用肩膀撞了一下，门从门框上跨了下来，半掩着，但仍然很紧。莉莉松开她那件拖在水里的衬衫，双手重重地推了推门。她顶住阻力，把门掀开——到一个新世界。

天空落到了莉莉的院子里。灰蒙蒙的黎明降临大地，躺在草地、岩石、小径和杂草上。云在齐膝高的位置飘动。莉莉困惑地瞪大眼睛。编篮人插的洪水标杆在哪儿？新插的标杆在哪儿？她不由自主地抬起头望着那条河，但河不见了。一切都笼罩着一种银色的平静。到处都有一棵树从水里冒出来，与天空一道映在光亮的水面。风景中的每一个深沟和裂缝都被填平了，每一个细节都被掩盖了，每一个斜坡都被抹掉了。一切都变得简单、赤裸、平坦,空气明亮发光。

莉莉吞了口唾沫。她热泪盈眶。她没有想到会是这样。她原以为会有汹涌的波涛、湍急的水流和险恶的巨浪,而不是这种永无休止的宁静。她一动不动地站在门口,凝视着这种可怕的美丽。它几乎没有移动,只是偶尔闪烁,平静而活泼。一只天鹅游过水面,它在云里留下的痕迹变得平坦。

水里有鱼吗?她在想。

她小心翼翼地踏出小屋,尽量不去惊动河水。她的睡衣下摆已经湿透了,现在河水涨了起来,粘在她的腿上。

她又走下两步梯级,水涨到她的大腿。

再往前。水变得齐腰深。

你可以看到水下有各种形状,水面下的生命在隐隐闪动。一旦你的眼睛学会了如何寻找,就会发现到处都是运动的碎片,伴随一阵激动,莉莉感到自己血管里有血液上涌。又一个梯级。再一级。她来到一个地方,心想:这就是那根旧标杆的位置。你可以在水下看到它。多么奇妙和不可思议呀,能站在岸边,看到河水涨得淹没过这根历经洪水多次洗礼的旧标杆的顶部。这是恐惧吗?她沉浸在一种强烈的感情中,这种感情比恐惧要强烈许多倍——但她并不害怕。

我看上去一定很奇怪,她想。胸脯和脑袋露出水面,倒映在自己的下巴下面。

草和植物在水面下的新世界里梦幻般地摇摆。在她前面,银色让位给一个颜色更深、更阴暗的地方。这里是更陡峭倾斜的河岸,水流即将通过,在这儿,从河面之下。我不能再往前走了,她想,我就停在这儿吧。

这里有更多的鱼,还有——噢!——更大的、粉嘟嘟的肉球。它慢慢地、沉沉地浮在水面上,向她漂来,但却够不着。

莉莉伸出一只胳膊去拉。要是她能伸手抓住它的腿脚,把它拉过来……

是不是太远了?那个小身子慢慢漂近。有那么一刻,似乎触手可及,但就差一点点。

没有再多想,没有再害怕,莉莉游到水中。

她的手指抓到它粉红色的四肢。

她的脚下只有河水。

## 乔纳森讲故事

"我的儿子！"阿姆斯特朗讲完刚才发生的事后，伤心地摇摇头，唉声叹气。

"不过，不是你的儿子，"玛戈特提醒他，"我很难过，但还是得说，他有亲生的父亲。"

"我得去赔罪。我不知道该怎么做，但必须想个办法。在此之前，有件事我害怕做，但不能拖延。我要告诉沃恩夫妇，他们的女儿发生了什么事，我儿子在其中扮演了什么角色。"

"现在还不是告诉沃恩太太这件事的时候，"丽塔温和地对他说，"等沃恩先生回来，我们一起告诉他们。"

"他为什么没在这儿？"

"他和其他人一起出去找那个孩子了。她失踪了。"

"失踪？那么我跟他们一起去找。"

女人们见他表情发呆，手发抖，都来劝他，他却不听。"现在我唯一能做的就是帮他们，所以我必须去。"

丽塔回到正在给婴儿哺乳的海伦娜身边。

"有消息吗？"她问。

"还没有。阿姆斯特朗先生也去找了。别担心，海伦娜。"

年轻的母亲低头看着刚出生的婴儿,当她把自己的小指贴在他脸颊上抚摸时,脸上的担忧消失了。她笑起来。"我能从他身上看到我亲爱的父亲,丽塔!这算不算一种天赋?"

见没人回答,海伦娜抬起头。"丽塔!你怎么啦?"

"我不记得我父亲长什么样了。我母亲也是。"

"别哭了!丽塔,亲爱的!"

丽塔挨着她的朋友在床边坐下。

"你受不了她走了,是不是?"

"嗯。你来认领她之前——一年前的那个晚上——在阿姆斯特朗出现之前——在莉莉来之前——在那个漫长的夜晚,当特躺在这张床上不省人事,我坐在那把椅子上,那儿——我把她抱在腿上。我们一起睡着了。我当时想,如果她不是当特的女儿,如果她在这个世界上没有别的亲人,我就……"

"我知道。"

"你知道吗?怎么会?"

"我看到你和她在一起。你的感觉和我们一样。当特也有同样的感觉。"

"是吗?我只是想知道她在哪儿。我无法忍受她不在这儿。"

"我也是。但这对你来说更难。"

"对我来说更难?可是你——"

"我以为自己是她妈妈?还以为是我创造了她。你还记得吗,我告诉过你,我有时在想她是不是个真人?"

"我也是。但你为什么觉得对我来说更难?"

"因为我有了他。"海伦娜朝她的孩子点点头,"我真正的孩子。在这儿。你抱抱他。"

丽塔伸出双臂，海伦娜把孩子放到她怀里。

"不像那样。别抱得像个护士。像我一样抱。像个妈妈。"

丽塔把婴儿抱在怀里。他睡着了。

"好了，"海伦娜沉默了一会儿，低声说，"现在感觉怎么样？"

洪水把"天鹅"团团围住。水贴到门口，却没再往前走。

"火棉胶"号返航后不久，阿姆斯特朗也回来了，男人们摇摇头，表情严肃。沃恩直接去看他的妻子和孩子。母子都睡了。他在那里见到丽塔。

"找到了吗？"她低声问。

他摇着头。

他仔细地、默默地注视了很久，免得吵醒儿子，吻了吻熟睡中妻子的额头，然后和丽塔一起去了冬屋。脱掉湿靴子，脚伸向炉火，袜子被烤干。小玛戈特们又往火上添了些木柴，给大家端来热饮。

"乔呢？"沃恩问，虽然他猜得出答案。

"走了。"他的一个女儿说。

然后没有人说话，他们把每分钟吸进吸出，直到过了一个小时。

门开了。

也不知道是谁，但这人没有着急进屋。冷风吹得烛光忽明忽暗，有力地把河水的气息带进房间。所有人都抬起头。

每只眼睛都看见了，却没有反应。他们想弄明白，在敞开的门口，看到的是什么。

"莉莉！"丽塔喊道。她像是梦中出现的人物。她的白色睡衣滴着水，头发贴在头皮，眼睛睁得老大，带着惊愕的表情。她抱着一具尸体。

所有在一年前的冬至之夜来过这儿的人都被她的样子吓了一跳。

406

首先是当特抱着一具尸体走到这扇门前。当天晚上,丽塔后来又走进这扇门,把女孩抱在怀里。现在,这一幕又被演了第三次。

莉莉的身子在门槛上摇晃,眨着眼睛。这一次,是当特和沃恩在新来者摔倒时跳起来抓住她,是阿姆斯特朗伸出双臂,把一只淹得半死的小猪蠕动的身子抱进自己怀里。

"上帝呀!"阿姆斯特朗喊道,"是梅齐!"

原来如此——它是莫德这窝猪崽里最可爱的一头小猪,他答应过莉莉,等他来接莫德回农场时,就把梅齐送给她。

小玛戈特们细心地照料莉莉,给她换上干衣服,端来暖身子的热饮,当她回到冬屋时,阿姆斯特朗感谢她从洪水中救出小猪的勇气。

躺在阿姆斯特朗的腿上,小猪暖和起来。当它恢复了良好的精神状态,就欢快地尖叫着扭动身子。

惊喜的吵闹声吸引了在房间里为父亲守灵的乔纳森,他走出来,一个妹妹打着呵欠跟在身后。

"你们还没找到她?"小玛戈特问。

当特摇摇头。

"找到谁?"乔纳森问。

"那个失踪的小女孩。"丽塔提醒他。太晚了,她想,他太累了,记不起了,我们得让他睡觉去。

"但她已经被找到了,"他惊讶地说,"你们不知道吗?"

"找到了?"他们疑惑地看着对方,"不,乔纳森,我们不这么认为。"

"是的。"他很肯定地点了点头,"我见过她。"

他们盯着他。

"她刚才来过。"

"这儿?"

"窗户外面。"

丽塔跳起来，跑到他刚才守的那个房间，她不安地望着窗外，这边看看，那边看看。"在哪儿，乔纳森？她在哪儿？"

"在平底船上。来接爸爸的那艘。"

"噢，乔纳森。"她沮丧地把他带回冬屋，"告诉我们你看到了什么，按顺序来，从头一件事。"

"好，爸爸死了，他等着'悄悄'来，'悄悄'来了。就像妈妈说的那样。他撑着平底船，径直来到窗边，把爸爸送到河的对岸。我往窗外看时，她就在那儿。在平底船上。我说：'大家都出去找你了。'她说：'告诉他们我爸爸来接我了。'然后他们就走了。他力气很大，她爸爸。我从没见过谁能把平底船划得这么快。"

大家沉默了很长时间。

"那孩子不会说话，乔纳森。你还记得吗？"当特和善地问。

"她现在会了，"乔纳森说，"他们走的时候，我说：'你别走。'她说：'我会回来的，乔纳森。不会待太久，但我会回来的，到时候见。'然后他们就走了。"

"我想你可能睡着了……也许你是在做梦？"

他想了一会儿，然后坚定地摇了摇头。"她睡了，"他指了指妹妹，"我没有。"

沃恩表示："对一个会讲故事的孩子来说，这样的内容也未免太离奇了。"

在场的人都张大嘴巴，异口同声地说："可是乔纳森根本就不会讲故事。"


在角落里，阿姆斯特朗感慨地摇了摇头。他也见过她，坐在她的摆渡人爸爸身后，他有力地撑船，往来于生者和逝者的世界之间，往来于现实和故事之间。

# 两个孩子的故事

在凯尔姆斯科特的农庄,炉火在壁炉里熊熊燃烧,但火焰并不能让坐在壁炉两侧扶手椅上的夫妇俩感到温暖。

他们已经擦干了眼泪,正怀着悲痛的心情凝视着火焰。

"你试过了,"贝丝说,"没别的法子了。"

"你是说在河边?还是这些年?"

"都算。"

他盯着她的视线所到之处,望着火苗。"要是从一开始我就对他严厉点,情况会不会有所不同?他第一次偷东西的时候,我就该用鞭子抽他吗?"

"情况也许会不同。但也许不会。谁知道呢。如果情况不同,难说会变得更好还是更糟。"

"怎么会更糟呢?"

她把自己埋在阴影里的脸转向他。

"我看穿了他,你知道的。"

他把视线从炉火中移开,有点纳闷。

"抽屉里丢钱那件事后,我知道我们说好了,不用我那只眼睛看人，但是我忍不住。那时我又添了几个儿子，只要拿普通的眼睛看看，我就知道他们是怎样的孩子，他们长着娃娃脸，性格一眼就看得出。但罗宾不一样。他不像别的孩子。他总爱把自己隐藏起来。他对弟弟妹妹们不友善。你还记得他是怎么欺负他们的吧？罗宾一来，就把孩子们弄哭，要是他不在，他们会玩得很开心。我经常想到这些，但我说过我不会再用那只眼睛，我得信守承诺。直到抽屉被撬的那天。我知道是他干的——他那时不像现在这样擅于撒谎。我是说，他后来变了样——他说他看到有个人沿着小路跑了，发现抽屉被人撬开，我不信他的话，于是我摘下眼罩，抓住他的肩膀。我看穿了他。"

"你看见了什么？"

"跟你今晚看见的差不多。他爱说谎，爱骗人。在这个世界上，除了他自己，他一点也不会关心别人。他一生中第一个也是最后一个念头就是为了自己的舒适和安逸，他会伤害任何人，不管是自己的弟弟妹妹，还是自己的父亲，只要这能给他带来一点好处。"

"所以你根本不感到惊讶。"

"是的。"

"你说不知道情况会变得更好还是更糟……没有比这更糟的了。"

"我不想你今晚去见他的。他拿了刀。他对苏珊做过什么，我怕他也会对你做什么——尽管他是我的亲生骨肉，尽管无论如何，我都一定会爱他，实话这么跟你说吧，失去你的话，情况将会更糟。"

他们默默地坐了一阵。每个人都有自己的想法，而他们的想法并没有太大不同。

然后传来一个微弱的声音，一声轻轻的敲击，就在不远处。他们沉浸在自己的思考中，起初忽视了它，但它又响了一声。

贝丝抬头看着丈夫。"有人敲门吗？"

他耸了耸肩。"谁会大半夜这个时候来敲门。"

他们又回到沉思中,但声音又来了,不是更响,而是更持久。

"是门,"他说着站了起来,"这一晚上太磨人了。管他们是谁,我都要把他们打发走。"

他拿起蜡烛,穿过大厅,走到那扇大橡木门前,把门闩拉开。他稍微把门开了一条缝,向外看了看。那里一个人也没有,他正打算再关上门,一个细小的声音使他停住了。

"阿姆斯特朗先生……"

他低下头。眼前是两个齐腰高的男孩。

"今晚不行,孩子们,"他说,"我家正在办丧事……"然后他仔细看了看,举起蜡烛,凝视着两个男孩中较大的一个。他衣衫褴褛,瑟瑟发抖,瘦得皮包骨头,他认出来了。"本?是屠夫的儿子本吗?"

"是,先生。"

"快进来。"他把门开得大大的,"对串门的客人来说,今晚不是个好时候,但是快进来吧,天气这么冷,我不能把你们拒之门外。"

本小心翼翼地领着他身前的另一个孩子进了屋,当这个小男孩走进烛光中时,阿姆斯特朗突然屏住了呼吸。

"罗宾!"他大喊一声。

他弯下腰,端着蜡烛,烛光照在男孩脸上。这是一张骨瘦如柴的脸,因饥饿而变得消瘦,但这张脸有和罗宾一样的线条,鼻孔也像罗宾一样微微张开。

"罗宾?"阿姆斯特朗的声音颤抖着。

他在心头说了多少次不可能?罗宾是个成年人。罗宾晚上死了,就在今晚,他目睹了一切。这个孩子不可能是罗宾,可是……

眼睛眨了眨,阿姆斯特朗看到那个面容神似罗宾、正四处张望的孩子并不是罗宾,而是另一个男孩。他的眼睛温柔而胆怯——而且是灰色的。惊讶之余,阿姆斯特朗听到本低声咕哝了几句,他转过身,看到本摇摇晃晃。他在本摔倒时抓住了他,大声招呼贝丝过来。

"是屠夫的儿子,从班普顿逃出来的,"他解释说,"外面太冷,他待了太久,进来就被热晕了。"

"看他的样子,最近没吃够过。"贝丝说,她跪在地上扶着孩子,他昏倒后正在恢复知觉。

阿姆斯特朗站到一边,让妻子看到本的同伴,并且做了个手势。"他还带来了一个小家伙。"

"罗宾!可是——"贝丝盯着孩子,她几乎无法将目光移开,好不容易移开后,却转向自己的丈夫,"怎么……"

"他不是罗宾。"本的声音很虚弱,但他并没有丢掉说话时不停顿、急促的习惯,"先生,这是你在找的小孩,这是爱丽丝,我剪了她的头发——请原谅,我不想这么做,但是我们在路上很长时间,兄弟俩似乎比一个男孩和一个女孩更安全,如果我做得不对,我很抱歉。"

阿姆斯特朗盯着她。罗宾的五官在他眼中重新排列了一下。他伸出一只手,颤抖着摸在孩子剪掉头发的脑袋上。

"爱丽丝。"他轻轻喊了一声。

贝丝走到他身边。"爱丽丝?"

女孩看着本。他点了点头:"这儿很安全。你可以又叫爱丽丝了。"

她把脸转向阿姆斯特朗夫妇,咧开嘴想笑,半路上却打了个疲惫的哈欠。她的祖父把她搂在怀里。

后来,在吃过一顿由汤、奶酪和苹果派组成的午夜盛宴之后,他们坐在厨房里。爱丽丝睡在祖母的怀里,屋子里兴奋的气氛把她的叔叔婶婶们从床上唤醒，穿着睡衣聚集在厨房的壁炉旁，听本讲述他是如何找到爱丽丝的。

"我最后一次见到阿姆斯特朗先生后不久，我父亲拿皮带抽了我一顿，抽得久，抽得狠，打得我两眼发黑，等我醒过来，我猜自己一定是到了天堂，但是没有，我躺在厨房的地板上，我伤了骨头，妈妈悄悄走过来，说她过来看看我有没有被打死，说我下次肯定会被打死，于是我决定是时候完成我的逃跑计划了，我很早以前就想好了，认为最好要准备妥当，我照计划做了，先跑到桥上，爬上栏杆，在那儿等船来，虽然在黑暗中船不太容易发现，但你总能听见船的声音，我站在那儿，不敢坐下，怕睡着了掉下去，我在发抖，因为挨这样的一顿打，会让人身子抖很久，最后，黑暗中有一条小船顺流而下，我爬上栏杆，弯下腰爬到栏杆外面，指尖勾住栏杆，身子悬空，我的肩膀和胳膊被打得青一块紫一块的，疼得厉害，我想我可能会掉到水里去了，但是我没有，因为我坚持到船刚好从我身下开过，然后我松手让自己掉下去，希望能落在像羊毛一样柔软的东西上，而不是像酒桶这样的硬东西上，最后，情况既不那么好，也不那么坏，因为我落在了奶酪上，不软也不硬，但它们还是磕了我的骨头，把我疼的地方弄得更疼了，但我不敢喊出声，怕被人发现我是偷偷跳上船的，我静静地哭了一阵，尽可能地躲好，尽量不打瞌睡，但我还是睡着了，醒来时，我吓了个半死，一个船夫站在我头顶，大发雷霆，他一遍又一遍嚷着同样的话：'孤儿院！他们把我当成什么了？我这儿又不是该死的孤儿院！'起初，我听不懂他在说什么，因为我睡得迷迷糊糊，后来，他的话像铃声一样清晰地进入我的耳朵，又从耳朵进入我的脑子，在那里，与之前我听到过的一些话相遇，是关于爱丽丝的，听说她也消失在了河里。我问那个人，上次是不是有个小女孩跳到了他的船里，她怎么样了，他还在气头上，不回答我，也不听我的问题，还

413

威胁说要把我扔到船舱外去自个儿游上岸,我想,爱丽丝也被扔下船了吗?我问他,他又生了一会儿气,后来,突然他就饿了,打开奶酪吃了起来,但他什么也没给我,吃完后他很安静,我又问了一遍,这次他告诉我,是的,上次有个小女孩,不,他没有把她扔到河里去自个儿游上岸,但是当他到了伦敦后,他把她留在了孤儿院,那里接收没人要的孩子,于是我说:'那个地方叫什么名字?'他不知道,但他告诉我在城里的哪个位置,我和他待在一起,帮他装卸货物,他给我吃奶酪,但是不多,等我们到了伦敦,我溜出了他的船,跟好些人打听方向,他们给我东指西指,哪个方向都试了一遍,最后我终于找到了那个地方,问有没有叫爱丽丝的,他们说没有爱丽丝,而且那儿的孤儿也不能随便被人领走,最后他们冲我关上了门,第二天在不同的时间我又敲了一次门,开门的是另一个人,我告诉他自己肚子很饿,无家可归,无父无母,他们收留了我,让我干活,与此同时我一直在寻找爱丽丝,我问过其他的男孩,但男孩和女孩是分开的,所以直到有一天我被派去孤儿院院长的办公室刷油漆,我才见到她,我从窗户看到墙外女孩们的院子,就在那时,我看到了她,知道我来对地方了,我很高兴这一切不是在浪费时间,至少没有浪费太多时间,我想了又想怎样才能找到她,最后,事情变得很简单,因为一位漂亮的女士喜欢为孤儿们做善事,她送来一大篮食物分给大家,送是送了,但只有院长和他的手下能吃到,我们从来没有尝一口,但后来我们都被带到教堂,感谢上帝对我们所做的一切,我们坐着,站着,又坐着,为这位善良的女士祈祷,然后我们又列队被带出教堂,大家从靠背长椅上起身,女孩站一边,男孩站另外一边,她就在那儿,爱丽丝,就在我身边,我低声问她:'你还记得我吗?'她点点头,于是我说,'等我喊跑,就跑,懂吗?'我拉着她的手,我跑的时候,她跟着我一起跑,但我们没跑多远,躲在一尊雕像后面,那时没有人注意到我们跑了,等大家都离开教堂以后,我们就自己出发了,每天走一段路,沿着河走,我尽可能地做一些装卸工作,能找到什么,就吃什么,有个坏女人差点把她从我身边偷走,所以我给她剪了头发,我想两个男孩在一起会更安全些,我们花了很长时间才到这里,因为船夫不愿把我们俩带到船上,因为只有我力气大点,可以帮他干活,但是我们两个都得吃东西,所以我们的脚走得很痛,有时饿,有时冷,有时又饿又冷,现在……"

他停下来打了个呵欠,嘴巴快闭上时,他们突然看到他的眼神很迷茫,他快要睡着了。

阿姆斯特朗擦去眼中的泪水。

"你做得很棒,本。简直太棒了。"

"谢谢你,先生,谢谢你的汤、奶酪和苹果派,太好吃了。"他从椅子上滑下来,朝一家人行了个礼,"现在我得继续上路了。"

"可是你要去哪儿呢?"阿姆斯特朗太太问,"你家在哪儿?"

"我是逃出来的,那就继续逃吧。"

罗伯特把双手放在桌子上。"这可不行,本。你必须留在这儿,成为这个家庭的一员。"

本看了看炉边的女孩和男孩。"可是你这儿有这么多张嘴了,先生。现在又多了爱丽丝。你知道的,钱可不是从天上掉下来的。"

"我知道。但是如果我们大家一起努力,就能赚点额外的钱,我看得出来,你是个吃苦耐劳的孩子,会做好分内的工作。贝丝,能给这孩子找张床吗?"

"他可以跟年纪不大不小的男孩一起睡,他看起来跟乔和纳尔逊差不多大。"

"行,你瞧?你可以帮他们喂猪。没问题吧?"

就这么定了。

# 从前，很久以前

后来，洪水还没完全退去，当特就和丽塔坐着"火棉胶"号回到她被洪水淹没的小屋。他们划着划艇来到门口，当特下了艇，用尽全力推那扇扭曲的门时，水淹到他的膝盖。墙上有一条线，表明洪水淹了三英尺高，油漆正从墙面剥落下来。渐渐退去的洪水在丽塔的写字椅上留下一排树枝、卵石和其他辨认不出来的东西，似乎有什么含义。她老早就想将那把蓝色的扶手椅搬到箱子上去，椅子腿泡在水里，但坐垫安然无恙。红色地毯拿不定主意是漂着还是沉下去，水的每一次流动都让它移动得沉重而优柔寡断。到处都是潮湿难闻的味道。

当特退到一旁，让丽塔进去。她蹚水穿过前门，走进客厅。她环视自己的家时，他看着她的脸，家里损失不小，但她仍然保持冷静，这让他很佩服。

"得几个星期才能干透。说不定要好几个月。"他说。

"嗯。"

"那你住哪儿呢？去'天鹅'？姑娘们回家时，玛戈特和乔纳森会很高兴有你作伴。或者去沃恩家?他们也很乐意。"

她耸了耸肩。她的思绪集中在更重要的问题上。相比之下,洪水对她家的破坏实在微不足道。

"先搬书。"她说。

他涉水走到书架前,发现下层书架空荡荡的。水位线以上的书架每一格都叠了两层书。

"你做了准备的呀。"

她耸耸肩。"还不是因为住在河边……"

他一次递给她几本,她把书从窗口递出去,放进一艘小船,船身刚好在窗台下轻轻摆动。他们默默地搬书。她把一本书放到一边,放在蓝色扶手椅的靠垫上。

等第一个书架搬空,船身被压得很沉,当特把船划回"火棉胶"号,把书卸下。当他回到小屋时,发现丽塔还坐在箱子上的蓝色扶手椅上,裙子上的水把椅面浸成深色。

"我一直想给你拍张坐在那把椅子上的照片。"

她从书上抬起眼睛。"他们没再找了,是吧?"

"嗯。"

"她不会回来了。"

"嗯。"他知道这是真的。他有一种感觉,要是这个世界没有那个女孩,很容易会停止转动。每过一个小时都很艰难,而这个小时结束后,你不得不重新开始新的一个小时,没别的法子。他不清楚自己还能坚持多久。

"瞧,"他说,"你费了那么大的劲才保住那把蓝色的椅子,可现在你的裙子把它弄湿了。"

"没关系。问题是,在她来之前,世界似乎是完整的。然后她来了。现在又走了,有些东西不见了。"

"我在河里发现的她。我觉得似乎我还能再找到她。"

丽塔点点头。"当我以为她死了的时候,我很想让她活下去。我没有把她一个人留在那儿,而是陪着她。我捏着她的手腕。她活了。我现在也想这么做。我一直在想着'悄悄'的故事,为了救自己的孩子,他做过什么。我现在明白了。我愿意去任何地方,当特,我愿意忍受任何痛苦,只要能再次把我的孩子抱在怀里。"

她穿着湿裙子坐在水上的蓝色椅子上,他一动不动地站在水中。他们不知道该如何安慰对方,所以又默默地开始收拾书了。

他们清空了第二个书架,他又划船去"火棉胶"号卸货。

他回来时,丽塔正在读那本她单独拿出来的书。

天空阴沉,投下冷漠的光,但从无边无际的水面反射出的银色微光,在丽塔身上荡漾出一道道涟漪,即使是在室内,这种银灰色也生机勃勃。当特看着她的脸在变幻不定的光线中忽明忽暗。然后,他透过不断变化的脸色,揣摩她平静表情下的内心。他知道自己的相机捕捉不到这些,有些东西只有人眼才能看到。这是他一生中梦寐以求的影像。他只是展开自己的视网膜,让爱在他的灵魂上燃烧着她那闪烁的、摇曳的、专注的脸庞。

丽塔慢慢把书放到身边。她继续盯着书原来所在的地方,仿佛文字还在那儿,写在水光里。

"怎么啦?"他问,"你在想什么?"

她没有动。"那些菜农。"她仍然盯着什么发呆。

他不以为然。他从没想过豆瓣菜农能激发出如此强烈的感情。"'天鹅'那儿的吗?"

"嗯。"她把目光转向他,"我记得那天晚上。婴儿是裹在胎膜里出生的。"

"什么是胎膜?"

"是一袋液体。整个怀孕期间,婴儿都在里面生长。通常会在分娩过程中破裂,但有时——这种情况很少——能坚持到分娩结束,胎儿出生时,胎膜完好无损。我昨晚把它切开了,婴儿在水中游出来。"

"可是这和菜农有什么关系呢?"

"因为一件奇怪的事,我听他们在'天鹅'聊天。他们聊到达尔文和人类是猿类后代的事,有个菜农说他听过一个关于人类曾经是水下生物的故事。"

"无稽之谈。"

她摇摇头,举起书,拍了下封面。"写在这儿的。从前,很久以前,猿变成了人。从前,比猿变成人还要早很久,有个水生生物从水里出来,呼吸空气。"

"真的吗?"

"真的。"

"然后呢?"

"然后,从前,在十二个月前,一个小女孩本来淹死了,却没有死。她跳进水里,像是死了。你救了她,我发现她没有脉搏、没有呼吸、瞳孔放大。种种迹象都表明她死了。但她没有死。怎么可能呢?人死不能复生。"

"把脸浸泡在冷水中会大大减慢心跳。突然跳入非常寒冷的水中,是否有可能使心脏减慢,血液流动急剧收缩,让人看起来像死了?这听起来太奇怪了,不可能是真的。但如果你还记得,我们每个人生命中的前九个月都是悬浮在液体中度过的,也许就不那么难以置信了。接下来,请记住,能在陆地行走、能呼吸氧气的我们,都源自水下生命——我们曾经生活在水中,就像我们现在生活在空气中一样——想想这个,凡事难道不都是从不可能慢慢接近可以想象的吗?"

她把书塞进口袋,伸手让当特扶她从椅子下来。"我不能再往前走了。我尽力了。这些思想、观念、理论。"

丽塔收拾好她的药品、一捆衣服和亚麻布,还有周末时穿的鞋子,他们没有关门就走了,划船来到"火棉胶"号。

"现在去哪儿?"他问。

"随便。"她扑倒在长凳上,闭上眼睛。

"那是河的哪一边?"

"这儿就行,当特。我愿意留在这儿。"

后来,在"火棉胶"号的窄床上,在被河水轻摇的船舱里,当特和丽塔亲热了一番。在黑暗中,他的双手看到了眼睛看不到的东西:她松散的头发,曲线优美的乳房和翘翘的乳头,背部浅浅的凹陷,向外舒展的臀部。他的双手看到了她光滑的大腿和大腿间细腻的肌肤。他抚摸着她,她也抚摸着他,当他进入她的身体时,感到有条河在自己体内流动。有一阵,他控制了这条河,后来它渐渐成长,他畅游在水中。那时只有这条河,除了它,什么也没有,这条河就是一切——直到水流终于汹涌起来,冲断河堤,又缓缓退去。

后来他们躺在一起,悄悄地聊一些神秘的事:他们猜当特是怎样从魔鬼堰逃到"天鹅"去的,为什么每个人第一眼见到她时,都认为她是个木偶或者洋娃娃。他们问为什么她的脚长得如此完美,好像从来没有在地上踩过,和一位父亲前往另一个世界,把女儿带回家。他们发现没有孩子穿越到另一个世界去寻找父母的故事,想弄清这是为什么。他们苦苦思索给父亲守灵的乔纳森从窗口往外看时,究竟看到了什么。他们聊到乔从他的昏睡中带回来的奇闻逸事,以及人们在"天鹅"讲的其他故事,他们想知道冬至和这一切或者其中某一个存在什么关联。他们不止一次回到两个问题上:女孩从哪儿来?她去哪儿了?他们没有得出结论。他们也考虑了其他无关紧要和重要的事儿。河水涨了又退,悠然自得。

当特的手一直贴着丽塔的小腹,丽塔的手也贴着他的小腹。

在他们的手掌下,在她腹部潮湿的血管里,生命正急切地逆流而上。

他们都在想,有事儿要发生了。

## 幸福之日

几个月后,鲁比·惠勒嫁给了欧内斯特;在教堂里,她的奶奶拉着当特和丽塔的手说:"上帝保佑你。祝你们在一起幸福快乐。"

在凯尔姆斯科特的农舍,爱丽丝留起了头发。她开始变得不像她父亲小时候的样子,而更像个小女孩。贝丝摘下她的眼罩,说:"她身上根本没有罗宾的影子。他娶的那个姑娘一定是个好女人。这是个可爱的孩子。"阿姆斯特朗说:"亲爱的,我觉得她在某些方面很像你。"

洪水过后,"编篮人小屋"不再适合住人,荒废了。莉莉搬到了牧师家。她敬畏地环视着管家的房间,摸了摸床头板、床头柜和红木五斗橱,提醒自己说,即使是最不值钱的家当"我也只会失去"的日子已经结束了。小狗睡在厨房的篮子里,和莉莉一样,牧师也越来越喜欢它。事实上,当她开始思考这个问题的时候,她怀疑也许她小时候并不是个喜欢小狗的女孩——也许她和妹妹都不喜欢。

洪水终于退去后,在河漫滩上留下一具小小的骨架,脖子上挂着一根金链子,胸腔的骨头间挂着一个锚。沃恩夫妇埋葬了女儿,为她伤心,为他们的儿子高兴。夫妇俩一起前往牛津城的一栋别墅,在那里,康斯坦丁太太听他们讲述了所发生的一切,他们在她的"静室"里哭了一阵,然后洗了把脸,没多久,巴斯考特屋及其所有的农田和白兰地岛都出售换了主人,海伦娜和安东尼告别了他们的朋友,带着年幼的儿子去了新西兰,那儿有新的河流。

乔走后,玛戈特认为是时候让另一代人来管理"天鹅"了。她的大女儿和丈夫、孩子们搬进了酒馆,经营得很成功。玛戈特仍像过去一样待在酒吧间,一边喝着苹果酒,一边沉思,让她的女婿——一个健壮的小伙子——去劈柴火、搬木桶。跟以前帮母亲一样,乔纳森给姐姐帮忙,他经常讲一个孩子的故事,孩子在某个冬至的夜里被人从河里捞起,先是淹死了,然后又死而复生,她一个字也不说,直到一年后的冬至,洪水涨到河岸,将她带回去,她与身为摆渡人的父亲团聚。但要是你让他讲别的故事,他却不会。

会讲故事的乔在"天鹅"被人怀念了很久、很久。终于有一天,他被人遗忘了,但他的故事却流传了下来。

当特完成了他的影集,取得了一定成功。他本打算出厚厚一卷,囊括每一个城镇、每一个村庄、每一个神话、每一个传说、每一个码头、每一台水车与每一个河湾,但显然这本书没有实现他的抱负。尽管如此,他已经卖掉了一百本,足够再版加印,大家都很高兴,包括丽塔。

"火棉胶"号奋力前行时,当特站在掌舵的位置,不得不承认河面太广阔,任何一本书都容不下。宏伟、强大、难以捉摸,这条河容忍人类的妄为,直到它无法容忍,然后任何事情都可能发生。今天,这条河帮助转动水轮,研磨大麦,但第二天就淹没了你的庄稼。他看着河水挑逗地从船边滑过,反射的光影中似乎包含有过去和未来的片段。多年来,这条河对许多人来说意义重大——关于那件事,他在书中写了一篇短文。

他幻想着是否能找到一种方式平息这条河的灵魂。一种鼓励它支持你,而不是危险地反对你的方式。河床上散落着死狗、非法酿造的私酒、随手扔掉的结婚戒指和失窃的赃物,而在河床之下,还有金币银币,在很多世纪后,这些供品的意义很难理解。他也想往河里扔点什么。扔他的书吗?他在考虑。这本书值五先令,但丽塔在身边,他有一个家要维持,有一艘船,一门生意,还有一个育儿室要装饰。为了取悦一个他并不真正相信的神,牺牲五先令实在是太多了。他会给它拍照。一个人一生能拍多少张照片?十万张?差不多吧。十万个生命的片段——十到十五秒长——被玻璃板上的光捕捉到。不管怎样,拍完这些照片,他应该会找出捕捉这条河的法子。

几个月过去,丽塔的身子变得臃肿,体内的婴儿渐渐长大。她和当特商量给孩子取什么名字。爱莉丝,他们想,就像河岸上盛开的鸢尾花。

"如果是个男孩呢?"玛戈特问。

他们摇摇头。肯定是个女孩。他们知道。

丽塔有时会想起那些在分娩时失去生命的女人,她常常想起自己的母亲。当她感觉到婴儿在这个水下世界转动时,她就想起"悄悄"。曾经一度消失的上帝,有时似乎并不遥远。未来深不可测,但她的每一次心跳,都带着女儿走向未来。

那个女孩呢?她怎么回事?据说有人看见她与河上的吉卜赛人在一起。显然,她在那儿很自在。据说,在那个冬至的夜晚,她在黑暗中掉到船外的河里,她的父母直到第二天才发现她不见了。他们以为她死了,直到消息传来,有个孩子被巴斯考特的一户富裕人家照顾得很好。听起来她似乎没事。没必要赶回来。他们会在第二年的同一时间经过那里。在失踪了一年后,她似乎很高兴又回到了吉卜赛人的生活中。

这些故事是当天晚些时候从远方传来的,只有一两行,缺乏细节,没有文采也没有趣味性。"天鹅"的常客暂时收留了它们,考虑了一下,就丢弃了。他们觉得这根本算不上故事,相比别人讲的,他们更喜欢自己讲的故事。到目前为止,他们偏爱乔纳森的版本。

有些人还看到过她,就在河上,无论天气好坏,当水流湍急或者缓慢,当薄雾遮蔽了视线,当水面闪闪发光。喝酒的人脚一打滑就会看到她,多喝了一杯就会烂醉如泥。在某个晴朗的夏日,莽撞的男孩们从桥上跳下来时看到了她,他们发现平静的水面掩盖了潜流的拉力。当他们在黄昏时出来,当他们无论多快都不能舀干船舱里的水时,就会看到她。有一段时间,故事都讲到一个男人和一个孩子在平底船上。岁月流逝,女孩长大了,能自己撑船了,然后——没人确切记得是什么时候了——船上不再是两个人,而是她独自一人。她很强壮,他们说,壮得像三个男人,但又如薄雾一样轻飘飘的。她用流畅优雅的姿势撑着平底船,完全学会了父亲对河水的掌控。如果你问她住在哪儿,他们会气鼓鼓的,迷惑地摇着头。"也许在拉德科特。"他们在巴斯考特时这样说,但到了拉德科特,他们又耸耸肩,猜她是不是住在巴斯考特。

在"天鹅",要是你逼问他们,他们会告诉你她住在河的另一边,尽管他们也不知道确切的地点。但是,无论她住在什么地方——如果她确实有住处,但我对此深表怀疑——她从来没有远离,当有人遇险时,她总在那里。要是还没轮到你跨越边界,她会保证让你继续身在这一侧河岸。但要是时间到了,哎呀,她一定会把你送到那个目的地,那个你不知道自己要前往的地方——至少今天不知道。

好啦,亲爱的读者,故事结束了。现在是你再次跨过那座桥,回到你原来的世界的时候了。这条河，也许是泰晤士河，也许不是泰晤士河，会跟你告别，继续奔流。你在这儿鬼混的时间够长了，再说，你一定有自己的河流要照看？

# 作者注

　　泰晤士河不仅灌溉着风景，也灌溉着人们的想象力。有时，这个故事需要我修改旅行时间，把地点向上游或下游挪动几英里。如果阅读我的书能激发你去河边散步的兴致（这是我衷心推荐的），那么无论如何都请带上这本书——虽然你可能也想带张地图或者一本旅游指南。

　　亨利·当特这个角色的灵感来自现实中伟大的泰晤士河摄影师亨利·当特。和我笔下的亨利一样，他也有一艘游艇，并把它改装成了暗房。在一生中，他用湿火棉胶法拍摄了大约五万三千张照片。去世后，他的房子被出售，花园工作室被拆除，摄影作品几乎都被毁掉。得知储存在工作室的数千块玻璃板已经被打碎或者擦干净用作温室玻璃，一位当地的历史学家哈里·潘廷告诉了牛津的城市图书管理员 E.E. 斯丘斯。斯丘斯叫停拆除工作，并安排搬运幸存的相板，以便妥善保管。我在这里记下他们的名字，感谢他们迅速采取行动。多亏了他们，我才有幸目睹维多利亚时代泰晤士河的风光，并围绕当特的人物形象，编织出这个故事。

　　人真的能溺水又死而复生吗？这个嘛，不见得，但似乎能行。当人的脸和身体突然沉入冰冷的水中，会触发哺乳动物的潜水反射。当反射将血液循环从四肢转移到心脏、大脑和肺之间时，身体的新陈代谢就会减慢。心脏跳动得更慢，氧气被保存在身体的基本过程中，以便尽可能长时间地维持生命。一旦从水中捞起，这个差点淹死的人就会像死人一样。这一生理现象在二十世纪中期首次发表在医学杂志上。潜水反射会发生在所有哺乳动物身上，无论是陆生的还是水生的，在成人身上已被观察到，但在幼儿身上表现得最明显。